U0036203

鋼鐵德魯伊

VOL. 7〔破滅〕

SHATTERED

THE IRON DRUID CHRONICLES

凱文・赫恩——著 戚建邦——譯

KEVIN HEARNE

鋼鐵德魯伊

■書評推薦

「赫恩自稱漫畫宅，將自己對那些師呆傢伙們痛扁邪惡壞蛋的熱愛，轉變為一流的都會奇幻出道作。」

——《出版人週刊》（*Publishers Weekly*）重點書評

「赫恩是個幽默機智的出色說書人……本書可說是尼爾．蓋曼的《美國眾神》加上吉姆．布契的《巫師神探》。」

——*SFF World* 書評

「強大的現代英雄，擁有古老祕密、累積了二十一個世紀的求生智慧……以活潑的敘事口吻……一部旁徵博引的都會奇幻冒險。」

——《學校圖書館期刊》（*Library Journal*）

「融合了現代背景與神話，令人愛不釋手、歡笑不斷的喜劇。」

——阿利．馬麥爾（Ari Marmell），奇幻作家

「這個風趣幽默的新奇幻系列在故事中融入凱爾特神話還有一個思想前衛的遠古德魯伊。」

——凱莉・梅丁（Kelly Meding），奇幻作家

「凱文・赫恩為古老神話注入新意，創造出一個異常熟悉又高度原創的世界。」

——妮可・琵勒（Nicole Peeler），奇幻作家

「赫恩用合理的解釋把神話巧妙織進故事之中，這是部超級都會奇幻。」

——哈莉葉・克勞斯納（Harriet Klausner），著名書評與專欄作家

「這是我近年讀過最棒的都會/超自然奇幻。節奏緊湊、詼諧又機智、神話使用得當，這是為厭煩了狼人與吸血鬼的奇幻讀者而生的作品。喜愛吉姆・布契、哈利・康諾利……或尼爾・蓋曼《美國眾神》的讀者們一定會很享受這本書。極度推薦！」

——*Grasping for the Wind* 網站書評

「如果你喜愛幽默有趣的都會奇幻，那《鋼鐵德魯伊》是你的菜。如果你喜歡豐富精彩的都會奇幻，更該拿起《鋼鐵德魯伊》，以及凱文・赫恩未來出版的任何東西。」

——*SciFi Mafia* 網站書評

鋼鐵德魯伊

■書評推薦

「……描述大德魯伊融入現代社會時遇到的困難……節奏、幽默與神話讓這個系列永遠充滿樂趣！」

——《出版人週刊》（*Publishers Weekly*）重點書評

「這個系列持續壯大、變得更讚，而且在《破滅》裡沒有減速的跡象。」

——*Vampire Book Club* 網站書評

「……（讀者）根本不可能不被凱文·赫恩創造的世界吸引。」

——*Yummy Men and Kick Ass Chicks*網站書評

「赫恩的文筆充滿速度感又精準……《魔咒》浸滿了魔法，而且棒呆了。實在很難找到更棒的小說！」

——*My Bookish Ways* 網站書評

「我愛、愛、愛死這系列了，而《神鎚》鐵定是目前最棒的一本……到最後大戰之前，你會忍不住用曲速翻頁，但仍然翻得不夠快！」

——*My Bookish Ways* 網站書評

「《圈套》結合前幾集有趣的觀點，也給了這個英雄傳奇一個讓人激動的黑暗轉折……絕妙的新章序幕，讓人加倍期待下一集。」

——*Fantasy Book Critic* 網站書評

「帶來超棒的情節、超幽默的敘述，超有趣的動作派小說。」

——*The Founding Fields* 網站書評

「《獵殺》綜合了讀者對《鋼鐵德魯伊》系列所有的期待，還多了很多。」

——*Ragoo Depot*網站書評

「《獵殺》裡有所有讓我愛上這系列的元素。妙趣橫生，動作戲不斷，建立了傑出的書中世界，而且這些角色絕對是你會想要一起喝杯飲料的可愛傢伙。」

——*Mad Hatter Readst*網站書評

「結局讓我心癢難耐，忍不住想伸手探向系列的下一本。」

——*Vampire Book Club*網站書評

鋼鐵德魯伊 VOL.7

目次

獻辭
DEDICATION

獻給雷射陰道樂團的創始團員，
妮可・皮勒及潔儀・威爾斯，
還有該樂團的所有榮譽團員。咻咻咻！

前情提要

阿提克斯・歐蘇利文，生於西元前八十三年，本名敘亞漢・歐蘇魯文，一生大多在逃避圖阿哈・戴・丹恩的安格斯・歐格追殺。安格斯・歐格想要奪回阿提克斯於西元二世紀時偷走的魔劍富拉蓋拉，而且阿提克斯掌握了永恆青春的祕密、不肯輕易死去也讓他非常不爽。

當安格斯・歐格發現阿提克斯藏身於亞歷桑納州坦佩市時，阿提克斯做出扭轉命運的決定，起身抵抗、不再逃避，事後雖然努力想保持低調，卻還是不知情地引發了滾雪球般的連鎖反應。

在《追獵》裡，他收了個學徒——關妮兒，取得了一條凝聚印度女巫拉克莎・庫拉斯卡倫法力來源的項鍊，還發現他的寒鐵靈氣能夠抵抗地獄火。他在莫利根、布莉德和當地狼人部族的協助下擊敗了安格斯・歐格。不過該事件同時也重創了一個算不上非常善良，但會在更凶猛的獵食團體前守護鳳凰城都會區的女巫團。

第二集《魔咒》裡，因爲一支比曙光三女神女巫團更凶狠的宿敵女巫團跑來搶地盤，還有一群酒神女祭司打算在史考特谷建立據點，阿提克斯被迫處理這件事。阿提克斯與拉克莎・庫拉斯卡倫及吸血鬼李夫・海加森達成協議，好獲得他們出面幫忙，解決該城面臨的威脅。

而在第三集《神鎚》，該償還那些協議欠下的債了。拉克莎和李夫都要阿提克斯前往阿斯加德——北歐諸神的地盤捻虎鬚。阿提克斯找來了一群狠角色組成復仇團，在莫利根和耶穌基督都警告這做法很糟、最好不要履行承諾的情況，兩度入侵阿斯加德。雙方展開一場史詩級大屠殺，北歐諸神損失慘重，包括諾恩三女神、索爾在內的諸神死亡，奧丁則身受重傷。象徵命運的諾恩三女神之死，代表遠古諸神黃昏的預言獲得解放，赫爾得以開始對抗北歐諸神。然而，芬蘭英雄瓦納摩伊南的奇特遭遇，讓阿提克斯聯想到許久以前一則奧德修斯從女海妖那裡聽來的預言，而他擔心世界將在十三年後陷入火海——或許就是諸神黃昏的變形版本。

阿提克斯察覺自己的詭計引來過多注意，同時也需要時間訓練學徒，於是在第四集《圈套》裡，藉由凱歐帝的幫助詐死。赫爾也現身了，因爲她以爲殺了這麼多北歐諸神的阿提克斯或許會想要加入她的黑暗陣營，不過阿提克斯斷然拒絕。阿提克斯遭李夫・海加森背叛，在九死一生下逃出遠古吸血鬼斯丹尼克的魔爪；不過在故事結尾，阿提克斯還是得到化名沉潛訓練關妮兒的機會。

在《兩隻渡鴉和一隻烏鴉》裡，奧丁自漫長昏迷中甦醒，與阿提克斯達成停戰協議，如果諸神黃昏眞的發生了，將徵召德魯伊取代索爾在諸神黃昏裡的角色，另外可能要在過程中解決一些事。

經過十二年訓練，關妮兒終於準備與大地羈絆了，但是德魯伊的敵人在第五集《陷阱》裡，像設好陷阱一樣等著他重出江湖。阿提克斯得應付吸血鬼、黑暗精靈、妖精，還有羅馬酒神巴庫斯，而對付奧林帕斯神的行動惹火了世界上最古老又最強大的萬神殿之一。

關妮兒才剛正式成爲德魯伊，阿提克斯就不得不展開橫跨歐洲大逃亡，躲避因爲《陷阱》中發生在巴庫斯和奧林帕斯木精靈身上的事情，而懷恨在心的黛安娜和阿緹蜜絲的弓箭。莫利根犧牲性命，讓阿提克斯有時間搶先逃亡；他在第六集《獵殺》中躲避追殺、且戰且走，逃離一場多方勢力聯合扳倒他的計畫，最後抵達英格蘭，取得獵人赫恩和愛爾蘭狩獵女神富麗迪許的協助。阿提克斯擊倒奧林帕斯神，並與他們達成了聯手對抗赫爾與洛基的脆弱協議。在這一集結尾，他發現他的大德魯伊被凍結在提爾・納・諾格的時間島上，而當阿提克斯救回對方時，他的老師就和往常一樣心情欠佳。

另外，他們在過程中似乎也提到了貴賓狗和香腸。

第一章

很少有東西和年幼時的權力象徵一樣，能這麼快勾起老回憶。我並不是說那些回憶一定都是好回憶；它們只是年代久遠，容易讓我們重回早已擺脫的角色。有時候那些回憶很溫暖，如同母愛般包覆我們。然而，更常見的是像白霜般刺痛，先咬我們一口，然後是麻痺，最後在骨頭中留下影響深遠的寒意。

眼前這個撐著自己坐起身來的古人，在我心底激起的溫暖回憶不多。我的大德魯伊除了天賦異稟、法力高強外，基本上一生都是個脾氣暴躁、沒什麼朋友的傢伙——直到最近我都以爲他的一生早在兩千年前就結束了。西元前他把我和大地羈絆起來後，我只再見過他兩次，然後就分道揚鑣，而我一直以爲他和幾乎所有我年少時認識的人一樣，死了。但是基於某個未知理由，莫利根把他凍結在提爾．納．諾格的時間裡，現在他即將得知這段時間旅行的事實——而我想補充一點，他皺巴巴的嘴角此刻還沾著不少唾沫和培根屑。

如果有朝一日我也穿越時空抵達兩千年後，希望世界上還有培根這種東西。

他以聽起來好像永遠都含著痰的聲音，用古愛爾蘭語對我吼出一個問題。如果他想和圖阿哈．戴．丹恩或我以外的人交談，他得在短時間內學會英文。「我在這座島上待多久了，敘亞漢？你看起來還是很年輕。從你的外表判斷，肯定不超過三到四年。」

喔，他這下肯定會大吃一驚了。「只要你說出一件我想知道的事，我就會告訴你。你叫什麼名字？」

「我叫什麼名字？」

「我只有叫過你大德魯伊。」

「是唷，你本來就只該叫我大德魯伊，你這坨小大便。不過既然你長大了幾歲，又已經是正式德魯伊了，我想我可以告訴你。我叫歐格漢·歐肯奈傑。」

我微笑。「哈！用英文發音，可以翻成歐文·甘迺迪。這個名字可以用。我請霍爾幫你用那個名字準備證件。」

「你在說什麼？」

「這個問題你會問很多次。歐文——希望你不介意我這樣叫你，因爲我不能一直叫你大德魯伊——你已經在那座島上超過兩千年了。」

他臉色一沉。「這種時候別用羽毛搔我屁股；我很認眞的。」

「我回答得也很認眞。莫利根把你放在最慢的時間島上。」

歐文打量我的表情，發現我說的是實話。「兩千年？」

「沒錯。」

他伸手找東西扶；這個數字實在大到難以接受，而自己慘遭連根拔起，永遠沒辦法回到古老世界的事實就像個漆黑深邃、永遠掉不到底的無底洞。他兩度張口欲言，不過都只發出半個母音就閉嘴。我耐心等候他消化事實，最後他因爲沒東西可抓而抓著我道：「好吧，那表示你也被丟在那種島上了。她一定是在差不多的年代裡把我們丟進去的。」

「不，我沒有一眨眼就跳過兩千年。我足足活了兩千多年，還學會了幾樣你沒教過我的東西。」

他嘟噥一聲，完全不信。「這下我曉得你是在唬我了。你是在告訴我說你已經兩千多歲了？」

「我就是這麼說的。你最好做好心理準備。這世界比你想像中要大很多，也和從前大不相同。你從未聽過耶穌基督或阿拉或佛祖或新世界或天殺的水牛城辣雞翅。電擊【註】將會一波接一波。」

「我不知道『電擊』是什麼。」

他當然不知道，他根本沒聽過「電」這種東西。我在古愛爾蘭語裡用了一個現代愛爾蘭字。

「但是你沒有頭髮倒是讓我很驚訝。」他說著指向我光禿禿的頭皮。我之前把頭髮剃光，不過已經又開始長了——是最近遭遇一群試圖啃掉我頭皮的妖精導致的後果——不過在歐文眼中，這肯定只是我自己要做的造型。「看在九大世界的份上，你其他的鬍子呢？你看起來不像男人，倒像是下巴有隻死老鼠的小夥子。」

「這樣適合我。」我說著岔開話題。「聽著，歐文，我在想你能不能幫我個忙。」

「我有欠你人情嗎？」

「如果不是我，你還待在那座島上，所以我想你有欠我。」

譯註：英文裡的電擊（shock）與震驚同字。

我的大德魯伊哼了一聲，擦擦嘴巴，終於抹掉嘴角旁的培根渣。「什麼忙？」

我把右手袖子捲到肩膀上，露出二頭肌上方慘遭蹂躪的刺青。「有頭人面獅身龍尾獸毀了我變回人形的能力，在刺青修復前，我沒辦法變成其他形態。你可以幫我修復嗎？」

他眉頭一皺，怒氣爆發。「我他媽的教過你馴服人面獅身龍尾獸的法門，是不是？別想說我沒教過！那不是我的錯。」

「我又沒說——」

「我還記得你抱怨連連。」他裝出假音來嘲笑我。「『我怎麼可能會遇上人面獅身龍尾獸？』你說。『我幹嘛學拉丁文？我們什麼時候才要開始學性愛儀式？』」

「嘿，我沒說過那種話！」

「你不用說我也知道。有一年你沒辦法偷偷溜到任何人身邊，因爲你的老二每次都會搶先洩露蹤跡，然後大家會說：『敘亞漢來囉！』就開始跟著你跑。你還記得嗎？」

我非常想把話題扯回近期的傷疤——比尷尬的青春期要安全很多的話題——上，於是說：「人面獅身龍尾獸搶先攻擊，我根本沒有機會馴服他。」

「絕對有機會。」

「不，沒機會。你又不在場，而且你根本沒應付過人面獅身龍尾獸的毒。相信我，你得集中所有注意力才能壓制他。當我壓下毒性之後，已經虛弱到絕對不能再中一根毒刺了。我受了重傷，想攻擊他就一定會暴露在毒刺的攻擊範圍內。任何試圖馴服他的舉動都會惹來殺身之禍。我能活著離開已經算走運了。」

「好吧，我認了，但是爲什麼找我？你不能找其他德魯伊嗎？我得盡快跟上世界變化。」

我刻意不提包括我和他，全世界只剩下三個德魯伊的事情。那個可以晚點再提。「沒錯，你確實要跟上世界的變化。我們有很多事要談，如果你要融入世界，就得學會一種新語言。另一個我信任到願意讓她幫忙的德魯伊正在忙另一件事。」

關妮兒正在訓練她的新獵狼犬歐拉說話，還要照顧歐伯隆。反正我也不想讓她在我有機會教歐文一些現代禮節之前和他交談。如果他用與我說話的態度和她說話，要不了多久就會有人血濺當場，大部分會是他的血。

我的大德魯伊皺眉嘆氣，然後搓揉腦側，好像頭很痛的樣子。「達格達【註】幹我啦，我要喝點東西。你該知道我們能去哪裡找點不是水的飲料吧？」

「當然。我請客。你能走了嗎？」我看了他在脫離時間島時被壓力弄斷的腳一眼，他已經在這裡藉由醫者芳德、馬拿朗・麥克・李爾的魔法培根，以及他自己的醫療能力療傷了一段時間，不過我不確定那樣夠不夠。

「我想可以。」他點頭。「骨頭羈絆得很快，需要時間的向來是肌肉瘀傷。我們走慢點，喝快點。」

編註：達格達（Dagda），凱爾特神話主神，主掌豐饒與再生。母神達努之子，布莉德與安格斯・歐格的父親。

他靠在我身上，輕手輕腳地走，我們離開駁船，上了我駛來時間島的那艘小船。抵達河岸後，再走一小段路就是棵能夠傳送到愛爾蘭的樹。接著我們就能傳送到某個可以舒舒服服喝很多酒的地方聊天。基於某種奇特的理由，我很期待這場談話。懂得一些我的大德魯伊不懂的事，給我一種大權在握的感覺。

然而，有人不想讓我們談話。船才剛靠上砂礫河岸，下游方向就傳來一陣憤怒尖銳的叫聲。

「喂！」一個暴跳如雷的菲爾達伊克【註】朝我們直奔而來——眞的在暴跳，眞的在抓狂，這些從他突起的雙眼和揮來揮去的棒子就可以看出來——一副可能是想和我們攀談，也可能是要打爆我們腦袋的樣子。鼠臉、紅衣、只有三呎高，菲爾達伊克可以跳到五呎高，揮棒速度超快；個位數的智商加上這兩個特點，讓他們以爲自己身高八呎、令人望而生畏。

因爲他們是貪婪的小哥布林，喜歡收藏任何看起來有點價值的東西，所以通常只要拿點閃亮的東西丟過去，他們就會停下來研究。我掏出口袋裡一枚硬幣，朝他丟去，確保硬幣反射到陽光，但他連看都沒看一眼。不曉得爲什麼，他打定主意要給我一棒。

又有個菲爾達伊克跳出下游樹林，看見我們便開始衝來。「喂！」一秒過後，又跳出來三個。

「喂！喂！喂！」

「這可眞是奇怪，」我的大德魯伊說。他說得沒錯。菲爾達伊克大多獨居。三不五時會看到兩個菲爾達伊克老拳相向，而那其實是他們的求偶儀式，如果沒有打死對方，他們遲早會有其他東西相撞，然後開始延續種族。我從未見過三個同時出現，而眼前竟然有五個同時奔向我們。

「喂！喂！喂！」哎呀。八個。

第一個顯然對我們造成最急迫的威脅，於是我在他整潔的紅外套和河岸的淤泥間製造羈絆，讓淤泥把他扯倒在地。不過我沒來得及封閉外套，所以他擠出外套，裸體跑來——菲爾達伊克除了紅外套以外什麼都沒穿。他很髒很醜，一口黃牙間噴出一堆聽起來很刺耳的吼叫。我發現把他的棒子與河岸羈絆在一起似乎比較恰當，不過已經太遲了。我自劍鞘中拔出我的劍——富拉蓋拉，然後上前一步，擺開架式；我沒時間施展其他羈絆法術。

我身後的歐文開始脫下破破爛爛的上衣和褲子。他沒有武器；當他變形為獵食者形態時，他本身就是致命武器。

「後退，小夥子，交給我來處理。」

我回頭皺眉看他一眼。「你的身體狀況不適合戰鬥。」

他一聽這話就火大，對我啐道：「戰鬥找上門來時，可不會問你的身體狀況適不適合！你得隨時做好準備，我沒做好作戰準備的那天，就是我死亡的那一天！」他脫光衣服，變形為一頭巨大黑熊，狂吼一聲。第一個菲爾達伊克立刻轉移注意，對他吼回去，朝左跳出我的攻擊範圍，然後高高躍起，對準歐文的腦袋就是一棒。我像在追飛盤一樣轉身追趕。歐文想要人立而起、正面迎戰，但他的後腳有傷，還不足以負荷一頭熊的體重；才站起一半，雙腳就撐不住，導致他又趴了回去。菲爾達伊

編註：菲爾達伊克（Fir Darrig）是愛爾蘭傳說中穿著紅斗篷的獨行妖精，在《陷阱》中曾短暫登場。

克本來已經調整揮棒角度，攻向立起後歐文頭會在的位置，結果熊又趴回地上，導致他沒時間重新估算。他臨時改變角度，擦過歐文肩膀，還是擊中耳朵。歐文站不穩，轉向側面，但是菲爾達伊克沒機會再度攻擊。我趕上他，富拉蓋拉劃過他的脖子；我在他倒地時轉身面對其他七個菲爾達伊克。

領頭的離我們還有四十碼，他們一字排開衝向我們。如果待在原地等，我大概還有五秒；如果上前進攻，剩下的時間就更短。歐文還沒從擊中腦袋的第一棒中恢復過來，如果我讓對方欺到近處，他多半不會發現第二棒來襲。於是我展開衝鋒，發出吵雜的聲響，確保他們的注意力集中在我，而不是大壞熊身上。不管他怎麼說，歐文還不適合作戰。

我高舉長劍衝上前去，在最後關頭矮身滑壘，攻擊所有沒有躍入空中攻擊的對手。跳起來的菲爾達伊克全部跳過頭，我則一共掠過三個菲爾達伊克，一接觸到我的寒鐵靈氣時，他們立刻像所有魔法生物一樣灰飛煙滅——我甚至不用動手；他們在身體開始瓦解時張口驚叫，然後咻地一聲在外套中化作灰燼。

我在最後四個菲爾達伊克落地轉身時，舉起富拉蓋拉抵擋他們下一波攻擊。其中之一，這群小而靈巧傢伙中最小且靈巧的那位，趁我轉身面對他們時已朝我身體中段出手，我還沒站穩腳步就被打得倒回布滿砂礫的河岸。我落地時他已經灰飛煙滅，不過這一下讓我處於在他同伴面前挨打的劣勢。他們不聰明；沒想到要從側面像砍木柴般亂棒圍毆我，而是跳到我身上壓制，然後高舉他們的棒子。他們的腳爪抓傷我、腳跟撞出我體內的空氣，不過最慘的還是他們。他們還沒揮棒就崩解了，我唯一遭受的攻擊就是落在我身上的三根棒子和三件髒外套。我在一堆灰燼中咳了幾聲，轉頭看看歐文的情況，他已經開始朝我趕來，不過距打鬥現場還有二十碼。他豎起耳朵，瞪大雙眼，熊臉露出非常驚訝的模樣。

大德魯伊沒謝我救他一命，甚至沒稱讚我單槍匹馬幹掉八個菲爾達伊克。幸運的是，由於我和他很熟，所以也沒期望他會感謝或稱讚我。

「你做了什麼？」他在變回人形時說，聲音聽起來很吃力。「他們才要動手就爆炸了！你可以留兩隻給我殺殺。」

我站起身來，拍掉身上的塵土，輕拍我的項鍊。「我還活著的原因之一——咳！——就是這個護身符。寒鐵的，我把它羈絆在我的靈氣裡，主要用作魔法防禦。不過有個很好用的副作用，就是妖精一碰到我的靈氣都會當場死亡。基於這個原因，他們叫我鋼鐵德魯伊。」

「你戴了個寒鐵護身符？還能施展羈絆法術？」

「對。我花了不少時間實驗，因爲這塊寒鐵的質量小，所以可以這麼幹。」

歐文嘟噥一聲，朝我的護身符搖搖手指。

「兩側的銀是怎麼回事？」

「符咒。讓我能透過心靈指令施展基本羈絆法術，不必開口唸咒。這樣比較快。增加優勢。」

他又嘟噥一聲，思索片刻。「當今世上所有德魯伊都這麼幹？」

「只有我。不過差不多也算是所有德魯伊了。」

「什麼？」大德魯伊兩條濃密到像是兩把雞毛撢子的白眉毛皺成一團，額頭上的皮膚形成深深的皺紋。

「不算圖阿哈・戴・丹恩的話——不過本來就不該算他們，因爲他們理應盡可能待在提爾・納・諾格上——包括你、我在內，世界上只剩下三個德魯伊。」

「閉上你的洞【註】。怎麼可能？」

「羅馬人獵殺我們。他們燒光歐洲大陸上所有德魯伊林，把我們找出來殺光。我們無法轉移空間，於是他們得以困住我們。我敢說你聽說過他們。尤利烏斯・凱撒在你的年代裡曾到過高盧。」

歐文身體一僵。「對，我記得。羅馬人曾占領愛爾蘭嗎？」

「沒有，他們不曾踏足愛爾蘭。」

「好了，那爲什麼會只剩下三個德魯伊？」

「因爲異教羅馬人最後變成了基督教羅馬人。神聖羅馬教會於幾個世紀後來到愛爾蘭，一個叫作聖派屈克的人讓大多數愛爾蘭人皈依他的宗教。德魯伊因爲缺乏學徒而死絕。」

他頹然坐倒，儘管沒有完全聽懂我的話，還是過濾出了重點。「除了你，所有德魯伊都死了，嗯？如果這不是精心安排的惡作劇——萬一是，我會請歐格瑪把你扁個屁滾尿流——爲什麼大家都死了，而你還能獨活？」

「我很久以前就在莫利根的督促下離開愛爾蘭，並且學會了保持青春的法門。我見識過整個世界，歐文，比我們那個年代以爲的要大多了。對現代世界而言，愛爾蘭只是個小國家，最出名的就是戰士和酒。」

「有多小？」

「如果把世界當作九百頭綿羊和一頭雄山羊，愛爾蘭就是那頭山羊。」

「呃。」他沉默片刻，試圖體會這個大小的比喻，調適自己的認知，但是一時難以想像。他瞇起雙眼看著我。「儘管如此，小夥子，爲什麼會這麼少？你有兩千年時間，應該不會只訓練出一個學徒。」

「我大多在躲避安格斯・歐格的追殺。」

「喔，他呀。以一個愛神來說，他眞的很容易恨人，也容易讓別人恨他。不折不扣的大混蛋。」

「死掉的大混蛋。我殺了他。」

他揚起一隻手指，側頭問道：「你現在說的是眞的嗎，敘亞漢？」

「眞的。他死了之後，我立刻開始訓練學徒。一個多月前我才完成她與大地的羈絆。」

「啊，是喔？她叫什麼名字？」

「關妮兒。」

「我什麼時候可以和她見面？」

「過一陣子。」我說。「我們要先讓你適應這個年代。世界和從前大不相同，我擔心你會難以接受而痛恨一切。」

編註：閉上你的洞（Shut your hole）也是「閉嘴」，不過非常無禮、嚴厲。

「機率不高。」歐文說著嘴角露出一絲笑意。「老實說，我等不及要認識這個世界了。我敢說基本規則都一樣。人還是要吃喝拉撒睡，是吧？」

「是呀，沒錯。」

「那就不會差太多，對吧？我們只要多訓練一些德魯伊就好了。」

「我想是沒錯。不過我得提醒你，你有很多地方要適應。我們可以先從幾品脫開始調適。」我想到他可能不知道「品脫」【註一】是什麼意思，於是補充道：「要去喝酒了嗎？」

「好呀。不過我可能得先穿回衣服。」

我們轉移世界前往愛爾蘭——準確來說是基爾肯尼城堡領地【註二】上，運河旁有幾棵傳送樹。接著我帶他穿街走巷，來到凱特勒酒館，一棟建於一三二四年的灰石建築。雖然酒館內部裝潢還是會對他產生很大的衝擊，但至少沒有巨型電漿螢幕播放最新的足球比賽。我以為他沿路會提出很多問題，尤其在看到城堡之後，但他一路上完全沒有開口；他目瞪口呆地東張西望，看著汽車和鋪了磚塊、石頭、瀝青的街道，還有鋼筋水泥現代建築與泥灰石塊古老建築相映而成的街景。他也盯著路人看，那些人的穿著打扮令他困惑。大德魯伊本身也很引人注目，已經很久沒人製作他身上穿的那種破爛衣服了。

酒保有些遲疑地歡迎我們光臨。我看起來八成像是大學生要請流浪漢喝酒。我指向一張空桌。

「請來兩杯尊美醇威士忌，純的，再來兩品脫健力士啤酒。」

「馬上來，先生。」

在觀察我就坐之後，歐文小心翼翼地坐上有座墊的椅子，因爲軟墊的觸感而一臉讚嘆。不過一回想起路上景象時，他的表情當場變得萬分恐懼，躬身越過桌子，在我耳邊低聲說出進入現代世界後的第一句話：「他們把大地蓋起來了，敘亞漢！」

編註一：品脫（pint）這個容量單位起源於十四世紀的法文pinte，可追溯到中世紀拉丁文單字pincta（pigere，塗／畫的過去分詞），可能起自畫在容器上表示容量的標誌。因此大德魯伊應該沒聽過這個單位。

編註二：基爾肯尼城堡（Kilkenny Castle）位於愛爾蘭南部基爾肯尼郡首府基爾肯尼，建於西元一一九五年，是座典型的中世紀城堡；而基爾肯尼也以保留大量中世紀建築聞名，有「大理石之城」的美稱。

第二章

阿提克斯跑去找個來自過去的老頭——根據他的說法，是個不愛洗澡、脾氣暴躁的傢伙，有點像是人類版的瓦斯桶——我則待在科羅拉多和兩隻獵狼犬一起混。我認爲我的任務輕鬆多了。

歐伯隆實在太高興能和歐拉待在一起，歡樂的情緒如同海浪般不斷湧來，藉由尾巴甩動送出一波波狂喜之情。他每天早上都會問我可不可以和歐拉說話了，當我回答還不行時，他只有一點點氣餒——每天一下床，我們就去森林裡奔跑，開心到足以抹除所有失望。我把自己羈絆在光滑黝黑、優美矯捷的美洲豹【註】形態裡，與生氣勃勃的獵狼犬一同狂奔、在樹林中飛舞，腳踩上落葉的沙沙聲向森林宣告著我們的到來。我們追逐松鼠，偶爾追追鹿、聞聞樹林裡述說生命與死亡故事的氣味。

我越來越熟悉這些氣味，不再恐懼這種形態了。至於魔法視覺，要訣在於過濾想要看到的東西。

歐拉在慢慢學習英文。此刻她可以用簡單的單字——最簡單的句子——和我溝通。應該再過一陣子就會使用流暢的語法了，不過她知道如何詢問新字的意義，而且透過我們的連結，藉由與元素溝

編註：美洲豹（Jaguar），也作美洲虎，是豹屬動物，學名*Panthera onca*。譯名常讓人誤會，但其實牠們既不是豹（*Panthera pardus*），也不是虎（*Panthera tigris*），而是貓科第三大物種，也是美洲地區唯一的豹屬動物。

通時使用的情緒傳達和畫面方式傳達，我完全能夠明白她的意思。

她會淪落到收容所，是因爲主人新生下的小寶寶對狗過敏。她仍很想念他們，記得當初他們有多捨不得她，不過她現在和我們在一起很開心。她的心靈之音比歐伯隆輕一點，而她喜歡這裡的樹。

「松樹！雲杉！」她邊跑邊說，從語氣和尾巴擺動的方式都看得出她很興奮。「小鎮！噪音！」

我們今天的任務是要徒步探索一座名叫烏雷的小鎮。這座小鎮位於一座北面開口的天然盆地裡，三面被聖璜山脈包圍，面積只有兩平方哩。昨天我們在小鎮旁的山丘上挖了個洞，埋了一套我的衣服，還有給獵狼犬用的項圈和牽繩——因爲儘管烏雷這座小鎮對狗十分友善，但當地法令還是規定遛狗一定要繫牽繩。

當然，埋東西又挖出來本身也很好玩。

現在換上牛仔褲、涼鞋，還有一件昭告天下我是傳奇女性龐克樂團「雷射陰道」粉絲的T恤，我摺好裝衣服的紙袋，帶著一起走下山坡。因爲我現在的移動速度比剛剛慢多了，獵狼犬在我前方嬉戲，三不五時轉頭看我走到哪裡。

烏雷的經濟基本上仰賴觀光。鎮上大部分的收入來自旅館、餐廳，還有那些販售廉價商品、紀念品、看起來有藝術氣息小玩意兒的店家。玻璃匠和鐵匠的店鋪會在夏季開張，還有個傢伙能用電鋸和樹幹製作美麗木雕。觀光吉普車公司的生意也很熱門，夏天的收入就足夠支撐他們一整年開銷。現在是十月，氣溫很低，鎮上很平靜、很安全，適合讓歐拉熟悉都會環境。而教她一些新字的機會也非常寶貴。

我沒穿外套，覺得有點冷，於是利用阿提克斯教的羈絆方法提高自己的核心體溫，然後叫獵狼犬過來，一起走向代表烏雷鎮西方邊界的昂康培葛雷河。我把項圈套上他們脖子，大聲道：「複習一次到了鎮上之後要守的規矩。歐伯隆，你先。」

「我們絕對不能主動接近人，要讓他們接近我們。」

「非常好。」我又對歐拉重複一次歐伯隆的回答，然後問她。「妳記得任何規矩嗎？」

「不便便！不尿尿！」

「很棒。過橋前請先解決那些需求。還有什麼嗎？」

歐伯隆說：「不能聞任何人屁股。」

「不能叫！」歐拉說。

「很好，很好。還有呢？」

「不跳，不幹，待在妳旁邊，想要停下來聞東西要和妳說。」歐伯隆說完所有規矩。

「太棒了！」我把歐伯隆說的規矩全部重複一遍給歐拉聽，不過沒有再三叮嚀歐伯隆。歐伯隆已經是老手了。

我拉著牽繩，擺出漫不經心的模樣，踏上從箱峽瀑布而下的黃土路，過橋從維多利亞旅店附近進入烏雷。我們左轉上主街，慢慢朝北而行，在獵狼犬想要察看什麼東西，或是路人想拍拍他們、閒聊幾句時停步。有些人一看到我們立刻跑到馬路對面；第一次見到獵狼犬會覺得他們很可怕，而這些人顯然認爲如果狗狗突然失控，我一個女人絕對拉不住一隻獵狼犬，更別說有兩隻了。

愉快的早晨在我們來到一間皮革店時結束了，不過並不是皮革的錯。店老闆，一個五十來歲、頭髮灰白、眉頭深鎖、一臉困惑的男人，拿著無線電話走出門外，問道：「不好意思，請問妳不會剛好名叫葛蘭妮吳，還是什麼差不多的名字吧？」他完全搞不清楚我名字的唸法，不過我早就習慣了。

歐伯隆和歐拉立刻回頭打量他，豎起耳朵，看得他有點畏縮。從店裡看不到他們，所以他跨出門檻看到他們時顯得有點意外。「呀！眞是兩條大狗。」他喃喃說道。

「汪？」歐拉問。

「如果我現在對他叫，他就會尖叫。」歐伯隆說，當兩隻狗基本上想的都是同一件事時，我眞的很難維持平靜的表情。他們想得沒錯：他很可能會在匆忙逃開的過程中絆倒受傷，所以我提醒他們不要叫。

「是，我是關妮兒。」我對他說。

「好吧，有通電話找妳，」老闆說著把話筒遞給我。「他們說很緊急，攸關生死。」我接過電話，他說講完拿進去給他就好了。我並不特別驚訝，因爲我知道能力高超的人就有辦法占卜我的行蹤，不過我很擔心會聽到什麼壞消息。

「謝謝，」我對他說，點頭，然後將話筒拿到耳邊。「哈囉？」

「關妮兒。我是拉克莎。」

「拉克莎？妳在哪裡？」我已經有十多年沒聽到拉克莎・庫拉斯卡倫的聲音了。這個印度女巫的靈魂曾經一度分享我的腦袋，多虧她，我才得知阿提克斯的眞實身分、成爲他的學徒。但是在她找到一具可以完全附身的肉身後，我們就只交談過幾次，因爲我開始認眞受訓，她也搬到其他地方去展開全新生活了。

「我在印度的坦賈武爾。」

「好吧。我不確定那是哪裡。」

「東南海岸附近，坦米爾納德邦【註】裡。我在這附近住了好幾年。這裡有個妳可能會感興趣的問題，就算妳不感興趣，我也希望妳能來幫忙。妳現在是正式德魯伊了吧？」

「對。」

「恭喜。妳的能力在這裡能幫上大忙，不過最重要的還是妳和這個人的關係——妳認識一個名叫唐諾・麥特南的男士嗎？」

「認識，是我爸。我的生父，不是繼父。」

「妳父親是個考古學家？」

這通電話開始讓我有點擔心了。「對，沒錯。」

「我就怕這個。這就是我抽空占卜妳的行蹤、打電話給妳的原因。我認爲妳父親人在這裡。妳知道他在印度進行挖掘嗎？」

編註：坦米爾納德邦（Tamil Nadu）是南印度的一個邦，南臨印度洋，東隔孟加拉灣與斯里蘭卡相望，主要民族爲坦米爾族。位於其中的城市坦賈武爾（Thanjavur）曾是印度古國朱羅王朝（Chola dynasty）的首都，當地以該王朝時期建造、祭拜濕婆的世界遺產布里哈迪希瓦拉神廟（Brihadiswara Templ）聞名。

「不，但是不驚訝。他在全世界到處挖來挖去。」

「恐怕他找到了一樣最好不要挖出來的東西。他最近挖到了一個陶土容器，並且打開它了——不知道是不理會外面的警告文字，還是受到文字鼓勵。那個容器不是空的。裡面封印了一個受困長達數世紀——基於很好理由被封印——的靈體，而該靈體立刻就附身到他身上。」

「附身？狗屎。怎麼附身？和妳一樣？」

「不一樣，不過差不多。他的靈魂依然存在於肉身裡，但是受到附身靈體支配。」

「還有什麼情報？」

「我在挖掘地找到那個陶器。妳父親失手，或是故意摔爛它。我把它拼回原狀，解讀刻在上面的梵文。那在警告陶器裡封印了一個羅剎幽奇。」

「不好意思，妳說什麼東西？」

「羅剎幽奇，意思是操縱羅剎【註】之人，那是一派我以為早在我出生前就已經滅絕的巫術流派。他們有能力召喚並操縱惡魔，而那就是他正在做的事。妳父親召喚來的羅剎在這附近散播瘟疫，死了不少人。」

「等等，妳是說我爸在殺人？」

「是附身在他身上的靈體在殺人，不過肉身是他的。我敢說很快就會有人打算阻止他，而他們可能會採取比較粗暴的做法。」

「喔，諸神啊——」

「對，諸神也可能會出手。」

「好吧，我會在幾個小時內抵達。」我得跑回木屋，準備一些東西，然後去找阿提克斯，但是轉移世界花不了多少時間。「我們在哪裡會合？」

「布里哈迪希瓦拉神廟門口。這裡的時間比妳那裡早十一個半小時，所以妳抵達時天應該黑了。」

「到時候見。謝謝妳聯絡我。」我掛上電話，請獵狼犬稍候，然後閃入皮革店歸還電話。我回到店外後，歐伯隆問：「出事了嗎，聰明女孩？」

「對，」我透過心聲回答，然後確保歐拉也能聽見我的話。「我們要立刻回小屋去。和我一起跑；我停，你們才能停。」

「不在鎮上玩了？」歐拉問。

「不在這個鎮上玩了，我們換個地方。」

我們轉身就跑，因為是下坡，所以跑起來超快。人行道上的行人讓道給我們。

「我聽到妳說有人被附身了。」歐伯隆問。「妳不是指阿提克斯，對吧？」

「不，是我父親。拉克莎說他在印度，需要我幫忙。」

編註：羅刹（Rakshasa），也譯作羅叉、羅叉娑、羅刹娑，是印度神話中能行走、飛行快速，牙爪鋒銳，專吃人血肉的惡魔，男性極端醜陋，女性則多為美女，被稱作「羅刹私」（Rakshasi）或「羅刹女」。後來被納入佛教，為十二天守護西南的「羅刹天」。

「我也能去嗎？」

「這個——可惡。」除非我來回跑兩趟，不然不能同時帶歐伯隆和歐拉過去。我的「完整思考模式」不夠多，還不能這麼做，每多帶一個生命轉移空間，德魯伊就要有多一種完全獨立的思考模式。我們可以透過文學作品把意識分隔成不同區域，用以帶著朋友傳送。阿提克斯如此解釋給我聽：傳送點都是道路，德魯伊就是駛在路上的車輛。思考模式就是車裡的乘客座位。截至目前爲止，我只背下了華特·惠特曼的作品，而那讓我可以帶一人——或獵狼犬——傳送到提爾·納·諾格，再傳到印度。如果可以，找阿提克斯一起去比較實際；他有六個思考模式。他就像是那種傳統船車，而我只是雙人座小車。好，收回那句話，我比較像雙人座捷豹F型跑車。「我不確定，歐伯隆。我得看看找不找得到阿提克斯。」

一跑過昂康培葛雷河上通往箱峽瀑布的橋後，我們馬上躲到一堆樹叢後，我脫掉衣服，變形爲美洲豹。我留下牛仔褲和涼鞋不管，不過決定要用嘴叼著雷射陰道T恤。畢竟，這種T恤不好找。我們一起奔回小屋，獵狼犬很享受狂奔的時光，沒發現我有多擔心——但他們本應如此。

到家後，他們直接衝向水碗，我則跑向我的臥房，換上戰鬥裝扮。我懷疑實體武器能對靈體造成任何傷害，但是能附身人體的靈體往往都能造成很實在的威脅。我穿上另一條牛仔褲和素色T恤，黑的。沒有海關人員、金屬探測器可以拖延我的行程，所以我綁上兩副各裝了三把飛刀的刀套，然後再把另一組藏在後腰上。

「歐伯隆和歐拉，我要去提爾·納·諾格找阿提克斯。希望不會太久。你們吃得夠嗎？」

「那要看妳怎麼定義『夠』，」歐伯隆說。「我還沒吃到晨間香腸。」

「現在有香腸？」歐拉問，儘管緊張，我還是忍不住微笑。這兩隻眞是一對寶。

「好啦，我聽到了。」我回應。「我們得忠於自己看重的東西。」我強迫自己花時間幫獵狼犬炸幾根香腸，然後烤了幾片發芽穀物麵包給自己。儘管希望能盡快解決，這件事還是可能會拖很久，不知道下次有機會吃東西是什麼時候——再說，我也還沒吃早餐。

我發現獵狼犬也察覺了這些變數，於是我拿出一袋狗飼料，倒入兩個大碗裡。

「妳不會是想叫我們吃那個吧？」歐伯隆說。

「這是備用計畫。」我回答。「以防萬一。你們當然可以打獵，要喝水去河邊就好了。希望我過幾分鐘就能回來，你們就不用擔心那些了。但你也知道期待阿提克斯表現正常的時候，會發生多少詭異事情。」

「我超清楚的！他有時候竟然還吃素！」

「重點是，我不在的時候你們不會挨餓，我會盡快回來。」

我們草草吃完早餐，接著我擁抱兩頭獵狼犬，然後轉移前往愛爾蘭主神域提爾．納．諾格，愛爾蘭諸神將其他世界都和這裡連結在一起，讓我們可以轉移到任何想去的地方。我先去馬拿朗家找人，但是阿提克斯不在那裡。他也不在時間島；他駕駛的小船停靠在岸邊，用繩子綁在釘在地上的木樁上。他不在孤紐的店裡或妖精宮廷，這些差不多就是我所知他在提爾．納．諾格上有可能逗留的地方了。我問過的人都不知道他和那個老頭上哪兒去了。我沒時間繼續找下去，所以轉移回科羅拉多，發現獵狼犬在河邊玩。

「歐伯隆！歐拉！」

「聰明女孩回家了！」

「關妮兒！比賽！」

快樂的獵狼犬是世界上最讓人感到受歡迎的生物。雖然我才離開約莫一個半小時，他們看到我回來的興奮程度就和我離開半年差不多。我希望人類偶爾也可以如此毫無保留地歡迎彼此，不過舔臉就免了。

但是我不能和他們一起玩耍，而儘管不願意，但如果要去印度，我就得留下歐伯隆。

「我找不到阿提克斯。我要你留在這裡，向他解釋我跑去哪裡了，讓他知道上哪兒去找我。」

「妳要我怎麼告訴他？」

我對他說。我們進入小屋，我拿起紙筆，寫張字條。

「告訴他我和拉克莎在一起；我們去找我的生父，幫助他，他遇上麻煩了。找我的細節都寫在字條裡。不要忘記這張字條，好嗎？」

「我不會忘的。」

「好獵狼犬。」

「妳覺得如果請妳告訴歐拉妳們不在的時候我會想她的話，會不會很奇怪？」

我微笑，私下回答他。「你看太多人類電影了。獵狼犬不論在關係中的任何階段都可以想念對方，不用擔心怪不怪。」

「喔，對呀！我們的規則不同。」

「我會想念你和阿提克斯。」我說著拿起魔杖史卡維德傑，然後走出小屋，歐拉緊跟在後。

「希望很快就能再見。」

「會啦！」

我伸手觸摸一棵傳送樹，然後請歐拉一爪碰我，一爪碰樹。歐拉說：「再見，歐伯隆！晚點再玩！」

我轉達她的話給歐伯隆，然後轉移到印度。

第三章

「他們為什麼做這種事？」歐文問。「把大地蓋起來？」

「他們會說是為了加快旅行速度，不過我認為主要是因為討厭泥巴。他們不能像我們這樣感應到大地的魔力，所以對他們而言，這並不是道德上的決定，純粹是為了方便。」

「喔，敘亞漢，」他說著沮喪地搖頭。「你是要告訴我一切都變糟了？兩千年來世界就沒有任何進步嗎？」

酒保帶著我們的酒和啤酒過來，我謝過他。「有些事有長足進步。」我說著低頭看我們的酒。

「那，這是什麼？」我的大德魯伊皺眉看著酒杯，一臉懷疑。

「愛爾蘭創造力的典範。」我回答，下一句話轉回英文。「威士忌和烈性黑啤酒。」我拿起小酒杯，切換回古愛爾蘭語。「先從這杯喝起，一口喝光。然後再小喝幾口黑啤酒。」

「好吧，」他說著拿起小酒杯。「祝你健康。」

「Sláinte.【註】」我用現代愛爾蘭語回應。

威士忌理所當然帶來一股灼燒感，健力士啤酒完美爽口。

譯註：也是祝你健康的意思。

歐文咳一聲，接著雙眼泛淚。「喔，感謝地下諸神，」他說著放下啤酒杯。「我們的族人還不算完全迷失。」

我們一起大笑——這是很常見的情況，不過我不記得有和他一起大笑過——接著我回答了一串關於他來時在路上看到的東西的問題。跟著又是一串在酒館裡看到的東西的問題，還有「科學」這個奇特的新觀念究竟是什麼玩意兒。

我們又喝了兩輪，吃完晚飯的酒客開始擁入。歐文講到後來有點太過興奮，吸引了吧台前一群小混混的注意。他們哈哈大笑，其中一個開始模仿他——非常糟糕的決定，表示他與朋友尋歡作樂的夜晚即將變成「被人教訓一頓的那晚」。

「給我閉上你的洞。」歐文對他吼道。他說的是古愛爾蘭語，不過語氣十分明顯。小混混臉上笑容盪然無存，他放下酒杯，開始做那種收縮下巴的動作，自以爲那樣看起來比較剽悍。

「你是在和我說話嗎，老頭？」

根據小混混的經驗，大多數人應該會在這時候退縮。他保留空間給歐文說「是我的錯」，然後撇開頭去，事情就算圓滿結束。但我的大德魯伊可不是普通老頭。他絕不會分辨不出有人挑釁，也從不拒絕回應挑釁。他把目光保持在小混混身上，一臉無比輕蔑地說：「敘亞漢，告訴他說他媽被我從側面上的時候叫床聲和獾差不多。」

我微笑，不過決定不幫忙翻譯。沒必要翻；光是歐文的肢體語言和語調就夠挑釁了，而那個小混混很樂意接受挑釁。他雙手握拳，走了過來。

「聽著，老頭，如果你想找碴，我很樂意奉陪。」他走近時揚起拳頭指向歐文。「事實上——」這樣就夠了。歐文抓住對方手臂，把他扯近，然後一頭撞上小混混腦袋。他哀號一聲，摔倒在地，歐文站起身來，把椅子踢向後方。「尊敬長輩，小夥子！」

酒館裡陷入事情突然鬧大時的那種死寂。吧台前有四個小混混的朋友，而他們都看到他在不到一秒內就敗在一個看起來年過七十、一副沒辦法付帳的老頭手下。他們得在短時間內做出選擇：可以嘲笑朋友，讓此事變成他一輩子的恥辱；或是選擇幫他出頭。歐文可不打算讓他們笑完就算了。他踢了小混混一腳，然後示意其他混混上前。

「過來學點教訓。」他說；儘管他們不懂古愛爾蘭語，但他的意思還是非常清楚。這隻恐龍想要打架，而我臉上的笑容大概也有點煽風點火。

「好了，等等，各位——」酒保說，但他們全都放下飲料衝向歐文。自尊和義氣不允許他們做出其他選擇。我沒有動，不過默唸強化力量和速度的咒語，以免他們決定把我也牽扯進去。

第一個混混打算撲倒歐文，然後圍毆到他投降。這樣不會成功的；這是徒手搏鬥常用的策略，大德魯伊從前訓練時會叫我們用這種方式撲上去。歐文假裝向右，騙得混混撲向那一側，然後跳向左，拍開對方伸出的右手以確保他會閃過去。大德魯伊趁那個可憐小子雙拳貼近胸口、掠過時迴身，推出左肘擊中對方腦側，然後繼續轉身，背對第二個撲來的混混，以右肘擊中對方腹部。混混停住腳步，彎下腰去，歐文再度揚起彎曲的右臂，轉完一圈，手肘擊中他的下巴。他在倒地前噴出好幾顆牙齒。

第三個混混放慢速度，決定尋找老頭的弱點，第四個不管我背上揹了一支長劍，決定攻擊我。他彎起手臂從我左側來襲，我則等著他揮出拳頭。當他揮拳時，我用左手接下攻擊，然後依照歐文的榜樣給他來記頭槌，用他自己的衝勢對付他。我撞斷他的鼻子，讓他摀著臉摔倒在地。

最後那個傢伙表現得完全不像剛剛所有夥伴都還站著時那般英勇，面對能在短短數秒內擊倒所有夥伴的對手時，士氣很容易一瀉千里。

他舉起雙手，向後退開。「嘿，是我們的錯。對不起。」

「這傢伙是怎麼回事，敘亞漢？他剛剛還直撲而來，這下又改變主意了？」歐文問。

「如果你是他，不會這麼做嗎？」

「當然，我或許會考慮擇日再戰，但會等到學會怎麼打架再說。打這些傢伙一點樂趣都沒有。」

「樂趣來了。」我說著指向自他身後逼近的保鑣。他身材高壯，是那種可以承受很多攻擊，然後耐心捶打你腦袋，直到你倒地不起的傢伙。「把你這種人丟出去是那傢伙的工作。」

「他擅長他的工作嗎？」

「你很快就會知道了。」我從口袋裡掏出錢來，用英文對酒保說道：「抱歉搞成這樣。我會留下酒錢，外加一些補償金。」

我身上只有美金，不過美金很好兌換。目前除了地上血跡有待清理，還沒造成什麼損失，但我認爲再過不久情況就會改變。保鑣和那些混混不同，懂得如何打架。他看起來像是從過軍，受過以色列近身格鬥技訓練的樣子。他對歐文展示這套格鬥技的精華。大德魯伊在十二秒內就受制倒地，雙手被扭在身後，奮力喘息。保鑣也很喘，因為歐文有打到他幾下，不過兩人都打得面露微笑。

「老爺爺很能打，」他說著朝地上吐口鮮血，然後轉頭看我。「你也要惹麻煩嗎？如果你對我拔劍，那就不光是惹我而已，還會惹上官司。」

「不，我不用教訓。非常謝謝你幫我教訓他。」

「好吧。那請出去吧。」他朝門口撇撇頭。「我和老爺爺隨後就來。」

我走過他們，保持距離，然後在他們前面來到酒館門口。保鑣扶起歐文時，他哈哈大笑。「敘亞漢，告訴這個大漢我喜歡他。」

「他說什麼？」保鑣邊推歐文邊問。「晚點再來教訓我？」

「不，他說他喜歡你。」

「喔。好吧，那就不同了。」

「當然，我晚點會再來教訓他。」歐文說，我大笑。

「這句才是那個意思。」

保鑣輕笑。「他們總會這麼說。聽著，其實我很高興你們跑來教訓那些蠢蛋，他們都是酒鬼，但是別再回來了，兩位，不然下次我不會手下留情。」

「別擔心。」我說著走出門。他把歐文推出去，然後關門。

「你剛剛怎麼一直用肘擊？」我問。

「喔。那個呀。因為我的指節很痛。」他伸展身體，揉揉後腰，皺起眉頭。「現在過度使用拳頭的話，明天早上會撐不開。變老就和在糞坑裡游泳差不多有趣。」

「我知道；我有經驗。」

「是唷？你開始變年輕前是多老？」

「我是在七十五歲那年遇上艾兒蜜特，學會這套把戲的。你說的那種疼痛，現代人稱為關節炎。」

「我有問你現代人怎麼稱呼它嗎？我不在乎，因為我要叫它指節痛。」

「好吧。」

「所以你保持青春強壯的祕密是什麼，呃？你弄到一隻馬拿朗的豬【註】嗎？」

「不，我喝一種茶。事實上，我會煮一些給你喝，再幫你安排這個年代的身分。你想要恢復到幾歲？」

「你這麼問是認真的嗎？」

「是呀。」

「好吧，我不要變成像你那麼年輕。我知道你現在比我老，但就是感覺不太對——如果你懂我的意思。」

「我懂。」不過我喜歡看起來年輕一點。這樣會讓大家小看我。

「我想要重返四十來歲左右。這個年紀一方面能夠恢復力量，另一方面又能贏得一定程度的敬重。」

「聽起來不錯。我們先回森林裡，弄點必需品。你的腳好點了吧？」

「喔，好點了。感覺已經是我上了年紀後最好的狀態了。芳德給我吃的培根非常神奇。」

我們往基爾肯尼堡外圍走去，而他的步伐比起來時有自信多了。我認爲喝酒打架對他的幫助，應該和馬拿朗的神奇培根不相上下。

「準備好要學新的語言了嗎？」

「準備好了。不過慢慢來，從髒話開始。」

我開始用自己的愛爾蘭口音教他英文，而他顯然學得很快。吸收語言速度這麼快，當然是因爲他是德魯伊。我們從基爾肯尼傳送到亞歷桑納旗杆市，當地才過中午，舊金山街上的冬陽貿易公司正營業中。那裡有包括茶壺在內的不朽茶所有必要材料，附近也有一片歐文會喜歡的森林。

不過在走進店裡前，我先拿出手機打電話給我的律師霍爾．浩克——坦佩部族的阿爾法狼人。歐文沉迷在路人和旗杆市市區景象裡，完全沒注意到我拿個小小長方形東西放在耳邊和別人交談。

「霍爾！需要些證件。」

「你在開玩笑。我才給你一堆！」

編註：傳說中馬拿朗．麥克．李爾有頭魔法豬，像奧丁的野豬Sæhrímnir一樣，每天被宰殺後會復活、身上的肉也會再生，爲眾神提供無盡的食物。

「不是我要用的。」關妮兒和我捨棄了之前的化名——凱歐帝給我們取的爛名字：史特林・席爾法和貝蒂・貝克——現在我們叫史恩・弗朗納根和奈莎・松頓，不過我們私下從不以此相稱。對我來說，她依然是關妮兒，對她而言，我也還是阿提克斯。「是給別人的。需要全套證件。因為他從來沒有出現過。」

「誰呀？」

「一個非常老的老朋友，名叫歐文・甘迺迪。聽著，我們在旗杆市，短時間內不能到你那裡去。這裡有人可以把照片和資料送去給你嗎？」

「有呀。去找山姆・歐布里斯特。那裡的幫派老大，瑞典人。準備好記下他的地址了嗎？」

我記下地址，向他道謝，承諾在證件準備好後會帶歐文去認識部族。

到冬陽貿易公司買齊所需物品，還跑去六十六號公路上的皮斯瑟普拉斯【註】買了台瓦斯爐、小鏡子、幾件給歐文穿的現代服飾，還有一把摺疊鏟後，我們帶著六加侖水爬上火星丘，藏身在離洛威爾天文台數百碼外的黃松林裡。我調配藥草，然後施展艾兒蜜特多年前教我的超重要羈絆術，讓這帖藥茶從藥性溫和的抗氧化兼解毒劑，變成奇蹟的返老還童藥。接著，既然在野外生火既不合法又沒效率，我用瓦斯爐煮了不朽茶，然後叫我的大德魯伊開始喝。

他喝了一口就皺眉看著茶。「味道像大便，老兄。」

「對你有好處。你很快就會感覺到了。」

他聳了聳肩，一飲而盡，然後又喝了好幾杯，直到喝光第一壺為止。我開始煮下一壺，邊煮邊微笑，他知道我在搞鬼。

「你在笑什麼？」

「我每次只喝一點，大概每隔四、五個月喝個半杯，這樣就能保持我現在的年紀。半杯只會有點通便效果。」

「什麼效果？」

「通便。就是說能放鬆你的腸胃。」

「半杯會……？但是你給我喝了一整壺！」

「所以我才帶鏟子來。等你挖好洞，我想你就會用上它了。來吧。」

我拿起鏟子丟給他。

「你這個一無是處的母羊之子！」他大吼一聲，從空中接下鏟子。他對我揮揮鏟子。「我該用這把鏟子打爛你的頭！」

「你得再喝幾壺才有能力那樣做。」我說。「你會先把體內的毒素排光，不過你不會懷念那些東西的。比方說，你會擺脫指節上的疼痛。」

大德魯伊嘴裡吐出一連串髒話，然後轉身挑個地點挖掘臨時茅坑。他保證會讓我爲如此羞辱他付出慘痛代價。

編註：皮斯瑟普拉斯（Peace Surplus）是旗杆市眞實存在的户外用品店。

「哎呀，精神已經這麼好了，」我說。「記住我這是幫你忙。細胞急速重生和替換……別管了，反正你也不知道那些是什麼意思。」

鏟子其實不算非常必要；我的大德魯伊可以運用德魯伊法術輕易移動一些土地，但如果那樣做，他就得停止咒罵我，才能唸誦羈絆咒語，而我很清楚他不會那麼做。我也不希望他停下來。我當學徒的十二年裡，他從折磨我中獲得很多樂趣，所以我要趁機享受一點幸災樂禍的快感。

「喔！」他脫口而出，肚子翻滾不休打斷了他的髒話。我聽見他拋下鏟子、手忙腳亂拉扯褲子的聲音。「可惡，敘亞漢漢漢漢！」

爽啊，我大笑。

儘管不停抱怨，歐文還是不得不承認不朽茶十分有效。每次他解放回來，準備喝下一壺茶時，我就給他照一次鏡子。皺紋逐漸消失，手上的老人斑也慢慢變淡。他的體態改善了，肌肉也越來越結實。我回想起剛學會煮不朽茶時經歷過同樣的過程，不過我抹除了五十多年歲月，而不是像他打算抹除三十年。拉完第四壺茶後，他的頭髮、眉毛和鬍子都開始變黑了。在身體擺脫歲月痕跡的同時，一切都長得比正常速度更快。

「我們得去找個理髮師。」我說。

「什麼是理髮師？」

「幫人剪頭髮的人。」

「不是大家都會剪頭髮嗎？」

「不，理髮師受過剪頭髮訓練，他或她靠剪頭髮謀生。現代人把技能大幅提升到比我們那個年代專業很多。你遲早都得挑選一樣用以謀生的技能。」

「你在講什麼？我是德魯伊。這就是我的專業。」

「不，從現在起，你也是德魯伊。現在沒人會為了德魯伊技能付錢給你，而你要賺取收入。」

「好吧，你都怎麼謀生？」

「多年以來，我學過很多專業技能。最近我是銀飾匠。之前我經營一家兼賣藥草的書店，就像我們剛剛在旗杆市去過的那家店。」

「書店是什麼？」

「賣書的地方。書就像卷軸，裡面充滿知識。這個年代的人就是靠書吸收資訊的——如果他們還在用紙的話。」

「他們透過書學習，而不是德魯伊？」

「沒錯。」

「那他們肯定非常蠢，我說得對嗎？」

「有些確實愚蠢。」我承認。「大部分都是不讀書的那些人。但是書的好處就在於，任何人都能隨時學習任何知識。此刻不懂某件事的人，隨時都可以依照他們自己的時程自我學習，而且書絕對不會拿橡木杖去敲他們的腦袋，說他們又搞砸了。」

最後那句針對性強烈的話讓歐文皺起眉頭。「喔，我懂了。」他說。「你受訓的時候，我不是很顧慮你的感受，是不是？」

「不是很好的經歷。」我說。「而且你根本沒必要採用那些教學方式。」

「等等，好了，老兄。你是德魯伊不是？」

「如果你有傾聽大地元素怎麼說的話，我不光只是德魯伊，還是獨一無二的德魯伊。」

「你是不是活得比其他德魯伊更久呢？」

「顯然是。」

他伸出手指指著我的臉。「那我那些可惡的教學方式就很成功啦。你現在能坐在這裡多愁善感，而不是在地底下給蟲吃，基本上就證實了把東西敲進你腦子的價值。」

我凝視著瓦斯爐和茶壺，不再多說什麼。最後他終於用超小音量喃喃說了些可能是在道歉的話。「看來我得改當你的學徒一陣子，我感覺這次的角色轉換，我會過得比你之前好很多。接下來要幹什麼？」

「接下來你再喝一壺茶，應付副作用。然後我們就進城去，幫你整理儀容，飽餐一頓，再來我就帶你去見個名叫山姆·歐布里斯特的狼人。」

「什麼人？」

「狼人是變形者，不過只有狼形。對魔法免疫，弱點是銀。」

「啊，我就在想你為什麼要用銀來製作符咒。金的能量傳導性更好，不是嗎？」

「對，但我認為用防禦效果去換很值得。」

「狼人有暴力傾向嗎？」

「這年頭比較沒有了。我剛開始製作這些符咒的年代，他們有很嚴重的暴力傾向。他們現在文明多了，而且地盤觀念很明確。如果你也想做些符咒，我可以教你。但首先我們要開始製作身分證件、繼續語言課程、修補我的刺青。」

再喝一壺茶後，歐文的外表和身體狀況都恢復到四十來歲——和七十歲比起來棒多了。我帶他進城，整理儀容，然後在朗伯亞德酒廠請他吃頓遲來的午餐。大量白髮底下新長出來的黑髮讓理髮師感到困惑，但在歐文嚴厲的目光下，他沒有提出任何問題。歐文留了滿嘴鬍子，不過修剪整齊，眉毛也修到可以接受的模樣。他看起來像是用低沉嗓音談論耐力和負重的男性廣告裡，那種會拿很重的東西丟到卡車後座的男人。

我們的午餐服務生是個非常漂亮的女大學生，當她朝我們微笑招呼時，歐文的表情及時警告了我。

「等等！」我用古愛爾蘭語說。「看著我！」

他那挑逗的神情消失，皺眉問道：「又怎麼了？」

「我不確定你想幹嘛，不過她可不是兩千年前的酒館蕩婦。對你笑並不是要你捏她屁股的意思。如果你膽敢碰她，她至少會把你趕出去，搞不好還會告你性騷擾。」

「什麼擾？」

「從頭到尾手都不要亂摸，不要瞪著她看，也不要吐舌頭或眨眼，還是什麼的。把她當作國王的女兒。」

「她是貴族？」

「對你而言，她就是。所有女人都是。這年頭求偶方式和從前大不相同，而且每個國家的規矩都不一樣。先等一等，讓我點餐。我再和你解釋。」

他嘟囔一聲，撇開頭去。我對耐心等候的服務生道歉，點了兩份凱撒卷【註】招牌三明治，外加他們精心釀造的紅麥酒。向歐文解釋歐伯隆口中的「人類交配習性」耗費了不少時間，也讓我們都很沮喪。

「現在大家都不像從前那樣坦然面對性愛了。」我說。

「為什麼不？」

「一神教導致大家都怕自己被別人看作淫亂放蕩。」

歐文一臉茫然。「我不懂你在說什麼。」

「大家都不希望看起來太飢渴，所以你得放慢腳步。再說世界上有很多眞的很變態的傢伙，女人會擔心你也是。」

「什麼？」他朝服務生消失的廚房方向點頭。「她根本不認識我。」

「沒錯。在她有機會認識你之前，不要妄想嚐到甜頭。我知道這種行為和從前比起來很奇怪，也很沒有必要，但是會變成這樣都是有原因的。在你熟悉這裡的語言和文化前，我能提供最不會惹上麻煩的建議就是，等女人主動。而微笑並不是主動的表現。」

歐文伸手掩面，喃喃說道：「布莉德賜我耐性。」

「對，要有心理準備，你會面對很多要有耐心的情況。」

吃完午餐，我帶他去霍爾提供的地址找山姆・歐布里斯特，旗杆市部族的阿爾法狼人。雖然我知道城裡有個規模不小的部族，卻從來沒有理由造訪他。他身材高大、金髮、方下巴，戴著一副肯定只是做造型用的眼鏡。他家離森林很近——原因自己想——而他和部族第二把交椅泰・波拉德同居，泰剛好也是他的丈夫。

「霍爾說過你會來，」他說著和我們握手。他目光瞟向我脖子上的銀符咒，不過沒有任何反應。「請進。」他微笑揮手招呼我們進門，還端出啤酒招待，不過因爲才剛喝過，所以我們沒喝。他打量歐文，一邊聊天，一邊記下像是眼睛和頭髮的顏色之類身分證件所需的細節。「我聽說你能變形爲獵狼犬。」他對我說。

「沒錯。」我每次和沒見過的狼人碰面時都會聊到這個話題。我了解他們對一個能夠戴銀，還能變形爲獵食狼之動物的人感興趣的原因，不過我其實從來沒有獵過狼。有些狼人很享受和我見面時的危險快感，有些則將與我見面當作挑戰。幸運的是，山姆屬於前者。

「你和霍爾的部族一起狂奔過幾次，是不是？」

編註：凱撒卷（kaiser roll）是種起源自奧地利的花型圓麵包，表面大多會撒上罌粟籽或芝麻，也被稱作維也納卷（Vienna roll）或硬麵包卷（hard roll）。麵包上的五瓣花型據傳來自用麵糰表現王冠形狀。現於美國、加拿大也是常見麵包，會切半做成三明治。

「對，不過那是很久以前的事情了。當時剛納還在。」

「喔，我懂了。他也會變形嗎？」他指著歐文問。

「會。黑熊，還有其他形態。」

接著他又提出一些問題——我們希望歐文的背景資料裡出現某些名字或職業嗎？我請山姆編造他父母的名字，工作記錄就編些戶外勞動工作。我想到附近大學的吉祥物，於是說道：「或許讓他當個伐木工【註】。」

我們過不了多久就會有空處理我的刺青，但那樣會花掉超過一週，而那段時間裡我將會徹底失聯。我認為最好先和關妮兒說一聲。

但當我拿出手機時，發現自己已經失聯了。上一通打給霍爾的電話用光了手機的電，而我身上沒帶充電器。我得轉移回小屋，親自告訴她。

「你介意我趁你幫他照相的時候出去一下嗎？」我問山姆。

「不，沒問題。」他回答。「他看起來不會惹麻煩。」

「謝謝。」我轉向歐文，用古愛爾蘭語說：「我要在回舊世界前先去看看關妮兒，讓她知道我們會失聯一段時間。」

「你要把我留在這裡？」他問。

「幾分鐘而已。他們會幫你照相，然後讓你喝點啤酒。沒什麼好擔心的。」

「不要傻了！首先，我又不知道照相是什麼！為什麼不等一等，帶我一起去？」

「因爲我要你先多適應一下現代文化。」

「對你來說，我學得還不夠快，是不是？」歐文看著山姆，伸手指我，第一次對其他人開口說英文。「他。沒種。」他說。

山姆和泰沒想到歐文會突然轉成英文，還說出這種話，忍不住哈哈大笑。我揮手道別，很清楚他有辦法和他們好好相處。山姆家旁的森林讓我輕鬆轉移到提爾．納．諾格，然後在黃昏時分轉移回我們在科羅拉多的小屋。關妮兒和歐拉不在，但是歐伯隆在家。

〈阿提克斯！也該是時候了！我已經獨自在家好幾天了！〉他跳到我面前搖晃尾巴，我拍拍他。

「好幾天？你確定嗎，老兄？」今天十分漫長，不過我懷疑自己離開至今還不到二十四小時。

〈這個，她們出門後，我已經睡了好幾覺。〉

「她們上哪兒去了？」

〈印度的什麼地方。關妮兒的爸爸被附身了，拉克莎叫她去幫忙。〉

「什麼？什麼時候的事情？」

〈我說過了，好幾天前！但關妮兒在桌上留了張字條給你。你應該要看一看。〉

「是呀，我想我會看。」廚房桌上有張黃色便利貼，關妮兒用藍色墨水寫下的整齊字跡告知了

編註：位於旗杆市的北亞歷桑納大學（Northern Arizona University, NAU），吉祥物為伐木工路易（Louie the Lumberjack）。

以下消息：

阿提克斯——

拉克莎打電話來。我爸被一種叫作羅朔幽奇的東西附身。我要去坦賈武爾的布里哈迪希瓦拉神廟和她會合。我會想辦法在那裡留下線索。請趕來。

——關

十月二十一日，上午九點十分

「歐伯隆，這不是好幾天前寫的。是今天早上才寫的。」

「喔。好吧，我的意思是我很可愛。」

「關妮兒離開了九個小時，和拉克莎獨自在一起九個小時實在太久了。我不信任她。她怎麼會在印度抓到關妮兒的父親？」

「我想拉克莎沒有抓到他。聽起來是她們要一起去找他的樣子。」

「所以整件事可能是場騙局，而關妮兒就這麼不清不楚地跑去了？」我說著衝向門口。

「你是說就像你現在這樣？沒錯。」

「天殺的羅朔幽奇究竟是什麼玩意兒？」

「要我猜的話，聽起來像是串燒醃牛肉沾辣醬。」

「等等，你說得對。」我說著轉身又走回小屋。「我太急了。我該先給手機充電，然後留張字條，以免她在我們出去找她的時候回來。」

「嘿，你爲什麼會一個人回來？你不是要去接那個在小島沙灘上指著我們的老頭嗎？」

「喔，對。我接到他了。但他現在和兩個狼人一起待在旗杆市。他不會有事的……我希望。」

「你聽起來不太肯定。」

「他不熟英文，而且脾氣暴躁。」我說著插上手機，拿起一張便利貼，寫下我們離開的時間。

「聽起來他有資格當電影明星。」

「我們回去時，他八成已經準備好要上演一場動作戲了。我們很可能會深入險境，所以我要你跟緊一點、提高警覺，好嗎？」

「收到，紅領隊【註】。」

我調整富拉蓋拉，不過不是因爲不舒服，比較像是確認它還在背上，然後走出門外，迎向傳送樹。

「我已經好久沒去印度了。希望坦賈武爾附近有傳送樹。」

「印度是什麼樣子？」

「喔，沒錯，你沒去過印度。好了，做好心理準備，老兄。那裡住了超過十億人，而且大多吃

譯註：歐伯隆在學星際大戰（*Star Wars*），紅領隊（Red Leader）是其中著名X翼戰機中隊紅色中隊（Red Squadron）的隊長。

素。」

「哈哈，很好笑。」

「我說眞的，歐伯隆。牛在那裡是神聖的動物。沒人吃牛。」

「你是在嚇唬我？」

我對著他笑：「聽起來像是恐怖冒險故事，是不是？來吧，歐伯隆。把爪子放到樹上。」

「等等，阿提克斯，我認爲我們該先談談——」

第四章

在印度歡迎我們的是潮濕的空氣和厚厚的雲層，肯定快下雨了。蛙鳴蟲叫吟唱著輪迴、飢餓、需求和滿足，還有命運的轉動和掌控。我的獵狼犬立刻察覺到天氣轉變。

「空氣濕。」她說。

「沒錯，確實很潮濕。」坦賈武爾四周都是稻田，偶爾可以看到一些香蕉或椰林。我們轉移到這種果林裡，頭上垂著成串香蕉，離城市邊境有數哩之遙。即使如此，傳送樹還是比我想像中近多了。在歐洲黑暗時代裡，阿提克斯慢慢環遊世界，盡可能把所有地點都與提爾．納．諾格連結在一起；當那些傳送點建立之後，守林妖精就在布莉德的命令下維護它們，三不五時跑來確認傳送點還能運作，在樹木死亡或遭人類移除時創造新傳送點。有些守林妖精是安格斯．歐格的手下，會趁執行任務時搜查阿提克斯下落，但是所有妖精和圖阿哈．戴．丹恩都因此受惠。

這座香蕉林位於一座高地上，我施展夜視能力，立刻看見一條河道蜿蜒入城。有條小徑或道路沿著河畔而建，我決定順著路走，期望能在路上遇到人指點我們如何前往神廟。居民大多已經回家過夜了，但我敢說一定還有人在外遊蕩。我也對歐拉施展夜視能力羈絆，她跟在我身旁橫渡原野、奔向河道，尾巴傳達了喜悅之情。

「好玩！新氣味！」

「感覺很不一樣，是不是？」我說。附近有青草或乾草堆的味道，還有隱隱帶著自製咖哩和焚香味道的胡椒香料氣味。經過一間燈火通明、窗戶敞開的房舍時，我們聽見某種弦樂器樂聲搭配鼓皮的拍擊旋律，以及擊鈸聲響。有人和著錄音機裡的歌聲唱著不成調歌詞，他自己不覺得難聽，但沒有受過音律訓練，顯然也不在乎。

抵達河畔道路後，我們終於看到人了。由於歐拉這頭大型生物沒有繫繩地高速奔跑，不少人都被她嚇到。我們聽到尖叫聲、見到懼色，也聽見人們在我們通過後鬆了口氣。

「人害怕。為什麼？好獵狼犬，對嗎？」

「妳是有史以來最溫柔的獵狼犬，但他們不知道這一點，看到妳會有點驚訝。別擔心。待在我身邊就好了。」

「最好的人類。愛關妮兒。」

天上落下幾滴雨，我發現我們最好盡快問路。我本來假設神廟位於市中心，但可能有誤。我發現有對男女在散步，於是讓歐拉知道我要放慢速度，和對方交談。

他們看我們接近時突然停步，男人上前一步，保護他的妻子或妹妹。我不會說坦米爾語或印度語，或印度通用的十幾種語言中的任何一種，所以我希望他們的英文好到能和我溝通。

「布里哈迪希瓦拉神廟？」我說著伸出雙手做出無助的手勢。他們沒看到，因為的視線都停留在歐拉身上。

「暫時坐下，裝出可愛無害的樣子。」我告訴她，她照做。接著我複誦問題，那對男女終於發現我站在這裡。我又重複兩次，那個男的才終於舉起手臂，比向我們原先前進的方向，因爲現在注意到我了，他就開始懷疑我是不是比獵狼犬更危險了。

這個，是呀，好先生，我確實比她危險。

我注意到因爲自己的刺青，那個男人沒辦法和我進行目光接觸，甚至開口和我對話。他們不常看到凱爾特繩紋；他們感應到那些刺青不只是裝飾，於是對這些作用不明的刺青感到困惑。我認爲他們想問我這些刺青的意義，但基於某種原因，他們沒有吭聲。在當前情況下，他們沒吭聲的原因或許是我大腿上的飛刀，也可能是手裡的木杖。

「我們沒走錯方向，歐拉。走吧。」

我朝男人微微鞠躬，道了聲謝，然後繼續奔跑。雨越下越大，碩大的雨滴顯示很快就會有傾盆大雨，歐拉和我在抵達目的地前肯定會渾身濕透。路人開始躲到屋簷下去，道路上僅存的行人通通消失，只剩下我們在黑暗中獨自奔跑——很好，眞的，這樣可以跑快一點。

約十分鐘後，神廟的高塔出現在我們左邊的黑暗裡，塔底的聚光燈照亮塔身，片片雨水在光線中閃閃發光。我們走橋渡過水道，沒多久就抵達塔底，結果發現那座塔外圍著高牆。入口是高牆上的巨型石洞，三十餘呎高，兩倍寬；拱形門頂可以遮風避雨。最高處的雕像是吠陀【註】諸神和祂們的

編註：吠陀宗教（Vedic religions），也稱作古印度教（ancient Hinduism）、婆羅門教（Brahmanism）等，泛指宗教經典爲《吠陀經》（Veda）的宗教，其中也包括了現代印度教。主神爲梵天、毗濕奴與濕婆三神。

事蹟，任何人在這種宗教遺跡前都會感到渺小。一條身影等在神廟入口——不是在拱門下，而是站在雨傘下，身裹莎麗服。走近之後，我看出那是拉克莎，或至少是拉克莎當前占據的軀體；我從來不清楚該如何看待她。她換身體就像我和阿提克斯換身分一樣，但目前，她還是用多年前搬離我腦袋後占據的希萊·查姆卡尼身體。

她在我走近時露出潔白的牙齒招呼，我也以笑容回應。阿提克斯八成認為我太信任她了，但我懷疑他能否了解我們之間的關係。當年我在魯拉布拉當服務生的時候，拉克莎隨時都能殺了我——事實上，這麼做對她而言還單純點——但她選擇不要這麼做。我知道她不會害我，因為我死了她會更方便。我敢肯定這一點，也是因為她住在我腦子裡。我們得非常信任彼此才能這麼做，很少人，包括阿提克斯在內，能夠理解這種關係。他認為她隨時都能改變心意，而理論上來講，或許真是如此。我很了解其他人有什麼理由要怕她；她的能力是那種很容易就會濫用的類型，而過去她也確實曾濫用它，搞不好之後還會濫用。不過我也明白我個人完全沒有必要怕她。

「拉克莎，」我說著走到雨傘下。「我很想擁抱妳，但我渾身濕透了，而妳的衣服都還是乾的。」

「還是抱吧。」我漸漸開始欣賞那種習俗，而我們也已經太久沒見了。」我照做，不過還是對弄濕她的衣服過意不去，她穿莎麗向來比我穿任何衣服看起來更加優雅。她將紅黃相間的長布條從肩膀披至腳踝上，飄逸動人同時給人端莊又極為性感的印象。她的紅寶石項鍊，既是凝聚法力的法器，也是她靈魂的避難所，大方地垂在她的鎖骨下方，而我注意到她雙眼中央點了顆紅色明點【註】。

「妳的氣色不錯。」我說，注意到她眼角上的皺紋有些加深，呈現衰老跡象。她注意到我一點也沒變老。

「謝謝。但是氣色沒有妳好。德魯伊知道什麼我不知道的知識嗎？」

「如何煮好正確的藥茶。伊度恩的金蘋果怎麼了？」阿提克斯花了很大心力幫她弄了一顆金蘋果；她本來打算用金蘋果種子自己種出一棵金蘋果樹，藉以獲得北歐諸神永恆青春的力量。

「我種出了兩種不同的樹，但是至今都還沒有結出果實。希望它們盡快開花才好。」

「妳還有很多時間。」

「我知道，但這具軀體的活動力不比從前。如果蘋果不快點結出來，我就要找具新軀體了。那是魔法樹，開花結果可能比一般樹要更長的時間。」

「妳想要的話，我可以幫妳煮不朽茶。」我說。「讓妳的身體回到二十歲，有更多時間等樹結果。」

「妳可以？歐蘇利文先生教過妳怎麼做？」

「有呀。因爲會有副作用，所以要整個完成需要一段時間，不過不算非常難。」

「那我們晚點再來討論。妳是爲了妳父親而來的。」

編註：明點（Bindi）是印度婦女點在額上的裝飾，基本上只有已婚且丈夫仍在的婦女會點，通常點在第六查克拉（chakra／脈輪）眉間輪（Ajna）上。這個字起源於代表「點」的印度語bindu。

「沒錯，他在哪裡？」

「我不知道。我沒辦法占卜他的位置。附在他身上的羅朔幽奇能防禦占卜。」

沒辦法擠到傘下的歐拉抖抖身體，把水甩得到處都是。「現在要進室內嗎？到屋頂下？」這是個很好的問題，我拍拍她，私下道歉。

「我們可以找個乾的地方談嗎？」我問拉克莎。

「當然。這裡只是方便碰頭。不難找，是吧？」

「對，很顯眼的地標。」

「很好。跟我來。」拉克莎邁步離開神廟入口，我有點失望不是要進神廟裡談，但接著我想起阿提克斯會來這裡找我。

「等等，」我說。「我們可以想辦法留條訊息給阿提克斯嗎？讓他知道上哪兒來找我們？」

她回頭看我。「歐蘇利文先生要來？」

「對。不知道確實時間，不過我敢說他遲早會來。」

「你們兩個還沒有分道揚鑣？」

「這個，沒有，我不想和他分開。我喜歡他，如果妳還記得，早在妳告訴我他是德魯伊前我就對他有好感了。結果他也喜歡我。」

「我懂了。」她消化這則訊息，下雨並沒有被我們的交談聲打斷，大地的事物從來不會被人類的煩惱影響。接著她說：「妳不能直接打電話給他？或是傳訊？」

「他此刻不在這個世界。」

「他抵達時當然會打電話給妳？」

我苦笑搖頭。「和阿提克斯有關的事沒有理所當然。」

「我沒辦法確保他能在神廟裡獲得訊息。」拉克莎說。「沒有其他方法聯絡他嗎？」

「我不確定……喔！唉。有，有個辦法。先等一等。」

我低頭看著自己的腳，發現我們站在石板道上，不過幾碼外有塊草地，草葉沿著神廟牆壁微微晃動。「讓我和這裡的元素談一談，然後我們就可以走了。」

「我在這裡等。」拉克莎說，我點頭道謝，然後跳向草地。歐拉跟著上來，又抖了抖身體。

「怎麼了？」她問。

「我要和大地談談，然後我們就可以去乾的地方。」

「好計畫！講快點？」

「我盡量。」

由於從未與這裡的元素交談，在阿提克斯不在的情況下自我介紹讓我有點緊張。但我還是取用拉丁文思考模式，透過與大地間的羈絆說道：／／妳好／和諧／新德魯伊來訪／／

對方的回應讓我感到十分興奮，不過也讓我略微自我反省。／／歡迎／激動德魯伊／和諧／享受我的領地／／

我眨眼。阿提克斯說過元素都叫我類似激動德魯伊之類的，但直到目前為止，我從來沒有聽過——或是感覺到過，我想。元素當然不會說話，不過我感覺到代表「德魯伊」的影像或概念被稍作修改，增添一些暴戾之氣，而且用來專門指我。他們知道什麼我不知道的事嗎？我爲什麼不是「好德魯伊」或「歌聲美妙的成熟德魯伊」？

／／德魯伊很快就會來／／我說，用的是他們專指阿提克斯的原始德魯伊概念。／／我得見他／提問：他抵達時告知我的位置？／／

／／好／／

／／感激／和諧／提問：我該怎麼稱呼妳？／／

／／自己是人類稱作高韋里河的河／／

我露出理解的笑容。坦賈武爾位於高韋里河的三角洲地帶。／／我稱妳為高韋里／和諧／／

交代好這件事後，拉克莎帶我們穿越一座狹小街道的迷宮，來到距神廟半哩外一處樸實住所。坦賈武爾到處都有樹木和沒鋪柏油的土地，拉克莎家前有一小片菜園，可以讓高韋里當作地標。

進屋之後，拉克莎拿毛巾給我擦身，請我換上一件袍子，她要把我的衣服丟進烘衣機。在我看來完全沒有必要這樣拖延時間。

「我們不會立刻離開嗎？」

「有時間弄乾身子。」我把衣服交給她，換上那件袍子，然後用毛巾把歐拉擦到不會滴水的程度。拉克莎爲我泡了杯熱茶，然後帶我們前往她所謂的工作室——這算對巫術工房比較溫和的稱呼。地上有幾個圈，其中一個是鹽圈，另一個恐怕是用血畫的。小心避開那些圈圈後，拉克莎帶我來到對面牆邊的紅木桌前，點燃幾根蠟燭。桌上擺了幾塊陶器碎片，一塊接著一塊將其上的梵文字排列成完整句子。歐拉把鼻子湊到桌旁，聞了幾下。

「不好聞。」她說，然後坐下。

「這個容器是在距離此地不遠處出土的。」拉克莎指著碎片說。「妳父親被引誘到鎮北一個地點挖掘，而這些文字就是讓我如此不安的原因。上面說：『永遠不要打開。打開這座牢籠的人將會死亡，羅刹將會肆虐大地。』最後有些讚美濕婆【註一】的頌詞。」

「就這樣？沒有記載裡面關的是誰或什麼東西？」

拉克莎聳肩。「沒說，但我們可以推論。如果他有力量操縱羅刹，那他不是阿修羅【註二】——一種與吠陀教提婆神【註三】對立的高階惡魔——就是羅剎幽奇。阿修羅通常會以眞身現形，羅刹幽奇則得附身他人。妳父親遭到附身，所以最有可能是羅刹幽奇——」

「等等。羅刹幽奇爲什麼一定要附身他人？」

編註一：濕婆（Shiva）是印度教專司破壞的神明，負責在世界壽命將盡時，破壞世界以準備創造新世界；與司掌創造的梵天（Brahma）、掌管維持的毗濕奴（Vishnu）爲三主神。

編註二：阿修羅（Asura）梵語中意爲非天，原爲古印度神話中的惡神；後來被引入佛教，成爲八部眾之一。有時會與羅刹混同，但有種說法是雖然同爲惡魔，但阿修羅是與天作對，而羅刹則是危害人間。

編註三：提婆（deva）在梵語中代表「神」，女性爲提毗（Devī，梵語中的「女神」），也被漢語典籍譯爲天部、天人、天神等等，是與阿修羅對立的善神。

這個問題似乎讓拉克莎有點不安。「妳對印度教的輪迴觀念有多了解？」

「我想只有最基本的：肉體死亡，靈魂不滅。靈魂會回到新身體裡，而所有靈魂都在盡力淨化己身，以便回歸萬物之源，對嗎？」

「一點也沒錯。每次降世都只會記得一點，或是完全不記得前世的記憶。容器上的文字顯示囚犯原始的身體早已消滅，但靈魂一直沒有進入下一道輪迴。它受困在容器裡，打算藉由附身他人來延長這次輪迴的存在。」

我試圖從她臉上讀出任何情緒，但她面無表情。

「請原諒我這麼說，但那聽起來和妳的做法非常類似。」

「我知道。」她暫停片刻後回應，聲音很輕、有點困擾。「我們很像。我在這傢伙身上看見一條自己差點踏上的道路盡頭。我也不確定現在挑選的道路會不會比較好。」

「好吧。妳和這個羅朔幽奇的差別在哪裡？」

「我只會附身肉體，不會影響靈魂。我把原先的靈魂擠出去，然後占據肉體——只是搶走肉體而已。但他會控制靈魂和肉體。」

「妳不就是這樣對我的嗎？」

「不，我在妳腦中分享空間，找出沒有使用的通道和角落落腳。除非妳想要和我對話，不然我不會去讀妳的心。我只有在極少數例外的情況下，會不經允許接管妳的身體。他的做法是在奴役妳父親。他知道妳父親所知的一切，記得妳父親記得的事。就外表看來，妳父親還是和從前一樣，但行爲已經大不相同了。」

「他究竟在幹什麼?妳說他在散播瘟疫。」

「對，現在是第二天的結束。患病人數增加中，醫院已經人滿爲患。醫生都很困惑，但人們感覺得到這種病並非自然生成。今天下午——城外有個女人被指控爲女巫燒死。」

她說完這話後沒有微笑，不過我有等她這麼做。沉默一段時間後，我問：「妳是在開玩笑吧?」

「完全是認眞的。」

「喔，天呀。她是女巫嗎?」

「我認爲不是。她很窮、沒有結婚，於是淪爲目標。我打扮成已婚貴婦不是沒有道理的。」

「太可怕了。我不敢相信現代還會有這種事。」

「我要相信不難。恐懼會無視現代化的步伐。」

「他如何散播瘟疫?」

「妳知道羅刹是什麼嗎?」

「有點概念。是某種惡魔，是吧?」

「不是猶太—基督教裡的那種惡魔。而是種極度邪惡的人類重生後形成，某種受詛咒的半存在。他們可以任意變形成爲幾乎所有有機物質——包括毒蛇。這是摩耶【註二】，幻象的力量。妳父親召喚羅刹，特別命令他們不可吃人、挖心，或做任何類似事情，只是散播這場令醫生束手無策、快速擴散的疾病。過去兩天內已經有數百人染病。第一批遭受感染的人已經死亡，明天情況會持續惡化，在染病人數從數百人變成數千人時，登上國際新聞。」

「所以我們要把他找出來，然後妳可以把那個羅朔幽奇趕出去，對吧？讓我父親恢復原狀？」

「如果那麼簡單，我就不用找妳來了，孩子。我沒辦法在不害死妳父親的情況下趕走羅朔幽奇。就算我們打算爲了大局犧牲他——我不是提議這種做法——羅朔幽奇也可以直接附身另一具肉體，就和我一樣。他很難殺，這也很像我。我們得羈絆他，再度囚禁他，或是從靈體層面摧毀他。」

「這兩種做法妳辦得到嗎？因爲我辦不到。」

「我無法羈絆他。只要滿足某些條件，或許可以摧毀他。我們需要幫忙。」

「要誰幫忙？」

「我們需要找一支沙克提【註二】——神聖武器——來對付這凶猛的惡靈。」

挖苦花園被不耐煩的水灌溉，而我的花園選在這個時刻開花。「這種東西有地方在賣嗎？」

「我不是指劍或矛。我是指一位提毗——也就是女神。而我說的是杜爾迦【註三】。」

「那我不知道該怎麼幫妳。我沒有她的電子郵件，她也不會上推特。」

「聯絡交給我就行了。我已經在聯絡了。」我還沒問她這是什麼意思，她已經繼續說了下去：

「我希望妳有辦法找出妳父親。」

我考慮讓歐拉利用容器碎片去追蹤氣味，但她是仰賴視覺的獵狼犬，而且在那場大雨過後，我父親的氣味已經淡到不太可能追蹤了。「有人試過打他手機嗎？」

「我今天早上透過警局裡的熟人追過這條線索。他的手機已經不再傳送訊號了。或許妳可以請元素幫忙？」

「很可惜，這沒有用。」我解釋。「對元素而言，人類只是沒有個人特徵的生物——是生態體系的一環。他們能夠分辨不同的德魯伊，完全是因爲我們和他們羈絆在一起。高韋里沒辦法分辨我父親和這附近其他男人的差別。」

「或許占卜看看？」

「我可以試試，但並不擅長。阿提克斯訓練我的時候沒花多少時間在那上面，而我強烈懷疑我會做得比妳好。」

「我懂了。那妳有辦法治療生病的人嗎？」

「或許。那樣能找出我父親嗎？」

編註一：摩耶（Maya）是印度宗教或哲學中的概念，本來代表著神力與智慧，後來引申爲「幻象」或「魔法」。

編註二：沙克提（Shakti）在印度代表力量，是萬物起源的創造力，也代表著女神的生殖力。而某些教派則認爲沙克提代表女性，也是濕婆、梵天等最高神身上的陰性能量、女性原理，同時也可以視爲最高神的配偶女神。

編註三：杜爾迦（Durga，也作難近母），這個名字代表「不可接近的」，是濕婆之妻帕爾瓦蒂（Parvati）的兩個凶相化身之一（另一個化身就是本作中偶爾會和莫利根一起混的女神卡里）的戰爭女神，外表優雅，但十隻手（或十八隻手）上分別持有不同神明授與的武器，坐騎是頭獅子。也有傳說在與阿修羅的戰爭中，戰敗的提婆們向濕婆與毗濕奴求救，在兩位神的憤怒之光中誕生了杜爾迦，她將與阿修羅對戰，因此提婆諸神贈與她諸多武器，被視爲與帕爾瓦蒂無關的獨立女神。

「很有可能。如果妳趕走羅剎，他或許會來找妳。」

「趕走它們？」

「我說得不夠清楚嗎？瘟疫並非病毒或細菌引起，而是羅剎進入受害者體內所造成的直接影響。那是超自然病因，醫藥不會有任何效果。但妳的治療源自魔法，所以可能有用。」

「所以每個受害者都遭羅剎入侵或寄生？」

「沒錯。這就是妳父親的能力依然受限的原因。」

「但妳說已經有好幾百人受害了。」

「對。他每天都會召喚更多羅剎。一天比一天強大。」

「天呀，那麼多人。妳要多久才能聯絡到杜爾迦？」

「我已經在禁慾與獻祭。她什麼時候現身完全看她高興。但我有信心她會來。這個羅朔幽奇在破壞自然法則，提毗會想要恢復平衡。」

「她會騎獅子出現在坦賈武爾市中心，身上還有很多條手臂之類的？」

「我認爲她比較想在僻靜無人的地方現身。我們應該嘗試把妳父親引到田裡。」

「好。可以出發了嗎？帶我去城郊找個病人。我無法忍受什麼都不做。」

拉克莎點頭。「好，我們可以走了。」她拍拍一側腰間綑起的布塊，然後對我揚起的眉毛露出尷尬笑容。「我還是有配戴匕首。有點強迫症——就算明知有帶，但每次出門都會檢查。我還要幾樣東西。」她拿了幾支香、幾小罐軟膏，還有兩套小鑼加鑼棒，而這堆東西全消失在她的莎麗裡。我開始懷疑她身上有口袋空間。

我的衣服還沒全乾，不過也沒滴水了。我抖抖身上的寒意，認命地換上濕冷的服裝，與提供片刻溫暖與慰藉的袍子道別。拉克莎多給了我一把傘，我們回到雨中，歐拉跟在我們身旁。拉克莎一言不發地帶著我們在雨中行走。我們在城裡穿街走巷，雨水打在傘上、流到我們腳邊。我們順著稻田旁的泥濘小徑來到幾間看起來像是庇護所，不過根本就是廢墟的可悲茅舍。住在這裡的人都是爲了微薄的報酬在努力工作。

拉克莎敲了敲門，一個神色憂愁疲憊的女人打開門，我們聞到焚香氣味，不過很快就被雨水打散。她身後的黑暗中傳來痛苦呻吟，只有一根蠟燭提供照明。她看到拉克莎，雙眼瞪得老大，隨即鞠躬，雙手合十，嘴唇中吐出一串音樂般的話語。拉克莎回應她，朝我比了比，然後女人把門整個打開，退向一旁邀請我們入內。

簡陋的起居間一路延伸到後牆外的廚房。一張從前是橘色的破爛沙發靠在我們左側的牆上，希望沒被注意到；而我們右側那兩扇門大概是通往一間小臥室和一間更小的廁所。呻吟發自其中一間。

我請歐拉在沙發旁的地板上等我，我們跟隨女人進入臥房。一個青少年在床單上痛苦扭動，眉頭緊蹙、呼吸困難。焚香奮力抵抗疾病的氣味，暴雨大聲敲打屋頂。

拉克莎伸手撫摸男孩的額頭，他抽動一下。她把手放在那裡幾秒，然後移動到胸口——心臟的位置。她點點頭，看了雨聲不斷的窗口，縮手。「暴雨是好事。能夠抑制惡靈的力量，就像抑制我的力量一樣。而且噪音很擾人。我們得增加雨水和噪音。」

「噪音擾人我可以理解，但是外面的雨怎麼會有影響？」我問。

「這種形態的羅刹，」她指著男孩說。「乃是空之靈體——或用更恰當的說法，是以太【註一】。它會溺水。我們帶他去泡澡。」她轉身以坦米爾語對女人——大概是男孩的母親——說話，解釋要怎麼做。我們一起把那個可憐的孩子抬下床，東倒西歪地扶他去浴室。他穿著短褲，我們沒脫他的褲子，輕手輕腳地把他放入澡盆。他意識不清，沒辦法自行完成任何事情。

拉克莎跪在澡盆旁，打開水龍頭。男孩立刻猛地抽搐，並斷斷續續痙攣著，哀鳴了一聲，但眼睛沒有睜開。他的母親和我待在後面，我此刻所感到的無助感肯定無法與她相提並論。

放洗澡水時，拉克莎開始拿出她塞在莎麗服裡的那些物品。她請那位母親點燃焚香，把小鑼和鑼棒放在澡盆旁。她嘴裡喃喃唸咒，打開一個裡面軟膏散發著甜味的瓶子——很甜，但是很嗆、很膩，讓我忍不住咳嗽。拉克莎伸手去沾軟膏。當水深及男孩腹部時，她在他額頭上寫字，然後繼續唸咒。這麼做導致男孩一陣抽搐，也讓他媽出聲驚呼。拉克莎皺起眉頭，彷彿對男孩的反應失望。或許她期待會有更多反應；無論如何，她繼續唸咒，然後拿起一面小鑼，指示男孩的母親照做。她們開始大力敲鑼，響亮到我的牙齒都在顫抖。

那當然就是重點。噪音、氣味、越來越深的水——全都是用來迫使羅刹離開男孩的手段。但這個羅刹很強大，不願離開。儘管如此，鑼聲和咒語都發揮了一定程度的效果：男孩發抖、僵直，雙眼突然睜開，瞳孔上翻，只露出眼白。他開始放聲吼叫，而且聽起來不像是青少年崩潰的聲音。他的手臂突然充滿力量，抓住澡盆兩側、試圖爬出來。拉克莎把他推回去，轉頭看我一眼，表示讓他待在澡盆裡是我的工作。她得敲鑼唸咒，沒辦法顧及一切。

「關妮兒好嗎？很吵。」

「我沒事。不管聽到什麼，總之待在原位。」

「好。」

我在矮身跪倒、放下史卡維德傑時，偷看了那位母親一眼，結果發現她在哭。如果是我也會哭。接著，我記起附身在我父親身上的傢伙，比男孩身上的傢伙還要難纏很多。如果我們連這個羅剎都無法應付，要怎麼面對羅朔幽奇？

迫使男孩待在澡盆裡比想像中更困難。他奮力抵抗，朝我潑水、甩巴掌。現在水位已經深及胸口，而他一點也不喜歡水。拉克莎暫停唸咒，對我解釋為什麼他之前像條死魚，現在卻活力十足。

「羅剎本來在攻擊他的心臟查克拉【註二】，慢慢侵蝕他的生命。我們把它趕到頭裡。現在它附身在男孩身上。它在這裡，第六查克拉裡。」她說著指向自己眉心上方的明點。

我們很難把男孩身上的那個位置壓進水裡。我們搞得羅剎很不舒服，但還不足以逼它離開。

編註一：以太（ether，也譯作乙太），古希臘哲學家亞里斯多德提出的五大元素之一，是構成天體的物質。一直到十九世紀，物理學家仍普遍視以太為充塞於宇宙中、傳播光熱電磁的奇妙物質。

編註二：查克拉（Chakra），又作脈輪，這個字在梵文中代表著「圓盤」或「車輪」等輪狀物。在印度哲學、神祕學中，認為查克拉是分布於人體中樞的能量中樞。七脈輪依序位於人體的脊椎骨尾端、下腹部、腹部、心臟、喉嚨、眉心、頭頂，對應著人的身體機能與內在能量。

「看看妳現在能不能治療他。」拉克莎說，但我不確定該如何著手。我沒有這樣直接治療過其他人，而且在這裡我無法接觸大地。無論如何，治療他的症狀都無法解決附身問題。這時候我不管對他身體做什麼，羅剎都有辦法在我停止後移除我的努力，而沒有力量來源，我很快就得停下治療。我有些法力儲存在史卡維德傑的銀杖頭裡，而我將法力用在直接舒緩他的症狀上。他呼吸順暢了，但也僅止於此。他依然處於羅剎的控制下。我們需要其他方法來對付附身，而我發現答案就掛在我的脖子上。寒鐵是魔法的反面，儘管拉克莎以摩耶稱之，但不管羅剎的所作所爲屬於哪個種類，依然是魔法。

我取下項鍊，把金鍊條纏在拳頭上，然後將寒鐵護身符抵上男孩的額頭緊貼不放，立刻產生駭人的反應。他的吼叫聲轉爲尖叫，雙手緊扣我的手腕，試圖扯開我，但是男孩虛弱的身體無法與我抗衡。他的母親擔心至極，開始在我身後驚叫。他的嘴巴、鼻孔、耳朵裡都噴出油膩膩的煙霧，在男孩頭上形成一片雲，拉克莎就是在等這個。

「很好！它在離開了！等它完全離開時，把寒鐵插進那團霧裡！」

我的護身符裡並沒有太多鐵。雖然會耗費更多精力，但畢竟我可以戴著它施法。我曾試過不戴護身符施法，那樣輕鬆多了。它毫無疑問會阻礙魔法，加上噪音、味道和水，便足以擺脫羅剎控制。油膩膩的霧氣在我頭上流竄——飄向擋在門口、製造噪音的男孩母親——當它完全脫離男孩身體後，他就摔回澡盆，拉克莎則叫我展開行動。我站起身，將寒鐵插入霧氣，它產生了像是水母游動時的漣漪反應，接著縮成一團，像是水中蜘蛛般冰冷的霧氣縮向我的拳頭。突然，它竄向馬桶前、位於我右手邊地板處，霧氣由下到上形成一條黑色人形身影；接著臉部出現——一張噩夢般的面孔，雙眼充血，血盆大口下垂著一條噁心的紅舌頭。這是羅剎的眞身，宛如多利安・格雷的腐敗畫像【註】，在寒鐵的影響下暫時無法改變形體或施展幻術。

我本能地後退，但是沒多少空間可退——澡盆就在我身後。羅剎撲向我的臉，但是我們之間閃過一片刀光，劃破實實在在的皮膚、割出一道傷口，濺出一灘血在地板上。惡魔摀住脖子，轉動恐怖的雙眼望向我的左側，剛好看見拉克莎的匕首插入其中一眼。它向後倒下，膝蓋被馬桶絆到，隨即在血流聲中坐倒死去——我把這個畫面歸類到「如果繼續當酒保的話，永遠不會看見的景象」。

男孩倒抽口涼氣恢復意識，開始找母親。她鬆了口氣，衝到他身旁，擋住廁所裡的景象；拉克莎和我比手畫腳，沉默地達成共識把屍體抬出去。我戴回項鍊，不過發現得暫時留下魔杖。抬著屍體進入客廳時，我突然想到我們可能違反了什麼禁忌——可能會讓我們成爲賤民。我不是種姓制度的專家，也不知道現行制度如何，於是我問拉克莎。

「我們處理屍體沒關係嗎？我是說，這樣在別人眼中會不會玷污我們自己？」

「我想她會裝作沒看到的。」拉克莎說著轉頭比向那位母親。「其他人也不會看到。這點很重要。羅剎眞身曝光將會引發恐慌，吸引有關單位注意。」

編註：出自王爾德的長篇小說《格雷的畫像》。主角格雷（Dorian Gray）有一幀肖像畫，他本身不老不死、常保年輕美貌，但他的年歲增長與內心腐敗都反應在畫像上。最終，畫像上的格雷變得相當恐怖。

歐拉看到我們走向門口，連忙起身讓路。「妳是好獵狼犬。」我在心裡對她說。同時大聲向拉克莎提出最重要的問題。

「我們要怎麼處置他？外面正在下雨。」

「那是好事。所有人都待在室內。」

「附近沒有適合埋葬的地方。」

「應該到很遠的地方火化他，但是現在不能這麼做。我們得找個不會有人想要種菜的地方。」

那個地方就是兩棟房舍間類似巷子的陳舊通道，不過現在已經成了泥濘的溝渠。我聯絡高韋里元素，請她幫忙埋起羅刹屍體，並解釋我們一整晚可能都要做這種事來幫助人。她以比我更快的速度分開泥巴，我們把惡魔屍體丟入泥坑形成的墳墓。泥巴蓋回它身上，問題就此解決——沒有人證。跟著我們來到室外的歐拉，很驚訝地發現這種做法對狗而言有多實用。「好快！這樣埋骨頭？」

「妳的爪子挖得夠快了。」我告訴她。

「解決一個。」拉克莎說。「現在我們知道這樣做有效，或許下一個可以處理得更快。過不了多久就能引出妳父親，而這麼做同時也能救人。這是好的因果。」

拉克莎臉上的笑容顯示最後這一點對她而言或許才最重要。我不怪她想幫其他人，但我真的希望有更快的方法找出我爸。

「妳占卜他的位置時，是用什麼東西來鎖定目標？」我問她。

「囚禁羅朔幽奇的容器碎片。那是他最近碰過的物品。」

「啊，但那並不是他的東西，是羅朔幽奇的東西。如果拿和他比較有關的東西占卜，效果會不會比較好？」

「可能。」拉克莎同意。「妳身上有帶這種東西嗎？」

「沒，」我說。「但我或許有辦法弄到。讓我想一想。」

拉克莎回到屋子裡去取那些我想應該叫作驅魔道具的東西，還有我的魔杖，並匆匆向那家人道別。我蹲在濕淋淋的獵狼犬旁，輕搔她耳朵後方，思索有什麼東西和父親間有著比陶器碎片更強烈的心靈標記。

在我的成長過程中，他不論身處何處都會寄生日和耶誕節卡片或禮物給我，而我就會跑去房間，獨自邊拆禮物邊哭，因爲他向來如此窩心、深情，只是與我相隔兩地；對我而言，那比近在眼前的冷漠繼父強多了。我成年之後，他還是繼續這麼做，從未遺忘過我，總是讓我知道他在想我、他愛我——只是身處遠方。

我在小屋裡還擺著幾件他送來的禮物，不過最近一次送禮都已經是十二年前了。在我刻意詐死、展開祕密學徒生涯之後，他當然就不會再寄禮物給我了。經過這麼久，而他又被擁有魔法防禦力的東西附身，那些禮物中的心靈標記是否強烈到能供拉克莎占卜他的位置？就感性而言，我希望答案是肯定的，但是理性上，我怎麼想都覺得機會不大。拉克莎透過殺害羅剎來引出羅朔幽奇的做法可能更有效，而那也能讓我在心緒不寧的情況下保持忙碌。

拉克莎帶著史卡維德傑出來，問我有沒有想到什麼可用的東西。

「沒，」我搖頭道。「我們去當驅魔人吧。」

第五章

這麼多世紀以來的情感經驗，讓我知道擔憂總是會伴隨愛情而生。它們有點相依為命的感覺，人幾乎不可能保有其一而擺脫另一樣。我不是指那種不斷擰手或表現出許多焦慮行為的擔憂，而是永遠存在的無聲恐慌，偶爾會突然變強，強到你感到窒息、無法透過突如其來的淚水清楚視物，擔心你所珍惜的事物會受傷、消逝，或永遠被人奪走。

我常常擔心關妮兒。

這並不是說我對她的能力沒信心。幾乎所有狀況她能夠應付，但拉克莎．庫拉斯卡倫是少數她不會隨時提防的對手。我敢說關妮兒以為拉克莎永遠不會傷害她。我從前也是如此看待李夫．海加森的——直到他背叛我。

骨子裡，李夫和拉克莎是一樣的：他們得獵食人類，確保自己的存續。他們是獵食者，絕不能忘記這一點。

當我們轉移到坦賈武爾附近的香蕉園時，歐伯隆不假思索就開始批評。

「哇！這就是沒有肉的空氣聞起來的味道？我不喜歡！」

「喔，拜託，沒那麼誇張啦。」我認為空氣十分清新，顯然剛下過一場大雨。地面鬆軟，我看見低窪處有些積水。晨曦照亮水面，看起來閃閃發光。

「你認爲我是條喜歡小題大作的獵狼犬，是不是？」

「或許有一點。我們要找出關妮兒和歐拉，沒肉的空氣對我來說不算什麼威脅。神廟距離這裡約莫兩哩，所以我們出發，跟緊點，好嗎？」

「好。」歐伯隆說，跟著我一起走下果園，「但你認爲最近的香腸離我們多遠？我問這個只是想了解一下我究竟面臨了多大的危機。」

「我想你得跑很多哩才找得到。」

「還要很多哩——嘿！那是塔倫提諾電影裡的台詞，對不對？」

「哪一部？」

「《不死殺陣》【註一】！那個放音樂的人和蝴蝶講話，而她說：『我有承諾待實現，還要趕多少哩路方能安眠』，而且電影是在引述羅伯特・佛洛斯特【註二】的詩。」

「好吧，羅伯特・佛洛斯特顯然不是在幫獵狼犬寫詩。『還要趕多少哩路方能用餐』顯得有力多了。」

布里哈迪希瓦拉神廟爲朱羅王朝在西元一〇一〇年所建，而我認爲它這些年來應該沒有跑掉多遠。不過當我爲了告知我的來訪而聯絡高韋里元素時，她知道關妮兒身處何處，願意帶我去找關妮兒。所以沒有必要前往神廟了。

確認關妮兒還活著讓我鬆了一大口氣。我們在城南一片農業區找到她們，滿臉困頓地走在稻田的田埂上。歐伯隆和歐拉打聲招呼，然後就玩起來了。

「謝謝你趕來。」關妮兒說著和我短短擁抱一下。我認爲如果附近沒人，我們的反應都會更熱烈點——好吧，我肯定我會。拉克莎除了那招恐怖的占據人體外，還會一堆非常可怕的法術，而關妮兒的魔法防禦不能像我這樣與她對抗，無數可能的壞結局就像礦坑裡的地精【註三】般在我心裡跑來跑去。我一心只想緊緊抱住關妮兒，告訴她我有多高興見到她；但我只是朝拉克莎輕輕點頭，她也點頭回禮，然後用我毫不擔心的語氣回應關妮兒。

「當然會來。妳看起來很累。怎麼了？」

「我們忙了一整晚不停驅逐那些惡魔，希望能夠引誘我父親現身。目前爲止還沒效果，而我們都累壞了。我們決定休息一下，恢復元氣後再繼續。」

編註一：《不死殺陣》（*Death Proof*, 2007）是昆丁・塔倫提諾執導的電影，描述飛車特技演員殺人魔Mike追殺女孩們的故事。片中有大量未使用特效的飛車特技。

編註二：羅伯特・佛洛斯特（Robert Lee Frost,1874-1963）是美國著名田園詩人，以口語、清新樸實的文字描寫生活與自然。此段引自他的《雪晚林邊歇馬》（*Stopping by Woods on a Snowy Evening*）最後一句：But I have promises to keep, And miles to go before I sleep.

編註三：這裡的地精（Kobold）是德國民間傳說的醜陋妖精或精靈。有兩種形象，其一爲幫人做家事交換牛奶或穀物，若沒報答，他們就會惡作劇；另一形象爲居住在礦坑或地底的妖精。鈷（Cobalt）的英文即來自Kobold，因鈷礦有毒，而以前的人認爲中毒是壞妖精的惡作劇。

「好計畫。和我說清楚點；我陪妳走。」獵狼犬跟在我們後面，發出開心的聲音、輕咬對方。

關妮兒描述前一晚的情況，對我解釋她們的驅魔過程，我在聽到一個段落時提問：「再說一次，水爲什麼會有用？」

「羅剎是以太的產物，它們的力量會被水吸收。」

這話聽起來有點熟悉。「是要整個浸入水裡才有用，還是淋點水就行了？」

關妮兒看向拉克莎，女巫提供解答。

「羅剎是在攻擊心臟查克拉，所以一定要淹到心臟，最好能到脖子。」

「不過叫大家泡澡並不能解決問題。」

「不能。羅剎只會在受害者離開澡盆前移動到腦部——那只是舒緩，而非必要。用水包覆它只會切斷它和以太的聯繫，並不致命。就像切斷你與大地的聯繫一樣。」

「喔，好吧。」關妮兒說，點頭表示理解，我也一樣。那樣講我們就懂了。

「換句話說，只要移動到受害者腦袋，水就不能影響它們了？」我爲了肯定再問一次。「它們能取用以太的力量，所以驅逐它們的是噪音、氣味、咒語，還有寒鐵？」

「一點也沒錯，」拉克莎說。「但是很勉強。」

「沒錯，所以光這樣並不足以對付她父親。任何有辦法召喚並控制羅剎，甚至能指示用什麼方法殺人的傢伙，都絕對不是妳剛剛那些法門足以對付的。羅朔幽奇也是以太的產物嗎？」

「沒錯。更強大。但沒辦法像那些被他召喚的羅剎一樣形成自己的肉身，所以得附身肉身。」

「那麼理論上，水系魔法可以傷害他？」

「你在想什麼？」關妮兒問。「找馬拿朗・麥克・李爾幫忙？」

「間接幫忙，沒錯。好吧，或許。拉克莎，姑且假設我知道一支用永凍寒冰做成的武器，而且利如鋼鐵；那是用水做的，並以水魔法加以羈絆。這種武器能夠傷害羅朔幽奇嗎——假設我們用它攻擊正確的查克拉？」

女巫的眉毛揚至額頭。「有這種武器嗎？」

「有。共五支，可能更多。」

「你沒說過馬拿朗有那種東西。」關妮兒說。

「他沒有。蓋亞容許他從水裡吸收能量，但他的魔法依然屬於大地。」我轉向拉克莎。「或許我該確認一下：就影響羅朔幽奇而言——我這麼問是因爲妳比我熟悉它們——這樣做和用冰柱刺它們不同吧？或者任何我用大地能量羈絆的東西？因爲我可以把冰塊變成任何形狀，隨便哪個德魯伊都行，但是我沒辦法讓它保持銳利，也沒辦法阻止它融化。那種魔法和我的不同。」

「對，我想你說得沒錯。」拉克莎說。「如果這些武器眞是用水系魔法製成，並且攻擊第四和第六查克拉——心臟和第三眼——應該就能擺脫它的控制。它會被迫離開宿主。」

關妮兒舉手。「我對這個要刺我父親腦袋和心臟的計畫有意見。」

「不，不，」拉克莎說，臉上出現罕見的笑容。「我們只是截斷聯繫，用水系魔法擾亂查克拉點，不讓羅朔幽奇攀附其上。只要劃破皮膚就夠了。傷口得染血，可能會留下疤痕，不過他會痊癒，而且不必擔心再度遭附身。」

「那到時候會變成什麼情況？」關妮兒問。「我是說，截斷聯繫之後？」

「羅朔幽奇會被逼出妳父親的身體，然後他會試圖附身別人——但我不會讓他這麼做。我會在以太中對抗他，並戰勝。」

這麼做非常大膽，不過關妮兒問出了我心中的疑問。

「妳怎麼知道妳會贏？」

「我這樣做已經很久了。他從來沒必要在肉體外作戰，但我有經驗。」

我不認為這樣就能保證獲勝，但我沒有開口。我也在努力隱藏心中一股喜悅，因為拉克莎剛剛等於是在教我如何擊敗她——如果事情走到那個地步——她也是以太的產物。

關妮兒決定不繼續質疑拉克莎，改問我道：「我們要去哪裡找這五支冰匕首？」

「我懷疑妳能拿到一支以上。得前往喜馬拉雅山問雪人。」

歐伯隆不再嬉戲，插嘴道：「聽起來像是機智問答！去問雪人！我的第一個問題是：『你能幫牛排解凍，還是會讓牛排更冰？』」

「你講真的嗎？」關妮兒問。「你之前說大腳傳說是你的惡作劇。」

「即使真的存在過，薩斯科奇也死了。但雪人存在至今約一千兩百年，而且他們會說古愛爾蘭語。」

「什麼？那怎麼可能？」

「這件事情絕不能和其他人講，好嗎？」我伸出一根手指。「我要妳們兩個發誓。」

「等等，」關妮兒說。「在你開口之前，你發過類似的誓嗎？」

「被抓到了。有啦。有啦。我發過誓。不過我認爲他會諒解我在這種情況下告訴妳們。應該不會太久。在這裡等我？」

「到我家等，」拉克莎說。「我們累了，要吃點東西。」

「你最好告訴歐拉早餐不會有肉。」

「回來以後請高韋里帶你過去。」關妮兒說。「動作快。如果我要去喜馬拉雅山一趟才能擊敗這傢伙，我想盡快開始。」

「我會盡快。」我承諾，然後和歐伯隆一起跑去香蕉園，轉移到馬拿朗．麥克．李爾的提爾．納．諾格住家附近的樹。我們運氣好，剛好遇上正要從豬圈散步回家的馬拿朗。被我們攔下時，他臉上露出一絲擔心之色。

「敘亞漢。很高興見到你，我希望。」

「很高興見到你，馬拿朗．麥克．李爾。我要和你私下談談。你可以隔絕其他人的耳目嗎？」

一絲擔憂轉爲憂心忡忡，不過他還是唸誦羈絆咒語提供隔音泡泡，搖晃迷霧斗篷防止有人偷讀唇語。他家裡充滿了口風不緊或根本就是間諜的妖精。

「我來請你允許我把曾經發誓永不洩露的祕密告訴別人。我得讓關妮兒知道雪人的眞相。」他一言不發地聽我解釋關妮兒爲什麼會需要雪人的冰匕首，然後允許我告訴她和拉克莎，只要她們也立下永不洩露的誓言。

「你需要一樣東西。跟我來。」他領著我們來到豬圈後方，那裡有座屠宰場，他在路上告訴我去找雪人最快的方法，用牛皮紙包了幾磅神奇青春培根給我。「他們在等這個。」

他給了歐伯隆一根上面還有很多肉的火腿骨啃，歐拉也有一根。我的獵狼犬難以克制興奮之情。

「喔，她一定會喜出望外的！她絕不能吃素食漢堡，絕不！」

道別之後，我們轉移回印度，我聽從偏執妄想本能，在樹旁停留片刻，等等看有沒人跟蹤我們。一分鐘後，一隻黃翅膀小精靈轉移出來，直接飛到我胸口。她往後彈開，露出了解自己已經死亡的神色，然後在我的寒鐵靈氣中化為灰燼。

「可惡。我還想先審問她呢。」

「我無所謂。這樣我就可以更快去送火腿禮物。來吧，我們走！」

我對獵狼犬微笑。「好吧，我們走。」高韋里指示我們前往城中一棟樸素的房子，前院有座菜園，我在跑過那裡時努力收起心中憂慮。那是個美好的早晨，歐伯隆認為錯過當下的美景很可惜。

「聽著，阿提克斯，我們有食物、太陽，還有彼此，過不了多久我們就會和喜歡我們的美女相聚。我希望你多留意一點。你不該錯過這些。」

「你說得對，歐伯隆，不應該。」

「我認為只要態度正確，生活就像火腿骨。好好享受一頓，吃完後就把它埋起來。如果你不好好享受，就這麼浪費掉，到最後還是得埋了它，所以最好還是盡量享受。」

「有道理。」

我敲門，拉克莎來應門，她請我們進去。

「你可以請聰明女孩告訴歐拉說我有帶吃的給她嗎？」他把兩根火腿骨都叼在嘴裡，肉多的地方集中掛在兩端。

「當然。」我幫他傳話，歐拉走過來，搖著尾巴出聲招呼。她張嘴咬住歐伯隆左側的骨頭。他放開火腿骨，她把骨頭放在地板上一會兒，然後舔了他的鼻子側面兩下。他興奮到放開嘴裡的骨頭大叫。

「阿提克斯，她親我了！你看到了嗎？她愛我！」

「對，我看到了，老兄，但我不確定你能斷言——」

「歐伯隆萬歲，世間所有肉之王！我是晨間的香腸、黑夜的骨頭！我是帶來牛肉的狗，甜蜜晚餐的歌手！我的晚餐是雞肉和永恆肉醬，好吃、好吃！」

「歐伯隆，我認爲你有點妄自尊大了。」

「不要討厭肉之王，阿提克斯。只要獻祭牛排醬和讚美詞給他就行了。」

他們兩個並肩躺在地板上，擋住門口，開始大快朵頤，尾巴開心搖晃、相互拍打。我讓兩隻獵狼犬去吃他們的，走到圓餐桌旁去找拉克莎和關妮兒。拉克莎宣布我們早餐要吃水果。大盤子上擺著三根點燃的蠟燭，燭光搖曳，提供絲絲香草和香料味，大盤子旁擺了一圈小碗，放著切好的甜瓜、香蕉和莓果，每一個碗旁都有一個夾子。一壺奶油——可能代表來自牛的水果——等著讓我們倒在挑好的水果上。我挑了些黑莓和蜜瓜，然後感謝拉克莎殷勤的招待，接著要求她們發誓絕不洩露雪人的祕密。一切就緒後，我開始講故事。

「我盡量長話短說，因爲時間可能有點趕。關妮兒，我想妳知道馬拿朗・麥克・李爾過去曾與北歐萬神殿做過生意。妳記得我給妳看過的一張九大國度地圖——艾爾夫給他的那張嗎？」

她嘴裡塞滿了草莓和奶油，默默點頭。

「很好。我提起這件事是因爲，約莫一千兩百年前，當我還在環遊世界、連結提爾・納・諾格時，馬拿朗做出了超越商業的行爲，在約頓海姆上風流快活。」

關妮兒透過嘴角說：「他背著芳德偷吃？」

「當時是，後來也沒間斷過。芳德也一樣。大家都知道她曾和庫乎林瞎搞過【註一】。」

她揚起一根手指，吞下草莓，然後問：「他們是開放式婚姻嗎？」

「不算。他們盡可能不讓對方發現私通的事情，同時也努力查探另一半在幹什麼。他們兩個現在都變成隱藏和調查祕密的高手。」

「啊，但是芳德一直沒有發現約頓海姆的事情，對不對？」

「沒錯。而馬拿朗想要保持這種情況。」

「等等——我開始了解你在暗示什麼了。這表示馬拿朗・麥克・李爾和霜巨人做過？」

「沒錯。或許會有人說好噁。」我打個寒顫，想起在約頓海姆上目睹的活春宮畫面。「而那個女巨人懷孕了。」

關妮兒當場僵住，一瓢藍莓就這麼停在嘴前。「不可能！」

「可能。她得離開約頓海姆，因爲霜巨人會殺害所有不是霜巨人的東西。而因爲芳德遲早都會發現，她也不能待在提爾・納・諾格。所以他們安排女巨人前往喜馬拉雅山，遠離北歐和愛爾蘭，剩下的都可以自己猜。」

「我不信。你是說雪人基本上也是妖精？」

「從他們擁有魔法力量，也是人類和其他生物後裔的方面來看，算是妖精沒錯，不過他們不怕寒鐵。其他妖精也不知道他們的存在。她生了五胞胎，他們生下來就擁有白毛和淡藍色皮膚。長大後，他們可以拿雪和冰爲所欲爲。」

「她後來怎麼了？」

「一開始她和雪人一起待在喜馬拉雅山上。馬拿朗盡量抽空去看他們，不能親自去的時候就託付給一個可信賴的妖精。可惜最後證實那個妖精沒有那麼値得信任。雪人長大之後，霜巨人就想離開喜馬拉雅山，但她不可能回約頓海姆。而愛上霜巨人的妖精太想取悅她了，於是點出世界上還有其他冰寒地區。她和妖精私奔到溫尼伯湖【註二】北岸的曼尼托巴，利用我在那裡建立的傳送樹。」

編註一：在傳說《庫乎林的病床》（*Serglige Con Culainn*）中，英雄庫乎林幫芳德抵抗外敵，而芳德與他同床共枕報答；而後被庫乎林之妻Emer發現，率領一群武裝女人前來興師問罪，最後兩人只好心碎分離。

「你怎麼知道？」

「我才剛弄好傳送樹，他們就立刻出現在我面前——妖精把她從喜馬拉雅傳送到新世界最新的傳送點。當初是馬拿朗要我進行連結計畫的，所以我把這件事情回報給他。」

「喔，我的天呀，神劇！他有何反應？」

「既然他們顯然不打算告訴芳德，而他也認爲女巨人理應追求自己的幸福，所以他放走他們。他告訴我他們是誰，告訴我雪人的事，要我發誓保密。而我猜私奔的小倆口最後也在冰天雪地裡生下了他們的妖精後裔。不過比雪人可怕點。我讓妳猜一次。」

她雙眼圓睜。「不——不是溫迪哥【註三】吧？」

「正是。」

關妮兒終於想起自己正在吃東西，但這下她興奮到吃不下了。她把放在嘴前的那瓢藍莓倒回碗裡。「眞沒想到。雪人後來怎麼呢？」

「他們還在。馬拿朗定期運送他的豬肉產品去讓他們永保青春——而他們就快需要下一批豬肉了。妳要把這些培根送去給他們，進而取得他們的注意。」

「還是有五隻雪人嗎？」

「除了他們有血緣關係、不想做愛之外，他們本來就無法生育，就像騾子一樣。幸運的是，數量少讓他們能夠安穩度日。科學家都說喜馬拉雅山不可能具有可供雪人繁衍生存的環境，這點他們當然沒有說錯。但是雪人依然存在。」

「所以霜巨人不知道，妖精也不知道。」

「雙方現在或許都聽說過雪人，即便如此，他們多半認爲雪人只是傳說，不會知道他們的起源。」

「而雪人會說古愛爾蘭語。」

「馬拿朗教的。他們母親在他們小時候教過他們古北歐語，但後來他們只能和馬拿朗交談，而那段日子很長。」

關妮兒雙手放到腦側，然後發出一聲「噗」，做出爆炸手勢。「噗！心靈爆炸。」她湊向前，雙手於身前交叉，趴在桌上。「你有這類祕密嗎？」

「有呀。不過我不能告訴妳，不然就不算祕密了。」

「分享就是關懷。」

「我和大多數有投票權的美國人不同，對押韻口號免疫。」

她微笑。「好吧。我們晚點再揭密。我想知道的是你爲什麼不和我去。我從你的話中聽出了這一點。」

編註二：溫尼伯湖（Lake Winnipeg）是北美洲中部的大型淡水湖泊，位於加拿大境內。

編註三：溫迪哥（wendigo）源自加拿大與美國西岸及大湖區的阿爾岡昆族（Algonquian）印地安人傳說中的食人怪物或惡靈。怪物版的溫迪哥本來是人，因遇上嚴冬饑荒，不得不吃食族人，活下來的人也就轉化爲溫迪哥，永遠處於飢餓狀態。而一種僅限於阿爾岡昆族印地安人、會想吃人肉的精神病，即被稱爲溫迪哥症候群。

「喔。好吧，記得島上的老頭嗎？」

「記得，我一直想問。他沒事吧？」

「沒事。他是個德魯伊，有辦法修補我的刺青。」

「德魯伊，呃？越來越有趣了。你之前不想讓我見他。」

「現在也還不想。他不到五分鐘就會和妳打起來。」

「你怎麼知道？」

我一直對她隱瞞這個祕密，但我想現在已經沒必要繼續隱瞞了。「因爲他是我的大德魯伊。」

「有這種事？」

「對呀。徹頭徹尾的老混蛋。他名叫歐文・甘迺迪。我保證晚點會介紹你們認識。問題在於，我現在覺得有責任照顧他，而且無法變形也讓我有種殘廢感。我想既然妳現在在忙，或許他可以幫我修補刺青，而我可能可以在你們碰面前先磨磨他的脾氣。這樣可以嗎？」

「喔。好吧。」關妮兒坐回去，思考片刻。「我想是可以，因爲我不確定你還能做什麼我不能做的事。但我不知道怎麼去找雪人。」

「帶培根去，他們會聞到。還有用魔法光譜四下看看。他們利用雪和冰隱藏包括自己在內的一切，但妳可以察覺到他們的魔力。一定要告訴他們，老爸說嗨。」我把馬拿朗的指示告訴她，然後祝她好運。「我那邊弄完後就回小屋看看。」

「好吧，有必要的話，我會在小屋裡留言。」

我們一起轉向拉克莎，她一直沒有說話——也沒吃東西。「你們不在的時候，我會盡量想辦法將損害降到最低。」她說。「或許我會找出妳父親。我給妳一把這裡的鑰匙，要出門的話，我會留字條給妳。」

關妮兒說：「謝謝。」她目光低垂，注意到拉克莎面前的桌面空盪盪的。「妳沒吃東西是爲了召喚杜爾迦嗎？」

「沒錯，禁慾、儀式和祈禱可以吸引她的注意。」

決定好之後，我們就沒什麼話可說了。歐伯隆不想離開歐拉，我也不想離開關妮兒，但事實上，得知拉克莎當前的意圖讓我鬆了一大口氣，而歐文這個階段要人照料。儘管我離開他還不到兩個小時，還是比我之前承諾的去去就回要久多了，而且我也擔心把這個壞脾氣傢伙留給山姆和泰，已經把他們的善意消磨殆盡了。

關妮兒和我道別，彼此都對眼前的挑戰既擔心又期待。不幸的是，我對大德魯伊的擔心其來有自。剛從清晨的坦貢武爾轉回傍晚的旗杆市時，我就在山姆．歐布里斯特家北方的樹林裡聽見嚎叫、狂吼和歡呼聲。我施展夜視能力，朝聲音的方向前進，發現男男女女圍成一圈，爲場內兩個傢伙加油打氣。其中一個是狼人，另一個是化身熊形的歐文。兩個都渾身是血。

山姆．歐布里斯特在旁觀群眾裡，我猜整個旗杆市部族都到齊了。我不知道歐文做了，或說了什麼惹惱他們，但我不能毫無解釋地眼看著他被撕成碎片。

「歐伯隆，我們得阻止他們，不能讓他們殺了那頭熊。」

「我和熊一國？這倒新鮮。」

「那頭熊是歐文。和我一起裝出凶神惡煞的樣子跳進去；趕走狼人，但不要當眞開打。」

我開始衝向人群，打算吸收大地力量奮力躍起，再落在圈子中央。「我不懂你的意思。你是要我開玩笑似地去和狼人打架？」

「不，就是——不要打架，用吼的。」

「好。」

我利用吸收的能量跳過人群，進入戰圈。只見熊在緩緩繞圈，維持面對著狼人的狀態；而狼人則試圖繞過大熊，攻擊他的背。幾名觀眾試圖出聲警告，但他們遲了一步。我一腳踢中狼人左腿後方，導致他摔倒在地，滑到熊爪的攻擊範圍外。

「夠了！結束了！」我大叫，四面八方都傳來不滿的吼叫聲，包括那頭熊。歐伯隆擠過人群，站在我身旁，在狼人爬起身、朝我們齜牙咧嘴時對他低吼。

「可惡！泰，住手！」山姆叫道，但是那個狼人——應該是山姆的丈夫泰——不知道是沒聽到還是裝作沒聽到。他拉開架勢，準備撲向我，而歐伯隆不能對這種威脅坐視不管。歐伯隆在狼人撲向我時跳過去，等他們撞在一起、摔到地上後，我也壓到狼人背上，雙手抓住他的前肢下方緊緊抱住。

擒抱並非我擅長的武術。但面對當前情況，這個動作讓我的銀符咒直接接觸到狼人的脖子，痛得他放聲嚎叫、人立而起，而這正合我意。我雙手在他胸前緊扣，站起身來，把狼人甩離歐伯隆，然後叫我的獵狼犬放開對方，接著強迫掙扎不休的狼人轉身面對他的阿爾法。我放開他，朝適當的方向用力推他一把。觀眾嘲弄的鼓譟聲在看到狼人頸部毛皮上的焦痕和聞到銀味後轉爲怒吼。所有人都聳起背脊，齊聲鼓譟，但山姆阻止泰再度進攻，而那表示打鬥已經結束了。我享受勝利的感覺約莫兩秒，問歐伯隆有沒有事，等待他回話。接著我的大德魯伊說我又把一切都搞砸了。

「從今以後都是這樣了嗎，敘亞漢？」他以古愛爾蘭語問，向我埋怨道。他恢復人形，雙手扠腰，赤身裸體，身上好幾處傷口在流血。「每當我想要享受一點樂趣的時候，你就要跳出來搞亂？」

「樂趣？」我說。我指向狼人。「他要殺了你。」

「不，他沒有。我們只是在切磋切磋，直到你冒出來爲止。我們都能承受很多傷害，然後自行療傷，而我們都同意不要攻擊喉嚨、脊椎，還有睪丸。而我們不用你翻譯就能達成這樣的共識。我認爲你該向大家道歉。」

我本來想要指出我是爲了解救他這個性情乖戾的糟老頭，萬一他當眞身處險境，我根本沒有時間問清楚前因後果，而在那個時點保護他的安全是最明智的做法，但是繼續這個話題絕不可能有好結果。我最好的選擇就是承認搞砸了，然後祈求原諒。

「我很抱歉，」我對山姆說。「我誤會了，以爲他們是在生死相拚，不是友善地切磋。」

「我們是支部族，阿提克斯。」山姆回應。「如果是生死相拚，他會面對整個部族，而不是一個部族成員。」

「有道理。再說一次，我很抱歉。我沒搞清楚狀況就擅自行動。如果我可以做點什麼來彌補的話，絕不推辭。」

樹林陷入一片寂靜，所有人都轉向山姆，等著看他反應。「我接受道歉。」所有部族成員緊綳的肩膀都隨著這話而放鬆下來。「你沒有燒壞皮膚，泰會痊癒的。讓歐文改天再回來找我們玩，就算扯平了。這年頭要找好的練拳夥伴很難呀。」

「這沒問題。老實說，他想幹什麼就幹什麼。我只負責教會他英文而已。你要送去給霍爾・浩克的資料都齊全了嗎？」

「齊了，都弄好了，已經送了。一週到十天內你就可以去拿他的證件了。」

「謝謝。那我們先走了。」我轉向歐文，問他衣服放在哪裡。

「衣服都在附近，我在等你道歉。」

「我道過歉了。」

「不是對我。」

沒有人能像他一樣把我惹得這麼火大。我透過僅存不多的耐心，用古愛爾蘭語對他道歉，然後說該離開了。他好整以暇、拖拖拉拉，不過最後還是穿好衣服，傷口也癒合了；於是我們穿越世界，前往法國庇里牛斯山，讓他在那裡幫我恢復變形能力。

第六章

敘亞漢說在現代歐文・甘迺迪這種名字很好。不久前美國才有任總統姓甘迺迪，我猜那表示他是個天殺重要的人物。我的家族後裔中有人成爲偉大領導人，讓我與有榮焉。

「當然，」他說。「約翰・甘迺迪是天主教徒。而天主教就是把德魯伊趕出愛爾蘭的宗教。」

「你何不拿刀插我的奶頭？」我說。

但接著，敘亞漢又說這個ＪＦＫ在領袖人物中算是很不錯的了。甘迺迪家的人沒死前都很不錯。

「沒死前？」我問。

「約翰死於槍擊，他弟弟也是。動手的混蛋始終沒有落網。」

「好了，你一次丟太多東西過來了。」我說。

「你現在一定覺得好像被人生在頭上踢了一腳。」他回道，這種形容還算貼切。我感覺比較像是每隔幾秒就淋上一桶冰水。車輛、建築、現代人穿在腳上的那些鬼玩意兒，還有天殺的抽水馬桶！敘亞漢帶我去樹林裡喝他那種天殺的藥茶後，就向我介紹過這個現代奇蹟。我從未想過大便也可以是種享受，而不是每天都拿屁股去冒險。當我問他爲什麼不一開始就讓我用廁所，他說那是因爲大家都知道熊會在樹林裡大便，然後哈哈大笑，好像很幽默。我不知道我的熊形態和大便有什麼關係，但我告訴他熊也會在樹林裡教訓人，如果他再敢惹我，我就讓他嚐嚐被熊教訓的滋味。

「你該把這些都寫下來。」他說。「這樣學英文比較快，然後消化一切都會容易些。」

「德魯伊不用寫下任何東西。」我說。

「那種想法讓我們面臨了什麼後果？」他問。「羅馬人把我們徹底剷除，而我們完全沒有機會講述我們的歷史。你的年代——我年輕時——的事蹟，因爲沒人寫下來，大多消失了。現在世人對我們的認識都奠基在人家從地底下挖出來的東西，而用歐甘文標明地界的石頭，並沒有提供世人多少關於我們的歷史。但是世人知道尤利烏斯·凱撒，還有其後所有凱撒的事蹟，因爲他們把一切都寫了下來，而那些文獻流傳了下來。想讓世人得知我們的存在，就得用寫的。我會和你一起做。我們兩個一起寫。」

他說得有道理。他依然是什麼都會搞砸的廢物，眞的，但我得承認敘亞漢有時候也很能幹。只要忽略那種尷尬的副作用，他的茶帶來的好處比在山洞裡幹上一整個禮拜還爽。我的黑髮和肌肉都回來了，指節上的痠痛也像他所承諾的一樣消失了。另外，用寒鐵靈氣保護自己，不讓妖精碰他——眞是個好點子。

我想，看到這些東西眞的讓我很以他爲傲。不過他也幹過其他很蠢的事，蠢到要不是所有德魯伊都死光了，我就得在他們怪到我頭上前搶先殺光他們。

他說這種語言叫作英文，我那個年代還不存在。有點像是一道舌尖好湯，爲全歐洲帶來影響。他用現代愛爾蘭腔教我這種語言，並且根據英國規則拼音。「多虧一個名叫諾亞·偉伯斯特的傢伙，美式英文承襲了一堆莫名其妙的規則。」他說。「再說，美國人不像愛爾蘭人那麼常罵髒話，所以愛爾蘭腔對你來說才是最恰當的。」

「我想你認為我也該和你一樣找條愛爾蘭獵狼犬？」

「找獵狼犬就不會錯了。我認識一個配種人。」

「我才不要，小夥子。帶條獵狼犬，旁人就會老想著要拍他們。我要弄隻猴子，讓牠向別人拉屎。牠們可以幫我趕跑擋路的傢伙。」

我沒有當眞這樣說。直到前兩天有隻猴子對著我拉屎時，我根本還不知道猴子是什麼玩意兒，而如今在我回想這段對話，並且記載下來時，眞希望當時已經知道猴子是什麼，還有不該招惹牠們。

結果我告訴敘亞漢我還不打算找動物夥伴。當時我有太多東西要學，不可能和動物當好朋友，而且我本來就很不擅長與動物建立友誼。我想自己的脾氣不好——敘亞漢說用英文形容我的個性，或我的性情，或其他天殺的同義字彙，就是這樣說的。英文裡有很多這種同義字。

而且還充滿各式各樣與指節痠痛或其他所有病痛相關的華麗字眼。敘亞漢警告我要注意健康，一旦血液遭受感染，就得立刻治療。他說我沒有打過疫苗，體內沒有現代疾病的抗體或免疫力，如果不仔細注意身體狀況、處理感染，很快就會死翹翹了。這些華麗詞藻全都要花時間解釋，最後我終於在他解釋現代人會吃副作用比疾病本身還要嚴重的藥物時插嘴打斷他。

「你講到『注意身體，到處都有可怕的疾病』就可以停了。」我說。

敘亞漢帶我前往高盧——今日人稱法國——的某個地方來修復他的刺青。他說人面獅身龍尾獸的毒性很強，這可沒有說謊。即使花了時間修復，他的皮膚依然慘不忍睹，我從未見過這種傷口。

「這是我遇過最猛烈的毒。」他說。「而我甚至不確定我中了的那一整根毒刺裡的量，因爲毒刺還沒有把毒液全部注入體內就被我拔掉了。」

「你是在哪裡遇上人面獅身龍尾獸的？」我問他。「因爲我們是從大陸上的德魯伊那邊聽說這種怪物和馴服他們的法門——他們應該是來自東方的怪物——不過從來沒有踏足過愛爾蘭。」

他說：「你可能不會相信。我是在提爾・納・諾格遇上的，他被鎖在梅爾家中等我。是一個圖阿哈・戴・丹恩精心安排的。我認爲對方就是把梅爾掛在鎖鏈上、割斷喉嚨，讓他無法觸及大地而失血致死的圖阿哈・戴・丹恩。」

「地下諸神呀，小夥子，那死得還眞慘。誰會做出這種事來？」

「這就是我想不透的地方了。有人把我當傻子耍，而我不知道對方是誰。他們不只是在布利雷殺了梅爾，還和妖精、一群吸血鬼和黑暗精靈，還有羅馬諸神聯手對付我。我敢說他們曾幾度告訴洛基該上哪裡去找我，那些菲爾達伊克也是他們派來的。而且他們不光是耍我，其他圖阿哈・戴・丹恩也不知道這件事。如果不是這樣，那就是所有圖阿哈・戴・丹恩都參與其中，但是我強烈懷疑這點。」

「你這兩千年裡究竟幹了什麼事，讓別人恨你恨成這個樣子？」我問。

「大多在隱居。我需要你幫忙查出是誰在追殺我。你是全新的變數。而且待在提爾・納・諾格上，可以讓你不用立刻接觸現代社會驚天動地的變化。」

我花了好一陣子才弄清楚怎麼用這種新語言稱呼敘亞漢，但我想我已經知道了：他是個狗屎銷售員。你以爲你得到了什麼免費商品，但敘亞漢是先享受、後付錢的那種人，而你購買他的狗屎所要支付的代價，就是之後得面對的淒慘處境。我一聽就知道叫我在提爾・納・諾格待上一段時間，是爲了他的健康著想，而不是我的。「你想要我怎麼做，小夥子？去找圖阿哈・戴・丹恩一個一個問，看他們想不想拿劍插你？」

「或許你可以採取比較巧妙的手段。」

「什麼妙？我不知道『巧妙』是什麼意思。」

「不，你從來沒有這種概念。不過那樣可能比較合適。因爲沒人料得到你會這樣。」

「我沒有足夠資料做出合理決定。就像你不告訴我有什麼飲料可選，卻要我根據奶頭的感覺去點飲料。你何不告訴我誰殺了誰，爲了什麼原因，還有他們嘗試用什麼方法殺你。慢慢來，我們時間多。繼續教我這種新語言。」

修復刺青起碼要一整個禮拜。大部分時間都會用在和蓋亞直接取得聯繫上，而我們可以透過一個思考模式去做那件事，然後用另一個來交談。

他大多數時間都在述說那個故事，而他發誓很快就會把故事寫下來。他殺死安格斯・歐格，然後搞砸北歐諸神的關係，現在又和他們聯手對付赫爾和洛基，而且希臘羅馬諸神也已經準備投入，另外他還資助一場對抗吸血鬼的地下戰爭，三不五時要躲避收錢殺他的黑暗精靈。

「喔，對了，」他在快結束時說道，好像那是什麼差點忘掉的事。「我或許該告訴你莫利根死了。」

我暫停修補刺青的工作，好好咒罵了他一輪。但我得承認這一週在聊天中過得飛快，他講完後我大概還剩下一個半小時就能完工。

「我注意到一個模式，」我思考一段時間後說。「你隱姓埋名的時候，大家都不會死。」

「這個，大家都以爲我死了一陣子了。」

「在你殺死安格斯．歐格之前的兩千年裡，他們都不認爲你死了，而他們也都活得好好的。事情是在你洩露身分，開始拿劍亂揮之後才——」

「先等一等，你這用字遣詞怪怪的。」他說。

有時候我得用吼的才能讓敘亞漢專心。「別管我的用字遣詞，注意我講話的內容！」我說，他立刻閉嘴，換上我每次和他講道理時那副悶悶不樂的表情。「好了，你很清楚我最喜歡用踩睪丸的手段解決事情，但是這麼做的首要規則——你不記得的那條規則——就是不要踩到你自己的睪丸。如果你想學會正確做法，就去和最近造成你這麼多麻煩的傢伙學。你說那傢伙是誰？」

「我沒說過他是誰。我根本不知道他是誰。」

「媽的一點也沒錯，小夥子。我們要對付一個老奸巨猾的睪丸踐踏者。你也要變成這種人。」

「我很想，歐文。」他說。「你就是我老奸巨猾的一環，因爲你還沒有對圖阿哈．戴．丹恩透露你和誰一國，甚至是你的身分。他們會開始拉攏你。」

我咳了口痰吐到地上。「鬼扯蛋，小夥子。」

「是眞的。我是過去幾個世紀中世界上唯一的德魯伊。關妮兒顯然和我一國。但除非你在我抵達前就告訴他們你的身分，不然你就還是個未知的變數。」

「沒有，我什麼都沒說。我不信任圖阿哈・戴・丹恩，而且我也不知道究竟是怎麼回事。但我敢說他們知道我是誰。」

「我一點也不肯定這一點。」他說。「他們爲什麼會知道你是誰？」

「因爲你大名鼎鼎，小夥子。你的大德魯伊是誰怎麼可能會是祕密？」

「因爲莫利根把你丟到那座島上時，我還沒沒無聞。我只是眾多德魯伊之一，還沒有做過任何足以引起他們注意的事。而莫利根並不喜歡分享。她告訴孤紐她在那座島上丟了個人，但是沒告訴他是誰。他不可能知道你的身分。」

「但這下他知道一些事了，不是嗎？」

「對呀。他知道你很醜。」

我朝他手臂上剛剌好的地方捶了一拳，他的臉皺了起來。「那好吧，我敢說他已經開始調查了。」

「她已經把你丟在那座島上兩千年了，所有線索都冷掉了。」

「我難道不知道嗎？」我說著抖了抖，回想起當時的狀況。「眞是超級淒慘的一天。」

「不，線索冷掉不只是指氣溫，不過別管了。告訴我莫利根把你丟到島上時你在幹什麼。」

「我正在告訴你媽她煮的菜像是加鹽的大便。」

「喔，我猜你不想多談那個。」他說。

「你猜對了。你認爲圖阿哈・戴・丹恩會想從我這邊得到什麼好處？」

「可能會從最直接的好處開始。如果你對其中幾個祈禱，而不理會其他幾個，你就會提供他們更多力量。而他們或許也有些從未與我分享的想法，可能會對你提起一些不會在我面前提起的事情。」

我又朝地上吐了口痰。「你當眞以爲他們會因爲我已經好一陣子沒出來混，就把所有祕密都告訴我？他們的鬼話我要是信了一半，我就是大傻瓜。而且他們有可能單純爲了看話是否傳到你耳裡，而和我瞎扯一堆。」

「這我了解，但他們任何舉動都能提供比我們此刻所知更多的情報——因爲我們什麼都不知道。」

「你說『我們』是什麼意思，敘亞漢？我們現在同穿一條褲子了嗎？不要幫我做任何計畫，小夥子。我很感激你帶我來此，幫我安頓，但我不會幫你跑腿。」

敘亞漢沮喪嘆息，就和以前一樣。不過他振奮精神，保持禮貌的語調——甚至微帶敬意——說道：「我不是要派你跑腿。反正你也得去妖精宮廷向布莉德報備。不這麼做，她會以爲你不把她放在眼裡。我只是要你知道已經有人把關妮兒和我放進他們的殺戮名單，而你也可能會登上那份名單。如果你剛好得知可以讓我們脫離險境的辦法，我希望你能告訴我。」

「噢，敘亞漢。眞是太窩心了，這樣下去我眞的會以為你想擠到我的褲子裡來了。」

「地下諸神呀，你弄好了沒？」他顯然已經非常惱怒。我又用沾墨的荊棘刺了他一下，接著蓋亞的淡綠色引導之光就消失了。在她的協助下，他的羈絆能力完好如初，皮膚也恢復正常。「好了，都弄完了。想要的話，你可以變成狡猾的水獺去給老鷹吃。」

你能相信他竟然連謝都不謝一聲嗎？

第七章

由於修補刺青時歐伯隆表現得很有耐心，所以我說我們在繼續其他事前要先打個獵。歐文覺得這是好主意，但決定當偵查員，而不加入狩獵。在黎明前的昏暗曙光中，我變形為獵狼犬，他則化為鳥形，紅鳶遁入空中、搜尋獵物。幾分鐘後，他於東方鳴叫一聲，我們跑過去看看他找到了什麼，結果發現一小群鹿。

歐文和我在抓到一頭雄鹿後恢復人形，等候歐伯隆大快朵頤──我們兩個都不喜歡在變形時進食。歐文練習用英文和我交談來打發時間。現在他已經非常熟悉這種語言，但是說總是比聽困難。不過他逐漸駕馭英文的腔調，只要講順了，就能輕易融入人群。當我們回到羈絆營地，開始穿衣服時，意料之外的情況發生了。

「阿提克斯，有人來了。那邊的樹林裡。」

我反射性地伏低，盡可能掩飾行蹤，儘管不知道我察覺了什麼警訊，但歐文立刻照做。我們瞇眼看著遠方的樹線，只見一道身穿紅白和服的嬌小女性身影，從約莫五十碼外的一棵赤楊樹後走了出來。她看見我發現她了，於是朝我鞠躬。我微微側頭，不過目光始終集中在她身上。除了她的外型和這裡很不搭外──那種服裝應該出現在京都，而非庇里牛斯山──她整個人也散發出一股奇特感覺。歐伯隆沒有被挑釁但仍朝對方低吼，接著轉為充滿敵意的狂吠。

「歐伯隆，怎麼了？」

「那可不是個女人，阿提克斯！」

「好，謝謝你。你警告過我了，而她也收到了你的警告。請安靜下來，讓我聽她說話。」

她的臉很小，顴骨很高，眼睛很大，眼距很近。她的目光此刻盯在歐伯隆身上，整個身軀似乎都在顫抖，像是受驚的動物。她的黑髮盤在頭上，以玉釵固定，由於距離和恐懼顫抖，她的一切在我眼中都顯得模糊不清。

「歐伯隆，我要你退到她看不見的地方。讓她看著你離開。」

「爲什麼？」

「我認爲她有話要說，但是只要你還在，她就不會開口，而我眞的想知道她想說什麼。」

「別信任她，阿提克斯。」

「我不會的。我不信任她。」

「那好吧。」歐伯隆轉身小跑步離開，直到低矮植物完全把他遮住爲止；不過也才離開約莫三十碼。我站起身來，朝女人鞠躬，她點頭回禮，不過整整一分鐘都沒有朝我前進。她盯著歐伯隆消失的位置，或許想要確保他不會回來。那一分鐘裡，她逐漸不再顫抖、恢復冷靜，而歐文也起身站在我旁邊。

「那是什麼玩意兒，敘亞漢？」他低聲問道。「我沒見過這種女人。」

「你以後或許也不會再見到。這很難得。看著就是了。我認爲應該很安全。」我可以透過魔法光譜檢查她，不過沒必要。從她的行爲透露的線索來看，我想我已經知道她是什麼了。歐文不知道，而我聽見他唸誦魔法視覺的咒語。我懷疑這樣做會提供什麼歐伯隆沒有提到的線索：那位女士根本不是人。

終於認定接近我們不會有危險後，她又朝我們走近十碼，然後二十碼，接著就停步。她再度鞠躬，然後輕輕柔柔地口吐日文。歐文立刻吐氣道：「可惡。」聽不懂對方的語言讓他很沮喪。

「不好意思，高貴的先生，我可以和你談談嗎？」女人問。

「這是我的榮幸。我叫敘亞漢・歐蘇魯文。」歐文聽到我自報姓名，於是向我露出疑惑的眼神。不幸的是，我沒有時間解釋。

「那你就是我要找的人，」女人說。「小女子名叫藤原久荷。我們很像。」

「怎麼說？」

「我們都是受羈絆的生物，服侍比我們更偉大的勢力，而且往往不會以眞面目面對世人。」

我微微一笑。「我服侍蓋亞。妳呢？」

「我服侍神聖榮耀的稻荷神【註】，如果不算太麻煩的話，她希望請你前來討論一件要事。」

「我很榮幸，也很感激妳的邀約。我該上哪兒去找稻荷神呢？」

編註：稻荷神（Inari），據《古事記》等日本典籍記載，稻荷神爲宇迦之御魂神（又稱倉稻魂命），爲掌管穀物的神明。雖然典籍中並未指明性別，但大多被視爲女神。而狐狸與稻荷自古關係密切，常被視作稻荷神使或眷族。

「去京都附近的伏見稻荷大社找她。你知道那裡嗎？」

「知道。」

久荷拔下頭上一根玉釵，擺動著優雅的絲袖將玉釵輕輕朝我拋來。我接下玉釵，握在手裡，和身體保持距離。

「把玉釵放在神廟四周任何一座狐狸雕像下，然後呼喚我的名字。」她說。「山上有很多雕像。我會應召而來，帶你去見稻荷神。」

「我懂了，短期內必將造訪。然而可否請問，妳怎麼知道我在這裡？」

「可以。女神允許我回答這個問題，但首先我得問一個問題。你可記得曾經夢過吠陀神迦尼薩？」

「記得很清楚。」我說。他指示我不要招惹赫爾，還用不算巧妙的暗示威脅，如果不顧他的命令我將會面臨什麼下場。

「我奉命告知，在那場夢裡，迦尼薩提過他代表某些其他勢力。而我所服侍的崇高稻荷神，就是那些勢力中的一支。那些勢力中還包括了一位無所不知的神，他可以無視你的寒鐵守護找出你。我的女神希望和你討論當初迦尼薩提起的話題。」

「我懂了。謝謝妳跑這一趟。希望妳和妳的女神心靈和諧，藤原久荷。」

「祝你身體健康、萬事如意，敘亞漢・歐蘇魯文。我很抱歉沒有與你的同伴交談。請接受這個小禮物，表達我對兩位的敬意。」她鞠躬，然後突然縮進和服裡，而和服則滑落在地。一隻五尾白狐跳出來，轉眼間消失在樹林裡，把和服留在地上。

「五尾狐狸！」歐文叫道。「她爲什麼會有五條尾巴？她有五個屁眼嗎？」

「沒有。好吧，我想我眞的不清楚——呃，天呀，我希望沒有！我以前都沒想過這個。但是別管那個啦！那是隻狐妖，日本神道的信差。尾巴的數量代表力量的強弱。五條不算最強，但也不弱。」

我無聲地讓歐伯隆知道可以回來了。

「她要幹嘛？」

「她要我去拜訪稻荷神。好吧，她是來邀請我的，不過這種邀請通常有強制性。願意繼續和狼人混一陣子嗎？」

歐文聳肩。「當然，你不在的時候，他們還挺有趣的。」

我忽略他的嘲弄，說：「好吧，我們先回亞歷桑納，我帶你去見坦佩部族。那裡的阿爾法狼人霍爾・浩克，負責處理我所有的法律事務，如果你喜歡他，他也可以幫忙處理你的。他和世界各地的狼人部族關係都不錯。」

「聽起來狼人有點像在統治世界。」

「不，算不上。除了自己的地盤，他們沒有意願統治任何東西。我喜歡和他們打交道，因爲他們大部分時間都維持人形，所以會以人類的優先順序考量。如果我要他們幫忙，他們只會向我收錢。如果是和女巫或吸血鬼打交道，他們總是會要求以人情償還。」

「我絕不會和女巫或吸血鬼打交道。」

「我也這麼想。來吧。撿起那套和服，我帶你認識內燃器的恐怖之處。」

「講我聽得懂的話，可惡。」

「那套袍子叫作和服。狐妖留給你的。」

「當眞？我拿那玩意兒幹嘛？」

「我想那應該可以當作很棒的禮物。」絲袍上有很多深紅色漩渦紋，層層交疊，從消防車的暗紅色到酒紅色都有，外緣繡了一圈白色，還以冷灰色加繡草葉圖案。

「喔，你要我把它送給你，是不是？好了，滾開。這玩意兒比三對奶頭還漂亮，我要留著。」

由於沒辦法直接轉移到鳳凰城都會區——我在躲避妖精追殺時很有用處的一項限制——我們又轉回旗杆市，然後租了車駛入太陽谷。我趁這個機會向他介紹塑膠、橡膠和柏油之類的現代材質。

歐文打算在取得身分證件後拜訪圖阿哈．戴．丹恩，我告訴他回來後應該去山姆和泰的家走一趟，然後從那裡打電話給我。我在米爾街放他下車，交給霍爾。我希望可以留下來和他吃頓午飯，但是稻荷神在等我。我直接迴轉，沿著原路開回去。

雖然拖延了點時間，我還是在六個小時內趕赴日本之約。我一直沒有在日本設置太多通往提爾．納．諾格的傳送點，而這往往導致我在有理由造訪日本時要長途跋涉才能抵達城市，不過剛好有個我從前設置的傳送點就在京都稻荷山上。幸好我在德川幕府時代初期曾在這個國家待過一陣子，而認爲二条城的夜鶯地板【註】眞的很有看頭。我在稻荷山頂設傳送點，是因爲當時已看出這裡是日本的黃金地段，而那些谷地很快就會開始發展，適合用來傳送的地點都在山區。

稻荷山上有些地方還是有人爲開發，不過都是神道神社和佛教寺廟，而非住宅，而且除了鋪設穿越樹林所需的小徑之外，他們沒有動到樹木。其中最大、最著名的神社就是伏見稻荷大社，數百座朱紅鳥居引領信徒上山。沿著那些鳥居下的小徑得走上一、兩個小時。當我和歐伯隆一起轉移到山上時，我們出現在山頂附近。當時亞歷桑納快要傍晚，不過京都這邊已是次日清晨，淡淡日光自林頂灑落。我們穿越樹林，找到一條通往神社的道路，然後沿路而下。我們來到一個有兩座狐狸雕像守護的交叉路口。這些雕像通常都以灰石雕成，嘴裡有時會叼著穀倉的鑰匙、卷軸，或是一顆球。我挑選的那座嘴裡叼著卷軸，強調這隻狐狸身爲稻荷信差的角色。雕像底部有好幾層石台，宛如婚禮蛋糕般越疊越高，高到我們得抬頭去看雕像。既然歐伯隆沒有聽到我與五尾狐的交談，他並不太清楚我們是來幹嘛的，只知道我們要來造訪一座神社。看著狐狸雕像時，他饒富興味地豎起耳朵。

「阿提克斯，這是獵狼犬的雕像嗎？」

「不是，那是一隻狐妖。狐狸。」

「喔。那它嘴裡的是香腸嗎？」

「不，是卷軸。」

「卷軸？好吧，我對那隻狐狸的敬意蕩然無存。所有犬科動物都知道嘴裡只能放食物或玩具。」

編註：夜鶯地板（nightingale floor）是爲了防止外敵入侵，特別造成一踩上即會發出聲響的走廊，目前建造技術已失傳。日文爲「鶯張り」，中文也作「鶯張地板」或「鶯聲地板」。

「是這樣嗎?你以前會幫我叼報紙。」

「這個,是呀,但那是在另一個國家,而且再說,我不拿報紙,你就不做早餐給我吃。」

「或許這隻狐狸送完卷軸後會有點心吃。你想過這一點嗎?」

「不,但如果是這樣,雕像師傅就選錯主題了。獲得點心獎勵比獲得神社獎勵有價值多了。」

我得讓歐伯隆自己去找樂子,好集中精神召喚五尾狐,所以對他說:「仔細思考一下再來回答這個問題,因為你的答案將會變成雕像。如果世界上有座愛爾蘭獵狼犬歐伯隆的神廟,然後你的雕像會叼一種點心,你要哪一種?」

「只有一種嗎?這個,呃……應該是……」

「慢慢想。」

歐伯隆左搖右晃,真的被這個大問題給震撼到了。「哇!真是個超級嚴肅的問題,阿提克斯。我最好去那裡躺著,好好想想。」

「去吧。我等。」

搞定歐伯隆後,我從口袋裡拿出玉釵,放在雕像底部,開口說話時手指接觸玉釵。

「藤原久荷,是我,敘亞漢.歐蘇魯文,實現承諾前來拜訪稻荷。我在這座狐狸雕像下等妳。」

我雙眼盯著雕像臉部數秒,然後放開玉釵,轉身背靠著石台坐下來。不知道要等多久,可能會等一陣子。想到六個小時前才和藤原久荷在庇里牛斯山分開,她不太可能已經在這裡等我。除非她和許多信差神一樣能夠迅速移動。

結果還眞的能。約莫二十分鐘後，她沿著小徑自山下走來，這回身穿櫻花圖案的白色和服。和之前一樣，她在一段距離外停步，不願意接近歐伯隆。

「阿提克斯，又是剛剛那位不是人的女士！」他說著跳起身來。因爲深深沉迷在點心的冥想之中，他吃了一驚。

「我知道。她對我們沒有惡意。不要對她低吼或大叫，也不要離開我身邊，好嗎？那樣很沒禮貌。」

「好。」

狐狸深深鞠躬，說道：「歡迎光臨日本，尊貴的德魯伊。我會帶你去見稻荷神。請隨我來。我們要走一段路。」

「好的。多謝。」

我們跟在她腰帶上的灰色大蝴蝶結後下山，離開伏見稻荷大社，走過一條街，進入神社外圍的社區。這裡有幾間獨棟房舍，以竹欄圍出露台或花園，架高的二樓下還停著小汽車。一路上，歐伯隆和我分享他的想法。

「阿提克斯，你剛剛問我的問題根本沒有答案。」

「沒有嗎？」

「沒有，那是禪宗的問題。」

「什麼？誰又教過你禪宗了？」

「聰明女孩。她說我有些時候是禪宗大師。而你問我的問題乃是禪門公案【註一】。」

「我知道什麼是禪門公案，但我不懂她爲什麼這麼說。」

「聽著，阿提克斯：點心會發出什麼聲音？」

「喔，是呀。你說得沒錯，歐伯隆，超禪的。」

藤原久荷向右轉，再度上坡，然後在一處看起來完全不像住家的建築前停步。它看起來比較像是圈住宅的圍牆。人行道上隆起岩石地基，成爲斜坡上建築的水平地面；地基上的圍牆都用薄木板覆蓋，染著棕色污漬，還有風吹雨打的裂縫。斜屋頂上覆著灰色瓦片，不過斜瓦只覆蓋至一面後牆；圍牆中間是開放空間，還看得到牆後幾棵樹頂。狐狸向我們鞠躬，舉起右手指向那棟建築。

「這裡是大橋家庭園【註二】，大橋先生的私人花園。我的女神在裡面等你。請進。」她再度鞠躬，向後退開，我朝她點頭道謝。門外一張牌子顯示這是個觀光景點，建於二十世紀早期。不過此刻距離開放時間尙早，除了我們和鳥鳴聲外，整條街都還在沉睡。

歐伯隆和我一起無聲無息地走進去，豎起耳朵、瞪大雙眼。

「你擔心會有埋伏嗎？」

「我隨時都擔心有埋伏，但我也喜歡在有人客客氣氣出來迎接時受寵若驚。」

結果這次受寵若驚還眞是超客氣的。大橋家的花園共有十二座造型不同的石燈籠，每一座都設於修剪整齊的樹籬和樹木間，牆壁上則爬有許多開花藤蔓；兩座水琴窟噴泉提供了悅耳的落水回音。兩條鋪有石板的碎石道蜿蜒貫穿花園，交會處有顆巨大的圓神社石。一個角落有座小神社，另一角裡則有間茶室風格的小型建築，不過或許更像一座可以遮風避雨，但依然能夠享受庭園風光的涼亭。那座亭子有圓形窗口、白窗紙，還有密密交織的竹頂。

花園對面站著一名身穿紅浴衣、綁白腰帶的美女。這個季節並不適合穿浴衣，那通常是夏天的服飾，但她似乎十分自在。她向我鞠躬，在臉前甩開一面扇子，然後朝亭子比了比。

「阿提克斯，她也不是位女士。」

「我知道，老兄。沒事的。」

稻荷在亭子裡等我，跪在一張榻榻米上。儘管她有時候會以男性形象現身，但此時此刻她選擇了女性形象，身穿華麗的淡紫色和服，上面繡有深藍色花朵圖案。我請歐伯隆在外面等，然後進入亭內，在稻荷對面的榻榻米上跪下。她對我微笑，出聲歡迎，對我願意抽空前來表達感激之情。我們依照習俗寒暄幾句。身為與稻米相關的神祇，她沒有請我喝茶，改以清酒招待，而且一點也不含糊：那是種沒有稀釋過的清酒【註三】，喚作原酒，酒精含量百分之十八到二十。

她注意到關妮兒和我最近曾跑來日本療傷。那是幾週前的事，我們住在東京一間旅館裡——比較類似傳統旅社，而非大飯店——並且經常跑去泡溫泉。「你覺得這裡的大地生意盎然嗎？」

編註一：禪門公案（Koan），指古代禪師開悟的故事或非邏輯的言行，這類故事或記載會被作爲參禪時思惟的內容。

編註二：大橋家庭園位於伏見稻荷大社北邊，是京都魚商大橋仁兵衛於二十世紀初期建立的茶庭，也被稱作「苔涼庭」。其中，會發出悅耳水滴聲的水琴窟很有名。

編註三：清酒，以米爲主原料的釀造酒。

「是呀，非常有活力。謝謝妳。」

在我們兩個都呷一口清酒，寒暄完後，就進入正題。女神擺出一個平靜的姿勢，一手握著酒杯，靠在另一隻掌心上。再度開口說話時，她從母語日文改用英文。「歐蘇魯文先生，我們聽說了你和奧林帕斯諸神的問題，也恭喜你圓滿解決那件事。」

我喜歡她的用字遣詞。藉由潘恩和法烏努斯之助，阿緹蜜絲和黛安娜橫越歐洲追殺我，我差點沒能活下來——所以才跑來稻荷的國家療傷——而她卻把這件事說得好像解決禮拜天報紙上的謎題一樣。我不知道她口中的「我們」是誰，或許就是指最高層的那個「我們」。

「事情尚未完全解決。」我說。「黛安娜還想殺我。但我想其他奧林帕斯神至少都算是和我結盟了。」

「老實說，我們鬆了口氣。這是好兆頭。不過還有更多事要做。」

我覺得最好先弄清楚這裡的代名詞，以免整段對話都搞不清楚狀況。「不好意思，但是我不太懂。『我們』是誰？」

「我們全部，」她說，不過這樣根本沒講清楚。「但如今風險該重設了。我們敵人的計畫越來越巧妙了。」

「提爾・納・諾格上的敵人？」

「我指的是北歐神洛基。他已經找了好幾個萬神殿裡的邪神入夥，所以現在你也得主動找人結盟。你能夠自由行動，而萬神殿的神祇們大多得等到事情惹到他們頭上時才能行動；換句話說，他們對信仰體系外的威脅都很被動。你懂嗎？」

「不懂。」我承認。

「如果有個班加羅爾的男孩要求迦尼薩裁決他的行爲，我沒有辦法干涉，尚戈也不能回應對我禱告的大阪女孩的祈求。所以儘管我們知道洛基打算對付我們，但在他直接威脅我們的領土前，我們都沒辦法採取行動。我們不管採取任何行動都要透過人類代理人——人類的督促。而大多數人類根本不知道發生什麼事了。」

「而妳還是安排了這場會面？」

稻荷拘謹地笑了笑。「我可以和任何人一起喝酒聊天。」

「那妳爲什麼不找妳的信徒？」

她綻放微笑。「我可以保證我找過。」

「很好。那妳的英雄或女英雄在哪裡？」

她將目光飄向花園大門。「附近。守護這個地方。你不會看見他們進來。」

歐伯隆聽見這話，於是在亭子外發言。

「這表示她有忍者嗎，阿提克斯？有嗎？」

「噓。我要專心。」

「好吧。」我說。「洛基都找了些什麼人？」

「他幾乎和世界各地所有黑暗勢力聯繫。不過在他直接行動之前，會先用瘟疫削弱我們的實力。如果不能直接散播疾病，他就會採取間接手段。我是日本的健康與繁茂之神；這表示我是他的目標。除掉我會提高疾病傳播的速度，製造不安局面。這是採取強硬手段的前奏。」

關妮兒和拉克莎正在印度處理散播疾病的羅剎，這巧合令我擔憂，因爲那可能根本不是巧合。難道洛基的魔爪已經深入印度？我想起阿緹蜜絲和黛安娜追殺我們的時候，洛基曾出現在波蘭，化身爲藍皮膚的吠陀惡魔。除非他才剛剛見過這種景象，不然有什麼理由變成那種形體？而如果他才見過那種景象，他最近跑去印度是爲了什麼？

「我想我懂妳的意思了。」我說。「但我不確定妳想要我做什麼。」

稻荷張口欲言，但是被一陣憤怒的吼叫和拔劍聲打斷，緊接著又是幾下吼叫和導致木板地晃動的劇烈撞擊。我站起身來，閃出小亭，拔出富拉蓋拉，找尋既大又凶猛的對手。

「阿提克斯，什麼東西？」

「可能就是我一直在等的埋伏。」

四頭紅臉惡鬼——魔角、大鬍子、獠牙——撞爛花園的牆壁，揮動鐵狼牙棒，打擾安安靜靜喝清酒的小傢伙。兩名黑衣劍客，應該就是稻荷選定的英雄，緊追他們而來。我退到後方的牆壁前，歐伯隆自動跟了上來，但他沒注意惡鬼，反而盯著稻荷的英雄。

「哇！阿提克斯，我想我看到忍者了！你也看到了嗎？」

「他們不是眞的忍者，歐伯隆。」

「噢，討厭！忍者果然深藏不露，忍者。深藏不露。」

「小心那些紅巨人。」我在我的獵狼犬身上施展偽裝羈絆，希望他們不會注意到他。同時也盡量讓自己把注意力集中在惡鬼身上，不去注意稻荷上演的那場好戲。趁我拉開距離、拖延時間準備應付對方時，她大聲下達簡短命令，宛如馴獸師般類似叫了聲「哈！」——然後就撞破亭頂，飛身而出，拔出她的武士刀。跳到最高點時，她奇蹟地飄浮了約一秒鐘，讓我覺得地心引力在她身周毫無作用。不過她只停留了片刻，接著一隻體型巨大的白色九尾狐憑空出現在她身體底下，衣衫與獸毛的殘影連我都眼花撩亂，更別說是那些惡鬼了。

我想起之前爲我指路的女人，於是轉向她剛剛所在的位置，只見浴衣堆在地上。當然，她此刻已經化身飛天狐狸了。

惡鬼狂亂揮棒，試圖打下空中的稻荷，拖慢了他們的衝勢，讓兩名劍客拉近距離，砍斷兩隻惡鬼膝蓋後方的肌腱。這兩道傷痕幾乎一模一樣，但是惡鬼倒地的姿勢大不相同。一個往前，除了他自己，沒有害到其他人，因爲他被插在一根石燈籠上；但是另一個往後倒，壓扁了他底下的劍客。剩下兩隻惡鬼努力攻擊稻荷，完全無視於我，而我在發現自己難得不是刺殺目標時，感到一股莫名的興奮。惡鬼認爲我無關緊要，在這種情況下，我覺得有必要確保他們會因爲忽略我而付出代價。

「別動手。」我對歐伯隆說，然後無聲無息地衝向最近的惡鬼，他則轉頭追蹤稻荷的身影。這些傢伙都穿著貨眞價實的纏腰布，不過顯然錯過了過去數十年間那些分享內褲清潔祕訣的洗衣精廣告。他們是高大凶殘的怪物，不過依然敵不過速度和鋼鐵。我如此偷襲不太光榮，不過殺手往往不在乎榮譽，因爲他們本身也不看重榮譽。他沒有察覺我的攻擊，所以我從他胸板下方直插心臟的那劍對他而言算是出其不意。他抽搐幾下，放開狼牙棒，然後開始向前倒落。我沒時間拔出劍，所以閃向右側，讓他摔在劍上。手無寸鐵下，我抬頭看見最後那頭惡鬼把注意力轉移到突然偷襲他夥伴的傢伙身上。他的狼牙棒已經對我當頭揮下。我唯一能做的就是揚起手臂，希望他不會把我打成肉醬。

然而，他揮棒時被一樣東西擊中胸口，導致手臂反射性往前伸。狼牙棒自我左肩旁揮落，一根鋼刺劃破我的肩膀。我翻身滾開，站起身來，然後在惡鬼的屍體上借力，施展跑酷動作。我讓屍體擋在我跟另一頭惡鬼之間，然後轉身確認他的位置，同時聽見歐伯隆說：「阿提克斯，你還好嗎？」

「還好。剛剛是你嗎？」

「對，我撞倒他。」

「謝了，老兄，但是先退下，讓稻荷解決他。」女神正在空中盤旋，似乎準備來個低空轟炸。

「啊！」惡鬼胸口一道灰影顯示歐伯隆已經匆忙撤退，而稻荷則高舉武士刀跳下狐狸背，砍穿惡鬼脖子。喉嚨上血如泉湧，噴得稻荷滿身都是，並讓隱形的歐伯隆洩露行跡。「啊！這下我聞起來像是液態屁股【註】了！」

我身後傳來被黑衣武士砍斷腳筋那惡鬼最後的驚叫。倖存的劍客趁他爬不起身時出手解決了他。劍客甩掉劍上的血，還劍入鞘，走向稻荷，靈活地跪在她面前、伏身拜倒。他嘴裡冒出一連串道歉，還要求她爲了他守護不周拿下他的人頭。

「起來。」她說，他照做，不過目光始終低垂。「你是哪一個？」

「賤民是月野秀樹。」

「外面的人都死了？」

「只剩下我，榮耀的女神。我們在外面殺了兩頭惡鬼。」

「做得好，月野先生。繼續警戒。」

「是。」他再度鞠躬，然後無聲無息地回到殘破的圍牆外。九尾巨狐來到稻荷左邊，坐在神社石上，看起來很像稻荷神社外的狐狸雕像。

「歐伯隆，請到我旁邊來，絕對別想去找那隻狐狸的麻煩。那根本不是狐狸；那是隻天狐，道行超過千年。」

「別擔心，我不會。飛天狐狸比飛鼠還難搞。」

我撤去他的僞裝羈絆，天狐看著他來到我身邊。可憐的獵狼犬身上染了不少血。

「知道問題了嗎，歐蘇魯文先生？」稻荷說。「我認得這些惡鬼。他們住在我的山坡上，過去幾個世紀都與我和平共處，不會在人類面前現身。他們絕對不會自己想到要來這裡攻擊我。洛基在慫恿他們，灌輸黑暗想法。但我們不能因爲煽動人心就對他採取行動。」

「我就可以？」

「對。該你出手了。」

編註：液態屁股（liquid ass）是一種瓶裝整人玩具，可以擠出透明的惡臭液體。

「怎麼出手？」

「你覺得該怎麼出手就怎麼出手。許多年前迦尼薩要你慎重行事，但如今慎重的時刻已然過去。」

「為什麼？出了什麼事？」

「如今奧林帕斯眾神和我們站在同一陣線。如果你提早出手，他們絕不會加入我們。」

「妳是說你們沒辦法自行拉攏他們？」

「我就是這個意思。再一次，我們需要人類代理人。因為有些行為要有人提出才能進行裁決。」

「請見諒，稻荷，但這聽起來有點荒謬。我現在知道妳和一群神攜手合作。我知道其中包括迦尼薩，還至少有一個有能力忽略寒鐵靈氣找出我的下落、無所不知的神。」

「沒錯。」

「那表示妳們有能力在缺乏人類代理人的情況下一起行動。」

「不對。」

「洛基絕不是在人類的要求下行動。也不是路西法、伊卜利斯【註】，或任何其他魅惑人心的神。」

「沒錯，但那並不能反駁我的論點。黑暗勢力與我們有根本上的不同。他們打從天地初開就能隨意引發混亂、依照自己的利益行事。但是像我這種人類信仰的神祇就不太一樣。他們認為我們會遵守規則，而這點並沒有錯。他們的信仰乃是我們無法翻越的圍欄。在正常情況下，我們只能管理自己的信徒。但是在當前，我們會攜手合作，完全是因爲有個人對我們全部都有信心。你也認識這個人。」

「誰？」

稻荷側頭問道：「你記得蕾貝卡・丹恩嗎？」

編註：伊卜利斯（Iblīs）是伊斯蘭教的惡魔之王，相當於猶太或基督教中的撒旦（路西法）。傳說他本是精靈（Jinn）或天使，拒絕跪伏在人祖亞當面前，阿拉因而大怒想要懲罰他，但伊卜利斯卻說服阿拉給他一段時間。最後阿拉答應了他的請求，但伊卜利斯卻發誓要在最後的審判前誘惑所有人類墮落，因而被逐出天國。

第八章

充滿暖意的回憶完全無法驅趕寒意；只能讓我在進行爲了禦寒非做不可的事時分心而已。如果阿提克斯沒有教我提升核心體溫的羈絆術，而我也幫歐拉施展的話，我們現在已經凍死了。

我們抵達時，雪人並沒有待在洞裡。儘管遵照阿提克斯的指示找路，但因爲雪人在洞口堆了一層雪，我還是要透過魔法視覺才找到了雪人的山洞。在人類肉眼中，這裡只有積雪的岩石，但是妖精之眼可以看到十呎高、十呎寬入口四周所凝聚的魔力。洞口允許我和歐拉通過，但是裡面並不是天然洞窟；這裡比較像室內宮殿——並非人造，顯然是由喜馬拉雅元素依照馬拿朗・麥克・李爾的指示創造出來的。我一施展夜視能力，立刻知道這一點，隨即看見左牆旁的石桌，以及桌面上的三根蠟燭與火柴。我點燃所有蠟燭，舉起一根深入洞窟，一路上不停以古愛爾蘭語呼喚。「哈囉？有人在家嗎？我帶了點培根來。」因爲我認爲理論上沒有話比這幾句話更友善了。

入口通往一處長方形大廳，兩側都有長桌，桌上擺了很多蠟燭，我在沿著左牆行走時點燃它們。入口附近地板上有座長方形火堆，邊緣微微隆起。火堆上有組烤肉鐵叉，旁邊還放了各式烤肉架、火鉗和夾子。我打賭那些都是孤紐做的，只是馬拿朗沒告訴過他要拿到哪裡用。

火堆對面的長桌上擺著五個石盤，盤上有層薄薄的積雪。另外，還有兩個大碗和一個淺盤等著盛食物。我看到很大的三頭叉，不過沒有刀子。

我繼續深入大廳，邊走邊點蠟燭，最後來到一張美麗的五邊形橡木桌前，邊緣刻有健康與和諧的羈絆繩紋。這毫無疑問是葛雷恩亞的作品。高背椅也是橡木所製，沒有扶手，照比例看是專爲非常高大的人所造。桌子中央擺著一個看起來像大理石棋盤的東西，上面共有四十九個格子，而非六十四個。那是凱爾特板棋【註】，古愛爾蘭版的西洋棋，而棋子都是十分美麗的小冰雕。有些是透明的冰雕；有些刻意弄得有點混濁，細細的紋路貫穿冰雕；有些表面呈霜藍色，創造出更強的立體感與圖案，並用意想不到的方式反射光線。

對面長桌上擺有藝術風格類似，但是大很多的雕像。五個至少兩呎高、雕工十分細緻的圖阿哈·戴·丹恩，以十分——嗯哼——冰冷的神情凝望著我。我認出從左到右分別是富麗迪許、馬拿朗·麥克·李爾、布莉德、莫利根和達格達。這些神所代表的特質十分有趣：狩獵、海洋、火與創作、死亡挑選者，還有生育之神。我很好奇一群無法生育的生物爲什麼會崇拜達格達。理論上，雪人應該會從其他地方彌補這點不足——或許是他們獵食的動物。我在想那些雕像是不是就和冰匕首一樣，以水系魔法羈絆，不會融化，還是說它們都是用世俗冰塊所製。我笑著思考一個很無聊的想法：一座由雪人親手雕刻、永不融化的達格達雕像能在紐約拍賣會上賣到什麼價錢？我想最困難的是證實作者身分。

不知道他們的母親爲什麼沒要他們崇拜北歐諸神——而如果有，他們又是什麼時候皈依愛爾蘭諸神的。

一條高高的拱形長廊通往更多房間。不過我有點遲疑，於是先探頭過去打量。

「妳聞到什麼味道，歐拉？」我問。

「聞起來很老。」

「妳是說老人？」

「不。很老的味道。很久以前。味道很老。」

「嗯。」這個消息令我擔憂，不過合乎剛剛在房內看到的積雪景象，還有空氣流動時激起的白灰。空氣確實在流動；附近一定有通風孔道。

我把史卡維德傑舉在身前，沒有觸發任何陷阱；我小心翼翼地穿越拱門，發現一條通往左方、以順時針方向旋轉的走廊。右邊有扇門，一塊木板橫跨門面，插入門框的托架裡。我透過魔法光譜檢視這扇門，沒發現可能是陷阱的羈絆法術。不過那並不表示門上沒有世俗機關。魔杖再度派上用場；我用杖頭挑起木板鬆開門，門微微退開一條縫，但沒有完全打開，也沒有危險的東西跳出來。

「聞到門後有東西嗎？」我問歐拉。

「死掉的木頭。」

她的嗅覺很精準，因爲門後房裡堆滿了木柴——橡木、樺木、杜松——既然我們位於樹線之上，天知道是從哪裡砍來的。它們成堆存放，等著拿到隔壁的火堆去燒。食物在哪兒？穿越柴房後的另

編註：凱爾特板棋（Fidchell，威爾斯語作gwyddbwyll）是種古老的棋盤遊戲，棋盤是由七乘七的方格構成。雖然凱爾特傳說或神話中常提起這種遊戲，但是明確的遊戲規則、棋子與棋盤等沒有流傳下來，不過至少能確定正中央有一只王棋，下棋雙方圍繞王棋作戰。

一間房提供了答案。

這間房比剛剛的餐廳還大，或許是全世界最大的天然冰箱。野豬、犛牛、麝香鹿的屍體掛在鉤子上——用冰塊製成的鉤子，如同冰凍的蠍尾般自天花板垂下。一張沒擺任何利刃的屠宰桌，看得出來之前用過，卻沒有最近用過的跡象。地板上有個洞，大概是丟垃圾的，除了走路要小心外，沒有提供任何線索。

我用魔法光譜搜索這間房，確保沒有錯過任何重要線索，但除了大量食物，沒有看到任何東西。這裡沒有其他扇門，所以我們退回柴房，然後回到走廊。我沿著蜿蜒的走廊行走，請歐拉回報聽見或聞到任何除了我們之外的其他生物跡象。儘管還擔心可能會遇上陷阱，但這時我已經認定雪人不在家了。但我仍希望能找到冰匕首好借用一下。

走廊旁有五間臥房，還有一間廁所。這裡當然沒有水管；所以那只是山上的一個洞。不過臥房倒是讓我更加了解雪人。房間本身都只是原爲堅硬岩石所在的方形空間，但是其中的家具——床、桌子和椅子——都是冰製的。每張床上都撲了很厚的毛皮，椅子上也都有毛皮。不過家具風格各異。其中有四個雪人試圖在冰塊的渦紋和圖案上勝過其他人，但是另一個雪人可能比較喜歡單純事物，或是自認沒有能力與其他人競爭，因爲他房內的一切都是用我所見過最乾淨、最透明的冰塊所製。

每間房的牆上各有三片類似畫布的矩形冰塊鑲著。這些冰塊表面都以雕蝕或羈絆方式做出美不勝收的圖案，從不同角度可以看見不同景象。唯一與眾不同的是禪宗雪人：其中一面冰畫完全是淡藍色冰霜；另一面晶瑩剔透，中央偏右有個白圈，圈內還有個比較小的藍圈；最後一面完全雪白，除了從上面算來三分之一的位置有條透明的水平線越過冰面。

在這整座用岩石、水、鐵和木頭製成的居住環境裡，唯一看來格格不入的，就是禪宗雪人臥房桌上的iPad。那台型號比較舊，但是灰色塑膠和矽脂矩形物體，是我們這個年代、我們這個世界的工藝，在這個完全沒有透露任何鐵器時代後科技的地方顯得時空錯亂。不知爲何，這台iPad出現於此讓我不安，彷彿隨時會擴散攻擊所有生命的腫瘤。這種想法當然很蠢，因爲這裡的生命體就是獵狼犬和我，而一台iPad不太可能自行進化成天網【註】，特別是這裡缺少了無線網路或電源。

我檢查那台iPad，並不驚訝發現它無法使用，電池耗盡，也無法充電。雪人在iPad沒電前看到了什麼？那是不是能夠解釋他們不在這裡的原因？比較有可能的情況，是雪人從登山客手中得到這台iPad，而它出現在這裡完全不具任何意義。

「不管這房間的主人是誰，」我對歐拉說。「這個雪人都追求著寧靜。如果有機會遇到他們，我希望先遇到她。很遺憾這裡什麼都沒有。」

「不對！很多食物。」

「還有很多謎團。雪人去哪裡了，什麼時候回來？」

「先吃東西。取暖。慢慢想。」

編註：天網（Skynet）爲「魔鬼終結者」（*Terminator*）系列中出現的超級人工智能電腦（及以其爲中心的電腦總體或網路），電影各集與電視影集版的設定都有些微不同，但基本上是天網發展出自我意識之後，以自我存續作爲最高原則，將意圖消滅自己的人類設定爲殲滅對象。

「需求層級【註】，是吧？」

「層級什麼？食物，關妮兒。」

我笑著看我的獵狼犬。層級觀念不太容易在她不擔心自身地位的情況下翻譯成情緒或影像，所以這個字對她而言毫無意義。

「好，我想既然要等，我們先吃點東西也無妨。」

「等很久？」

「希望不會。」我已經開始擔心會永遠找不到他們了。「這裡有任何味道是新留下來的嗎？」

「沒。還是很老。」

歐拉的判斷有個問題，就是她和歐伯隆一樣，難以理解時間和數字的概念。「老」對她而言，可能是幾年，也可能是幾天。不過不管多老都無關緊要——我眞正要知道的是雪人究竟何時會回來，或會不會回來——但我還是希望能調查清楚一點。我把武器和那包培根放在桌上，脫掉身上的衣服——儘管提高了核心溫度還是冷得發抖——將形體羈絆成黑美洲豹。

打了個噴嚏後，我聞到一股類似猩猩、女人和蜜瓜的味道，結霜的花朵脆弱地飄浮在遠古怨恨與沮喪的骸骨中，被啃過、被拋棄，但沒被遺忘。我聞到皮革和製革油的味道，還隱約聞到幾天前就已經熄滅的炊煙、烤肉和油脂的香味。

離開禪宗雪人的房間，順著走廊來到大廳，我打算好好聞聞火堆附近，弄清楚上次使用是多久之前。歐拉搖著尾巴跟著走。

「現在去打獵？」

我在美洲豹的形態下透過心靈與她溝通，不知道這樣聽起來是否和平常不同。「不是，我只是要四下看看。看完之後，我們去冰箱找點吃的。」

「好！」

由於不是專家，所以我只能猜測火堆上次使用大概是兩天前，其實算不上多久。歐拉八成以爲超過一、兩次午覺的時間都能算「老」。但如果雪人兩天前還在這裡，那他們出門就有可能是去打獵或……我不知道，也許他們愛滑雪？搞不好他們想要來點配菜，所以下山去找綠花椰菜了？

「我聞夠了。幫我在這裡把風？如果聞到或聽到有東西接近，告訴我一聲。」

「妳要去哪裡？」

「我要變回人類，然後生火，再烤點東西吃。」

「好計畫。」

「我就知道妳會喜歡。」

我變形著裝，從柴房拿出木柴外加一些火種，然後拿根蠟燭點燃火堆。火堆上方的天花板有道大大的裂口——之前我擔心走廊上有什麼時，都沒注意到——當作煙囪，顯然外面的開口也掩飾得很

編註：需求層級理論（hierarchy of needs，也作需求層次）是由心理學家馬斯洛（Maslow）提出，把人類的需求依金字塔排列層次，由低至高爲：生理、安全、社交（愛與隸屬）、尊嚴、自我實現，後來更在金字塔頂追加了「超自我實現」需求。愈低階的需求愈基本、愈強烈，滿足了低階需求，人格才會往更高階發展。

好。

我從冰庫裡抓起一頭麝香鹿的屍體，感謝地下所有諸神，阿提克斯沒在附近看我努力把牠插上烤肉叉的樣子。我們在我的學徒時期一起烤過不少東西吃，但是從來沒有用烤肉叉串起整隻動物來烤。那眞的很難搞，我終於發現電影裡從來沒演過把生肉叉到烤肉叉上的過程。電影裡只會演出肉已經在火上烤，而且快烤好的模樣。歐拉發現我對自己的無能感到無奈，於是很好心地想要讓我好過一點。

「妳做得很好，關妮兒。」她說。「是我就根本辦不到。」

我要特別提出：身處冰冷的雪人山洞，一直想著好冷、好冷的情況下，要把一隻冰凍動物烤來吃眞的很花時間。而想到我父親遭附身，坦賈武爾的居民持續死亡，我就覺得自己沒那麼多時間。

不過，剛好也給了我機會重新思考到目前爲止的狀況。根據阿提克斯的說法，雪人已經存在很多世紀了。我帶來的培根可以確保他們繼續活下去。但是他們都做什麼消遣娛樂？除了偶爾做做冰雕，玩玩凱爾特板棋外，他們是怎麼防止自己發瘋的——特別是他們都是兄弟姊妹？我在探索山洞時沒看見任何書籍，沒有撲克牌，也沒有卡坦島桌遊【註二】。或許他們的時間大多待在山洞外，在雪地中玩耍，堆點雪人和它們玩戰爭遊戲。老實說，那應該很有趣。如果我有他們那種能力，我會堆隻巨人狂戰士，叫他斯諾鐸。他手持悲慘寒劍，身穿永冬之境的白霜盔甲——看在地下諸神的份上，我眞的不該讓阿提克斯帶我進入遊戲世界。但有時候，訓練中途休息時，我們就會打開PlayStation，痛宰幾個小時的數位怪物，而這當然難免會影響我的腦袋。

我強迫自己不再幻想斯諾鐸會對他的敵人造成什麼可怕的傷害，但由於我還是要想點其他事，以免擔心如此延宕會害死我父親，於是我開始教導歐拉動詞的各種時態。我注意到她常常會在句子裡忽略動詞變化。正當我認爲我們有所突破時，她說：「有人來了！」

我拍手兩下，說：「妳眞是聰明！說得很好！」

「不，不是練習。有人來了。眞的。現在。」

「喔！我想我們該到桌子後面去，以免他們討厭不速之客。」我突然覺得好像三隻小熊回家發現金髮女孩在偷吃粥。或許我可以把這個老故事更新成「紅髮女孩與五隻雪人」【註二】。

我抓起史卡維德傑迅速躲到桌後，萬一雪人二話不說就丟東西，這是唯一可以躲的地方。想到這一點，我開口用古愛爾蘭語說話——其實是大喊，以免他們突然看到我會嚇一跳。

「歡迎回家！我是馬拿朗・麥克・李爾派來送培根的！我叫關妮兒・麥特南，是蓋亞的德魯伊！快請進來取暖！我生了火！」

「他們沒有移動了，不然就是走得安靜無聲。」歐拉回報。

編註一：卡坦島桌遊（The Settlers of Catan）是一個可提供二至四人遊玩的德國桌上遊戲。玩家在遊戲中是一群拓荒者，他們要前進一座無人島、進行拓荒，最成功的玩家獲勝。

編註二：這段話出自英國著名童話《三隻熊的故事》（*The Story of the Three Bears*或*Goldilocks and the Three Bears*），主角是個可愛的金髮女孩。詩人Robert Southey於一八三七年發表的散文讓這則童話廣爲人知，但推測原始版本更早就開始流傳了。

我重複友善的招呼，希望對方有聽清楚。我們離得有點遠，和出口呈對角線，所以我的視線範圍外有個小門廳可供雪人藏身。不過當他們抵達那裡時，我還是發現了，因爲室外灑入的光線突然變暗，這表示有身材高大的東西擋住光線。

一陣白雪捲入室內，有些在飄到火堆附近時冒煙融化，接著一團比我眼睛高度還高的雪塊小心翼翼地步出角落，宛如半月般從岩石後探出。

「哈囉！」我說。「你好！」我又說一次自己是馬拿朗・麥克・李爾——雪人的父親——派來的德魯伊。我舉起用紙包住的培根，輕輕丟在桌上。

走出入口，進入我視線範圍內的生物，看起來像是我想像中的斯諾鐸活過來了一樣。它看起來像是一團形狀不定的白色粉末，隱約具有人形，但除了足足有八呎高這個難以忽視的事實外，卻缺乏細節。它僵在原地，似乎等著看我會不會攻擊，在發現我沒有攻擊後，它緩緩轉頭，看向旁邊的火堆。

「喔，對，我很抱歉。」我說。「我們不知道你們什麼時候會回來，而我們又冷又餓。我當然會把我們用掉的木材和食物都補滿。」

對方轉回頭來看我，接著開始變形。那條身影站在原地，不過開始脫皮，白雪如同滿身頭皮屑遭到強風吹拂般脫落。積雪飄出洞外山側，留下雪人眞身。它沒有那麼壯，也沒有那麼高，不過仍看得出是霜巨人後裔——我之所以使用「它」來稱呼，純粹是因爲我不知道它是男是女。我的第一印象認定它是男的，因爲它臉頰上長了一團厚厚的白毛。當臉上的毛髮與身上其他，呃，體毛一樣濃密時就不能算是鬍子了，是吧？或許可以說是鬆毛。它的……好吧，姑且說他的鬆毛有集中束起、結辮、穿過小冰環纏繞，一方面很實際地讓鼻子和嘴巴不會被毛髮覆蓋，另一方面也符合美學，讓他的臉和頸部反射藍光。臉頰上方、黑色雙眼間的皮膚呈現淡藍色。眉毛是白色的，除了嘴唇、掌心，還有指尖，額頭和其他部位全部覆蓋白毛，沒毛的地方也都是淡藍色的。他沒有爪子，不過右手握著一支精緻的匕首——肯定就是我此行要找的冰匕首。

那支匕首形狀類似尼泊爾廓爾喀人使用的廓爾喀開山刀【註】，看起來比普通匕首來得沉又大。那是支應該加上「超級大」，甚至是「操他媽的大」形容的匕首。而除非是火堆造成的效果，不然這匕首的刀刃會從內部發光。刀刃本身呈半透明的藍色，刃面上結了層白霜，但是刀刃鈍面則呈現一種詭異、不自然的紅色。我隱約察覺他在肯定我不打算攻擊前，一直把匕首藏在雪裡。

然而，他不信任我。他沒有微笑，沒說「哈囉」、「歡迎」，或「天呀我眞高興妳已經開始做晚飯了」之類的。他用愛爾蘭語低沉說道：「證明妳是德魯伊。」

由於我穿著外套，他看不到我身上大部分刺青，不過我給他看我右手手背上的治療圈和三曲枝圖。

「那只是墨汁。不算證明。站在原地，把這面牆上的一塊石頭弄到妳手上去。」他指向他身後，

編註：廓爾喀人（Gurkha of Nepal）是尼泊爾重要部族之一，信仰印度教；殖民時期英軍廓爾喀部隊驍勇善戰的形象深入人心，廓爾喀傭兵現仍活躍於世。廓爾喀開山刀（Khukuri）則是他們愛用的武器，也是日常生活中的利器，特徵是刀鋒和一般開山刀相反。

我對面的牆。我點頭表示接受他的要求，伸出一手，掌心朝外，請他等候。

「好，我得脫掉鞋子。」

我在史卡維德傑的金屬杖頭裡還存有一些魔力，不過不想透露這一點，而且當前的重點是要證明我是德魯伊，有和大地羈絆。雖然提升了核心體溫，我的腳趾還是在接觸到冰冷石板地時根根縮起，彷彿叫著：「好冷呀，可惡。」但我自喜馬拉雅元素那裡吸收魔力，專注在對面牆壁上拳頭大小的區域，然後開始施展羈絆法術。在不是阿提克斯，又聽得懂古愛爾蘭語的人面前唸誦咒語感覺很奇特，不過我當然不能靠古愛爾蘭語來證明我是德魯伊——得證明我與蓋亞之間的羈絆。

牆壁上出現一塊圓球狀裂縫，接著我把那塊岩石和我掌心的皮膚羈絆在一起，讓它飛越大廳、抵達我手中。這是很簡單的解除羈絆和羈絆法術，但是除了德魯伊，大多數魔法使用者都辦不到這種事。我舉起棒球大小的花崗岩石給雪人看，他嘴角露出滿意的笑容。他的牙齒有點銳利，不過我不會把它們歸類爲鋸齒般利刃或可怕獠牙之類的。我解除石塊和掌心間的羈絆，把它放在桌上。

「這樣可以了嗎？」我問。「我想在腳趾頭凍僵前穿回鞋子。」

「好了，可以了。歡迎光臨我們家，德魯伊，謝謝妳大老遠跑來。我是史庫弗爾．約頓生，雪人中排行老三。」聽到他的名字讓我驚訝地眨了眨眼，接著我了解他們採用古北歐而非愛爾蘭的命名法則，這也很合理，因爲他們的母親來自北歐。但她沒讓他們承襲父親或母親的姓氏，而是稱他們爲巨人之子。

「謝謝你如此歡迎我。你剛剛或許已經聽到我喊的話，我是關妮兒．麥特南，這是我的獵狼犬，歐拉。」

她在聽我介紹她時搖著尾巴說：「哈囉，毛茸茸的好先生。」

「是呀，他看起來人很好，是不是？但是他聽不見妳說話。」

「沒有魔法？」

「他懂魔法，但是和我的魔法不同。」

史庫弗爾揮手叫其他人跟上，然後走入餐廳。「來吧，她是父親派來的德魯伊。打招呼。」

四名雪人一個接著一個進來，甩開身上的積雪，露出五官。他們臉龐大多有冰環，不過造型都與史庫弗爾不同。

第一個進來的雪人和史庫弗爾一樣高，左肩上扛著一頭麝香鹿，顯然他們是去打獵。

「我是赫藍鐸・約頓生，長兄。歡迎光臨。」他的鬃毛上套了超多冰環，多到冰環彼此間會撞得叮叮作響。「請容許我先存放獵物。」他繞過史庫弗爾前往冰庫，我看到他的冰匕首上也有令人不安的紅光。

第三個雪人介紹自己名叫希爾朵・約頓史達特，老二。她的聲音完全沒有任何透露她是女性的跡象，我也看不出來任何生理上的不同。不管雪人雙腿之間有沒有東西甩來甩去，都隱藏在一團白毛裡，而希爾朵的胸部並不比她的兄弟大上多少。希爾朵的鬃毛裝飾介於赫藍鐸和史庫弗爾之間，我假設辮子數量和造型的複雜度除了代表個人喜好，也標示出長幼。

第四名雪人，同時也是老四，強化了我的假設。他臉頰兩側各只有兩條辮子，而他介紹自己名叫伊斯歐弗爾・約頓生。

最後進來的體型最小，年紀也最輕，兩嘴旁各只有一條辮子，看起來很樸素。我暗想這位八成就是禪宗雪人。

「我是歐德倫・約頓史達特。」她說。她比兄姊矮上一個頭，不過還是比我高。「歡迎光臨。想要喝點什麼嗎？」

「好，那太好了。」我說，突然覺得很渴。我帶了水壺來，但是壺裡的水已經結成冰塊。

「我們有蜜酒和水。」歐德倫說。

我選了蜜酒，幫歐拉要了點水。歐德倫請伊斯歐弗爾招呼歐拉，她則大步走到我這一邊，停在擺放石器的長桌旁。她把冰匕首放在長桌上的盤子邊，蹲下去拉開一塊石鑲板，露出之前我如果仔細搜查或許會發現的隱藏式碗櫃。她拿出一小壺蜜酒，還有一個角杯，然後關上石鑲板。趁她幫我倒蜜酒時，我將目光飄向伊斯歐弗爾，看著他把匕首放在對面長桌上，伸出右手，掌心朝上，朝向山洞入口。在我眼前，一團白雪飛到他掌心上方，彷彿顛倒的龍捲風般懸在那裡。越來越多雪飄了進來，在他掌上凝聚，最後變成一個冰碗，越來越清澈，最後幾乎完全透明，只剩下一些裝飾用的白色漩渦。雪逐漸裝滿冰碗，然後伊斯歐弗爾在雪上揮動左手，雪立即化爲清水。

「妳的獵狼犬得在水再度結冰前喝掉。」他說。

我們走出桌子後面，他把碗放在歐拉面前，歐德倫則端了杯蜜酒給我。這酒美味到幾乎難以置信，我大聲詢問酒是打哪裡來的。

希爾朵微笑回答。「父親向孤紐買了送過來的。」

歐拉舔著她的水，雪人邀我在餐桌旁坐下。赫藍鐸於我就坐時從冰庫回來，我這才想起該看看食物好了沒。

「煮食由我接手。」最年長的雪人說著拿起那包培根。「謝謝妳帶培根來。我立刻回來。」

他又走掉了，剩下的四個雪人斟好孤紐的蜜酒後，就和我一起坐在餐桌旁。歐拉躺在我的椅子旁，我覺得有點頭暈目眩，難以想像自己現在過著如此奇怪又美好的生活。我在喜馬拉雅山和雪人一起喝蜜酒，而且他們都是彬彬有禮的主人。

不過並不健談。他們都一臉期待地看著我，但我不知道他們在等什麼。

結果是在等赫藍鐸。他們八成是不希望他錯過什麼，因爲他一帶著一堆木柴回來，希爾朵立刻開口說話。「除了父親，我們從未見過德魯伊。他不能親自前來時總會派妖精過來，而他已經超過一百年沒有親自來看我們了。妳出現於此，是否表示提爾．納．諾格已經知道我們的存在了？」

「不，你們的存在依然是祕密。」我說。「不過我獲准得知這個祕密。我承認我來是希望獲得各位的幫助。」

雪人互看幾眼，接著歐德倫開口：「我們也需要人幫忙。或許我們可以互相幫助。妳需要什麼？」

「我需要一支冰匕首。」

史庫弗爾哼了一聲。「就這樣？」他的手伸向山洞入口，就和伊斯歐弗爾幫歐拉做碗時一樣，數秒後，他召喚冰雪，塑型成一支鋸齒刀刃的匕首，看起來和牛排館裡那種很像。他把刀柄朝我地放在桌上。「好了。」

「不，我要的不是那個。我需要像你們那種匕首。不會融化的。」

他們全部靠向後方，正察看串烤麝香鹿的赫藍鐸也突然轉過頭來瞪我。我深怕自己跨越了什麼不該跨越的界線。

幾秒鐘過去了，我一聲不吭，害怕多說什麼會導致情況更加惡化。最後歐德倫說：「她不知道那代表什麼意思。」

「顯然不知道。」赫藍鐸說著揚起匕首。「她以爲那是支冰匕首。」他們全都發出不屑的笑聲，令我覺得十分愚蠢。

「我請求各位見諒。你們的武器究竟叫什麼名字？」

「每支各有不同的名字。」希爾朵回答，舉起她的匕首，「不過通稱漩渦刃，不是冰匕首。」

「漩渦刃。好名字。」我不了解以用冰製成的匕首而言，這個名字爲什麼會比冰匕首好，不過我不打算批評這一點。

伊斯歐弗爾說：「兄弟姊妹們，或許就我們想請她幫的忙而言，借漩渦刃給她也不算太過份。」

赫藍鐸從火堆旁走到我們面前。「現在想那個還太早，弟弟。首先，我們得問問她要漩渦刃做什麼。」

「對。」希爾朵同意。「我們製造漩渦刃不是要給外人用的。」

我喝一大口蜜酒壯膽，然後解釋父親被空之惡靈附身，需要水魔法製成的武器來解救他。「大地魔法不適用。我的大德魯伊建議我來找你們談，而馬拿朗・麥克・李爾同意，是他要我帶你們的培根來談的。」提起他們父親的名號不會有壞處，或至少我希望沒有壞處。這話說出口後，我才想起他們可能會因爲他已經一百年沒來而生氣。

「父親知道她的問題，也知道我們的。」歐德倫說，抬頭看向赫藍鐸。「他派她來此。我認爲他是在回應我們的請求。」

赫藍鐸和其他三個雪人同聲嘟噥表示認同。我發現他們不是喜歡長篇辯論的生物。

「那就提出交換條件。」赫藍鐸說，他們全都在歐德倫開口時轉頭看我。

「我們會幫妳製作一支漩渦刃，爲妳的體型量身打造，由妳所願命名，用水魔法來交換大地魔法的服務。我們可以移動山頂的東西，卻無法移動山本身。」

「妳說什麼？妳們要我移走喜馬拉雅山？我辦不到。」

「不，我指的是妳剛剛已經示範過的那種。我們的山洞不是自然生成的；是我們父親創造出來的。他與大地交談，說他需要一個看起來如何的房間，而房間就依照他的意思冒出來了。我們希望妳也幫我們這麼做。」

「喔，你們需要新臥房？我敢說我辦得到。」我可以和元素談談，不到一個小時就能解決。這是好事。

「不，不是臥房。比臥房大很多。我們要的東西聽起來或許會很奇怪，或很沒必要，但我保證那能防止我們發瘋。我們非常無聊，妳知道。」其他四個雪人點頭表示他們都很無聊。

「我可以想像。」

「很好。我們不斷對父親派來的妖精表達此事。透過他們，我們告知既然不能和人類混在一起，希望他來找我們，若是不行，提供一點新花樣，讓我們能在冰雪裡有點事做也好。後來妖精帶了一台叫作iPad的東西回來。妳知道什麼是iPad嗎？」

「啊。知道。」我說，鼓勵她說下去。

「這台iPad裡有些影像，會動還會發出聲音的影像。」

「那是某種影片。」我說。

「對。一種叫作冰上曲棍球的錄影比賽。人類會在寒冷的氣候進行比賽。兩支隊伍一邊溜冰，一邊帶動一枚圓盤，努力得分。」

「我很熟悉這種運動。有點暴力。」

「沒錯！」史庫弗爾叫道，雙拳敲擊桌面，把我嚇了一跳。「在冰上進行的暴力運動！我們命中註定要玩這種運動。」

「但是我們需要場地。」希爾朵說。

逐漸明白他們想要什麼之後，我覺得下巴都快掉下來了。「不好意思。你們要我建造一座冰上曲棍球場？」

「在山裡，沒錯。」伊斯歐弗爾說。「就在這個房間下面。妖精辦不到。只有德魯伊可以。而妳是德魯伊。」

「好吧，等等，讓我先把話說清楚。我也辦不到。只有喜瑪拉雅元素可以。」

歐德倫對這個惱人的細節只是聳聳肩。「妳想怎麼做都無所謂。我們知道妳有能力辦成此事。我們提議用漩渦刃換山裡的冰上曲棍球場。」

「看在地下諸神的份上，我甚至不知道冰上曲棍球場有多大。」

「我們知道。」他們異口同聲說，歐德倫補充：「父親的妖精把所有規則和規格都告訴我們了。」

「但是門網、護具和球棍那些呢？」

赫藍鐸朝我微笑，然後後退到門對面。「我們已經考慮過了。我們的冰上曲棍球會是最單純的冰上曲棍球。」他攤開雙手，沒過多久就以魔力吸取室外的冰雪，在身旁形成一場小型雪暴。雪暴消退後，他站在積雪中，頭上頂著頭盔，手裡拿著球棍，腳上還穿著完全用冰製成的溜冰鞋。這是很棒的解決方案，因爲我懷疑他們能用其他管道找到適合體型的球具。

「好吧，如果我能讓元素同意，我就幫你們。冰上曲棍球場換漩渦刃。」

所有巨人都笑到露出牙齒，舉杯歡祝健康和冰上曲棍球。赫藍鐸宣稱那頭麝香鹿至少已經熟了一部分，然後用他的漩渦刃割下幾大塊鮮美多汁的鹿肉。桌上只有五個餐盤，但是把歐拉算進來的話共要七份，於是我在雪人允許下，從牆壁上解除岩石羈絆，幫歐拉和我製作餐盤。他們問我全國曲棍球聯盟【註】的事，還有哪些隊伍最強。我回答得很心虛，因爲我對這種球賽所知甚少，只記得少數幾支球隊名。

他對多倫多楓葉隊的隊名十分不以爲然。「誰會怕一片葉子？」史庫弗爾說，我向他保證不會有人怕。至少我認識的人都不怕。阿提克斯一逮到機會就嘲笑多倫多隊，但我認爲，那是因爲一九五〇年代他化名奈吉爾在多倫多居住時，遇上某些不快所致。他從來沒有告訴過我當年究竟發生了什麼事，我暗自記下要找時間問他。

「你們可能會喜歡科羅拉多雪崩隊。」我對雪人說。

他們嘟噥點頭。「好名字！適合這種球賽。」

我們吃飽之後，歐德倫說她會趁我建造球場時製作我的刀。她在餐桌上召喚冰雪，在她的右手上方粗略凝聚成一支冰匕首的形狀，然後問我問題。我希望我的刀外型和他們的一樣，還是想要不同的設計？多大？刀刃要不要有鋸齒？我選擇了類似軍用戰鬥匕首的造型，刀刃沒有鋸齒。她調整冰匕首的重量，讓刀柄變薄，加入凹痕，方便我在其外包覆皮革。刀刃鈍面上緣有一整條冰管，看起來像是沒灌水銀的溫度計。雖然還沒有纏上皮革，但她先讓我掂掂看稱不稱手。我覺得有點輕，於是告訴她。

「那樣剛好。很快就會變重了。妳可以開始工作了。我要問的都問完了。」歐德倫拿回冰匕首，再度讓它飄在右手上，但這一次刀尖直接指向她。她的左手在匕首從左到右一揮，匕首便開始順時針方向旋轉。再揮一次，轉速變快，最後一揮導致它旋轉的速度快到化爲殘影。

「妳在做什麼？」我問。

赫藍鐸回答：「漩渦生成了。我們會輪流旋轉，直到完工爲止。跟我們來。」他和其他雪人朝門口走去，背影表示冰匕首的話題已經結束了。我不太確定他所謂「漩渦」是什麼意思——我想一定有什麼我沒想到的特殊意義——但我不想表現得太沒禮貌，在雪人顯然不打算繼續解釋時堅持提問。

「我們帶妳去要建造曲棍球場的地方。」赫藍鐸說。「球場不要和我們家在一起。」

我不太確定地看了歐德倫一眼，接著站起身來，歐拉走到我身邊。我走出門時拿起史卡維德傑，雪人發現我無法滑雪，便領著我「用比較慢的方法」往山下走。所謂「比較慢的方法」，其實還滿方便的。走成一直線，赫藍鐸和希爾朵在前面，伊斯歐弗爾和史庫弗爾在後，利用雪魔力製造出一條堅固的台階行走，通過後再將其瓦解，沒有留下痕跡。

看到他們完全掌控所屬元素，我問道：「人類怎麼會發現你們？」

希爾朵輕哼一聲，說：「有時候我們會留下足跡，故意讓他們看見。我們很無聊。不過當他們展開狩獵，逼我們吃掉他們後，我們就不幹那種事了。他們因爲我們的好玩而死，讓我們很難過。」

「而且他們不太好吃。」史庫弗爾說。「還把我們想吃的動物都給嚇跑了。」

我努力壓抑顫抖的本能，接著決定還是抖吧，畢竟這裡很冷，而且在發現我和四個曾經吃過人

編註：全國曲棍球聯盟（National Hockey League，簡稱ＮＨＬ，也被簡稱爲北美冰聯），是由北美冰上曲棍球隊組成的職業運動聯盟。目前有三十支球隊，二十三支爲美國球隊，七支爲加拿大球隊。

的高大生物在一起時越來越冷。那些雪人獵人都被雪人給獵了，搞不好還掛在冰庫裡，然後在我們剛剛烤肉的火堆上慢火串烤起來吃，喔，天呀，還是想想冰上曲棍球吧。

我們從雪人洞穴往山下走約五百碼，又往西走了一段路。當我們抵達山洞後，我想這座球場八成眞的就在他們的住所下方。我不知道他們爲什麼挑選這個地點當作入口，不過，就像他們的山洞入口，這是塊開闊區域，完全覆蓋在積雪下，不會吸引登山者——他們喜歡裸岩，方便釘岩釘。

想要建造球場的話，我也需要裸岩。我沒辦法透過這麼多積雪和喜馬拉雅溝通。解釋完這一點後，赫藍鐸幫我清理出一塊區域，我則脫掉右腳的鞋子，再度用腳掌接觸地面。喜瑪拉雅願意幫忙，但是希望我能幫忙保育麝香鹿、老虎，還有喜馬拉雅黑熊，全都是瀕臨絕種，又經常遭受盜獵的動物。我想起剛剛吃的那一餐，有點罪惡感，隨即把這些話轉達給雪人，他們同意從此不再獵食麝香鹿，並且盡其所能在偷獵者面前保護老虎和黑熊。

他們告訴我所需規格和外觀，我把這些影像透過羈絆轉達給喜馬拉雅。我有點不太肯定，所以過程比阿提克斯請科羅拉多幫他造路，或請索諾拉製造收藏珍本書的密室慢一點。儘管如此，大地開始移動，通道在我們面前成形，像是岩石的肚臍般越陷越深。我們隨之而入，沒多久就發現需要照明。希爾朵和史庫弗爾用「比較快的方式」回到山洞去拿蠟燭和火柴，回來後，他們每隔一段距離設置一根蠟燭，讓我們不會在黑暗中跌倒。我提出製造小蠟燭壁龕的點子，他們稱讚我思緒周密。

很長一段時間過後，我打了一個超大呵欠，這才發現當時早已過了我的睡覺時間，但我無法想像自己如何在不清楚坦賈武爾現狀時抽空睡覺。

我們不只建造了一座單純的球場。球場外圍有走道、判罰區【註】、球員板凳，還有觀眾席，因為雪人堅持他們總有一天會有觀眾。我們在觀眾席上方和球場外圍設計了照明和通風系統。雪人還是使用蠟燭，不過會拿鏡子把光線反射到球場中央。光線不足，不過很有效率。通往室外的通風管道可使空氣流通，同時也讓雪人得以取用冰雪。不知道什麼時候，歐拉在觀眾席上找了個地方縮起來打盹了。

當雪人表示滿意之後，花了大約十分鐘召喚大雪，轉變成一層堅冰地板。他們改變冰塊的晶體結構，形成那種霜藍色調，然後在冰上添加開球線圈和藍線。史克弗爾先不管球門、球棒和其他東西，回山洞去找歐德倫。她抵達時看起來很疲倦，不過一看到球場立刻精神振奮。他們全都搖搖晃晃地走到球場中央，高聲歡呼。穿上當場製造出來的客製化溜冰鞋後，他們摔成一團、開心大笑。

「喔，實在太粉了！」希爾朵說，我一時聽不懂她的意思。

「史上最粉！」伊斯歐弗爾同意道，我終於懂了。他們是指雪，用雪粉來形容很棒的東西。成就解除：我學會雪人俚語了。

「你知道我們母親弗雷迪絲，在這種情況下會說什麼嗎？」歐德倫看著石壁天花板笑，詢問其他雪人。

編註：判罰區（Penalty Box，也作判罰室）是曲棍球場邊以玻璃包圍的一塊區域。當場上球員犯規判罰，球員得進入這裡待到處罰時間結束。

「她會說：『嘎啦！』」史庫弗爾說，所有雪人大笑。

雖然不想掃興，我手上確實有緊急事件要處理。「如果各位滿意的話，」我在球員板凳區叫道，「或許我可以收下漩渦刃，然後和各位道別？」

五顆難以置信的雪人頭突然抬起來看我。

「漩渦刃還沒完工。」赫藍鐸說，雖然後面沒有補一句「妳這白癡」，不過從語氣還是聽得出來。「歐德倫才完成她的部分而已，接下來輪到我。」

「我不懂。」

「顯然不懂。我們先回洞裡去。」

赫藍鐸留下其他人，瓦解他的溜冰鞋、甩掉冰雪，然後帶歐拉和我回到雪人城堡。外面很黑，但我施展夜視能力，看得還算清楚。洞內有團剛生好的火堆，還在烤一頭更大的動物。肉看來已經快烤熟了。我們到底出去多久了？

漩渦刃躺在橡木桌上。在我看來已經能用了，我說出想法。「只要在刀柄上捆皮革就好了。」

「妳一離開山區就會融化。還沒做好。」

「什麼時候才會好？」

「等我們每個都加持過。還要四天。」

「還要四天？」

「我不明白妳在激動什麼。我們說過這件武器價值連城。這種東西不是一下子就能做出來的。」

「解釋一下你們在做什麼。」

赫藍鐸把他的漩渦刃放在我的隔壁。

「除了大小和形狀，這兩支匕首此刻有何不同？」

「紅光。我的沒有。」

「沒錯。妳知道那是什麼嗎？」我搖頭，他繼續：「那就是防止匕首在暖和的氣候中融化，並讓刀刃保持銳利、不會碎裂所需的能量。這種能量會慢慢消耗，需要補充。」

「怎麼補充？」

「用獵物的血，當然。」

「什麼？」

「妳用漩渦刃刺傷獵物時，不僅是刺傷器官和組織。刀尖會透過血液為媒介吸收目標的能量，也就是生命之水。它會在目標體內製造出魔法漩渦，然後加以吸收。」

「你的意思是它會吸收獵物的靈魂？」

「不是全部，只是一部分，沒錯。融解的靈魂。而我們現在在做的，就是創造那個漩渦，並提供暫時能量來源。那就是歐德倫抵達球場時會看起來那麼疲倦的原因。我們每個人都會貢獻一點魔力到那把漩渦刃裡，等妳擊殺第一頭獵物後，魔力就會回歸我們體內。在妳這麼做之前，我們都會處於疲憊狀態。」

「喔，地下諸神呀。我不知道……我不知道自己想不想要這種武器。」

赫藍鐸哼了一聲，語氣不耐。「妳到底想不想要解救妳父親？」

「想，但是……這東西不會害死他嗎？偷走他的靈魂？」

「稍早妳提到需要這把漩渦刀時，妳說要割傷皮膚，用水魔法淹沒查克拉點。那種做法很聰明，我們認爲有效。只要不一刀刺進去就好了。」

「萬一我不小心被刀尖刺傷指尖呢？」

「不要那麼做。」

「天啊。」

「如果妳不是德魯伊，我們根本不會考慮給妳這種武器。我們知道妳不會胡亂用它。」

「萬一能量耗盡怎麼辦？」

最年長的雪人聳肩。「那它就和冰錐沒什麼不同。它會在接觸到冰點以上的氣溫時開始融化。喜歡的話，妳可以拿它去拯救妳父親，殺死一頭很小的動物，然後放到太陽底下。殺死小動物會讓我們的能量回歸，然後過不了多久，小動物的能量就會耗盡，匕首就毀了。」

「嘎。所以除非拿它殺害某樣東西，不然我就會持續吸收你們的能量？」

「不會永遠吸收下去。我們在上面加持承襲自母親的霜魔法。霜魔法不會完全耗盡或消失，因爲只要空氣裡有水，就有凝結成霜的可能，而霜可以透過我們的意志維持。然而在匕首殺死第一頭獵物前，我們的力量都會衰弱。」

「我可以直接把它還給你們，讓你們在不殺害任何生命的情況下取回能量？」

「不行。這種魔法得付出代價。」

當然。所有魔法都得付出代價。問題不在於你付不付得出代價；而是在於你是否當眞願意支付。我從大地吸收能量時，元素給我的能量來自它生態圈裡的所有生物。我的速度、力量，或治療力通通源自大地上的植物和動物。我能接受這種情況，是因爲那些能量平均分布在所有生命上，不會有任何生命死亡，而且能在世界正常運作下恢復那些能量。我在這種互惠協議下的責任，就是在獵食魔法前守護大地，但是這些漩渦刃在我眼裡就是獵食魔法。

我並不會排斥結束一條生命，但是傷害靈魂，不管是高等還是低等，然後爲了一己之私呑噬它——這可不是什麼好事。下這種決定絕對會玷污你的內在。這就是我爲什麼選擇德魯伊之道，而不是拉克莎之前提供給我的黑巫術之道——也就是她此刻拚命想要逃離的道路。現在站在赫藍鐸面前，面對他等候答覆的目光，我突然覺得或許雪人也在不知不覺中感覺內心遭受玷污。他們透過冰塊追求藝術，或許是想要以美麗事物平衡這些匕首所帶來的醜陋。又或許他們完全沒有這種感觸，只是我把自己的想法投射在他們身上。

「我改變心意了，赫藍鐸。我不想要漩渦刃。算了吧。」

他鬢毛上的冰環在他搖頭時撞得叮叮作響。「現在不能停手。一定要完成漩渦刃並使用，不然歐德倫就會永遠虛弱下去。妳看到那管子已經有點變藍了。那就是她的魔力。」

我仔細打量匕首上的透明管，發現管內確實已經塡入一些魔力，看起來比刀刃的霜藍色更深一點。我之前沒有發現。

「好吧。做完它，然後自己使用。我不想和它有任何瓜葛。」

我的脖子和肩膀彷彿有千斤之重。這一趟喜馬拉雅之旅完全是浪費時間，而我終究沒有辦法拯救我父親。強烈體會到自己的愚蠢，不知爲何嚐起來宛如膽汁般苦澀。赫藍鐸一言不發，動也不動，唯一能夠聽見的，就是火堆燃燒的劈里啪啦聲。一滴淚沿著我左臉頰流落，歐拉把頭擠到我的手掌下，才知道我讓她感受到了憂傷。

「關妮兒傷心？不用。我愛妳。」

我跪下，把史卡維德傑放在地板上，雙手摟著歐拉頭部，好好抱抱她。

「我也愛妳，親愛的獵狼犬。」

赫藍鐸不自在地改變站姿，鬃毛環響得如同風鈴。「妳一定是累了。」他說。「妳何不休息、休息？我們晚點再談。妳可以睡我房間。那裡的毛毯很暖和，也不會有人打擾妳。」

我眞的很疲倦了。事實上，可以算得上疲憊不堪。我甚至連今天是星期幾都不知道；從我慢跑到烏雷，接到拉克莎電話開始，就沒休息過。我很想趕回坦賈武爾，但若小睡一覺，我會比較有辦法應付在那裡等我的情況。

「好吧。」我已經想不出什麼話可說了。「請帶路。」

他帶我前往第一間臥房，祝我睡個好覺，然後關上沉重的石門。我爬上毛毯，和歐拉一起縮在裡面，然後一手摟著我的獵狼犬，擔心我父親的安危，直到睡意帶走我的憂慮。

第九章

這個名叫霍爾・浩克的小夥子沒有表面上那麼簡單。不光是指狼人那部分，又或許正因爲是狼人的關係。才見面幾分鐘，我就看出他是條比山姆・歐布里斯特和泰・波拉德還老的老狗，而他掩飾得非常巧妙。他表面上看來很有禮貌、輕鬆自在，但是西裝和握手下有股暗潮洶湧的感覺。我認爲他會盡可能避免衝突，但一旦開始衝突，他就會把你打成一團肉醬，我就欣賞這種人。

敘亞漢介紹我們認識，然後坐上他租來的爛車，跑去一個女人會穿鮮艷彩袍、化身爲五尾狐狸的國度。她們是女人爲主、狐狸爲輔，還是反過來？他說她是狐妖，所以我想她不是人類。我不太確定剛剛看到了什麼東西。有機會得調查一下那個國家。

霍爾帶著我前往他的辦公室，那是米爾街上的二樓套房，露台上可以俯瞰紅磚庭院。庭院中央有個大石球，球頂有水源源冒出。這些水沿著球體流入池子，但是池裡的水位始終沒有上升。這是怎麼辦到的？狼人是水系法師嗎？

他辦公室的門幾乎完全是以玻璃製成，表面上浮著幾個黑字：麥格努生與浩克律師事務所。敘亞漢說過麥格努生是前任阿爾法狼人，死於阿斯加德某個神的金豬手上。如果他比霍爾還剽悍，我眞的很想會會他。

辦公室牆壁上有些狼的圖像，不過太美化了，不像眞狼。我後來知道那些叫作畫像。這裡也有銅製雕像。一個臉色白得不像話，嘴唇宛如玫瑰的女人坐在一塊巨大的木頭後面，我實在想不通。後來我問敘亞漢，他說她大概是接待小姐。她朝霍爾微笑，說道：「午安，浩克先生。」他對她嘟囔一聲，然後轉向左方走廊，進入一間擺了一排排書櫃的房間。他坐在一大塊木頭後面，請我坐在木頭前方的椅子上。他拿了駕照、出生證明和護照給我。在我看來，我絕對不會把這些東西用在它們的原始用途上——我絕不會開車，或是從機場入關進入其他國家。但是這些東西表示我是個現代人類，四十三年前出生，讓我得以在這個國家工作，並且使用國際銀行系統，然後繳稅繳到死為止。我還要記下一段瞎掰的工作紀錄。

「所以我只要拿這些東西去銀行，他們就會給我錢？」

「不是，你要工作才會有人付你錢。至於做什麼，就看你決定。如果阿提克斯願意照顧你一段時間，就讓他這麼做。他照顧得起。你餓嗎？我們去吃頓午飯，然後把帳單寄給他。」

我輕笑。「我已經喜歡上你了。」

他帶我去一間叫魯拉布拉的酒吧，宣稱那是愛爾蘭的店。我並不懷疑這一點，只是在我的年代，愛爾蘭還沒有天殺的酒吧；只有火堆。儘管如此，我還是很喜歡這裡。這裡的家具都是木製，散發著威士忌的味道，還會有人幫你倒很多酒。霍爾推薦一種特別的威士忌，我接受建議，另外還點了一份燉羊肉。他勸我點這家店很出名的炸魚薯片，但是那玩意是炸的，而我不懂「炸」是什麼意思。燉肉我就懂了。我很高興這年頭的人還會吃燉肉。

「你接下來有什麼打算？」他問我。

「當務之急是要吸收與調適。」我說。當然，交談當時我的英文還沒有那麼流暢。在這些筆記裡，我聽起來比那個時候聰明多了。不過不管我是怎麼說的，反正霍爾聽懂了。

「你打算上哪兒去做那些事情？」他問。「我是說，我假設你會獨自生活一陣子。所以你吃完午餐後要去哪裡？」

我聳肩。「我得去提爾・納・諾格和圖阿哈・戴・丹恩打聲招呼。待在那裡的期間，我得查出是誰想幹我學徒。」

「你是指阿提克斯，還是其他學徒？」

「敘亞漢，對。我知道現在他擔任稱職德魯伊的時間比我活著的時間還長，但在我眼中，他還是我的學徒。」

「你說『幹』是隱喻？」

「對。但是仔細想想，其實和眞的幹他也沒什麼差別。如果圖阿哈・戴・丹恩和當年差不多的話，他們就會喝很多酒，然後一起裹在床單底下流很多汗。我在那裡可能什麼都查不到。」

「你算不上高明的偵探，呃？」

「什麼是偵探？」

他揚起眉毛，咧嘴而笑，這表示我問對問題了。「偵探會去看看犯罪現場，然後從線索研判出犯人。如果查案成功，他們就會提出指控，然後試圖證實對方有罪，理應受罰。我的工作就是幫受到指控的人辯護，證明他們的清白——或頂多只讓別人懷疑他們有罪。」

「你得對我解釋很多字的意義。」我說，他再度微笑，午飯接下來的時間裡他就向我介紹刑法的基本概念。接著他說：「眞是夠了，我直接下班，你何不和我回家，我讓你看看人類史上最著名的偵探長什麼樣子。」

「他和你住在一起？」

「不，他是故事裡的角色。我想你會喜歡那些故事。」

我找不出理由拒絕，因爲雖然非拜訪圖阿哈．戴．丹恩不可，卻也不急在一時三刻。霍爾用張叫作信用卡的長方形塑膠片付帳，說我也要盡快弄一張來用，然後我們就走到他車旁：他的車是個小小的銀箱子，很接近地面，比敘亞漢租的那玩意兒好看多了。烤漆和他的領帶顏色一樣，我記得敘亞漢說過，部族領袖往往會基於象徵理由佩戴銀色物品。山姆．歐布里斯特沒有，但或許那天他剛好放假。

上車繫好安全帶後，他按下方向盤上的一個按鈕，說：「打給辦公室。」我正想他是不是和我講話時，車子中間響起鈴聲，幾響後，一個女人的聲音傳來：「麥格努生與浩克。」我試著掩飾內心的驚訝，若無其事地左顧右盼，想找出她藏身的位置。車上除了我們，沒有空間容納任何人。

「妮可，我是霍爾。幫我推掉今天剩下的行程，拜託，然後邀請部族成員方便時來我家一趟，見見歐文．甘迺迪。」

「沒問題，浩克先生。」女人說。她在哪裡？儀表板後面嗎？敘亞漢說車前蓋下有引擎，理論上能提供汽車動力，但她的聲音似乎就是來自那個方向。接著我發現那是霍爾辦公室那個玫瑰紅唇女人的聲音。

「謝謝妳。」一下嗶聲過後，他轉過頭來，開始打檔。「別擔心。她是部族成員。」

我根本不是擔心那個。我是擔心自己的無知把我卡在沼澤裡，而其他人通通在乾地上隨著音樂起舞。卡在沼澤裡的滋味可不好受。

霍爾家位於一座當地人稱為駝背山的花崗岩和砂石山丘上。占地廣大，後面還有游泳池。他邊走邊和房子說話，儘管天還沒黑，沿路的燈都自動亮起，接著奇怪的音樂聲響起，全都是我沒聽過的樂器。他在廚房裡拿了一罐冰啤酒給我，然後帶我來到放有沙發和大螢幕電視的房間。

「你見過那種東西嗎？」霍爾問，脫下外套，不過沒脫襯衫和銀領帶。我回答說有，旗杆市酒廠裡有幾台比較小的。「很好。我讓你看看一個利用縝密心思、無所不包知識來推理周遭事情的傢伙。你或許會覺得他有點德魯伊特質。或許。」他對著空氣說話，音樂停下，電視打開了。那感覺像是他施展了羈絆法術，卻不用大地的幫助，完全不合乎德魯伊法則。這些人的魔法簡直是奇蹟。

敘亞漢曾經向我解釋過一些——叫我把「電力」和「科技」兩字各唸三遍。但他指出一點，就是我就算不了解運作原理，也能使用這些科技魔法產品，而現代社會的人類大多是這樣過日子的。這種想法——不了解運作原理也能施展魔法——和德魯伊的做法有著本質上的差異。不了解德魯伊魔法的原理，是絕對不可能施展德魯伊法術的。光是嘗試這麼做，就可能面臨危險。我開始認為這些人打著方便之名而做的許多事也都同樣危險，魔法絕對不會不要代價。

霍爾解釋這個節目叫作「新世紀福爾摩斯」，是幾年前英國人【註】——某個位於愛爾蘭隔壁島嶼上，在我的年代之後開始壯大的部族——拍的。名叫倫狄尼姆的羅馬前哨站發展成一座叫作倫敦的大都市，而這個夏洛克・福爾摩斯就在那裡查案。只不過他不是眞的在那裡查案。

節目一開場就發生許多爆炸，還有人撲倒在地，霍爾說那是現代人打仗的情況，有槍枝，還有載運更大型槍枝的車輛。接著這個戰場老兵約翰・華生，加入夏洛克一起打擊犯罪。

第一集的劇情演到電話——更多現代魔法——還演到透過電話傳遞訊息。我不斷要求霍爾暫停，解釋裡面的東西。

「我有必要弄一支那種電話嗎？」

他想了一想，說：「我想你短時間內還不需要。」

「很好。如果你說我需要，我八成會拉出牛來。」

夏洛克無疑是個聰明人，而我認爲霍爾說得沒錯：他解決問題的手法確實很有德魯伊風味。他和華生及周遭其他人不同，會注意到世間規則及旁人的行爲。

「你覺得如何？」霍爾在第一集結束時問，我大聲問他還有沒有得看。他說有，還有別集，然後就開始播放第二集。這一次我沒必要打斷他那麼多次問問題，不過霍爾那些下班之後就趕來駝背山的部族成員陸續抵達，倒是不停打斷我們。第一個抵達的是名醫者，但現在他們叫作醫生，而你該在姓氏後面加上「醫生」稱呼他們。他是個英俊的小夥子，名叫史努利・喬度森醫生，我看得出來他花了很多時間在頭髮上。他手上沒戴婚戒——敘亞漢說我該注意這一點——在我認識越來越多狼人後，我注意到幾乎沒人戴著婚戒。顯然他們只能和人類進行膚淺、不正式的交往，藉以保守部族祕密。當某個人類過於接近事實，或是開始注意到，滿月時就找不到對方，那段關係就算結束了。如果人類堅持下去，該名狼人就會被送離當地，加入其他部族——新身分、新工作，這是他們的專長。他們每隔一段時間，整個部族就會和其他部族交換地盤。想要維持長久關係的狼人必須與部族成員交往，又或是找已經知道他們身分、又擅長保守祕密的魔法生物。喬度森醫生的頭髮顯然是在說他不打算追求長久的關係。他的髮型很俗艷，顯示他可能隸屬一種敘亞漢口中稱之爲混蛋的族群。

結果醫生也是《新世紀福爾摩斯》的粉絲。他最喜歡的角色是在醫院太平間工作的女人。我受不了她。我不確定這個事實顯露出的是他的個性，還是我的。

敘亞漢在遇上日本的狐狸女士後，曾提醒我會遇上遠比古代更多膚色和體格的人種。這點讓他很緊張，好像他認定我不會認同蓋亞造人的方式一樣。

「他們有什麼問題嗎？他們是女巫嗎？還是邪惡生物？」

「不，不。」他說。

「那你擔心什麼？」

「我……好吧，你看，歷史……」接著他住口，搖頭。「別管了。」他微笑，鬆了口氣，然後說：「這樣很完美。」

編註：此處的英國人是用Britons，既可用來指英國人（現代也會簡化爲Brit），也可用來稱呼羅馬時期居住在不列顛島的凱爾特布立吞族。

當時就算罣丸上捱了一拳，我也不能了解他的意思。但當霍爾的部族成員抵達後，我終於見識到一群不同人種的人。他部族中的核心成員來自冰島，他說是「各式各樣的斯堪的那維亞人」，但是多年以來部族旅居世界各地，不斷吸收新成員。伊菲雅來自一個名叫象牙海岸的地方；法利德來自埃及，他弟弟尤瑟夫是開羅部族的阿爾法；伊斯特班個子小、動作快，來自哥倫比亞。我承認見到霍爾部族最原始的成員之一時，心跳變快了一點，那是個名叫葛雷塔的剽悍女子，兩條黃辮子垂到腰間。當霍爾介紹我是敘亞漢的大德魯伊時，她雙眼閃過怒火，嘴巴抿成一條線，彷彿在咬自己舌頭。我沒做任何會導致這種反應的事，所以肯定是敘亞漢的緣故。

一開始我以爲或許他以前傷過她的心，後來想起幫他修補刺青時，他在那堆沒完沒了的故事中提過她。葛雷塔曾參與東尼小屋之役，被曙光三姊妹女巫團打傷。該女巫團當時綁架了霍爾，還在部族營救行動中使用銀武器。那天她眼睜睜看著好幾個部族成員死去。後來敘亞漢和她的阿爾法剛納・麥格努生一起前往阿斯加德，最後帶著他的屍體回來。她有很好的理由討厭他，而現在介紹我的人說他所知的一切都是我教的。媽的太好了。

我想起敘亞漢建議我在圖阿哈・戴・丹恩面前掩飾自己的忠誠，而我認爲現在這種情況最好也這麼辦。我無法否認我和他的關係，但最好不要顯露任何認定他不會犯錯的想法。我們暫停影集，我說需要另一瓶啤酒。所有人聚集在廚房的一個花崗岩料理台四周，我和他們聊起敘亞漢當我學徒期間出的糗，並請他們原諒我英文說得這麼爛。當我說起遇上山羊並從高盧偷出羅馬皮裙那次時，他們笑得太厲害，有些人甚至笑到流淚；葛雷塔終於放棄站立，躺在地上滾來滾去，笑得氣喘吁吁。她差點摔掉啤酒，導致一場小悲劇，不過幸好她還記得在完全失控前先把啤酒交給霍爾。

這種情況讓我好過了些。在現代世界這堆華麗的塑膠和不自然質料之中，有些東西仍未曾改變。和山羊有關的惡作劇還是超級好笑。

我沒注意到太陽下山，而我認爲這種情況很不對勁；在這些現代建築中不容易分辨時間。法利德問霍爾要不要煮點晚餐。霍爾說：「當然，法利德，露一手讓我們瞧瞧。」法利德掠奪冰箱，然後徵召了伊菲雅去幫他。他是某間擅長「中墨混合料理」餐廳的大廚。我完全不知道那是什麼意思，只看到他們在切一堆我沒見過的蔬菜；但是食物上桌時，吃起來十分美味。我們繼續喝酒，所有狼人都聊起剛變成狼人時的經歷。大多承認他們被咬時嚇得屁滾尿流，剛開始將月光視爲詛咒，不過經歷部族的善意與充分的歲月，他們漸漸將月光視爲美禮。

我點頭表達認同：這本應是力量的本質。取得力量的過程總是代價不菲。德魯伊必須參與「包拉克克魯坦」，還要經歷十二年訓練，並花三個月與大地羈絆。晚飯過後，我們都被分享彼此的故事搞得有點疲累。我們回到客廳，各自找地方坐下。法利德分發威士忌，我很喜歡冰塊在酒杯裡撞擊的聲響。葛雷塔坐在旁邊的沙發上，低聲回答我的問題，而我不停提問，讓她一直講話。笑聲宛如酒杯裡的冰塊聲般在客廳中迴盪，儘管當時有很多令我困惑和擔憂的事，但我要承認自己喜歡狼人。他們很熱誠、很忠心，而且相信娛樂性的打鬥可以帶來很多好處。看完《新世紀福爾摩斯》第二集後，大家都跑去廚房倒飲料，或上廁所，或出門抽菸。葛雷塔和我待在沙發上。

「那麼。」她說。

「那麼。」

「你不是阿提克斯那種自認無所不知的混蛋。」

「哈！妳說敘亞漢？他是個小賊，他就是那種人。他能在見面的五分鐘內偷光妳的耐心。他現在還能活著就是我自制力超強的證明。我常想把他打得屁滾尿流，不過只有一成的時候當眞出手，嘿嘿。」

她眼睛一亮，打從幾小時前介紹認識以來就一直不滿抿著的嘴唇終於鬆懈開來，展顏歡笑。

「對，我想他確實是個耐心之賊。」她微微低頭，神情糾結，爲了一個突如其來的想法而內心掙扎了一段時間。我默默等候，直到她揚起眉毛，輕輕聳肩，彷彿在說：「不管那麼多了。」她湊到我身旁，一手放上我的肩膀，在我耳邊低語：「告訴我：你是不是眞的已經兩千多年沒做過愛了？」

從我的角度來看，當然沒有那麼久。但我不用敘亞漢提醒，也知道她剛剛主動跨出第一步。

「感覺確實如此。」我說。

第十章

我在毛毯上醒來，膀胱超脹，於是走去雪人廁所解放。我很快就發現那是全宇宙最冰冷的馬桶。這個廁所不是設計來給獵狼犬用的，所以我承諾歐拉等我上好就會出門。

抵達大廳時，赫藍鐸正在火堆上料理另一頭動物，希爾朵則坐在桌旁，看著漩渦刃在面前的空中旋轉。

「赫藍鐸，我睡了多久？」

「超過半天。」

「喔，天呀。你已經完成你的，呃，漩渦？」

「我趁妳睡著時徹夜加持。希爾朵才剛開始。如果我們不眠不休，就可以在兩天內完工，不需要到四天。」

「我懂了。」我說，努力掩飾對這個消息的想法。這很容易，因爲我完全不確定自己該怎麼想。「不好意思，我得帶歐拉出去。」

我考慮過另一種做法，用漩渦刃拯救我父親，然後還給雪人，以他們認爲合適的方式摧毀。相信自己不用爲那個時候發生的事負責，感覺很好。但我知道要求他們幫我製作漩渦刃時，我就已經要爲這件事負責了。在這個時間點上離開，並不能改變某個生物會因爲我而失去部分靈魂的事實。

不這麼做的話，我就得考慮我父親的靈魂。如果不幫他脫離羅剎幽奇的掌握，他會面臨什麼下場？他會遭到吞噬嗎？他會因而死亡，靈魂前往他信仰的死後世界？其實我不太確定他信哪個宗教，而儘管這樣很不合邏輯，但我還是覺得不知道這麼基本的事，表示自己是個很糟的女兒。

室外的氣溫比室內還低。不滅的火堆讓室內溫度高出好幾度，在這種情況下，我認爲最好趁在室內時下決定，不要在能讓我變成冰棒的地方逗留。

歐拉如廁完畢，我們回到火堆旁取暖，一臉渴望地看著烤肉。

「可以吃了。妳們餓了嗎？」赫藍鐸問。

「餓了，我們兩個都餓了。」

「坐吧。我幫妳們弄點烤肉。」

讓雪人服務感覺很奇怪——我是說，除了有個雪人在幫我服務這個事實。這樣一邊友善地接待客人，一邊又設計漩渦刃這種透過傷害獵物來吸收靈魂的法器，感覺很不對勁。

赫藍鐸在我面前放了個餐盤，另一個放在地上給歐拉享用。

「耶！」就是我的獵狼犬在進攻早餐前唯一的評語。

「妳今天打算做什麼？」赫藍鐸邊問邊在桌旁坐下，毫不理會他的妹妹。

我把目光飄向希爾朵，以及飄在她面前的武器殘影。

「我想去救我父親。」我說。

「今天漩渦刃還不會完工。但這麼說表示妳重新考慮過了嗎？」

「對。我認爲不能逃避製造這把武器所要肩負的責任，所以還是去救我父親好了。但或許我可以殺隻非常小的東西來歸還你們的元素能量，像是蚊子什麼的。」

「我懷疑那樣有用。不過小老鼠就可以了。」

吃完烤肉後，赫藍鐸因爲加持漩渦刃一夜未眠，便先行告退去休息。伊斯歐弗爾和史庫弗爾出來加入我們，希爾朵則繼續加持漩渦刃。當天接下來的情況越來越詭異了。雪人教我怎麼玩凱爾特板棋，我則教他們玩比手畫腳。接著我突然靈光一現，說道：「來聊聊雪吧。」他們當場眉飛色舞。他們帶我出門，迫不及待地分享他們發現的美景，像是小孩向大人解釋蝴蝶一樣。

他們會說些像是「雪是所有水所嚮往的形態，因爲只有變成雪後，水才會獨一無二、不再流動」，或「水蒸氣遠在天邊，液態水會侵蝕大地，只有雪是保護我們的毯子」。

他們會藉由陣風或漩渦來讓雪取得短暫的動植物外形，然後消散。伊斯歐弗爾帶我前往他作詩的峭壁旁。史庫弗爾似乎不覺得那有什麼重要，甚至不値得一提，不過當我表達認同後，他立刻重新評估這種想法。因爲雪沒辦法固定在峭壁上，伊斯歐弗爾在峭壁上用藍冰寫下五首短詩。這些詩都是用古愛爾蘭語寫的，每個字母都在微弱的陽光下閃閃發光。如果沒弄錯，字母間的距離都計算精準，這又把藝術性提高到另一層面。我背下其中一首，日後再來翻譯，流傳後世，如下：

流放之身，高山霜之家園，
神祕之雪，掩去雪人蹤跡。

任由人類流言疑心
永遠找不出此間祕密：
嘎啦。

我告訴伊斯歐弗爾這首詩很美，他顯得十分驕傲，史庫弗爾則毫無來由地顯露忌妒之情。

「布莉德的雕像是我刻的。」他宣稱。我連忙對他保證那也是很棒的藝術品。「我該幫妳堆個雪人嗎？」

我還沒來得及回答，地面上已經開始浮現雪人的形體。不是看起來像棉花糖的那種雪人，而是眞正的人類形體——雙腳、腰部，該有的都有。

「喔，酷！」我說。「你可以讓他手持雙手巨劍，肩膀上披著羽毛斗篷嗎？」

「當然。」史庫弗爾說，很高興他有機會一展身手。我示範想要的姿勢，雪人完全照辦，在我的指示下於雪人頭上添加漂亮頭髮，還有一綹髮絲垂在一邊眼睛之前。他甚至弄出眉毛，還沿著下巴添加薄薄一層藍霜鬚。

「你可以在地上幫我寫幾個霜字嗎，不過要用英文？」我問他。

「妳打輪廓，我就照寫。」

我在雪人腳下寫了幾個字，然後退開，讓史庫弗爾把它改爲藍冰，並且塡滿我的腳印和手印，弄平整塊雪地表面。

「喔，太完美了！我超愛！」我的手機電池早就沒電了，所以沒辦法捕捉影像。「眞希望我有台相機。我想拍一張我和他交談的照片。」

「他代表哪個妳認識的人嗎？」伊斯歐弗爾問。

「不，他代表我最喜歡的故事裡的角色，一個英俊的虛構人物。有位紅髮美女曾好幾次對他說出我寫在那裡的台詞。」

「那句台詞是什麼意思？」

「意思就是：『你什麼都不懂，瓊恩・雪諾【編註】。』」

快要天黑的時候，輪到伊斯歐弗爾去加持漩渦刃，史庫弗爾請我爲武器命名。

「每支漩渦刃都獨一無二，擁有自己的名字。在開始最後階段前，我得知道它的名字。」

我很想隨便取個諷刺漩渦刃邪異本質的名字。如果叫它「烏蘇爾」，我就可以請它和我說說它家鄉的事情，然後承諾它家鄉的水將會永歸我的穴地所有【譯註一】。我也可以叫它「尤達」，堅決讓它校準至光明面，不過尤達絕不會和會發紅光的光劍扯上關係【譯註二】。我脫口而出：「富威塔。」不太

編註：喬治・馬丁（George R. R. Martin）的奇幻史詩《冰與火之歌》（HBO自製影集《權力遊戲》原作）中，紅髮女野人耶哥蕊特（Ygritte）曾多次對瓊恩・雪諾（Jon Snow）講出這句：「You know nothing, Jon Snow.」在書迷、劇迷間成爲流行語。

譯註一：烏蘇爾（Usul）出自《沙丘魔堡》（*Dune*），爲居住在沙丘星球Arrakis的佛瑞曼人用語，代表「柱子的堅固基底」，也是主角保羅的弗瑞曼名；而文中的穴地（sietch）也是弗瑞曼用語，代表他們居住的龐大洞穴群。在這顆星球上，水是非常珍貴的資源。

肯定我爲什麼會在自以爲安全但愚蠢的思緒中想到這個字。它在現代愛爾蘭語中，代表「嗜血」。

「那就叫它『富威塔』。」史庫弗爾說，然後請我好好休息。因爲他一整晚都要加持漩渦刃，所以這一次我睡伊斯歐弗爾的房間。

我一整天都在想其他事，不讓自己去想印度的情況，但是和歐拉上床躺好，那些煩心事立刻回到腦中。我努力了幾個小時才終於睡著，而且沒有一夜好眠。醒來時，伊斯歐弗爾還在加持法器，看起來非常疲倦。大廳裡沒有其他雪人，所以我在火堆裡添了些木柴，然後和歐拉一起出去走走。

我回來時，史庫弗爾醒了，伊斯歐弗爾也完工了。他搖搖晃晃地起身，肌肉僵硬、神情疲憊，史庫弗爾穩穩伸出一隻手。

「去睡吧，弟弟。」

伊斯歐弗爾累到只能嘟噥回應，抖抖手指當作揮手道別。

趁伊斯歐弗爾離開，史庫弗爾在桌旁坐下時，我看了一眼尚未完工的富威塔。刀刃頂端的透明冰管幾乎已經塡滿了淡藍色能量。

「你們怎麼稱呼那個東西？」我指著冰管問道。我希望他會說個好名稱，像是能量表之類的。

「那是靈魂室。」史庫弗爾說，我皺眉。

「當然了。聽著，我要離開一會兒，晚上回來。祝你加持愉快。」

歐拉和我在其他雪人起床拖延我們出發前離開。我們只要在雪地裡跋涉一小時，就能抵達轉移離開的樹線。我想要洗個熱水澡，重新和蔬菜混熟一點，於是我們轉移回到科羅拉多的小屋，那裡才入夜不久，一群史特勒藍鴉正說著要不是這麼累，今天一定會把蟲通通吃光，不過他們明天一定會把蟲吃光，你等著瞧之類的話。

阿提克斯還沒回來——我也沒以爲他會回來。我插上手機充電，開啓手機，確認日期。現在是十月二十五號。歐文八成還沒修補好阿提克斯的刺青，不過這兩天應該就能完工。我寫了一張標明時間日期的字條給阿提克斯，讓他知道就一群曾經吃過人的巨人而言，這些雪人還算好相處。接著，爲了惡搞他，我又加了一句，冰上曲棍球的影響可能比一般人以爲的更加深遠。

歐拉和我繼續之前被打斷的城鎮之旅，回到那家皮革店。我買了些皮帶，還有未加工的皮革，想要爲富威塔做個臨時刀鞘。我會在刀鞘末端放顆小石頭，以免刀尖不小心刺穿刀鞘，偷走我一部分靈魂。

回到小屋後，我化身爲美洲豹形態，在森林裡和歐拉奔跑玩耍一段時間，在她想要打滾時留意我的爪子不要伸出來，然後輕輕咬她。洗好澡、吃完沙拉、小睡片刻後，我整裝待發，由於和雪人分手後很有可能會遇上麻煩，所以我有確保自己帶一套飛刀。

上山途中，我考慮要不要請哪個圖阿哈．戴．丹恩幫忙找出我父親的位置，但我不知道找他們幫忙要付出什麼代價。取得漩渦刃的代價已經太高了。和神交易讓阿提克斯捲入不少麻煩，沒必要的話我想盡力避免。希望拉克莎想到什麼點子。

譯註二：《星際大戰》系列中，紅色光劍一般都是西斯武士在用的。

史庫弗爾已經快完工了，其他雪人全都坐在桌旁，全神貫注在一場凱爾特板棋局上。歐德倫搶先歡迎我，然後問出他們全都想問的問題：「這把刀叫什麼名字？史庫弗爾不能停下來告訴我們。」我說出刀名後，他們都發出認同的聲音。

「我要把話說清楚，」伊斯歐弗爾說。「這裡隨時歡迎妳來。想來的時候請隨時造訪。我們幫妳做了個禮物。」

「是我的主意！」希爾朵說。她亮出牙齒，伸手到她腳邊拿出一個冰盒，放在我面前。盒子很美、很閃亮，裡面放著剛好適合富威塔的皮刀鞘。

「喔，你們幫我省了不少事！多謝！」我用帶來的皮帶把刀鞘綁在左大腿上，綁好之後，史庫弗爾嘟噥、嘆息，然後停下漩渦刃的旋轉。

「完工了。」他壓低手掌，匕首降落在桌面上。「富威塔是妳的了。」

靈魂室現在已完全變藍。我用剩下的皮革纏繞刀柄，小心把刀插入刀鞘，過程中不停對雪人表達感激之情。他們聲稱認識我實在是徹頭徹尾地粉，祝我能成功救回父親。我擁抱他們，因爲我打算做件印了「我抱過雪人」的T恤來穿，而我希望是眞的抱過。但是道別完後，歐拉和我立刻以最快速度下山前往樹線。

坦賈武爾和我離開時大不相同。街上到處可以看到警察，或許還有軍隊，戴著防毒面具防止感染。街上所有人都戴著類似的面具，八成是在執行搜尋和戒嚴，或其他政府封鎖附近區域的任務。如果這場瘟疫是由傳統病毒引發，此刻很可能早就散播到很遠的地方了，但既然羅刹是此病之源，所以疫情依然控制在附近區域。當然，現代醫藥無法對羅剎造成任何效果。想到我離開期間死了多少人，就讓我不寒而慄。

我脫掉離開喜馬拉雅山就沒必要的衣物，但還是有點覺得喘不過氣，然後對歐拉施展僞裝羈絆，利用史卡維德傑上的羈絆繩紋讓自己隱形。我一手摸著我的獵狼犬，領著她穿越封鎖線，前往拉克莎家，結果發現她家已經被燒掉了。即使對我的人類鼻子來說味道還是刺鼻，有些橫梁還冒著煙。是我父親攻擊她，還是派羅剎來幹的？還是說某些當地人認定她是女巫，要放火燒死？

「喔，天呀。」我低聲說道，拿出手機，不願相信她受困其中。電話直接轉進語音信箱。「拉克莎，我回城了，正在找妳。希望妳平安無事。請回電，或來找我。」

如果她的屍體在廢墟裡，要挖出來勢必會引起注意。

「現在怎麼辦？」歐拉問。

我不知道現在該怎麼辦，但還是得想有什麼線索讓我們離開這一帶。「我們往南走，去上次看到她的地方。她似乎和那地方的人很熟，或許還待在那裡。」

我們出城。農業區和之前變化不大，不過已經有種被荒廢的感覺，彷彿田地都感應到之前照料它們的人，現在都沒空理它們了。四周的空氣被飄浮在空氣裡的東西擾亂，在我身邊微震、不斷產生漣漪。太陽在我和歐拉奔跑時下山，我施展夜視能力。

拉克莎不在我們最後造訪的兩棟房子附近，歐拉說她的氣味不是不見了，就是「非常老」。不過在第一棟房子附近，我們刺穿羅剎眼珠並掩埋它的巷子聚集了一群人，正語氣急迫地交談。走近後，我看到我們所救男孩的母親在哭，一邊說話一邊抹眼淚。她突然渾身僵硬，目光飄向我，但接著鬆了口氣，繼續說話，聽起來似乎十分疲憊、只想回家。她開始擁抱其他人，揮手道別，我則領著歐拉繞過人群走向她家門口。我們平貼在前門牆上，沒有讓人發現，等她開門。鄰居一個個離開，當女人轉身打開自家房門時，她以很清楚不過微帶口音的英語說道：「跟我進來，關妮兒。」

「拉克莎？」

「進來。」她轉動門把、推開房門，不過沒有關門，讓我們能夠隨後閃入。歐拉緊跟在後，拉克莎在聽見地板上傳來歐拉爪子聲響後關上房門。我撤去隱身和僞裝羈絆，側頭看著那個女人。

「是妳在裡面？」

「對。」拉克莎說著從莎麗服裡拿出她的紅寶石項鍊。「我暫時附身在這女人身上。我需要新身體。希萊・查姆卡尼被指控爲女巫，他們趁她還在屋裡時燒掉了她家。」

「是誰幹的？」

「就是這個女人。」她指著自己說，然後氣呼呼地指向門。「還有外面那些幫忙燒房子的友善鄰居和其他人。」

「爲什麼？」

「妳離開那晚，我們救的那個男孩又被另一個羅剎附身，但這一次它沒有多做停留。它化爲惡臭霧氣從門下進入，在女人面前現形，然後刻意讓她眼睜睜地看它殺害她兒子。我可以看見她的記憶。她怪罪於我，認爲羅剎是我派去的。」

「但是那樣——」

「——完全不合理，我知道。悲慟會讓我們做出很可怕的事情。儘管如此，她和她朋友趁我不注意時突襲，包圍我家、縱火燒屋，任何逃生的方法都會讓希萊永遠蒙上女巫之名。於是我把項鍊丟向這女人，離開希萊肉身，接管這女人的心靈。這並不是妳我當初同意的那種友善安排。我想找個更願意讓我附身的肉身。但我想沒有時間那麼做。」

「妳知道我父親在哪裡嗎？」

「不知道，但我知道誰知道。妳成功取得了雪人的冰匕首嗎？」

我沒有費心糾正匕首的名字。我從刀鞘中拔出富威塔，舉起來回答。她走近一點，雙眼失焦，啓動她的魔法視覺。她不能像德魯伊那樣看見魔法羈絆，但不管看到什麼，總之都能正確解讀。她雙眼再度聚焦，面帶讚嘆。

「這是極端危險的武器。雪人告訴過妳如果使用刀尖會有什麼效果嗎？」

「有。我不會用那裡去對付我父親。」

「很好。那妳準備好了嗎？還是要休息？」

「準備好了。」

歐拉和我再度用羈絆遮蔽行蹤，跟著她離開屋子。她帶領我們向東，抵達南北向的南吉柯泰路。我們沿路南行，最後來到一座公車站，不過拉克莎發出煩躁的聲音。「錯過最後一班車了。」她看著車牌說。「我們得步行。」

「多遠？」

「只有幾哩。我們有時間。此地以南是坦賈武爾空軍基地，還有一所公立高中。只要通過南吉柯泰村，沿路就只剩下田野。我已經確定羅剎來自南方，所以妳父親肯定是在那附近召喚它們。」

「誰知道我父親在哪裡？」

「那位提毗——杜爾迦。」

我眨眼。「妳最近和她聊過？」

拉克莎搖頭。「還沒有。但我認爲很快就會遇上她。羅朔幽奇已經吸引她的注意，我的禱告已經上達天聽。我感覺到她的目光，既親切又仁慈。」

這種話令人難以置評，所以我默不吭聲。畢竟，她說得可能沒錯。雖然諸神很少屈尊俯就降臨世間，但他們可以——也經常會在我們處理有趣事物時看顧我們。不過這種說法並不包括某些圖阿哈·戴·丹恩，我不會說他們既仁慈又親切。但或許杜爾迦眞是如此。

以我對印度諸神的了解，杜爾迦是偉大的人類守護者。在古印度史詩中，她絕不吝惜使用各式各樣武器、面露微笑地擊殺大批羅剎，彷彿在說：「抱歉，各位，你們這一世徹底活錯了，讓我幫你們前往來世重新開始吧。」她之所以微笑，是因爲她在恢復世間平衡，從來不會出於憤怒或惡意痛下殺手。正如拉克莎所說，羅朔幽奇肯定屬於杜爾迦會管的那種事物。

我們在尷尬的沉默中行走，不只是因爲既緊張又憂慮，還因爲這附近的昆蟲和動物似乎也都感應得到。牠們全都默不吭聲，襯得我們的腳步聲異常響亮。偶爾會有車輛呼嘯而過，車燈在黑暗中閃得我們難以視物。

「這裡不對勁。」歐拉說。

「我也這麼覺得。可能快要動手了，對方或許有武器。請不要攻擊。攻擊交給我。妳負責看守我的背後，看見有人偷襲就警告。」

「好。」

拉克莎離開道路，往西南直接進入一片剛剛收割過的田地。翻動的土地和砍斷的稻稈在其中等著農夫犁田，進行冬耕。穿越田地，站在對面的田埂上後，我看見大約兩百碼外，或許更遠一點，有間小屋。小屋四周都是田地，這表示附近田地都是這間小屋主人在耕作的。夜裡，路上的人不會看見拉克莎——倒不是說他們晚上開車還會轉頭去看旁邊景色。

拉克莎停下腳步，從莎麗中拿出紅寶石項鍊扣上脖子。「和這女人對抗很勞心費力。」我看不出來女人有在掙扎的跡象，不過我毫不懷疑她的心靈正努力對抗拉克莎。「離開她的腦袋後，我絕不會回來。我會把自己保存在項鍊裡。如果妳願意幫忙從她身上取下項鍊，帶我去間醫院，讓我另外找個昏迷不醒、願意當我肉身的人，我就欠妳一份人情。」

「沒問題。現在怎麼樣？」

「現在讓杜爾迦知道我們已經準備好，希望她也準備好了。」

「原諒我這麼問，妳怎麼確定妳能直接與女神溝通？」

「這個問題並不冒犯，是個好問題。杜爾迦和其他提毗不同，她完全不必仰賴男性神祇。她不是任何神的妻子或配偶，不用理會家庭生活。她是孤獨的戰士，所以會傾聽像她的人的禱告。不傳統的女人，可以這樣形容，就像我這種人。」

拉克莎跪在小路上，在身旁地面上畫圓。她從莎麗服裡拿出一小根蠟燭，還有一包火柴，點燃蠟燭。我以爲她接下來會唸誦咒語，但是拉克莎還沒開口，歐拉已經凝望我身後，開始在我腦中說話。

「嘿！大貓！在後面！」

我立刻轉身，舉起魔杖防衛，在不到六呎外的位置看見一頭金眼巨獅。儘管我隱形了，他還是直直凝視著我，騎在他身上的女神也是。

「不要輕舉妄動，」我對歐拉說。「沒事的。」

在藝術作品裡，杜爾迦的手臂數量並不一定，但今晚她是以八條手臂的形象出現。其中六條手臂持著濕婆的三叉戟、毗濕奴的善見神輪、因陀羅的閃電、阿耆尼之矛、俱毗羅釘頭鎚和閻摩之劍【註】；她揚起一隻空手招呼，向我輕輕點頭。

「拉克莎，我想她準備好了。」我說。

拉克莎跪著轉身，驚呼一聲，然後唸了一大串我猜是讚美和感謝的言語。杜爾迦一直等拉克莎停下來呼吸才開口說話，當她開口時，我同時聽見一種不熟悉的語言與英語。她的聲音穩重低沉、溫暖慰藉，像是摻了蜂蜜的熱茶。

「德魯伊。女巫。妳們比想像中更加接近邪惡。羅剎幽奇就在那棟建築裡。」她說著舉起三叉戟，指向我們之前看見的農舍。「他身邊都是羅剎。而他知道我在這裡，此刻正在命令羅剎攻擊我們。看著，它們來了。」

黑暗的身影列隊整齊地衝出農舍。此戰不會是場毫無紀律的暴民亂鬥，而是計劃周詳的攻擊。出現的羅剎多到農舍理應無法容納的地步。幾秒間，我爸與我之間已經聚集了大批惡魔。我從來沒有參與過這種規模的戰鬥。

我緊握史卡維德傑，強化力量和速度。

「準備——」我說。

杜爾迦的獅子大吼一聲向前撲去，直衝敵軍中央。

編註：濕婆（Shiva）的神像經常採用持三叉戟的形象，三叉尖端代表著濕婆的沙克提——愛、欲望、意志的iccha，行動的kriya，以及智慧的jnana。毗濕奴（Vishnu）是印度教三主神之一，司維護，常見的形象爲深藍皮膚、四手分別持著神器善見神輪（sudarshana-chakra）、法螺、蓮花與金剛杵或法杖；這裡杜爾迦使用的善見神輪名字裡的su代表「善」，darshana爲「見」，可解釋爲「預見吉兆」。因陀羅（Indra），又常被譯爲帝釋天，爲印度雷神，曾在《陷阱》中登場。阿耆尼（Agni）是印度教火神，常被描繪成雙面雙臂形象，佛教中稱之爲火天。俱毗羅（Kubera）掌管財富，傳說爲夜叉族之王，神像常持杯，也有傳說他賜予杜爾迦的神器爲杯。閻摩（Yama）是印度神話中的冥界之王，負責裁決死者生前的罪。

第十一章

我在二〇一〇年以一點七二美金的超低價，把「第三隻眼書籍藥草店」賣給蕾貝卡・丹恩，並幫她把店裡的營運狀況打點得不錯，另外還送給她一本初版《草葉集》，可拍賣換取大量現金。得知她與這個由跨文化神祇組成的祕密聯盟有關，令我震驚到襪子都掉了【註】——或者說如果我有穿襪子，襪子肯定會掉。然而，稻荷拒絕告訴我進一步詳情，而我得承認她這樣做眞的很考驗我的耐心。我和很多人一樣，不喜歡這麼明顯的操縱手腕。她當時所說的話完全可以濃縮成：「因爲蕾貝卡・丹恩，處理一下洛基。」而她完全沒告訴我諸神爲什麼會擔心到要指示我出手。

「未來有很多分歧，」她說。「只有你能選擇該走哪條路。」

「那個我知道。我所不知道的是，在那些道路盡頭等待著的是什麼。」

「勝利或死亡。愼選。」

「眞的有人要在這兩種結果間做選擇嗎？」

「她是說我該愼選道路，歐伯隆，而那些道路上可不會標明『勝利』還是『死亡』。」

編註：英文俚語「震驚到襪子都掉了」（Rock my socks / Rock my socks off），是形容聽到很棒、很酷消息時的喜悅反應。

「攸關生死時，絕對不要和德魯伊作對！啊哈哈哈哈！【註】」

「你記得說這句原版台詞的西西里人死了吧？」

「喔，是呀。我收回這句流行文化的比喻，挑得太爛了。」

「謝謝妳邀請我來談話，尊貴的稻荷。」我說著雙掌合十鞠躬。「非常具有教育意義。我要取回我的劍，然後告辭。」

她沒有回話，只是朝我點頭，一派寧靜祥和，彷彿在和她的狐狸一起擺姿勢讓人繪製畫像。翻開惡鬼屍體的動作差點扯裂我的肌肉，而從他腹部拔出富拉蓋拉時，魔劍上沾滿惡臭液體，非常需要清理、清理。這可以交給我們小屋旁的昂康培葛雷河。

「再見。」我說著又鞠了個躬，同樣沒有回應。歐伯隆和我穿越月野秀樹站崗的破爛大門，兩頭惡鬼和四名劍客的屍體就這麼公然躺在大馬路上。我不確定地看向月野先生，他朝我鞠躬。

「不必擔心。稻荷不會讓人看見這一切。在有人上街前，屍體都會藏好，損害也會盡復舊觀。」

確保這一點後，歐伯隆和我慢跑回稻荷山頂，轉移到我們的科羅拉多小屋。我在餐桌上找到一張關妮兒在十月二十五號留下的字條。已經過了兩天，但她沒有提及她父親，也沒有求援，看起來雪人那邊十分順利，所以我沒必要擔心她。

「阿提克斯，我覺得有點髒。可以洗個澡嗎？」

「當然沒問題。我們去洗澡。」

「但是你絕對不能告訴歐拉我主動說要洗澡。那樣很不獵狼犬。」

「我不確定有這種說法，歐伯隆。」

「現在有了。另外，你也得保證永遠不告訴她我有貴賓犬癮。」

「你有貴賓犬癮？當眞？」

歐伯隆同時搖頭又搖尾吧。「沒錯。我是個貴賓犬癖，阿提克斯。」

「根本沒有那種東西！」

「現在有了。戒癮的第一步就是承認你有問題，而我有問題。貴賓犬問題。」

「歐伯隆，你講這話是什麼意思？你根本沒有問題。」

「喔，看吧？就是這樣！你是在鼓勵我，阿提克斯！我們兩個都得停止這種行爲。我們該去參加團體治療會。」

「我眞不敢相信自己的耳朵。這些都是從哪裡聽來的？」

「犯罪片裡的人物都會被法官裁決要去參加戒癮聚會。所以一定有匿名貴賓犬癖聚會。」

「好吧，聽著，我保證我不會把這件事告訴歐拉。你已經戒掉了，對吧？不會再去搞貴賓犬了？」

「沒錯！」

「那就好，這樣你就不再是貴賓犬癖了。我們沒必要參加聚會，你不必擔心你的祕密會洩露出

譯註：取自電影《公主新娘》，原文是「絕對不要和西西里人作對」。

去。」我打開浴缸水龍頭，塞上塞子。「我也不會告訴她是你主動要洗澡的。」歐伯隆跳進浴缸，我開始找肥皀液。他需要好好刷刷，才能清理掉毛上的血。

「既然我們差點就見到忍者了，這次你可以和我說個忍者故事嗎？」

「我很樂意，歐伯隆，但我不認識任何忍者，而他們都喜歡保密個人經歷。」

「但是你知道很多祕密。」

「沒錯，可惜不是那些祕密。」有一次我本來想告訴歐伯隆說我在十六世紀遇上的一名日本武士，當時德川家康還沒有完全掌權，不過後來決定不說了，因爲那位老兄的結局不太好，而歐伯隆往往都會把這類故事放在心上。不過我倒是可以告訴他另一個活得精彩、死得榮耀的戰士故事。「要不要聽一位眞正的日本武士劍術大師，搞不好是史上最高強的日本武士的故事？」

「聽起來很棒！他叫什麼名字？」

「宮本武藏。或者，如果你習慣西方姓名排序，是武藏．宮本。日本人習慣先說姓。」

「是唷？我姓什麼，阿提克斯？」

「這個嘛，喜歡的話，你可以跟我姓。」

「這樣似乎不太好。你又不是我親戚。我難道就沒有姓嗎？」

「沒，我想你沒有。」

「那表示我可以自己編一個？」

「當然。」

「我要姓天狼星！」

「所以當我介紹你的時候，你要我說你叫歐伯隆・天狼星？」

「不，我要你用日本方式介紹我。我是天狼星・歐伯隆。但是他們也可以直接叫我歐伯隆。」

我忍住笑。「我知道了。」

我關上水，用沾滿肥皀的手去擦歐伯隆的毛。在洗好之前我都得想辦法吸引他的注意，不然他會搖晃身體，弄得我滿身肥皀。

「宮本寫了《五輪書》，」我開始說故事。「在你提問之前，不，這裡沒有至尊戒御眾戒【註】。《五輪書》融合了劍術、兵法、靈性與生命的意義，時至今日，人類還是在研究那些課題。世人視其爲權威是因爲他至少在決鬥中擊敗過六十人，而在戰場上殺敵更多。他打從十三歲就展開了暴力生涯，最後壽終正寢。」

「怎麼個壽終正寢？」

「日本武士經常會用藝術和冥想來平衡暴力生活。宮本喜歡繪畫、書法，甚至建築。他鼓勵人不要只修練劍術，因爲人生不該只學習結束人生的方式。日本武士的處世之道充滿宿命，特別強調要死得其所。」

譯註：《五輪書》的「五輪」出自密教之五輪，英譯爲*Book of Five Rings*，ring也有戒指之意。而「至尊戒御眾戒」就是《魔戒》裡的那個。

「死得其所？我不懂。如果你已經死了，怎麼能知道你死得算好，還是不好？」

「死得其所其實是指要活得精采，因爲很少有日本武士認爲自己死後可以獲得獎勵。不管是信仰神道教還是佛教，他們都知道殺人是要付出代價的。所以他們認爲有必要盡可能美化人生，藉以平衡那些醜惡行爲。他們希望能夠榮耀犧牲，而這種生存法則叫作『武士道』。」

「怎樣的法則？」

「看重勇氣，當然，不過同時也看重忠誠、誠實、仁慈，加上其他高貴美德。」

「他們和印度人一樣吃素嗎？」

「不吃。」

「好，那就很高貴了。」

「但宮本武藏不是典型的日本武士。因爲他當過很多年浪人——沒有主人的武士——大多數日子都沒有服侍任何主人，追求戰略和劍術的極致。他甚至開創了自己的流派，使用雙刀的二天一流【註】。他劍術高超到徹底改變了武術之道。」

「所以他有點像你！」

「什麼？」我有很多特質，但是從來沒人說我對武術有什麼貢獻。這種說法太新鮮了，我甚至驚訝到停止刷毛。

「我是說他發明了新東西，沒人打得過他。你也發明了那個護身符，沒人打得過你。」

「喔。我……好吧，不是沒人打得過我，眞的。」

「老兄，這樣好癢！」

「不，歐伯隆，等等——」

太遲了。他抖動身體，弄得整間浴室都是髒兮兮、血淋淋、帶著獵狼犬味道的水和肥皂。我首當其衝。

「啊！」

「抱歉。我以爲你已經刷好了。」

編註：二天一流（Niten Ichi Ryu）爲宮本武藏晚年完成的兵法，也被稱作二天流或武藏流，捨棄之前包含多樣技法的武道，整理爲右手大太刀、左手小太刀的形式，相關兵法與心得等記載於《五輪書》中。直至今日，《五輪書》在日本仍有重要的地位，除了修身養性外，尤其廣泛應用於商業上。

第十二章

我被車子的引擎聲吵醒——隔壁有人天一亮就得上工。我該說清楚，是葛雷塔家隔壁，而葛雷塔家位於駝背山北面名叫天堂谷的小鎮裡。她也被車聲吵醒了，於是翻身背靠我，大腿伸到我的大腿上，睜開懶洋洋的眼睛、帶著慵懶笑容打量我。我們都沒開口說話，因爲我想我們兩個都在懷疑我們爲什麼會在那裡，還有接下來該怎麼辦。又或許只有我在懷疑。

我是說，我知道我是怎麼出現在那裡的：葛雷塔邀我上她的床。但我不知道她爲什麼這麼做，我又不像敘亞漢那麼帥。考慮到她對他的看法，我很難想像她會願意和我——他的大德魯伊——扯上任何關係。

在我繼續順著這條情緒道路走下去前——這條路崎嶇不堪，兩旁往往充滿自我懷疑，以及我不想要有的感覺所組成的荊棘叢——我決定將當晚視爲禮物，然後心存感激。她或許願意解釋，或許不願意，一切取決於她。

我伸展肢體，打個呵欠，她也跟著照做，向我示範她是伸展肢體的超強專家。

「妳這裡也有那種很華麗的馬桶嗎？」我問。昨天進屋時，我並沒有時間參觀她家。我們的心思都放在對方身上，沒去注意其他東西。

「我不會用華麗來形容馬桶，」她說。「不過有，我家浴室裡有馬桶。」

「對我來說很華麗。」我說。「妳不知道有這種東西多幸福。」

「喔，是呀，我知道。」她回答。「馬桶沒發明之前，我就已經活在世界上了，你知道。」

「是唷？」我驚訝得下巴掉下來，她則咧嘴微笑，很高興能讓我吃驚。「狼人可以活多久？」

「如果沒人用暴力手段殺死我們，大概可以活四、五百年。我們會在最後五十年左右才開始衰老。」她側頭做出得意洋洋的模樣。她以為我會問她現在幾歲了，但我可不想落入那個陷阱。我這輩子難得有機會可以當個有禮貌的好人，而我把握那個機會。

「不管妳究竟幾歲，我喜歡妳現在的模樣。」我說。她發出開心的聲音，我則下床去找浴室。我認為應該有個像是「華麗」或「富裕」之類的詞來形容她家。這裡的裝潢採用大地色調，除了那些座墊，家具都是天然木頭。地板也是硬木。房間比她用得到的更多。我從浴室回來時，她已經不在床上，但是她跟在我後面回來。

「我用另一間浴室。」她說。

「一共有幾間？」

「四間。」

「妳一個人住？」

「對。不過部族成員常來這裡，這裡還夠他們睡，而且我家也會提供外地訪客住宿。」

「妳究竟是做什麼工作的？」

她聳肩。「我做很多工作，端看部族所需。」

「我聽說現代社會裡每個人都得工作。妳的工作職稱是？」

她一邊嘴角噘起。「沒有職稱。或許是執法者？」

「如果有人問起，妳會這樣說嗎？」

「不會。我告訴他們我是公家信差。我常常出城，你知道，還有很多祕密；因爲他們的安全權限不足，我不能透露太多。」

「他們相信？」

「如果不信，他們就不會再見到我了。對曾與狼人打交道的人而言，有時候我會被稱作伽馬。我是部族裡的第三把交椅，位於霍爾和伊斯特班之下。」

「喔。那表示如果有心，妳可以去別的地方當阿爾法嗎？」

「或許，但我沒有那個心。我很滿意現在的地位。享受很多福利，但是不用扛責任。」

「我懂了。妳都執什麼法呢？」

「我是部族領土界線的主要執法者。如果有人膽敢入侵我們的領土——吸血鬼、女巫、管他什麼東西——我就是讓他們知道必須安分一點的人。」

「聽起來很危險。」

「有時候會很危險，不過通常都很悶。我爲部族執行一些犯罪差事，像是製作你的假證件。我還得做所有鳥工作，通常和你的學徒有關。」

「啊，他就像個生病的嬰兒，是不是？到處亂吐。」

「比喻得很恰當。」她說著對我笑了笑。「不過我們別提他了。你餓嗎？」

「餓。妳能教我使用廚房用具嗎？我昨晚看過法利德做菜，不過有點看不懂。我那個年代只有火堆。」

「當然。會很好玩的。」

她教我怎麼煮咖啡，然後示範做法式吐司的神祕過程。等她在吐司上撒糖粉，淋上糖漿，我嚐了第一口後，我得承認這眞是我這輩子吃過最美味的早餐。我無法想像我那個年代的高盧人能做出這種東西，不過現代法國人必定是很不一樣的部落，而我把這些想法全放在心裡。

「你接下來要怎麼做？」她滿嘴吐司地問。

「我得去妖精宮廷，告訴圖阿哈·戴·丹恩我又開始行走世間。這種禮貌只有在你不表示出來的時候才會變成問題。」

「喔，所以你今晚就會回來嗎？」

「可能會更久一點。」我承認。「我想會有很多神想要請我吃飯。他們要知道我的立場、我知道什麼，藉以決定我可以在他們的權力遊戲裡扮演什麼角色。」

「聽起來很耳熟。狼人似乎也滿腦子都是那些東西。」

「有趣的是，我想在我那個年代，他們根本不知道我是誰。那年頭到處都有德魯伊。但現在我是世間僅存的三個德魯伊之一，突然間就變得重要起來。不知道妳方不方便開車載我去有樹的地方？敘亞漢說這附近的樹都沒有和提爾·納·諾格連結，而我不能製作自己的傳送樹。我們得前往一個叫作佩森的地方，或算是那附近，一個叫作莫戈永緣的地方。」

她點頭道：「好。那大概要開一個半小時，不過我有個條件。」

「什麼條件？」

她湊上前，一雙藍眼炯炯有神，聲音刻意放低。「化身爲狼和熊，和我一起去森林裡跑跑。」我眨眼，沒想到她會提出這麼簡單的要求。「樂意之至。一點也不麻煩。」

「很好。你的其他形態是什麼？」她問，站直身子，目光下移到我刺著變形羈絆的右手。「我可以從圖案中看出基本雛形，不過往往看不出來確實是哪種動物。」

「啊。我的蹄形是公羊。還有就是熊、翼形的紅鳶，至於海裡……好吧，其實不重要。我這輩子變成那種形態的次數一隻手都數得出來。我不喜歡。」

「爲什麼？你在海裡是什麼？」

「英文叫作海象。」

她的眼睛差點從腦袋裡噴出來，而她連忙伸手摀住嘴巴，以免噴出任何食物。她奮力吞下嘴裡的東西，然後在終於吃下去後開始喘氣。她把雙手平放在桌上，說道：「你是海象？你當然是。你就是海象。咕咕嘎啾【註】！哈！太完美了！」

編註：咕咕嘎啾（Goo goo ga joob，或goo goo g'joob）是海象叫聲的狀聲詞，在披頭四於一九六七的單曲《*I Am The Walrus*》副歌中也有用到：I am the eggman, they are the eggmen; I am the walrus, goo goo g'joob.

「咕咕嘎什麼？什麼意思？」

「我們上車聽披頭四的歌，你就會知道是什麼意思了。來吧，泰迪熊。我們去洗碗。」

「等等。泰迪熊是什麼？我是黑熊。」

「不要排斥。大家都愛抱泰迪熊。」

前往佩森的路上，她向我提了一些她從前的事情。她昨晚說過當初咬她、帶她進入部族的人是前任阿爾法剛納・麥格努生，但沒有提起當時情況。

她原先住在雷克亞維克附近一座農場裡。有一回滿月，一小群剛從挪威跑來的男人入侵她們家園，殺了她的父親和兄弟。葛雷塔躲在穀倉裡，但遲早會被他們找到。在月光下狩獵的剛納和霍爾聽見打鬥聲，於入侵者找到葛雷塔並侵犯她前趕到現場。他們扯掉挪威人的喉嚨，接著就必須決定該怎麼處置她。當年冰島根本不該有狼，而他們要保守這個祕密，所以得在殺了葛雷塔或讓她變成狼人之間做選擇。剛納咬了她，然後他和霍爾待到天亮，好變回人類、解釋昨晚發生的事。剛納變形，霍爾則維持狼形，剛納告訴葛雷塔她可以選擇死亡或部族。跟著部族將會過著暴力生活，但是——他承諾，她絕對不會再與死亡如此接近。

那之後，剛納和霍爾就成了她父親和哥哥。好幾個世紀以來，剛納信守著承諾，直到差點在東尼小屋外的草地上死於波蘭女巫手中，也就是安格斯・歐格開啓地獄之門那晚，她一直不曾那麼接近死亡。她認爲當晚會死那麼多部族成員都是敘亞漢的錯，剛納會死在阿斯加德也一樣。敘亞漢已經向我說過了，但是從葛雷塔口中聽來還是很不一樣。在她眼裡，敘亞漢對她做過很多壞事，她完全無法理解霍爾爲什麼要繼續和他來往。

車子開過塞坎摩爾溪的路牌時，她的臉上流下兩行清淚。「我有時候會去想世界上所有從未遇過阿提克斯・歐蘇利文的其他部族。他們沒有失去阿爾法，他們都不必眼睜睜看著部族成員死在銀下。」她吸吸鼻涕，手掌離開方向盤，粗暴地擦擦臉頰。「我不懂爲什麼我的部族會遇到這種事。」她搖頭。「抱歉。我不是要向你訴苦。」

「訴吧，愛人。我能做的也就是傾聽罷了。對於妳的問題，我沒有答案。」

「不，我不需要答案。我想我只是要宣洩一下。謝謝。」

「不客氣。」接下來一分鐘，我們都沒說話。又開了一哩路後，我慢慢了解到對她而言，我可能只是一段心理健康療程。我無所謂。她已經受苦夠久了。如果我唯一能做的只是爲她帶來平衡的假象，那也算是爲蓋亞盡了一份心力。

接著她在哽咽聲中說道：「我想他們。」

「是。記得逝者是我們的責任。放手也是我們的責任。」

除了吸了幾下鼻涕，她一聲不吭地哭泣，接著驚呼一聲：「喔，狗屎！你所謂逝者一定是指所有你認識的人。歐文，我很抱歉。」

「啊，別擔心。大家都死了，只剩下敘亞漢和圖阿哈・戴・丹恩。不過我活得已經比我大部分認識的人還長，剩下的傢伙又和我處不來。但所有人我都記得。」

「德魯伊對死亡的看法是？」

「我不懂妳的意思。我是說，死亡是人生必經的過程。」

「沒錯，但死後是什麼情況呢？」

「我知道就怪了，葛雷塔。我還沒死。」

她笑了笑，說道：「不，我是說，你相信死後世界嗎？天堂？」

「喔，相信呀。圖阿哈・戴・丹恩同意將這個世界留給米爾斯人後，他們創造了九個世界，其中最大的就是提爾・納・諾格。還有馬・梅爾和伊凡・阿布拉奇，還有其他世界。但我說不準自己死後會去那裡，或是其他人去了哪裡，又或是當我抵達之後會是什麼情況。」

她帶我們來到科羅拉多高原最南端的莫戈永緣，進入另一個元素的領土，然後在標明林谷湖的路牌處左轉。

「我們已經到莫戈永緣了。」她說。接下來幾哩還有路，但開到轉向湖邊的小徑後就沒鋪路了，不過她還是繼續開上黃土路。「幾乎所有人都是轉往湖邊，所以再開個五哩就不會有任何人了。那裡很適合奔跑。」

她說得沒錯。那裡幾乎都是高大的黃松，偶爾夾雜幾棵杜松，底下的雜草也不濃密——只有鼠尾草和一種她稱為石南灌木的植物。她停車，我們下車，我享受著關上車門後的寂靜。這裡沒有工業的嗡嗡聲。我向元素打招呼，他歡迎我。我透過元素得知，只要跑一段距離就能抵達羈絆樹。

「我們先遠離道路再變形。」她說。我們一起跑入樹林，直到車子和道路都離開視線範圍。我可以假裝自己回到古代了。

「你見過狼人變形嗎？」她問我。

「有。我在旗杆市見過一次。泰・波拉德。」

她神采飛揚。「喔，我認識泰，山姆的丈夫。他是個好人，值得信賴。總之，我很高興你見過狼人變形，這樣你就不會被嚇到了。」她脫掉上衣，補上一句：「那畫面可不好看。」

「這個嘛，妳那對很漂——」

「哈！夠了。你知道，我的狼形會想和你的熊形玩——我說玩的意思是想打一場。可以嗎？」

我笑著說：「好呀。我和泰也是這樣玩。」

「不能攻擊喉嚨和脊椎。」

「就是這個規矩。」我同意，她繼續脫衣服，我也開始脫。

「我的狼形會很躁怒。在看不見月亮的白晝變形會很痛苦——我是說比平常痛苦。」

「我了解。」

「晚點再和你說。」她對我微笑眨眼，接著在脫光衣服、開始變形時皺起眉頭。骨骼在皮膚下啪啦變形，似乎隨時都會破體而出，她四肢著地。最痛的肯定是後腿膝蓋往反方向重組的時候。我默唸咒語，將靈魂羈絆到熊形態時有點罪惡感，因爲蓋亞讓我的變形過程既迅速又毫不痛苦。我們是蓋亞的子民，身體都能依照她的意志塑形。

葛雷塔的狼形就像她講得一樣，很強大、很憤怒。她從喉嚨發出一聲低吼，然後朝我撲來。我人立而起，以胸口承受她的衝勢，然後我們摔倒，在對方身上連抓帶咬。她在我接近手肘位置的左胸上狠狠咬了一口，而我則一爪劃過她的左肋。她留下幾道淺淺爪痕，但是她的爪子無法和我的相提並論。我們向後跳開，開始對峙。她嚎叫，我大吼，然後她消除敵意，想要改玩別的遊戲。她攤開前腳，壓低腦袋，揚起尾巴搖擺。她叫了一聲，開始往森林裡跑。我追上去，她沒料到我直線奔跑可以這麼快，不過我的動作不夠靈巧。每當她改變方向，我就會落後。我們急速奔跑了十分鐘，接著她帶我進入一片草地，嚇跑一小群曬太陽的駝鹿。不過她沒興趣獵殺牠們；她轉身面對我，舌頭垂在嘴旁，看起來很開心，隨即又開始對著我繞圈吼叫。又要開打了。

第二次交戰打得比第一次久多了，我們把對方打得遍體鱗傷。沒有觀眾，沒人阻止，我們打得十分殘暴。她承受了很嚴重的傷勢，不過也對我造成很嚴重的傷勢。我們向後跌開，血流如注，兩人都裝腔作勢，一副還能再戰的模樣，不過實際上都想休息了。我們氣喘吁吁，專注呼吸，根本不想把氣息浪費在發聲上，而這情形明白表示我們都已經精疲力竭。她走到我面前，不帶敵意地豎起耳朵和尾巴，然後坐下，揚起血淋淋的口鼻部看著我。我也坐下，決定以右側身體著地，吸收魔力治療。她朝左側躺下，和我面對面躺在草地上。

我身上有些自己都不知道被打到的地方在痛。敘亞漢不知從哪裡學到可以隔離痛楚的羈絆術，也教過我，不過我沒有用。葛雷塔沒有那種羈絆術可用。我用的話會不公平。

我們的呼吸漸漸開始放慢，眼皮也越來越重。我看見她的眼皮閉上兩次，接著我也開始閉眼。

後來我在她變回人形的啪啦聲中醒來。從太陽位置來看，我們睡了幾個小時，變回人形後，我覺得很溫暖，身體也舒服多了。

「謝謝你，」葛雷塔說。「我需要好好打一架。」

我不太擅長表達憤怒和不耐煩以外的情緒。我經常會感受到那些情緒，但很少抒發出來。我唯一說出口的就是：「我也是。」

她上下打量我的身體。「你恢復得很好。」

「這是好事。妳也一樣。」

「要回去了嗎？」

我們走回留下衣服的地方——爬了一段山路，途中她說了很多，我則在該回應時出聲，努力想要想點適當的話說。我不確定她還想不想見我。我依然認爲我們的關係是在排解她的過去，而不是在此刻相互吸引。她說這麼多話，或許也反映出她對我們之後的關係感到緊張，但若眞是如此，她到底在緊張什麼？是因爲她喜歡我，想要和我分享一切，還是努力想說點話來塡滿沉默，以免我想把一段露水情緣變成長久關係？

來到留下衣服的地方時，她終於不再說話，但我還是沒想出該說什麼。我看起來一定和心裡一樣害怕，因爲穿好衣服後，她盯著我的臉看了一會兒，然後試圖以微笑讓我輕鬆一點。

「謝謝你聽我抱怨這麼多。」她說。「你很擅長傾聽。」

從來沒人說我擅長傾聽。這很可能是因爲我還不熟悉這種語言，又或許這種情況凸顯出突然跳躍兩千年對我造成的改變。

葛雷塔雙手一攤，落下時拍拍她的雙腳。「剛剛很有趣。」

「這個——是呀。沒錯。」意想不到，也非常樂見的趣味。

「我知道你現在得離開了，但是隨時歡迎你來找我。」她湊上前來，鼻子幾乎與我的貼在一起。藍眼閃閃發光。「你知道，如果你有空又想來的話。」

「我會來的。」我向她點頭，感覺鬆了口氣。「我喜歡妳。」地下諸神呀，你絕對不會以爲我來自一個吟遊詩人家庭。如果我舅舅聽到我說出這種鬼話，一定會割掉我的睪丸，因爲我再也用不到它們了。

「很好。那就說到這裡吧。」她在我嘴上輕輕一吻，然後朝車子走去，留下我一個人在原地發呆。一直到她快要走出視線範圍時，我才想出一句話說。

「願妳隨時都能和諧幸福！」我在她身後叫道。她沒有回話，不過我肯定她聽見了。

我搖搖頭，試圖澄淨思緒，迫切地需要找到自己的心靈和諧，我有太多事情得處理。當務之急是要上提爾・納・諾格一趟，因爲我在那裡能說古愛爾蘭語，而且聽起來不會像是腦袋被人打了一槌。

元素告訴我要朝林谷湖跑去，那裡有棵敘亞漢羈絆的傳送樹。他說他花了幾百年將世界各地與提爾・納・諾格羈絆在一起，當年國王還在欺壓百姓，壓榨到他們早死，並且透過祭司告訴他們這是神的計畫，百姓不得質疑。短期來看，這樣讓他有事可忙，並能遠離安格斯・歐格，而從長期看，這能確保他在被人追殺時有地方可以逃命。如果要我在他所做的事情裡挑選一件百分之百的好事，肯定就是這件了。

我的想法是，我得再度開始訓練德魯伊──那是我的使命，真的──但還要很長一段時間，德魯伊的人數才會多到足以影響世局。在那之前，這種讓我們能前往世界各地，而非僅侷限於歐洲的能力可以讓微不足道的人數發揮最大功效。

找到那棵樹後，我就直接轉移到妖精宮廷外圍的一個地點。那裡是晚上，附近除了少數守衛外空無一人。其中一名守衛，身穿某種銀綠相間鬼衣服的飛行妖精，大聲要我說明來意。我的耐心立刻蕩然無存。

「你爲什麼不先說你想幹嘛？」我說。

「我在執行勤務，守衛宮廷。」他拔劍指向我，再度開口要我說明來意，但是我打斷他。

「我可以問是在什麼之前守衛宮廷嗎？你是怕有人脫下褲子在草地尿尿嗎？這裡沒什麼好守衛的，小夥子。只是一片草地！」

「搞不好有人會趁沒人看的時候施展惡性羈絆。有時候會有來自其他世界的使者來訪。好了，你是誰？」

「我很好奇是誰教你那樣說話的。你是認眞的嗎，小夥子──『惡性羈絆』？從前妖精可是一群高貴的生物，說話絕不拐彎抹角，穿著也很得體。看看你是什麼樣子！」

他舉劍指著我。「說明來意，不然就滾！」

「我來找第一妖精布莉德。我是蓋亞的德魯伊，許久前就已自大地上消失，如今來此宣告我的回歸。」

他畏縮。「德魯伊？不是鋼鐵德魯伊吧？」光是想到敘亞漢就讓他出現這種生理反應，讓我了解了一些事。我的學徒說得沒錯，他在這裡完全不受歡迎。儘管我不願承認，但最好還是接受他的建議，假裝不認識他。

「不，小夥子，我身上沒有鐵，把鐵和德魯伊法術混在一起，聽起來比和來自明奇的藍人【註】一起游泳還蠢。可以請你告知布莉德我來了，或是告訴哪個可以去找她的傢伙？」

「我要知道你的名字。」

「歐格漢・歐肯奈傑。」

「在她的王座下等候。她準備好就會在那裡接見你。」他用劍指向一張小土堆上的鐵椅。

「好。」我走過他身邊，做好要等很久的心理準備。我很肯定還有好幾個小時才會天亮，而布莉德會好整以暇地慢慢醒來。我站在王座前，交叉雙腳，脫掉上衣，讓所有想要摸黑查探的人看見我的刺青。這麼做除了讓人知道我真的是德魯伊外，不會透露任何事情。

還不到一個小時，我猜，就有一團橘火從天而降，落在鐵王座上，嚇了我一跳。一道火牆向外擴散，我連忙向後滾開，遠離那股高溫。回頭看去時，布莉德已經坐在王座上，小山丘外多了一道火圈。她只穿了一件用腰帶束起的藍衫，脖子上掛了個金項圈。

「我聽說你是歐格漢・歐肯奈傑。」她說。

「正是。」

「我看得出來你與大地間的羈絆，所以你確實是你所聲稱的身分。我兒孤紐告訴我，你在時間島上待了兩千年。」

「是。」

「他還說把你丟在那裡的是莫利根，救你出來的是敘亞漢・歐蘇魯文。你可以告訴我原因嗎？」

「莫利根要我在她死後傳達一則口信。她告訴敘亞漢要上哪兒去找我，心知他會帶我回到正常的時間流中。」

「那我們得好好聊聊。」

「是呀，布莉德，確實如此。」

編註：來自明奇的藍人（Blue men of the Minch），也被稱作「風暴凱爾皮」（storm kelpies），是種出沒於蘇格蘭本島與外赫布里底全島間的藍色人形怪物，會製造風暴、拉走船員並使船沉沒。在《陷阱》中曾短暫登場。

第十三章

或許諸神待在他們的神域上時，大部分時間都是用說的在解決問題。不過我注意到，當他們降臨大地時，都會準備好非常明確的問題清單，立刻動手處理，一點也不浪費時間。在短短數秒內從被動觀察變成全面開戰，完全沒時間商討目標、戰略對策讓我一時難以適應。我急急忙忙跑向左，拉克莎則慢慢從右方進攻。當杜爾迦和她的獅子與羅剎先鋒遭遇時，我終於了解神聖武器沙克提的真義。惡魔在獅子的衝擊下四下飛散，杜爾迦揮動武器，擊飛一些惡魔，又打爛了一些，連砍帶刺地在空中和地面上灑滿鮮血和內臟。

一時間，我覺得自己完全是多餘的；杜爾迦肯定可以獨力解決他們。但是羅剎湧出小屋的速度幾乎和她殺死它們的速度一樣快。身後逐漸響亮的吼叫聲吸引了我的注意，我發現城內也有一支部隊趕來。羅朔幽奇召回所有羅刹來守護他，暫緩城市淪陷的時間，大幅增加我們的問題。

我眼角瞥見拉克莎雙手舉在身前，向前跌落地面，毫無生氣。她沒有被任何東西擊中，所以我假設她離開了女人的身體，打算透過靈體作戰，穿越羅刹大軍直取我父親。我希望那個女人還知道要待在地上裝死，不然她就沒有多少時間享受自己的身體了。

「我們要進屋去，歐拉。跟我來。」

「跟著。」

羅剎前仆後繼襲向杜爾迦，根本沒發現我在場。我不知道他們能不能像提毗一樣看穿我的隱形術，但我懷疑他們會想到要搜尋我。我繼續往左繞過他們，希望能溜進屋內，在羅剎幽奇發現除了杜爾迦外還有其他威脅前拿富威塔做該做的事情。

距離小屋還有一百碼時，戰場上的情勢變了。小屋裡擁出另一種惡魔，在田地中凝聚形體——藍皮膚，有很多手臂，綻放著魔光。我停下察看，發現它們看起來很像洛基在波蘭亞烏斯外的洋蔥田攻擊阿提克斯時化身的模樣。我猜這些大概不是羅剎，而是力量更強大、叫作阿修羅的惡魔。它們的行動大不相同：一舉一動都像武器大師，而羅剎的武術大概和拿湯匙作戰的農民差不多。

走在這群惡魔中間的正是我父親，雙眼綻放藍光，臉上慣有的學術客觀神情扭曲成邪惡表情。當然，我已經很久沒見到他了，但看到他這副衰老模樣，就讓我內心一沉。他頭髮花白稀疏、髮線後退，年輕時很顯眼的下巴線條不再，就像他鬆垮的頸部皮膚。我告訴自己可以接受他的蒼老；眞正令我畏縮的是神情，因爲我這才發現我從未見過他發脾氣，或是用比漠不關心更嚴厲的表情看過我。

此刻他正以會讓人想要拔腿就跑，或是朝他胸口射完槍膛所有子彈的眼神看著杜爾迦，而那個畫面嚇壞我了。他吼了幾句我聽不懂的話，阿修羅立刻手握長劍衝上前去。鋼鐵的劍光搭配藍皮膚，讓它們看起來像是充滿泡沫的巨浪般地捲向杜爾迦。藍浪沖刷過她和獅子，淹沒了黑色羅剎，片刻前還很清澈的夜空，如今冒出翻騰不休的厚厚烏雲。身後羅剎大軍的吶喊聲越來越近，我自刀鞘中拔出富威塔，繼續由側面繞道，注視著目標。想要攻擊他，我得先除掉一些惡魔，不過看起來還是可能成功，問題並非難以解決——直到局勢突然改變。

我用左手單手旋轉史卡維德傑，瞄準對手喉嚨，出其不意地打爛羅剎的氣管。我用富威塔割開其他羅剎頸子，一邊前進一邊藉著旋身增加攻擊力道。黑血宛如石油般噴灑，軀體在呻吟聲中倒地。一開始打得很輕鬆，彷彿致命的高手穿越一群能力與訓練假人差不多的對手，但沒過多久，貼身護衛我父親的那些傢伙開始察覺除了杜爾迦還有敵人正從側面進攻，於是轉身揮劍攻擊看不見的敵人。我父親沒注意到；他的雙眼鎖定在女神那方的惡鬥上。

我要雙手持杖才能抵擋羅剎攻擊，接著又得面對守護父親的三個阿修羅，於是我把富威塔收回刀鞘，然後殺入戰團。我架開劍刃，擊中惡魔腹部，打得它們弓身彎腰，然後趁它們難以呼吸時，攻擊頭部或喉嚨，解決掉它們。

從身後突然傳來的狗叫和突然消失的驚叫聲聽來，歐拉幾度擋下來自我後方的攻擊。

我發現單靠魔杖沒辦法突破阿修羅的防線。它們以四條手臂在身前揮動武器，形成難以攻陷的鋼鐵護牆，而且紀律比羅剎要好多了。這樣可以完全封住一把武器的攻勢。爲了製造破綻，我朝它們的臉拋出一把飛刀，由於飛刀無法造成致命傷，所以我也沒有特別在乎目標位置。飛刀目的是要讓敵人畏縮，阻礙它們防禦，而我則利用機會揮杖攻擊它們的喉嚨。我感覺手臂上濕濕的，低頭一看，發現自己受傷了。無所謂；我體內充滿腎上腺素和大地的能量，而我爸和我之間只剩下一名阿修羅。

惡魔的攻擊範圍很廣，在看到同伴倒地後，它開始施展渾身解數。我伏身在地，對準它的腳踝出杖，響亮的骨碎聲響起，接著在它倒地時站起身來。它才倒地不到一秒，我的魔杖已經打進它鼻子、直沒入腦——手段是比我平常要凶狠一點，誰教它阻撓我去找我爸。腦中一個小聲音問我是否就是這種行爲讓元素叫我「激動的德魯伊」，不過我也無法肯定。

我爸——或該說羅朔幽奇——轉身，終於察覺威脅逼近；而我好奇他的瞳孔跑去哪裡了，他的眼球就像藍色耶誕燈飾。但是，如果執著在這個問題上，我就會失去突襲機會——城裡來的羅刹發出的飢渴叫聲已經越來越大了。

我拔出富威塔，反手握在拳裡——較適合側砍，不適合突刺——撲上前去，不讓附身在我父親體內的傢伙有機會弄清楚當前情況，也不讓我對自己的做法產生疑慮。我以利刃劃過他的胸口，把上衣劃開一條縫，底下的皮膚濺出鮮血。這就是我能做出最接近拯救父親的行動了——因爲我根本沒機會出第二刀攻擊他頭頂的查克拉。

事後回想起來，我可以看見整盤棋局的走勢，只是不清楚幕後動機。羅刹的瘟疫引誘杜爾迦下凡；杜爾迦下凡引出了羅朔幽奇和阿修羅。召喚而來的烏雲遮蔽了衛星，不讓人類發現惡魔和諸神依然會在他們的世界中作戰。接著，當藍惡魔浪潮突破杜爾迦防禦、打傷她的獅子——這點從痛苦的吼叫聲就能聽出來——時，提毗終於不再手下留情。獅子的吼叫幾乎和我砍傷羅朔幽奇時的叫聲同時發出。我急著想要朝他額頭繼續追擊，一不小心竟被父親盛怒揮來的手臂擊中腦側。他的力量比外表看起來大多了，打得我向後退開，眼前爆出閃光。我被歐拉絆倒、重重落地，永遠失去了突襲父親的機會。我在地上眼睜睜看著杜爾迦一躍而起，飄在空中，壓低七條手臂，剩下一條高高舉起，握著兩個鈴鐺狀的因陀羅閃電。她睜開額頭上的第三隻眼，毀滅力量因應而生。閃電擊中杜爾迦獅子附近的阿修羅，震退它們，燒焦它們的皮膚，接著一道巨型閃電打中我父親。閃電沒有摧毀他，甚至沒有擊倒他，不過在沒有傷到皮膚的情況下燒光了他的衣服。他被包圍在藍焰之中，看起來很蒼白、滿身皺紋、骨瘦如柴，接著他以低沉、嘶啞、不屬於自己的聲音大叫了一句話。

我連忙爬起，向後退開，因為我開始感覺到地面震動，還有發自他身上的炙烈高溫。我本能地退出整整五十碼外，一把捉住歐拉的皮毛，催促她與我一起跑，然後才想起還有事情沒做完。但是提毗持續加持她的攻擊，我完全無法上前劃出第二刀；在這個距離下，我已經像是把臉貼近四百度高溫的烤箱，還把箱門打開。

「怎麼了？」歐拉問，但我沒時間解釋。

「跟著我。」我對她說，然後我向提毗叫道：「等等，杜爾迦，我可以解除羅朔幽奇的附身！只要再給我一次機會！」

附身我父親的巫師力量強大——如果沒有傳奇級的魔法防禦，根本無法在這種程度的元素震怒下支撐一秒——但他或許沒有他想像中那般強大。情況已經十分明顯，不管是為了什麼逼杜爾迦下凡，他都沒有機會達成目的了。父親臉上狂妄自大的邪惡神情逐漸消失，眼中藍光也漸漸熄滅，身體開始在攻擊的壓力下劇烈顫抖。

「請住手！我可以救他！」我哀求。

但是提毗繼續用閃電懲罰他。閃電在他身旁旋轉不休、啪滋作響，越來越激烈、不受控制。我撤去隱身術，朝他大叫。

「爸！」我叫。「你聽得見嗎？我是關妮兒！」

他的頭突然轉向我，藍光熄滅，他的雙眼回復棕色，在認出女兒、朝我揚起一手的短短一瞬間，我在他眼中看見困惑、驚訝與愛。接著提毗的力量超越羅朔幽奇所能承受的極限，我父親在猛烈的爆炸中粉身碎骨，化爲一陣紅霧，徹底蒸發殆盡，除了灰燼和一絲往上飄的白煙，什麼也沒留下。

第十四章

這是我幾天之內第二次開車前往坦佩，想到可以在這裡度過幾小時的輕鬆時光，我就覺得很開心。我都不知道自己如此想念米爾街。街角依然滿是環保嬉皮，為了弄到足夠現金購買下一餐廉價大麻或「淘氣美味三明治」，而販賣麻線首飾、演唱難聽的歌曲。我無憂無慮，於是跟著兩個聲音沙啞的烏克麗麗歌手合唱一首湯姆・派帝【註】的老歌，大聲向路人宣告不管他們的關係如何，生活品質沒必要符合難民水準。我唱完之後給了他們四十塊錢，感謝他們讓我加入合唱，他們難以置信。

「謝謝，老兄！」其中之一大聲說道，接著在看見兩張二十元鈔票時拖長「老兄」尾音，最後變成瘋狂大笑：「哈——哈哈！哈！哈！耶！嗚！」

他的同伴說：「老兄，你他媽的太棒了！太棒了，老兄！我們要去買史上最美味的三明治，感謝你！」他轉身對兩個拿著鞋店購物袋路過的女大學生大叫，迫不及待地分享經歷。「這位帶狗佩劍的老兄真是酷斃了！我不是在開玩笑，好嗎？」兩個女生一臉畏縮，快步離開，而我認為自己也該盡速離開，以免新粉絲變得更加熱情。我輕輕擁抱他們，祝福他們心靈和諧，然後去魯拉布拉見霍

編註：湯姆・派帝（Tom Petty, 1950-）是美國代表性的搖滾樂手，對流行樂影響深遠。一九七〇年代以樂團湯姆・派帝與傷心人樂團（Tom Petty and the Heartbreakers）出道，一九八九年單飛。

爾。

「阿提克斯，我認爲我沒見過任何人類爲了三明治興奮成那個樣子。他們愛成那樣的三明治店在哪裡？」

「我不知道，老兄。我懷疑他們腦中的三明治沒有什麼特別。比較可能是那兩個傢伙的腦子有問題。」

「好吧，我喜歡他們對食物的熱忱，而我想我該針對這個領域對世界做出重大貢獻。我會成爲食物大師，就像宮本武藏是劍術大師，你是鋼鐵大師一樣。」

我沒料到昨晚的洗澡故事會讓歐伯隆產生這種執著，不過我認爲可以接受。「你想要學做菜？」

「不，我要你來做菜，我來指導味道。因爲你有拇指，而我有非常敏感的官能。我們可以一起研發天狼星食品，我會擁有自己的白金肉品，像是歐伯隆的八味三重野豬渦輪香腸，和歐伯隆的舔嘴唇啤酒霍格吉丹油炸小香腸。」

「聽起來像是通往動脈硬化斑塊的刺激旅程。」

「我們要讓阿比・弗羅曼【註】知道什麼才是香腸大王！別和我說他不是眞人。」

霍爾坐在露天座位，因爲儘管已是十月下旬，當天天氣依然很好，而且僞裝的歐伯隆在桌下也比較有空間伸展四肢。我們的座位上方有把巨傘，在炎熱的季節裡遮蔽陽光。我們點了啤酒和遠近馳名的炸魚薯片，還幫獵狼犬點了些香腸。霍爾心情很好。

「你的大德魯伊眞不是蓋的。我們昨天來這裡吃午餐，我還帶他回家去見部族成員。他說的那些故事呀！」他輕笑。「你和那隻山羊！」

「噢，不——我都忘記那回事了；眞謝謝你唷。」他一副還沒笑完的模樣，所以我決定搶先提問。「他現在在哪裡？」

「不知道。不過我敢說葛雷塔知道。」

「爲什麼？」

「這個嘛，因爲他昨天和她一起離開我家。」

我不清楚該怎麼看待此事，因爲葛雷塔不喜歡我，所以我把這件事情留到之後再說，沒有發表任何評論。老實說，我有點不自在——但是讓霍爾知道我不自在絕非明智之舉。我決定換個話題。

「記得蕾貝卡・丹恩，經營我之前藥草店的那個女人？」

「當然，我記得。」

「我要你幫我做個完整的身家調查。鉅細靡遺。我特別想知道他們家族有沒有任何魔法背景，還有她與本地超自然社群有沒有任何關聯。或許她擁有我們從未察覺的能力。」

食物上桌了，我們在服務生詢問還要不要其他服務時暫停交談。霍爾等到她走出聽力範圍後才問道：「我知道你是認眞的，但是我想不出任何原因。她從未顯露任何對魔法感興趣的跡象。」

譯註：阿比・弗羅曼（Abe Froman），芝加哥香腸大王。

「我同意當年是這樣沒錯。但我有理由相信我們或許遭人玩弄了。」我剛把店賣掉沒多久，就夢到了迦尼薩，如果稻荷不是胡亂提起她，那麼當年就是她做了什麼，引發後續這一連串事件。如果只是禱告，爲什麼蕾貝卡的禱告能夠吸引諸神注意，引發後續效應，而從前——還有現在——大多數人的禱告都被忽視？「我和你聊完後就會去找她，不過我還是要你做個身家調查。」

他在桌面上敲了一下手指，然後點頭。「好。還有什麼事？」我在隔壁座位上放了一盤香腸配馬鈴薯泥，讓歐伯隆在桌子底下大快朵頤。

「我要你多投入一些錢去贊助我的私人吸血鬼戰爭。成效不錯。」

霍爾清清喉嚨，拿起叉子，開始叉食物。「好的，這個，我是不想掃你的興，但可能該提醒一下，贊助戰爭很花錢，你戶頭裡的錢沒有多到花不完。」

「沒錯，不過我還有其他戶頭。」我說。霍爾停下咀嚼他的第一口食物。「我沒有把所有戶頭都告訴你，而且剩下的戶頭裡面的錢都比你知道的那些還多。」

霍爾隔著餐盤低吼。「你存那麼多錢做什麼？」

「爲了躲避安格斯．歐格追殺。也爲了有朝一日得雇用冷酷無情的吸血鬼殺手傭兵。」

「你怎麼弄得到那麼多錢？一定花了很多時間。我知道，因爲我光是照顧你向我提過的那些資產就要花不少時間。」

我聳了聳肩，拿一塊薯片去沾番茄醬。「我有個值得信任的人幫我留意那些事。你會喜歡他的，霍爾。他名叫科迪亞克．布萊克。」

「科迪亞克【註一】？他是會變成熊的變形者嗎？」

「對，但是別叫他熊人，他會生氣。」

「阿提克斯，你還認識多少沒和我提過的大熊？」

「只有歐文和科迪亞克。我保證。」

「哇。我聽說過熊人，」霍爾說。「但是從未見過。你是在哪兒找到他的？」

「阿拉斯加，所有美味的鮭魚夏天都會跑去哪裡。他喜歡吃鮮魚，你應該可以想像。」

「嗯。他會告訴普通人他叫科迪亞克嗎？」

「不會，他會說他叫克雷格。我會給你他的電子郵件信箱。」

「好。嘿，說到郵件和吸血鬼，我有東西要給你。」霍爾伸手到外套裡，從胸前口袋中拿出一個信封。他把信封交給我，我一接過，他立刻露出內疚的表情，這讓我心生懷疑，不過顯然太遲了。

「霍爾？究竟是什麼玩意兒？」

他低頭看著食物。「就是一封信。」他喃喃說道。

「霍爾？」

「你收到傳票了【註二】。抱歉。」

編註一：科迪亞克（Kodiak）是阿拉斯加的島嶼名，也被認爲是灰熊演化爲阿拉斯加棕熊的關鍵地區，因此阿拉斯加棕熊也稱爲Kodiak Bear（科迪亞克棕熊），而且是體型最大的棕熊亞種。

「噢，我眞不敢相信！」

信封看起來不像官方信件，但是信上的工整字跡卻很眼熟。我撕開信封，取出一張對摺的薰衣草信紙。

親愛的歐蘇利文先生：

如果你在閱讀這封信，即表示你在阿緹蜜絲和黛安娜的獵殺中倖存下來，而我在此提醒我們的協議可說妥當。儘管洛基不過兩天就逃離了我們的掌控，不過根據我們討論的條件——囚禁他一個月可以換得波蘭一年不受吸血鬼騷擾——你必須依照比例的時間確保波蘭境內沒有吸血鬼，藉以償付我們服務的報酬。根據計算，囚禁兩天約可換算爲二十四天波蘭境內沒有吸血鬼的日子。我期待你在約定時間內開始剷除吸血鬼。

親切問候

瑪李娜・索可瓦斯基

我的目光自簽名上移到律師尷尬的雙眼。「搞什麼鬼，霍爾？你幫你的客戶送傳票給另一個客戶？」

「這個，又不是說普通送傳票的人能找得到你。而且那又不是普通法律文件。」

「你看過這封信嗎？我們可沒有說好要按照比例來計算服務時間。當初的協議是一個月換一年。她沒有囚禁他一個月，所以協議無效。」

「你要我這樣和她說？」

「這個，你覺得呢？」

「我認爲應該要按照比例。不然，你們就該定義好一個月的確實時間。如果她只囚禁了他三十天，你會說因爲沒到三十一天，所以協議無效嗎？再說，超過一個月後，如果花費的心力不能得到報酬，她又有什麼動機繼續囚禁他？你和她達成協議前就該先打電話給我。」

「我當時赤身裸體站在洋蔥田裡，霍爾，還有兩個女神追殺我。我沒時間也沒電話可以打給我的律師。」

「我敢說瑪李娜有電話。你只要開口問問就行了。」

「拜託。幫我處理一下。」

他嘆氣。「我不認爲我們能夠說服她你不欠她什麼。但或許我可以減少時間。協議的精神在於，你利用某種手段保護波蘭不受吸血鬼騷擾——而我注意到協議中沒有提到你要如何證明你做到。或許我可以讓她同意比二十四天短的時間，又或許讓她同意除掉一定數量的吸血鬼——這樣比較明智，我的朋友，不然萬一她在你準備開始行動前，邀請全世界的吸血鬼齊聚波蘭怎麼辦？不過無論

編註二：霍爾說的「You've been served.」，爲法院派遣之專人（Process Server）將傳票等訴訟有關的強制文件送達對方手上時的說法。因爲收件人不見得樂意遵從或被找到，針對難纏對象，甚至會出奇招確保文件送達。

如何，我想你非得行動不可。」

「好吧。看看你能怎麼談，讓我知道結果。」我在桌上丟了點錢，足以支付這一頓的帳單。「希望你和科迪亞克可以盡快開始處理——我會傳訊給他，讓他知道你會聯絡——但是在那之前，先盡量支付那筆錢。」

「沒問題。」我們握手，他叫歐伯隆看著我，日後不要再和任何人訂約。

「告訴他我很想同意，但是我得先和律師談談。」

「說得好。」

「喔，還有，霍爾？」我邊起身邊說。

「如何？」

「如果我是你，我就會找確定值得信任的人徹底重建公司的安全機制。李夫・海加森一直在竊聽你的所有電話，如果他在你的電腦裡植入木馬，我也不意外。」

「什麼？你什麼時候知道的？」

「我從加來打電話給你後就知道了。李夫的手下聽到那通電話的內容，把一切都告訴他。」

霍爾氣到聲音轉爲低吼。「而你現在才告訴我？」

「那是因爲我剛剛才想起來。因爲我們在談吸血鬼，你知道。而且你也知道李夫爲人，他很可能已經滲透了所有和你扯得上關係的人。」

霍爾口中冒出的古挪威髒話，遠遠超過我這輩子聽過別人用那種語言罵出的髒話。

「抱歉。」我說，然後走向門口，歐伯隆跟在後面。

「他聽起來很生氣，阿提克斯。」歐伯隆說。

「他確實生氣。」

「我沒注意你們在說什麼。你是不是告訴他在車裡放柑橘味的芳香劑很難聞？」

「不，他是氣別的事情。」

回到米勒街時，我那兩個兄弟已經走了，肯定是對美味三明治怪獸造成嚴重傷害。我在前往艾許街的路上走進一間紀念品店，買了一頂太陽魔【註】帽子，壓低帽簷遮蔽眼睛。這樣算不上什麼偽裝，但既然我的頭髮比之前短很多，眼睛往往又是認人關鍵，這樣至少不會讓人一眼就認出我來。再說，蕾貝卡已經十二年多沒見過我了，也不會想到我會出現。在承認身分之前，我只會是另一個想要補點大麻的嗑藥大學生。

除了重新粉刷過門面，還有門旁一片窗戶上貼滿各式各樣當地活動和服務的傳單外，第三隻眼看起來幾乎和我當年離開時一模一樣。我透過魔法光譜打量房子，沒看見任何防禦力場或魔法加持。

「我進去時你可以自己在外面晃嗎？」我問歐伯隆。

「沒問題，我會睡一覺。」

譯註：太陽魔（Sun Devils）是代表亞歷桑納州立大學（ASU）的體育校隊隊名及吉祥物名稱。

「好，如果有人找你麻煩就叫一聲。」我解下富拉蓋拉，歐伯隆躺在劍上，謹慎地守護它。

打開從前的店門時，各式各樣的香味立刻撲面而來——茶葉、檀香，還有紙墨的味道。店內播放著宛如低沉沙啞呻吟聲的竹笛音樂，搭配輕柔的瀑布聲，就是人們做瑜珈時愛聽的那種冥想音樂。我整個人沉入懷舊思緒，想念起經營這家藥草店時那種寧靜和諧的假象。

「哈囉，歡迎光臨第三隻眼。」蕾貝卡在藥茶櫃檯後方說。我嘟噥幾句，沒有和她的目光接觸。接著我轉向書櫃，明白表示打算四下看看，堅決背對著她。

店裡賣的書依然以宗教和哲學爲主。然而，鎖在上方玻璃櫃裡的書都標示爲「珍本」和「初版書」。以前沒標示珍本，因爲我並不特別想讓顧客瀏覽主題爲召喚和魔法加持的書籍，但蕾貝卡必定發現珍本收藏家的錢好賺多了。我瀏覽書名，發現她還保有幾本我當年幫她弄來的珍本，不過大多是較新的。這倒提醒了我，我那些魔法典籍依然包在鐵和岩石中，埋在鹽河附近的地底下。

蕾貝卡永遠沒辦法偷偷接近任何人。她的脖子和手腕上依然掛著多到荒謬的銀飾品，上有各式各樣常見和不常見的宗教象徵符號；當她走到我身後時，那些首飾相互交擊、叮噹作響。

「如果你感興趣，我們有各式各樣的珍本。」她說著在我右肩旁停下腳步，欣賞著書櫃上的書脊。

「要幫你找找哪一本特定的書嗎？」

「我想你們應該沒有艾德加・萊斯・巴洛斯【註一】的初版小說吧？」

「恐怕沒有，不過我們有一本海萊茵《獸之數》的初版簽名書，這本書基本上可以算是寄給巴洛斯的情書【註二】。」

「眞的？那太好了。」

「好，那我幫你拿。」她手腕上那堆叮噹直響的手鐲、手環之間，有個塑膠鑰匙環，上面串了各式各樣的鑰匙。她就像個行動風鈴。

我隨手比比這些噪音來源，說道：「妳眞是收藏了不少項鍊。難以決定要信哪個宗教，呃？」

「這個，我想我已經決定了。」她說話的速度比常人快一倍，八成是受到過多咖啡因的影響。「我決定信仰所有宗教。」

「眞的？那樣不矛盾嗎？」

「世人隨時都在相信矛盾的事物。」她回答。「總之，其實沒有你想像中那麼矛盾。宗教有點類似衣服。各式各樣的衣服都有，有些比其他時髦一點，但說到底所有宗教的功能都相同：它們讓你不會赤身裸體。」

「宗教讓妳不會赤身裸體？」

編註一：艾德加・萊斯・巴洛斯（Edgar Rice Burroughs, 1875–1950）是美國科幻與冒險小說作家，創造了《泰山》系列的泰山（Tarzan）與《火星》系列（the Barsoom novels）的強・卡特（John Carter）等著名英雄。

編註二：海萊茵（Robert A. Heinlein, 1907-1988）是美國代表性科幻作家，被譽爲「ＳＦ作家的長老」（the dean of science fiction writers），《星艦戰將》（*Starship Troopers*）、《異鄉異客》（*Stranger in a Strange Land*）、《怒月》（*The Moon Is a Harsh Mistress*）等膾炙人口的科幻作品皆出自他筆下。後面提到的《獸之數》（*The Number of the Beast*）出版於一九八〇年，其中主要角色的名字Dejah Thoris、Burroughs與Carter皆是向《火星》系列或巴洛斯致敬。

「就心靈層面來講。大多數人都在追求神性，也都寧願不要在公共場合裸體。」

我笑嘻嘻道：「好了，我們可沒有任何數據支持這個說法，不過我猜應該是這樣沒錯。」

「當然。從根本上來看，信仰都是一樣的，就像衣服都是一樣的。那是因爲我們都同意信仰中存在著某種力量；就連無神論者也強烈相信他們的想法正確，而這種信念賦予他們力量。」

「我想是這樣說沒錯。」

蕾貝卡對我微笑。「你還相信什麼？」她從書櫃裡拿出海萊茵的初版書，放在我手上。

我脫下帽子，以笑容回應。「我相信，蕾貝卡．丹恩，妳是這家店最適任的老闆。我是阿提克斯。還記得我嗎？」

她驚呼一聲，伸手摀住喉嚨。「喔，天呀！歐蘇利文先生！」

「妳不用那麼正式。」

「抱歉，只是我以爲你死了，而我又好高興你沒死。我一直想要謝謝你把店交給我，還想問你爲什麼要這麼做——喔！你想把店收回去嗎？你是爲了這個而來？」

「不、不，店是妳的。」我對她保證。「但我確實想找妳聊聊。我們可以泡壺茶嗎？」

「當然！請坐，我馬上過去。」她連忙跑回泡茶桌，吵吵鬧鬧地吸引了店裡所有目光，每個人都面帶微笑，似乎覺得十分有趣。店裡共有三個客人，其中兩人已經決定好要買什麼，在蕾貝卡忙著煮開水時付帳。她用沒有減少咖啡因的配方，泡了一壺愛爾蘭早餐茶。我懷疑她會需要變得更興奮，再喝一杯這種茶，她可能會變成廣告最後以每分鐘三百字速度發表免責宣言的人，但至少這樣能讓我們這場談話充滿活力。我們聊著店裡的情況、她想在土桑開分店的計畫，她還想知道我的保養祕方，因爲過了十二年，我看起來實在好過頭了。

「你是用泥巴敷臉，還是黃瓜，或什麼的？因爲，喔天呀，我得來點你正在用的東西，你保養得太好了。」她滔滔不絕地唸道。

「我每天晚上都用鱷梨面膜敷臉。鱷梨就是祕訣。」

「眞的？」

「不，我開玩笑的。」我向她笑了笑，然後敲敲桌子，表示要換個話題。「我要問妳一個聽起來有點奇怪的問題。麻煩妳回想一下，我離開後不久，妳是否有段時間曾爲我向許多神明禱告？」

我以爲她會兩眼上翻、回想一段時間，或是奇怪我爲什麼會問這種問題，但她卻立刻就有了答案。「喔，有呀，當然。」她說。「就在霍爾把店賣給我之後。我很擔心你。」

「這個問題可能不切實際，但是妳還記得禱告的內容，還有向哪些神禱告嗎？」

「喔，當然，一清二楚。」或許咖啡因強化了她的記憶，就像她說話的速度一樣。「我禱告了不只一次。事實上，一共九次，對九個不同的神。」

「爲什麼是九個？」

「那是個魔法數字——」

「——對圖阿哈・戴・丹恩而言。」我幫她把話說完。

「我祈求他們以神聖的意志拯救你、引導你。」蕾貝卡說。

「確實是怎麼說的？我是說，妳沒有祈求什麼特定的事嗎？喔對了，謝謝妳。」

「不客氣。我很肯定祈禱的內容就只有那樣。」那樣能夠允許諸神攜手合作，同時又有空間自行決定該怎麼做。蕾貝卡想起我問題的第二部分，繼續說道：「我向耶穌、迦尼薩、奧丁、稻荷、佛祖、觀音、尙戈、佩倫和布莉德祈禱。」

「布莉德？當眞？」我說。「這可真是有趣。」

事實上，不僅只是有趣。隨著我慢慢思索這個消息代表的意義，我的世界簡直出現天翻地覆的變化。如果布莉德早在十二年前蕾貝卡祈禱時就得知此事，那麼第一妖精絕對不會被我的詐死唬過。正好相反，她耍了我。又耍了一次。她站在妖精宮廷上，假裝大發雷霆，說「我聽說你十二年前就已經死了」，不過卻和「我以為你十二年前就已經死了」大不相同。

而且讓我自以爲聰明的人還不只布莉德。佩倫一直在假裝「讓我幫忙」的情況下守護我。當我首次與他見面，尙未進攻阿斯加德時，他就送我閃電熔岩對付索爾的閃電。而當凱歐帝變成我的模樣、被一群雷神「殺死」，給我時間安安穩穩地訓練關妮兒時，尙戈也曾開開心心參與屠殺，心裡很清楚那根本不是我。可惡。這些卑鄙的神都很狡猾，狡猾到家了。

蕾貝卡看到我反應這麼大，說道：「喔，我看得出來這話差點讓你腦袋爆炸了。我很想知道你爲什麼問這個問題，到底出了什麼事，但是我不想太沒禮貌，再說，我還有個客人。」她先行告退，跑去幫拿了兩本書在收銀台附近遊蕩，看起來有點迷惘的瘦小男人結帳。

透過這些新濾鏡審視過去，最讓我震驚的是奧丁竟然也牽涉在內。究竟是什麼時候——還有什麼原因——讓他同意拯救並引導我？因爲，如果沒弄錯，他早在我與李夫・海加森入侵阿斯加德前就已得知此事。當天他失去了索爾、海姆達爾、烏鐸爾及弗雷爾，更別提我之前獨闖阿斯加德，在他試圖殺我時除掉的天馬史拉普尼爾。或許他無法搶先得知誰會在衝突中死去，但他事後肯定接受了那些損失。爲什麼？他和其他諸神究竟期待我能達成什麼値得付出這麼大代價的成就？

我頭暈腦脹，突然發現自己只是超大棋盤中的一枚棋子，而這些神當我自以爲在行使自由意志時將我玩弄於股掌間。我立刻責怪自己心生這種想法，我當然是在行使自由意志——他們只是比我更擅長影響他人，並且預測我的決定。但如果要繼續下這場隱喻棋局的話，我就得先弄清楚兩個問題：這些神的對手是誰？距離棋局結束還有多久？

第十五章

我知道父親死後時間仍在流逝，但很難分辨在我意識到父親殘軀以外的事物前，究竟過了多久。或許只有幾秒，或許已經好幾分鐘了。歐拉把我喚回人間。

「關妮兒？妳臉上有水。」

「我父親死了。」

「我知道。我的也是。父親常常會死。」

我專心聽她說話，試圖從中找出任何能讓我不去多想剛剛所見的恐怖事件。「妳認識妳父親嗎？」

「認識啊。人類叫他西默斯。他會和小狗玩。有一天我睡著時還想著明天要繼續和他玩。但是我醒來後，他就死了。大家都很傷心。就像妳一樣。」

「對，我現在很傷心，歐拉。」

「我和妳一起傷心。但我也很擔心。因爲大家都在戰鬥。而妳已經很久沒動了。」

這話讓我移開目光。杜爾迦的獅子躺在我右邊，四周都是阿修羅焦黑的屍體；他還活著，但是受傷了。提毗在我身後，動作靈巧地越過大批敵人屍體，追殺最後幾個少了羅朔幽奇控制就失去鬥志的羅剎。杜爾迦的武器閃閃發光——最顯眼的就是因陀羅閃電，持續不斷燒焦逃亡的目標——我看得出來過不了多久，她就可以殺光它們。

我低頭看向依然緊握在左手中的富威塔，靈魂室綻放藍光，刀刃上帶有一絲父親的鮮血——這幾乎就是他僅存的殘餘了。所有時間精力通通白費了。如果此刻面前有隻羅剎，我絕對會毫不遲疑地用刀尖粉碎它的靈魂。

「哇。」我在察覺自己怒火中燒時大聲道。我謹慎又堅決地將漩渦刃插回刀鞘，然後用左手做一件有意義多的事情——拍拍歐拉。我撤去她的僞裝羈絆，讓她心裡安穩點；現在沒有迫切的威脅了。我回頭看向代表唐諾・麥特南最終結局的那一小堆灰燼，眼前變得霧茫茫的。

「我真的很抱歉，爸。」我說，在又讓情緒淹沒前搖了搖頭，指派一個任務給自己。「我得弄清楚事情怎麼會出錯到這個地步，歐拉。幫我找拉克莎？」

「簡單。她還趴在地上。」

歐拉帶我走過一片躺滿屍體——有些被閃電劈熟了——的田地，我才走出三十碼就忍不住開始嘔吐。我一直吐到肚子全空，然後指示歐拉可以繼續前進。

拉克莎——或是我們救過她兒子的那個無名婦人的屍體——依然面朝下趴在田裡。我把她翻到正面檢查脈搏，沒有跳動。她已經死了，不過看不出明顯死因。或許是拉克莎幹的，又或是眾多羅剎之一在被杜爾迦殺死前幹的。

我的目光飄向那條紅寶石項鍊，拉克莎的魔力來源和臨時住所。或許她又再度住在裡面了。

「拉克莎，妳在裡面嗎？我們得談談。外面安全了。」

沒有回應，沒有絲綢般的坦米爾口音在我耳中迴盪。我突然想到如果拉克莎於杜爾迦攻擊時待在我父親附近、飄浮在他頭上，很可能也會死於同一場火焰風暴。她說她和羅朔幽奇一樣是風系生物，能殺死他的方法自然也殺得了她。我咬緊牙關，解開紅寶石項鍊，放入口袋，覺得除了我的獵犬外，世間一切都遺棄了我。

「德魯伊。」有個聲音說道。

我抬頭看到杜爾迦站在面前。我一定又茫然了一段時間，沉浸在震撼中。她的武器都消失了。她一手拿著法螺，另外一手拿著蓮花，其他手都沒拿東西，各自比出因爲曾在許多畫作中見過，所以我知道有特別意義的手勢——但我不知道那些手勢的意思。她的第三眼已經閉上，正常眼睛宛如寧靜的水池。

「我知道那個人是妳父親。」提毗說。「但是除了死亡，沒有世俗的辦法能把那個巫師趕出他的身體。」

我認爲她不可能無所不知，於是抗議道：「我有一支用水魔法打造的匕首。我以爲只要劃傷適當的查克拉點，然後就會……」

我在提毗搖頭時越說越小聲。「那只是妳一廂情願的想法。那樣做會惹惱他——確實也惹惱他了——但是不會有效果。羅朔幽奇與宿主緊密聯繫在一起，除非殺掉無辜的宿主，不然殺不了他。妳父親是受害者，但我才是他的目標。」

「爲什麼？」

「我們是多年宿敵。」

「所以拉克莎說水魔法有效是騙我？」

「不。女巫以爲她所言不虛。如果要對付的靈體沒有這麼強大，那她也沒有說錯；匕首將能發揮功效。」

這些話沒有任何安慰效果。「她也死了嗎？」

提毗的手掌輕輕一抖，指向我口袋裡的項鍊。「她待在紅寶石裡。虛弱，但活著。」

雖然這樣問很不禮貌，但我再也按捺不住。「妳爲什麼放任此事這麼久？坦賈武爾死了那麼多人……」

「是。拒絕殺害一個無辜之人——妳父親——就表示會有很多人死亡。不管我採取行動，或是無所作爲，都會有很多無辜之人死去。妳要因此評判我？」

我低頭看她的腳。「不。」

「有些做法本來可以避免這個結局。我希望我們會採取那些做法。但我們沒有。」

「哪些做法？」

「別拿本來可能發生的事來折磨自己。妳日後或許會質疑我今天帶來的武器和阿修羅的形態，但是過去所做的選擇無法改變。只要知道：妳父親已經擺脫羅朔幽奇控制。他生前找尋的一切答案，如今都已找到了。有朝一日，妳也一樣。」

「他知道為什麼嗎？」

「對，他也知道。去吧，德魯伊。我淨化這個地方。」

我不確定該怎麼做，但總覺得要表達敬意，於是雙手合十，鞠了個躬。

「願妳心靈和諧，杜爾迦。」這話感覺不大搭調，但她接受了。

「我祝福妳。」她回話，而這並非空口白話，因爲我吸一口氣後，噁心想吐的感覺當場消失。

「來吧，歐拉。」

「去味道好的地方？」

「對，就這麼辦。」

我閉緊唇，任淚水流出眼角，和歐拉一起跑上馬路，朝北奔向可以傳送的香蕉園。我們才剛轉彎，身後立刻傳來悶響，戰場火光沖天，一道淨化火焰抹去所有剛才一戰的證據。我沒有留下來看，不過猜測所有燒不掉的東西都會飛上天際，就像《法櫃奇兵》最後一樣。我想身爲德魯伊的好處就是，我們可以在凡間見證神蹟，不必擔心事後臉會融掉【註】。與大地的羈絆讓我們變得與眾不同。

不過我也對自己的力量限制感到謙遜。所有人都追求力量，不可否認我得到了不容小覷的力量。但是蓋亞的禮物無法拯救我父親，到最後，不管是圖阿哈・戴・丹恩，還是雪人製造的武器都無法解放他。是，我會把一切都記載下來，還有一件也很值得記載的事情：我這輩子從來沒有得到能讓

編註：在《法櫃奇兵》（*Raiders of the Lost Ark*）最後開啓放置《十誡》石板的法櫃儀式的橋段，注視法櫃的眾納粹兵因爲神祕火光穿身而一一倒地身亡，而負責開啓與站在法櫃邊的角色更在火柱中臉部融化、烈焰灼身而亡。

他愛我甚於他工作的力量。

或許那就是我一直以來追尋的力量。我認為如果有機會能讓生命中某個人愛我們更多一點的話，大多數人都會毫不遲疑地做出選擇。我們都需要關懷、很脆弱，也很害怕那個人有很好的理由保留對我們的關愛。我們不斷改變目標，讓自己夠格獲得關愛，卻往往看不清真正會把我們抓起來丟到十字路口上的只有愛——或是缺乏愛。

我現在知道自己是怎麼回事了。在得知阿提克斯的真實身分前，我本來可以成為像拉克莎那種女巫。她願意教我。我還沒開口，她就已經說要教我了。但我問她世界上還有什麼其他種類的魔法，得知了德魯伊的存在。當拉克莎提到大地魔法時，我立刻知道那是我想追求的力量。大地之謎——父親一直在挖的玩意兒——我會掌握它的力量。掌握力量，然後說：「看到沒，爸？我終究還是值得讓你注意一下。」向來如此，真的。

但那只是幻想罷了。他確實會注意到我，沒錯，但不過就和他注意到某樣超有效率的新型挖掘工具一樣。愛可以，也確實是推動力量的拉桿，但世界上沒有任何力量能夠強迫一個人去愛另一人。愛是自願付出的，也是自願接納或拒絕的。我們會枯萎或盛開，都與愛的程度有關——而我認為不管是付出還是接納，都適用這種說法。

我越跑越快，希望藉由疲累來排放在心裡積聚的毒素。我熟知哀悼的階段——第二階段憤怒，即將現身——當我親眼看見父親死亡，還有一名女神加以證實時，想要待在否定階段並不容易。我害怕憤怒會逼自己做出什麼已經在考慮的事——特別是在我擁有這麼強大的力量時。沒錯，我們的人生都是由愛與恨塑造並玩弄的。

我氣喘吁吁——沒有吸收大地魔力，因為我渴望累垮自己——提醒自己儘管父親去世，我卻不能在此刻倒下。我有阿提克斯、歐拉，還有蓋亞愛我，有這麼多愛意滋養，我沒得選擇，只能盛開。

再說，我怎麼能在有能力幫助另一人時，眼睜睜看著她倒下？是的，我幫得了一個人——我擁有那種力量。我母親以為我已經死去十二年了。但是當年得詐死的理由如今不復存在，而我一秒都不能再讓她繼續承擔那個謊言的痛楚。我會去找她，說：「媽，我回來了，我愛妳。請原諒我，抱著我，和以前一樣泡熱巧克力給我喝。多加一點棉花糖。」多加很多、很多棉花糖——多到宛如小山般把杯子完全埋在白綿綿的糖下。

印度現在是午夜，所以堪薩斯應該是中午。歐拉和我轉移到提爾・納・諾格，然後我花點時間研究該怎麼轉移回家。威林頓地勢平坦，缺乏大片樹林，附近沒有多少傳送點。我最後選了奧克拉荷馬邊境附近、奧沙吉丘北緣距離威林頓四十哩的某處。我想要多跑一跑。不過這一次我會讓大地幫忙，歐拉也是。

跑步途中，我都在回想一些從前足以證明自己身分的事情，因為我不認為她一開始就會相信我。當然，警方從未找到我的屍體，但在失聯這麼久後，她肯定認定我已經死了。

我曾透過中間人定期查探她的情況。還有一次，大概我受訓到一半左右，阿提克斯和我親自跑來，卻發現她當時不在國內。

至於我繼父，我不打算多提他。我依然鄙視他，想要剷除他的石油生意，這向來是我的計畫，但那可以等到我見到媽、告知爸的事情後再說。還有我的事。

下午三點左右，威林頓出現在地平線上。我一進入建築物窗戶的視線範圍便放慢腳步，變成普通慢跑的速度，接著在考慮後，我決定隱身進城。儘管認識我的人多半不會立刻認出，但是人們會記得一個滿身刺青的紅髮女子，帶著一頭大獵狼犬奔跑，手裡還拿著根木杖，然後他們會開始提問，直到發現我的眞實身分爲止。回去找我母親是一回事，但是回到從前生活會造成不少法律上的困擾。如果想要再當關妮兒・麥特南，我就得回答一堆官方問題，或許還會惹上一些麻煩。最好還是讓世人以爲我是奈莎・松頓。

拜繼父所賜，我媽住在豪宅裡。我也在那裡住過一年，然後離家去唸大學。家裡有圍牆、柵門、被動式安全系統，外加一個保全看守門口。守衛亭旁有輛高爾夫球車，讓他在必要時可以在房子和大門間來回。

我決定直接走正門，看看能不能讓他開門讓我進去，如果不能，我再來扮忍者。我撤去隱形術和歐拉的僞裝羈絆，不過會在漩渦刃上加持僞裝。我來到守衛亭，鼓起勇氣上前交談。

保全年紀比我大，身材就像是看球賽時喝了太多啤酒，吃了太多雞翅。不過他並沒有因此就不上下打量我，一副我還配不上他的模樣。他完全沒留意歐拉，這表示他是個白癡。

「我能效勞嗎？」他刻意拉長語調，好像和我講話會降低他的身分。我幾乎可以聽見他在這句問話後面多補一句「小女孩」。

「我是來見拉結太太的。」

他好幾秒鐘沒有說話，只是吸吸牙齒間的口水，發出濕濕黏黏的聲響，讓我知道他對於我這種人去見拉結太太那種人有什麼看法。「妳有預約嗎？」

不知道爲什麼，這個問題讓我愣了愣。我當然沒有預約。打從開始訓練後，我就沒有預約過任何東西。預約是屬於另一時空——另一世人生的東西。現在來到這裡，打算向她解釋一切，我才發現這麼做不可能帶來任何好結果。活在凡事要預約的世界裡，這種人根本不會接受世界擁有意識、魔法眞實存在，或是藉由他們的信仰力量創造出神祇等事情。世界早在幾個世紀前就偏向科學和懷疑論，要動搖我母親的觀念會把她嚇得不知所措。就算她相信我是關妮兒——這點還不確定——當我告訴她我是德魯伊時，她也會認爲我瘋了。

然後我該怎麼證明？在她面前變形嗎？請元素一分鐘內在她後院裡種出玫瑰花叢？她寧願相信一切是場騙局或夢境，也不會接受我與大地羈絆的事實。這件事會爲我的返家蒙上陰影，阻止我說完想說的話，也扼殺她聽我說話的機會。不過想要見她的衝動和需求依然強烈，也能爲我的心帶來一定程度的和諧，但就只能這樣了。看看她，讓她看看，就是此行的目的。我得接受故事書裡的返家情節不可能眞實上演。所以我沒必要忍受這個胖子和他的不屑。我有更好、更簡單的解決方法。不完美，也不是我眞正想要的，但至少沒有眞相那麼危險。

我沒有回答保全，轉身跑回市區，留下那個妄自尊大、厭惡女人的傢伙。

我在一間沒有靈魂的大型量販店裡買了黑外套和手套遮掩刺青，然後挑選一盆插花，橘色和黃色的花朵搭配深綠色葉子，頂端灑有雪花般的小白花。因爲帶著一盆花跑步可不容易，所以回程比較慢，但是一抵達圍牆，立刻確定沒人看我，然後在獵狼犬和我身上施展僞裝羈絆。接著解除一部分水泥牆壁的羈絆，讓我們溜進牆內。

拉結莊園占地甚廣，有著微帶坡度的高草坪，還有許久之前種植的小樹林。遠方白屋宛如焦糖上的一團奶油般坐落在淺棕色草坪上。歐拉和我或許會在前往房子的路上觸發動作感應器，但在撤除僞裝羈絆前，攝影機都拍不到我們，除非確實看見東西，保全不會拉響警報。我母親看到我出現在門口絕對不會多想什麼——保全通常都會隨手一揮就讓送貨的人進去。

我請歐拉在距離屋子約莫一百碼外的矮林中等我。我把武器留在她身邊，承諾會盡快回來。在太陽即將下山的時候，我撤掉僞裝羈絆，大步走到門口按門鈴。

開門的是我母親，看見她將頭髮染成紅色，不禁讓我屏住呼吸，可能是因爲她頭髮已經開始變灰了。她個子比我矮，身材堪稱嬌小；我的身高遺傳自我爸。她身穿牛仔褲、淺橙色無袖上衣，外加一件沒扣鈕子的白襯衫，而她的雙眼——和我一樣是綠色的——迅速打量我，最後停留在臉上。接著她張嘴驚呼。她臉上的雀斑還在，而我一看到那些雀斑，眼中就開始湧出淚水。我想她也快哭了，我們慢慢調適看見對方時的震撼，一時間沒人說話——直到我想起自己不是以她女兒的身分來的，而我已經錯過開口的好時機了。

「有妳的花，拉結太太。」我說著將花塞給她。

「喔。謝謝。」她回話，擦拭臉頰上的淚水，然後伸手接過花盆。她的手指輕輕拂過我的手套，我眞希望沒戴手套；我一定會永遠珍惜這次接觸的。她把花盆抱在手裡，微帶尷尬地笑了笑。「不好意思，我看起來有點吃驚，」她說。「還請妳見諒。只是妳和我女兒簡直是一個模子印出來的。」

「是唷？那眞是太巧了。」我說著吸吸鼻涕，一手拂過雙眼擦掉淚水。我敢肯定只是一時激動，我試著讓自己冷靜下來。「妳也讓我想起我媽，或許是因爲紅髮。」我伸出一隻手指在我們之間搖擺，指向我們的頭。「我好久沒見到她了。」

「喔，親愛的，很遺憾聽妳這麼說。我知道妳的感覺。我女兒和我也一樣。」她深吸口氣，頭側向一旁，打量著我，再度開口前下唇微微顫抖。「妳知道，她現在應該三十來歲了，但我敢發誓妳長得和我上次見到她時一模一樣。」

我喉嚨緊縮，努力在失去僅存的自制力前說出要說的話。

「妳介意——我是說，我彷彿已經好久沒有和她說話了，現在我也永遠不能再和她說話，但是有些話我很想對她說。妳能讓我對妳說嗎？當作幫我個忙？妳介意嗎？」

「不，親愛的，當然不介意，妳說吧。」她站在那裡靜靜等候，捧著那盆花，但是完全沒意識到它的存在。

我在新冒出來的淚水中說道：「我好想妳。我愛妳。」我哽咽一聲，她也是，接著我的喉嚨被情緒淹沒，不得不輕聲低語地說出最後一句話：「再見，媽。」

她表情變了，或許發現我不只是某個長得很像她死去多年女兒的人，接著她對我伸出雙手，遭到遺忘的花盆滑落，在門檻上摔成碎片。「關妮兒？」

我一心只想要再讓母親抱一抱，卻不能投入她的懷抱，那樣會引出許多我不能回答的問題。

不，我要說的話都已經說完了，於是我壓抑另一聲哽咽，後退三步，轉過身去奔離大宅，只不過跑得笨笨拙拙、跌跌撞撞。我胸口起伏，幾乎目不視物，因爲哭得太慘了——渾身抽搐、泣不成聲。

身後隱約傳來關門聲，母親再也不能前進到我的世界，就像我也不能退回她的世界。阿提克斯在我剛開始受訓前警告過我這一點；他說要成爲德魯伊，就表示要放棄家人，所以進入此地者要放棄所有羈絆【註】——但我當時並不完全了解這話的意義。爲了達成當時的目標，我毫不考慮就拿未來的痛苦去交換，完全不了解付出代價時會有多痛。我以爲會是思鄉病加上有朝一日可以回家的虛假希望——肯定不好受，但能忍受，因爲你知道有朝一日會結束。但現在我看出此事異常痛苦，而且無法挽回。儘管我現在的世界廣大美好，它永遠都是個沒有我父母的世界。特別當我是在思緒清楚之下選擇這個命運——這並不是發生在我身上的不幸。是我導致此事發生的。如今爸死了，媽活在一個容不下魔法的思考模式中。沒有空間容下我。

當我跌跌撞撞地抵達樹林時，歐拉早在我聽見她的聲音前就聽到我了，而她的聲音也在我看見她的身體穿越高高草地走來時進入我腦海。

「關妮兒又傷心了？」

她走到我面前，豎起耳朵，我跪倒在地，摟住她的脖子放聲大哭。

「對。我想念我媽。」

「但她就在屋子裡。那邊。」

「我不能和她說話。不能告訴她眞相。」

「爲什麼？」

「有點像是我們之間有條時間與境遇的大河，而我想不出辦法安然度過。對我們兩個而言都太危險了。」

「喔！我可能懂了。時間很難懂。我認爲時間是全世界最難懂的東西。歐伯隆也弄不清楚時間。」

「很抱歉這麼掃興，歐拉，但我得哭一陣子。」

「好，關妮兒。我就待在這裡等。很難過妳不能花時間和母親相處，但是我可以把時間都花在妳身上。」

我緊抱著她，爲失去母親和父親哭泣，直到夕陽、疲憊和來自樹頂的微風把我送入無夢的沉睡，我們兩個就這麼躺平在從外面看不到我們的高草下。

譯註：語出但丁《煉獄》，原文是放棄所有希望。

第十六章

布莉德不想在宮廷裡談，因爲那裡所有人都聽得見我們說話，於是她帶我來到她私人住所裡被稱爲鐵廳的房間。這個名字聽起來很氣派，實際上卻很小，只比衣櫃大不了多少，不過有張美麗圓桌、兩張圓凳、一桶黑啤酒，還有兩支酒杯。牆、門、地板和天花板都覆蓋著一層實心黑鐵。

「施展防止偷聽的羈絆法術可以被反制。」她解釋。「但是鐵就不能。這裡不會有人偷聽，我們想談多久就談多久。在沒人看得到我的地方，我也不用這麼正式。你想來杯啤酒嗎？」

「再好不過了。」

她倒了兩杯酒，我們碰杯。「Sláinte.」

這酒十分美味，八成是孤紐釀的，我稱讚了一番，然後才回到正題。

「來談談莫利根。」布莉德說。

「好。兩千多年前，莫利根跑來找我談筆交易。當年我七十二歲，陰囊裡不剩半點精子。世界上最慘的就是衰老淒涼、渾身無處不痛。我一點也不推薦。那是嚴冬中一個酷寒的日子，她從天而降，赤身裸體、性感撩人，但我卻因爲她擋住我看夕陽而不爽——情況就是那麼糟。『你可以現在就死，』她對我說，『或是讓我把你放到時間島上，到遙遠的未來去繼續人生。非常遙遠的未來。』她說。『在未來，你或許有機會重返青春。』我唯一要做的就是傳達一則口信。當然，我接受了，於是現在就在這裡了。」

「口信呢？」

「因爲我對其他萬神殿一無所知，她要我記下的話在當時聽起來毫無道理可言，以下是我該說的話，從莫利根的嘴直達妳的耳朵：『布莉德，我死了，可能死在奧林帕斯或吠陀諸神手裡，而北歐諸神正面臨天大危機。我曾見過可怕的未來，而我告訴妳三次，生與死的關鍵就在於斯瓦塔爾夫。妳要不惜任何代價籠絡他們。』」

我說完後，布莉德皺眉。「就這樣？」

「對。」

「她還說過或做過什麼，通通告訴我。」

「沒多少好說的。她在我身後開啓一道傳送門，說我將會欠敘亞漢一個大人情，然後就在我說出對這話的感想前把我推入門內。」

「敘亞漢不知情？」

「不。口信是給妳的，妳可以決定要不要告訴他，看妳高興。但是他花了點時間告訴我最近的情況，而我得在他說到莫利根死訊時假裝很驚訝。」

「我懂了。你幫了圖阿哈・戴・丹恩一個忙。你想要什麼報償，歐格漢・歐肯奈傑？」

我沒想過可以獲得報償。本來以爲延續生命就是很棒的報償，但這種便宜不佔就可惜了。

「我有個問題，」我說。「我希望妳能用妳的三合音誠懇作答。我保證不會告訴任何人。」

她神情警覺地打量我，然後微微點頭。「問。」

「梅爾之死，妳知道多少？」

布莉德突然坐直，雙眼綻放藍光。她同時以三道聲音說道：「一無所知。我甚至不知道他死了，也不知道有人會想殺他。」

她用這種聲音講話時無法說謊，我可以把她從嫌疑犯清單中劃掉。

「他至少已經死了兩個禮拜，或許更久。他被頭下腳上地掛在臥房裡，以鐵鍊綑綁，慘遭割喉。」

我告訴她一些幫敘亞漢修補刺青時聽說的事——然後想到既然肯定她不是幕後主使者，我就告訴她我是敘亞漢的大德魯伊。說完之後，她嘆了口氣，道：「你讓我有很多事情要想，也有很多事情要查，但在我了解更多內情前，此事不得洩露。因此，你今天早上得正式出席宮廷，絕口不提剛剛的談話，我會歡迎你、祝福你，讓你能夠自由追求自己的目標。對了，完成了莫利根和對我的使命，你接下來想做什麼？」

「我想回歸世間訓練學徒，我們需要更多德魯伊。」

她一開始有點驚訝，接著放鬆下來，愉悅嘆息。「祝福沒有問題。我也希望你這麼做。」

「我有個不情之請，」我說，「我能和妳，還有妳兒子一起吃頓飯嗎？當然是不正式的聚餐。」

「當然可以。我現在就邀請你。」

「太好了。」

她把我交給一名僕役照料，靜候黎明到來。我還有時間小睡幾小時，然後前往宮廷，假裝是第一次與布莉德交談。我感受到上千道目光集中在自己身上，已經開始評量、算計、謀劃。我也評量他們。在宮廷上，布莉德邀請我和其他幾個人一起用餐，他們立刻就接納了我。馬拿朗・麥克・李爾還邀我隔天共進晚餐，我接受了。弄完之後，我又睡了一覺，準備應付當晚的餐敘，而我很肯定布莉德趁我睡覺時跑去調查了梅爾住所。

歐格瑪加入我們一起晚餐，席間有上好威士忌和其他我不記得，但比威士忌適合咀嚼的東西。我的心思大多放在與宴之人身上，沒去注意食物。歐格瑪坐在我右邊，布莉德坐在左邊；對面的是布莉德之子孤紐、葛雷恩亞，還有盧基達。他們全都是黑眼睛、一副有所圖謀的樣子，不過我想他們圖謀的都不算壞事。雖然我根本還沒想過這件事，但他們似乎針對我會請他們製作什麼武器開了賭盤。在得知我沒有要請他們製作什麼史詩級的武器後，表情失望到讓我心生愧疚。

「等等，」孤紐說。「我知道該怎麼處理。歐格漢，你打架慣用什麼武器？」

「這個，如果你相信，我喜歡赤手空拳。」我說。「特別在我指節上的瘦痛消失後。」

葛雷恩亞發出勝利的歡呼。「這就對了！手指虎！那是我的範疇，好兄弟！勝利是屬於我的！」

「你們到底在講什麼？」我問。

他們承認迫不及待想看到新德魯伊現世，因爲我們可以提供新工藝挑戰。

「孤紐和我幫關妮兒製作史卡維德傑時玩得超開心，」盧基達說，「做好之後我們都有點悵然若失。」

「那把武器完全沒我的事，」葛雷恩亞說。「但這下就公平了。吃完飯後我就量量你的尺寸，然後討論該怎麼做。」

顯然在這個議題上我沒得選擇。布莉德的兒子都是熱愛生命與美的藝術家，他們大部分時間都在思考創造，而非毀滅。我私底下向來很佩服這種人，以及他們的遠景，希望我的眼界比得上他們的四分之一。我把他們從清單上劃掉。

「所以最近你在忙些什麼，歐格瑪？」我問。他身材高大、禿頭，喜歡金環耳環。一開始我認為那些耳環是對手絕佳的攻擊目標，不過接著我發現他就是要你去抓耳環，然後自行面對後果。

「這些日子我都代表布莉德遊走於不同世界，擔任妖精的使者。這和我從前常幹的那些英勇事蹟不同，但是其他萬神殿必須知道圖阿哈．戴．丹恩是認眞的，而派遣穿制服的妖精代表我們實在不夠重視。」

「啊，我懂了。而你當然會趁你在那裡時刺探情況。我是說在你去過的那些世界。」

我認爲這是他第一次轉頭看我。他一直在避免目光接觸，在那之前，他都給我一種與我坐下來同桌共食乃是職責所在，而非他想來的感覺。突然之間，晚餐變有趣了。

「當然。」他說，嘴角露出一絲笑容。

「因爲如果你想對付某人，最好先弄清楚對方弱點何在。」

「一點也沒錯。」

我舉起酒杯，說道：「敬攻擊敵人的弱點。」他笑容眞誠，和我喝酒。

「你認識溫德人【註】的神嗎？」他問。

「不，我連溫德人都沒認識半個。」

「他們種族的文化基本上已經同化到日耳曼和斯拉夫文化裡，消失了。」他說。這兩個民族我也沒聽過，但我沒有插嘴，聽他繼續說。「他們的異教神廟毀於附近基督教徒的攻擊。已經好幾個世紀沒有多少信徒信仰，力量十分微弱，所以我想不出來他們爲什麼會想挑釁我們。然而，最近布莉德有個妖精跑去他們的神域，卻沒有回來。我前往調查，才剛回來。」

從他聊起溫德神在他們神域上的優勢和缺點的模樣，我可以看出他很擅長軍事思維，不過都很直接，缺乏轉折細節。他完全不知道要怎麼在想法和行動上勝過對方，只知道要以武力征服。並不是說他的主意不好——我深感佩服，找不出缺點——只不過他的做法風格獨特，和我要找的不一樣。歐格瑪很聰明，但不是幕後主使人物；他是幕後主使會派來把你的內臟打成肉醬的專家。

當晚葛雷恩亞幫我量好手掌尺寸、弄完鑄模之類的事情後，我就在他家過夜。當我沉入夢鄉時，我發現自己在想葛雷塔在做什麼。即使在我主觀的時間軸裡，也已經很久沒有在乎一個人到會想這種事的程度了。接著我開始懷疑自己是不是唯一和莫利根訂約前往未來的人。

編註：溫德人（Wends，形容詞爲Wendish）是一支居住在臨近日耳曼人地域的斯拉夫人。因爲生活地區臨近斯堪的那維亞半島，除了斯拉夫神明，他們亦借用了數個北歐神明進入神話體系，但皆非主神。丹麥詩人Ingemann（1789-1862）曾出版溫德神話理論，認爲該信仰系統中有善惡兩支神族。

第十七章

與蕾貝卡・丹恩聊完之後，我前往北方的旗杆市，在拉洛克斯街上的高山披薩店吃了塊披薩，然後開租來的車駛上城北山後的蜿蜒森林道路。我站在一片山楊林下的洛基特草地上，思索在稻荷和她的同謀讓我可以放手去做後該怎麼做。但我沒辦法集中精神。洛基特草原是個熱門景點，既然第一場雪還沒落下，附近自然還有其他人——其實是只有九個不怕冷的露營客，但此時此刻光這些人就很令我分心。

我三不五時要找個清靜的地方靜心思考，讓腦子處於現代世界噪音無法觸及的空間，在不受污染、沒有手機訊號的環境下淨化思緒。蕾貝卡・丹恩所揭露的眞相需要好好想想，而我知道該去哪裡。冰川國家公園裡的鳥女瀑布【註】，只有夏天才能開車前往，但對我而言，隨時都可以靠轉移世界過去。

我早在那裡成爲國家公園，或是瀑布被與鳥女聯想在一起前，就已經羈絆那裡的樹了。那裡

編註：冰川國家公園（Glacier National Park）是美國蒙大拿州的國家公園，位於美加邊境上，代表性動物爲雪羊（落磯山羊）。鳥女瀑布（Bird Woman Falls）是其中一座一百七十公尺長的瀑布。據說鳥女指的是Sacagawea等美國原住民女性，她們擔任美國拓荒遠征隊的嚮導、翻譯及治療師。Sacagawea的頭像更在二〇〇〇年起用於美金一元銅板上。

可以看到峰頂積雪，以及突出雲端的天堂峰。我和歐伯隆轉移過去後，眼前立刻出現美不勝收的景色，而我不用與任何人分享。前進太陽公路【註】在這個時節已經封路，所以瀑布下完全沒有往來車輛。附近唯一的聲音，就是悅耳的瀑布聲和林間細微的風聲。我和我的獵狼犬徹底獨處。

過了整整五分鐘。

「Hola, amigo.」正當我開始提出假設時，有個聲音在我身後響起。我嚇了一跳，滾向左邊，轉身，讓古老本能接管身體，找尋聲音的主人。一個矮個子的拉丁男子笑容滿面地朝我揮手，手上的金錶帶閃閃發光。他脖子上還掛了個粗粗的金十字架，貼在與蒙大拿州冰冷的山頂格格不入的亞麻襯衫外。當然，我也沒有穿冬裝就是了。

歐伯隆叫了一聲，和我一樣震驚。「阿提克斯，這傢伙是誰？他怎麼能偷偷接近我們？」

「我不知道，老兄。」

對方的笑容很友善，很有感染力。他有雙親切的大眼，嘴唇上留著稀疏的小鬍子，不過下巴有很濃密的鬍鬚，微微鬈曲的黑色長髮在腦後綁成一條髮辮。我低頭看向卡其褲下方，很難想像他竟然會穿平底涼鞋。我不論到哪兒都穿著涼鞋，但是經常引人側目——特別是在這種地方，大家都穿登山鞋。

「Hola.」我說著提高警覺。他繼續微笑，口吐西班牙語。

「Es un placer volverte a ver，敘亞漢。」然後他從西班牙語切換成英文，聲音低沉自信，微帶一點口音。「先回答你正在想的問題，我不是健行上山的。我是用……其他方法。上次見面時，我們一起在亞歷桑納享用炸魚薯片和上好威士忌。我還爲你治療了十分嚴重的刀傷，然後提供了些你選擇不要聽從的建議。」

哇。我瞇眼瞧他。「耶穌？是你嗎？」

他哈哈大笑，雙手插入口袋。「好了，我想這次來訪你應該叫我黑蘇斯。」黑蘇斯是耶穌的西班牙發音。「不過沒錯，是我。你不喜歡我挑選的這具肉身嗎？這是個在懷特費雪的可愛墨西哥女人給我的。她名叫琴娜，而她非常擔心她兒子，祈禱他會像她一樣愛我。然而，很少有人愛我愛得像她那麼眞誠。」他從口袋裡伸出一隻手，從自己的胸口比向地面，就像把自己當成遊戲節目的獎品一樣。「這就是我在她眼中的形象，老實說，我喜歡她的想像。這種造型很不常見，我特別欣賞這種現代風格。比方這支手錶。我並不眞的需要錶，琴娜本人也不清楚我爲什麼要戴錶，但她認爲我戴錶會很好看，而這點我沒什麼好爭辯的。」

「阿提克斯，你認識這傢伙嗎？」

「認識。他是基督教的神，耶穌。我們上次見面時，你不在我身邊。」

耶穌向來會盡快用只有他和我知道的事來表明身分，以免我在透過魔法視覺看他時弄傷自己。古神身上的白色魔光大多會刺眼到燒傷眼睛；像耶穌這種當代頂級神祇搞不好會讓我瞎掉。

編註：前進太陽公路（Going-to-the-Sun Road）是冰川國家公園裡的一條公路，沿著北美洲的大陸分水嶺而築，最高點爲兩千零二十六公尺，能遍覽高山美景。

「很高興見到你，眞的。」我說著回應他的笑容，然後上前握手。「眞是個大驚喜呀。」

「我們該坐下來喝點酒嗎？這一次我請客。」他伸手到右邊口袋裡，拿出一瓶琥珀色的米拉格羅——一種特別香醇濃郁的龍舌蘭酒，絕不可能本來就塞在他口袋裡。他從左邊口袋裡拿出兩個杯緣鑲有金邊的小水晶杯，之前也不可能在他口袋裡撞來撞去。他把酒杯給我，拔開龍舌蘭的木塞。

「這傢伙手腳眞靈活，阿提克斯。你覺得他口袋裡還有什麼？或許給我來根粗粗的薩拉米香腸？」

我差點放開了酒杯。「天呀，歐伯隆，幸好沒人聽得見你說話。問男人褲子裡有沒有大薩拉米香腸很沒禮貌，好嗎？特別是這位老兄。」

「爲什麼？他對薩拉米香腸有什麼不滿？」

耶穌哈哈大笑，倒了兩大杯酒。「我喜歡你的獵狼犬，敘亞漢。」轉頭對他說：「哈囉，歐伯隆，我也聽得見你說話，而我老實告訴你，我對薩拉米香腸沒什麼不滿。不過你最好弄清楚什麼時候要把香腸留在褲子裡，什麼時候該拿出來，就連我的牧師有時候都不太懂得拿捏時機。幸運的是，此時此刻該怎麼做十分清楚。」他從拿酒杯的口袋裡拿出了一長條義大利香腸。「我想這應該夠你飽餐一頓了。敘亞漢，你可以幫個忙，解除腸衣羈絆，讓他吃香腸嗎？」

「喔，偉大的肉醬湖呀！謝謝，耶穌！阿提克斯，你以前怎麼沒介紹我們認識？」

耶穌又笑。「不客氣，歐伯隆。另外，如果容我回答，我很少來訪，所以之前你朋友沒有機會介紹我們認識。」

我解除腸衣羈絆，讓它與肉分離，然後耶穌把香腸交給歐伯隆。獵狼犬高興之後，我們兩個走到鳥女瀑布後面，盤腿席地而坐，拿著龍舌蘭欣賞天堂峰。

我們說乾杯，然後碰杯。

「我第一次行走人間時，這種酒尚未出現。」他說。「不過話說回來，當年墨西哥也還不是國家。你有沒有注意到，敘亞漢，不管在歷史上失去了什麼，有多大遺憾，世界上總是有新事物值得我們去愛？」

「我注意到了。」這種龍舌蘭肯定是值得去愛的新事物，爽口潤喉，不像布蘭科龍舌蘭那般辛辣。我們本來或許會舔舔嘴唇，不過歐伯隆已經把我們三人份的都舔完了。

「告訴我，你來這裡做什麼，敘亞漢。」耶穌終於說。

「我打算弄清楚你想幹嘛，因爲我剛剛得知你也是別人請來照顧我的重量級神祇之一。在庇里牛斯山告訴稻荷該上哪兒去找我的人就是你。」

耶穌喝完他的酒，又給自己倒了一杯，順便幫我倒滿。「我向來喜歡你的野心。」

「野心？」

「對。你或許聽說過我行事高深莫測這種話。想要弄清楚我的計畫，就是很有野心的表現。」

「我該直接問你嗎？耶穌，你對我有什麼計畫？」

「世人說我的計畫高深莫測的諷刺之處在於，我其實很少在計劃。其他神也有他們的計畫，世上許多其他生物也是，而他們都有自由意志。這種情況能夠確保世界上沒人能說：『一切都照著我的計畫進行。』姑且這樣說吧，我有能力看見數種不同的未來，而我寧願讓某種未來成眞，其他不要。剛好你的決定和行動，在確保許多糟糕未來中最好的一個未來成眞的過程，扮演了關鍵角色。」

「我記得你之前和我說過類似的話。你也說過如果我逆來順受，就能承受土地【註】。」

「是呀。」

「這話在我腦中揮之不去。」

「我了解。但如果我能建議，我的朋友，讓那句話指引你。我們已經遠離了一切都會水到渠成的時機。現在我們處於危機處理階段，希望事情可以有個糟糕結局，而不是更更糟糕的結局。」

這是會讓人當場清醒過來的句子，就算喝了上好的龍舌蘭也一樣。「但稻荷說我得立刻行動，不要逆來順受。開始對付洛基和赫爾。」

「她不是那樣說的。她說如果你想對付他們，可以展開行動。你也可以選擇什麼都不做。我們只是撤銷指示。我想稻荷可能沒有把話說清楚，於是就來找你了。」

這話讓我有點不悅，不過我了解他的立場。如果你一直命令別人照你的要求去做，那自由意志就根本毫無自由可言。儘管如此，如果不想幫助我，耶穌根本不會出現在這裡。他可以請布莉德或奧丁傳話，稻荷也能派狐狸來把話講清楚，讓我知道自己想做什麼都可以。所以現在就是我自由提問的機會。或許在找機會問出最關鍵的問題前，我可以一直在這個問題上糾結。「你的宿敵呢？」我問。「他沒有扮演任何角色嗎？」

「他對此事漠不關心，這對我們而言是好事。你知道，諸神黃昏不是他想要的天啓末日。他的自尊要求一切都照著他的計畫走，此刻已然受挫。所以悶悶不樂，打算坐視此事，還有某些其他神域的黑暗勢力也一樣不願聽命於洛基。

「好消息。說起這個，或許你可以多告訴我一點。麥當納寡婦後來究竟怎麼了？赫爾說她的靈魂前往基督教的地盤，但我不確定該不該相信洛基之女。」

「不該信她。不過在那件事上，她說的是實話。別爲此事困擾；凱蒂和我一起得以安息。」

我嘆了口氣，覺得心裡舒坦了些，終於放下了一個擔子。「請代我問候她。我很想念她。」

「我會的。她也很想念你。垂暮之年能夠遇上你乃是她的福氣。」

我們開始喝第三輪，我的頭有點昏了。耶穌似乎完全不受酒精所擾。我開始擔心會錯失提出關鍵問題的機會。人總是會在錯過時機後才想起該怎麼說，而我感覺得出來時機稍縱即逝。於是我當然問了一個完全沒有意義的問題。

「耶穌，爲什麼要扯上稻荷？你爲什麼不早點來找我？」

「她想要見你。在你需要療癒，可以挑選世界上任何地點治療自己時，你選了日本讓她與有榮焉。她喜歡你。」

編註：耶穌在《神鎚》中初次告訴阿提克斯的這句話，當時譯爲「繼承地球」，這句話引用自《馬太福音》第五章第五節（*Matthew* 5:5）：「溫良的人是有福的，因爲他們要承受土地。」（Blessed are the meek, for they will inherit the earth.）「承受土地」有多種解釋，但大多認爲是在神降臨世間後，獲恩賜新天地土地之意。

我不認爲她有透露任何喜歡我的意思，但還是說：「好吧。我想不通的是你們最終的目標——你們九個。你們顯然在朝某個遠大目標前進，但我不知道是什麼目標。我是說，奧丁犧牲很大，海姆達爾、弗雷爾和索爾，全都死了，還有他的女武神——」

「索爾眞的死了嗎？」耶穌插嘴問。

「什麼？你在開玩笑嗎？」

「我只是在問問題。你知道某些愛爾蘭神有辦法在幕後主導世事，而你認爲莫利根也有這種能力。人類強烈的信仰賦予他們隨意凝聚肉身的力量，就算肉身已經死亡也一樣。而我本人也是這種情況的範例。兩千多年前我就已經死了，但如今我還坐在這裡，與你共享龍舌蘭。我可以隨心所欲以信徒想像的形態現身——我是擁有眾多形象的神。你爲什麼覺得索爾與我不同？他在斯堪的那維亞半島和冰島某些地區還是擁有眾多信徒。海姆達爾和弗雷爾也一樣。所以奧丁究竟有何損失？」

如果索爾還是能夠回來參加諸神黃昏，而奧丁依然徵召我代替他參戰，那還眞是徹底擺了我一道。不過我不禁懷疑索爾爲什麼還沒現身——就算不爲別的，也該跑來打爛我的腦袋才對。「但是……索爾在哪裡？英靈殿嗎？」

「這個問題你該問奧丁。」

「喔！」我知道答案了——至少是部分答案。搞不好索爾在事情結束前都不會現身。那些死掉的神是爲了永生而隱身幕後。如果諸神黃昏剷除了他們大多數的信徒，要在事後回歸就會變得很不容易。奧丁讓他們參加「現在先死，之後再活」的計畫——而他並沒有對我隱瞞他希望我在諸神黃昏裡慘死沙場、實現公平正義的期望。如果他本人也在最終決戰中殞落，那麼索爾和其他神只要等到塵埃落定，就可以回來延續北歐神域。既然諾恩三女神的預言已經失效了，奧丁不知道戰後誰能存活下來，就要想辦法確保北歐有神能夠倖存。我發現自己的想法偏離主題了。「好吧、好吧，抱歉。回到你們的最終目標上。」

耶穌聳肩：「其實並不複雜。一場大戰即將來臨，我們想要好人得勝。」

「我記得你說過我會面臨眾多苦難。」

「對。」仁慈的雙眼轉向我，目光充滿同情。「很抱歉，不過情況沒變。」

山頂本來就夠冷了，但我還是打了個寒顫。

第十八章

獨自醒來會讓人有種孤寂感，特別是在情緒低潮的時候，而我醒來時好想阿提克斯。打從他失聯後，我身上發生了很多事，我不認爲他的刺青能在今天或明天修復完畢。我腦中反覆重播父親死時的景象，悔恨、憤怒與無助一波接著一波來襲，衝擊著我的眼皮。我睜開雙眼，讓灑落草間縫隙的陽光燒掉負面情緒。在我想辦法分心前，情緒的波浪將會持續來襲，於是我採取行動。我翻身爬起，發現歐拉依偎在身旁，我一推一捏把她吵醒。

「早安，親愛的獵狼犬。」

「關妮兒！哈囉！開心！要伸懶腰。」

「我和妳一起伸。」我們一起伸展手腳，完整美好的運動，這不是我第一次覺得有條獵狼犬當朋友很幸福。她已經幫助我度過難關，以身作則讓我知道日子還是要過，人生値得享受。

「要去跑跑嗎？」

「要。我們一定要跑跑。」

我昨晚情緒太低落了，什麼都不能做，但現在我眞的得離開此地。昨天很幸運沒有遇上我繼父，現在也不想遇到他。我拿起武器，和歐拉一起跑了好幾哩路，回到能夠轉移離開的奧沙吉丘。歐拉和我抵達那裡時都飢腸轆轆了，我帶我們經過傳送樹回到烏雷的小屋，接下來做的第一件正事就是吃早餐。

在桌旁坐下後，我立刻看見去拿富威塔前寫給阿提克斯的字條。那是張滿懷希望的字條，所以我沒動它。讓阿提克斯發現字條，感受希望，就像我當時那樣，認爲一切都會以喜劇收場。沒必要讓他擔心。

我敢說阿提克斯的刺青修補好後，和他的大德魯伊還會有很多事要忙。我們兩個過不了多久就會會合，生命絲線再度交纏，然後我們都會變得更加堅強。

在那之前，我還是要知道一些和我父親有關的答案，或許我有辦法查出來。拉克莎提過囚禁羅朔幽奇的容器來自坦賈武爾北邊。或許那裡有些答案等著我——像是，他當初究竟爲什麼要去那裡？他向來不是印度半島文物的專家。他在刻意找尋這個容器，還是意外發現的？就算我沒辦法確認一切只是意外，至少也可以在那座城市自史上最神祕的瘟疫中復元時，提供一點幫助。

我沖澡，裝了一小袋行李，裡面包括一台筆電和奈莎．松頓的護照。儘管拉克莎還沒有和我說話，我也不太確定該怎麼處置她，但也把她的項鍊丟在行李裡面了。我手拿史卡維德傑，把富威塔綁在左腿上，和歐拉一起轉移回坦賈武爾外熟悉的香蕉林。

這麼快就回到印度感覺有點怪。就像是在傷口結疤之前，又用指甲去插傷口。光是空氣中的氣味就能讓我眼角泛淚。不幸的是，因爲時差的關係，這裡天已經黑了；一天即將結束，而不是正要開始。

我與高韋里元素交談，希望她能告訴我人類在城北哪裡挖掘。接著我在歐拉和自己身上施展夜視羈絆，然後根據高韋里的指示跑了好幾個挖掘點。前四個都只是建築工地，但第五個是考古挖掘地。記下地點後，我和歐拉去找地方住。我們找到一家旅館，我幫她僞裝，穿過大廳；進入房間後，我打開筆電，開始查新聞。

英文報紙語氣平淡地報導了官方認定無藥可救的重病患者一夜之間痊癒的故事。儘管沒有看過疾病擴散期間的新聞標題，但我敢說他們一定曾大肆報導人們染病後迅速死亡。醫生依然不清楚是什麼引發了這場疾病，深怕疫情尚未結束，呼籲人們應該繼續採取基本的預防感染措施。

我用父親和坦賈武爾爲關鍵字搜尋，發現一週前有則他失蹤的簡短報導，是兩個持短期簽證進入印度的組員報案他失蹤的。他們都是他在大學的同事。或許我可以從這方面著手調查。

我繼續搜尋那所大學和考古學系的教職人員。該系系主任——應該是批准這種挖掘行動，多半還幫忙申請經費的人——依然待在美國，指導秋季學期的學生。我記得她的名字：蜜雪兒・劉。她是我爸的老朋友，喜歡教室和舒適的辦公室，而不是挖掘處的高溫和塵土。他們經常聯名發表發現。我認爲他們有過協議：她把他的授課時數降到最低，幫他避開學術官僚體系的痛苦，他則在泥巴和蚊蟲間打混，負責挖掘寶藏。必要時，我可以抬出她的名頭；我想我已經有足夠線索展開調查，也有安全地方可以放東西。

「準備好出門了嗎？」我問我的獵狼犬。歐拉在床上蜷成一團，擁抱床鋪。

「先睡一覺。」

「妳已經睡過了。來吧，出門，除非妳要我把妳留在這裡。」

「不，跟妳去！」她說著爬下床，豎起尾巴搖擺。我把包包留在房裡，在門上掛張「請勿打擾」的牌子。不過我帶了武器，要用史卡維德傑去打探情報。

回到挖掘地時已是午夜過後，我走向停在旁邊的拖車，希望裡面是辦公室，而不是在睡覺的考古學家。安全起見，我在我們兩個身上施展僞裝羈絆，然後輕輕拉門。鎖上了。

我從來沒開過鎖，但是阿提克斯說過可以輕易把鎖簧羈絆到正確位置。儘管他說得肯定，我還是覺得很難。我不像他那麼習慣自由發揮羈絆術，而且我又看不見鎖簧。我不知道如何在沒有視覺輔助的情況下標定它們，而我與大地羈絆後又一直沒有時間複習德魯伊闖空門術。經歷十分鐘挫敗後，我終於放棄，把門把和鎖通通解除羈絆，整個在洞中融化。問題解決。

「待在這裡，有人來就提醒我？」我輕聲對歐拉道。

「好。我把風。」

拖車裡共有三張辦公桌，一個小冰箱，還有丟滿空汽水瓶和三明治包裝紙的垃圾桶。沒有在睡覺的考古學家。

我打開燈，撤去夜視能力，心想如果有人跑來查探，歐拉可以即時警告我。我不認爲除了那些考古學家會有人來，而他們當然睡在附近的旅館裡。

我沒花多少時間就找出我爸的辦公桌。兩張辦公桌很凌亂，只有一張很整齊。整齊的那張桌上的文件寫滿父親密密麻麻的潦草字跡。

我對那些文件不感興趣——都是挖到的文物目錄和土壤組成、放射性碳定年之類的報告。我拉拉辦公桌抽屜，發現也上了鎖。我沒浪費時間開鎖，而是立刻解除鎖的羈絆。我在最底下的抽屜找到要找的東西：爸的個人日記。我直接跳到最後幾則，從十月三號開始看：

有個以前的學生打電話來告知一個非常奇特的發現，於是我來到了印度。那是個封起來的陶器，容器外刻有警告不得開啓的梵文，當然，我們會基於科學角度打開它。我從來沒有見過類似的容器；這或許會是個震驚世界的發現。我一整天都忙著準備化驗樣本。等不及要看結果了。

因爲已經知道結果了，我把剩下的通通跳過。但我很好奇這個以前的神祕學生究竟是誰，後來出了什麼事？因爲這表示容器不是我父親發現的——和拉克莎說的不同——而是有人交給他的。我很想和這個人談談。在十月四號的記載中，我得到了一點線索：

今天沒有任何與文物有關的發現，但是洛根宣稱得到伐由【註】失落之箭所在處的可靠消息。他說那些箭肯定就埋在附近，坦賈武爾以北。要不是眼前就有個大發現，我一定會認定那也是超愚蠢的無稽之談——風神鑄造的箭，上面還加持了魔法？荒謬。而且據我所知，這些箭並沒有可信的史料來

編註：伐由（Vayu）是印度神話的主要神祇之一，主掌大氣與風。佛教十二天中的風天就是承襲自伐由。而伐由也是印度哲學的五大元素之一，代表大氣或風。

源，不過他宣稱這些箭影響了傳說中奧丁和索爾的武器創作。或許我們能挖到一些有歷史價值的箭頭，到時候可以說它們是為了向神致敬而做的，而不是神親手打造。等我們公布了這個容器——雷將之命名為「巫師之甕」——的發現，或許能取得更多經費來挖箭頭。

之後就再也沒寫了。這下我有了兩個名字——洛根和雷——可查，還要在網路上搜尋那些箭。我帶走日記，其他東西全都沒碰，不過我掃視了那兩張凌亂辦公桌面上的文件，試試能不能看出是誰的桌子。印出來的備忘錄和電子郵件顯示其中一張歸查雷由．帕利克——可能就是雷——所有，另一張是米利安．瓦加斯的。我會在黎明時返回挖掘點，在他們抵達拖車、發現有人闖空門前，先和他們之一或兩人談談。

「好了，我最喜歡的獵狼犬，」我走出拖車時說。「睡覺時間到了。我們回去，讓妳好好睡一覺。」

「關妮兒不睡？」

「或許晚點。我還得處理一個問題。」我想起杜爾迦提過要我找時間想想她兩天前為什麼會帶那些武器來，現在應該就是思考那個問題的時機了。日記裡的箭讓我想起她當天沒有帶弓。

回到旅館搜尋杜爾迦的圖片後，我發現她的形象通常都帶弓，而關於印度諸神送禮物給她的故事裡確實提到伐由之箭。然而，除了宗教的象徵意義，神話裡並未特別提到那張弓。那麼，伐由之箭必定是很重要的武器，而她卻沒有帶上戰場。或許是因為它們真的被埋在坦貢武爾以北？若是如此，原因何在？她爲什麼不直接解釋？

重看最後一篇日記時，我又看出了一點關聯。根據經驗，吠陀文化確實有影響北歐諸神：圍在我父親身邊的阿修羅都是藍皮膚、四條手臂，就像洛基在波蘭找上我們時一樣。我還記得當時心想，搞什麼鬼，他怎麼會是藍色的，但我從未想過那可能不是因爲他精神錯亂。我們當時要擔心奧林帕斯眾神，洛基可以晚點再說。而此刻我腦中只能想到會不會那就是我的重大線索——唯一能夠走上杜爾迦提到其他道路的機會，通往這一切都沒有發生的結果？

我把臉埋在掌心裡，喃喃說道：「喔，閉嘴。」歐拉聽見了，在床上抬起頭來。

「什麼？我沒說話，什麼都沒說。」

「我是在自言自語。還有別用雙重否定句。」

「我是說我也沒有說什麼都沒有說。呃，是吧？」

我知道用猜測本來可能發生的事情來折磨自己毫無意義，但我想我會折磨自己很長一段時間。晚點再說。爲了避免自我懷疑和自責，我嘗試小睡幾個小時，調適到印度時間，好讓自己能在黎明時重新開始。我會去找這個叫洛根的傢伙，找到之後，要問問他是從哪裡得到那個甕的。

這是個很棒的計畫，而計畫流程要到早上，我在雷抵達拖車、發現門把不見前攔截到他，才明朗起來。我沒有露出破綻：我告訴他我名叫貝芙莉．柴爾德拉斯，抬出劉教授，然後說我是大學雇來調查唐諾．麥特南失蹤案的。我的美國口音在這個地方可以立刻提升可信度。

查雷由．帕利克生於印度，在美國受教，是個有點可愛、身材微胖、戴著眼鏡、留著七〇年代小鬍子的人。他就和很多跑去美國居住一段時間的外國人一樣，厭煩了一再重複自己的名字，於是在美國人面前把名字簡稱爲雷。他一手拿著皮製信使包，另一手拿著杯咖啡，在打量過我的長相，決定想要我喜歡他後，就迫不及待地想要幫忙。

「帕利克先生，根據初步調查，麥特南教授有個叫作洛根的學生曾在這個挖掘點工作。」我說。「你可以談談這個人嗎？」

「喔，當然，那傢伙。有點高、金髮，算是獨來獨往，或至少不太與米利安和我說話。他都跟在麥特南教授身邊。」

「我該上哪兒找他？」

「抱歉，我不知道。」

「好吧，那他姓什麼？」

「我也不知道。我們一直都叫他洛根。」

我試圖掩飾不滿，不過不確定掩飾得成不成功。「他今天會來挖掘點嗎？」

「不，我想不會。他和麥特南教授一起失蹤。但沒辦法報案，妳知道，因爲我們不知道他姓什麼。」

我皺起眉頭。「我們？你是指米利安・瓦加斯也不知道？你們怎麼能讓連姓什麼都不知道的人參與學校贊助的計畫？」

聽到我暗示他搞砸了，雷開始有點驚慌。「這個，麥特南教授替他擔保，而他又顯然是個專家，所以我有什麼資格質疑？我是說——」

「這個人可能導致麥特南教授失蹤。你難道沒有辦法查出他姓什麼嗎？」

我擔心事實正好相反——其實是父親在被羅朔幽奇附身後導致洛根失蹤的——但是我可不能和雷分享這個。

「這個，沒辦法，我是說，我很少會去想活人的事；這可不是考古學家的工作範圍，妳知道——」

「和我說說你第一次見到洛根時的情形，帕利克先生。」

「喔，這個，米利安和我抵達這裡時，他已經和麥特南教授在一起了，而教授向我們介紹他是洛根，他從前的學生。嘿，我們要不要去辦公室裡談？」

「不用，我快問完了。你是從美國飛來的？」

「對。麥特南教授是從英國的挖掘點飛來的，所以他先抵達。」

「十月三號的事？」

「對。」

「你是麥特南教授找來的？」

「間接找的，沒錯。他打電話到學校找劉教授，請她派懂梵文的人過來。她找上我們，我們收拾行李。我們本來要一起發表成果的。」

「這裡本來有個陶器，是不是，上面刻有梵文？他找你來就是爲了那個？」

這話讓雷嚇了一跳。「對。妳怎麼知道?」

「劉教授告訴我的。」我說。「那個容器現在在哪兒?」

「跟洛根和麥特南一起不見了。我們認爲是其中一人拿走了。」

「我也是這麼想。容器是在這裡出土的嗎?」

「洛根是這麼說的。他說他在這裡挖出陶器,帶我們去看挖出陶器的洞。不過我們剛剛才收到麥特南教授送驗的土壤和原料樣本的化驗報告,看來陶器根本不是這裡出土的。實驗室說它原先是被埋在這裡以西,可能是古吉拉特。」

「有趣。謝謝你的時間,雷。我如果有發現會通知你。」

「什麼?就這樣?嘿,妳想來點咖啡嗎?」

我揮手道別,沒有回答。我趁他發現辦公室遭人闖入,想起自己眞的不擅長與人交際,或許該先質疑我的身分之前,和歐拉走到一段距離外。晚點米利安肯定會責備他不該這麼輕信於人。可憐的雷。

等我走出他的視線範圍後,立刻在我們身上施展僞裝羈絆,然後慢跑前往坦賈武爾南邊的那間房子,也就是我父親——或羅朔幽奇——之前待的地方。我沒有進去檢查過,如果洛根和爸一起失蹤,或許他也到過那裡。或許還待在那裡——死了。又或許我能找出一點線索。那裡似乎是個展開調查的好地方。

可惜那已經不算個地方了。抵達那裡時,我完全找不到它,雖然我很肯定是這塊田地。然後我才想起可能是杜爾迦在淨化現場時直接剷除它。事發當時小屋所在地方的大地，都被洗刷乾淨。沒有留下羅剎和阿修羅的線索可供人——甚至我——調查。

我不知道接下來該怎麼做。如果洛根的屍體曾在那間小屋裡，現在也已經找不到了。或許可以找個移民官問問九月或十月有哪些名叫洛根的人入境印度，但我不能光靠微笑和謊言就取得那些資料。我也許可以去爸的學校找劉教授，假扮成他家人雇的調查員，但她肯定不會像雷那麼輕信於人。再說，就算她能翻出爸過去二十年的修課學生名單，根據隱私法案，她沒看到法官簽署的法律文件，絕對不會交出之前學生的名字。

我唯一知道的就是「巫師之甕」並未隨著爸或洛根失蹤。它落到拉克莎手中，理論上我還是可以與她交談。不過既然她顯然不想再度進入我腦中，那麼想要交談，她就要有張嘴。

我回到旅館用筆記型電腦查資料，因為筆電比手機或其他無線裝置容易掩飾行蹤。我幫我們買了午餐，接著谷歌到了坦賈武爾的拉賈・米拉斯達醫院，還有一份地圖。我拿出拉克莎的項鍊，塞到口袋裡，然後出發去幫拉克莎尋找新身體。

我們在醫院園區繞了兩圈，找出一棵樹讓歐拉躺下來伸展打盹。我幫她偽裝，然後問高韋里可不可以在我進入醫院、無法接觸大地時繼續維持歐拉的偽裝。我利用史卡維德傑上刻的羈絆繩紋隱形，進入醫院幫拉克莎找合適宿主。

田地大戰後，她就再也沒有和我說過話，這讓我有點受傷，又有點鬆了口氣。她本來可以再度跑進我腦中，但她選擇不要這麼做。我不知道是因為她太虛弱了，還是不想面對我要問她的問題。

不管是哪種情況，我都不想把她生死的重擔繼續放在口袋裡，既然她之前偏好年輕女性的身體，我希望能在這裡找到一具。

我花了點時間在醫院裡找尋昏迷不醒的病患。因為那些門旁的標誌只有少數幾個地方加註英文，我看不懂。不過在爬了幾層樓、遇上不少死路後，我終於找到幾個昏迷病患。其中兩位是男人，一位年紀很大的女士，不過最後一位是三十來歲的高個子女人，膚色偏黃，頭髮凌亂。她的病歷在我眼中多半是毫無意義的塗鴉，不過有些重要資料也印有羅馬字，比方她的姓名：哈希妮・帕蘭尼察米。

我認為這個名字很有詩意，而且我也不像多年前找到希萊時那麼有耐心去收集資料；於是我拿出紅寶石項鍊，放在哈希妮脖子上。手一放開，項鍊立刻現形，與醫院白袍格格不入。

我再度察看一次，確保自己是這裡唯一有意識的人，然後彎下腰去對項鍊說話，儘管沒人看見，我還是覺得有點蠢。

「拉克莎，我是關妮兒。妳現在躺在一個昏迷病患身上，她可以成為妳的新身體。我要把項鍊留在這裡，如果想要確保妳能控制這具肉身，現在就進入這個女人體內，在我離開前醒來。」

我等了整整一分鐘，沒有動靜，於是我再度彎腰說道：「立刻，拉克莎。妳還有一分鐘，然後我就要走了。到時候項鍊會怎樣，我就不知道了。」

在剩下十五秒時，她眼皮睜開，心跳監控器的嗶聲加快。我撤去隱形術，讓她看見我。

「歡迎回來。」

「呼……莫？呃。納？」

「不好意思？」

「克。特！」她揚起一手，扯起點滴和一堆監控線材，先是指向她的嘴巴，然後轉過頭去，一臉沮喪。

「啊。這個女人八成是腦部語言中樞受損嚴重，我猜。她大概患有失語症。妳聽得懂我說話嗎？拇指向上或向下。」她拇指向上。

「很好。看來妳的運動機能沒有問題。我假設妳過一陣子就能解決說話的問題？」她又肯定了這一點。「非常好。」我很失望無法立刻交談，但那可不能怪在拉克莎頭上。「我給妳時間休養，我們晚點再談。妳有辦法找到我，所以我相信妳身體好了之後立刻會來找我。我們要談談。」

「哇莫摩？」

「妳名叫哈希妮．帕蘭尼察米。妳是問這個嗎？」拇指向上。

我聽見走廊上傳來腳步聲，這表示醫院人員要來檢查她生理數據改變的原因。「妳還在坦賈武爾。我就留妳在這裡重新開始。」我再度隱形。護士進入病房，在看見哈希妮眼睛睜開時出聲驚呼。我溜過她身邊，離開病房後鬆了一大口氣，很高興可以卸下那個擔子。我不知道哈希妮還在不在裡面，是否與拉克莎一起分享肉身，還是說她已經離開了，不過我想之後我會知道的。

我去找歐拉，下午剩下的時間就想辦法在城裡幫忙處理羅剎瘟疫留下的問題。然而語言障礙是個問題，加上偏執妄想和仇外心理——也可能是因爲害怕大狗——我們到哪兒都不受歡迎。

當天我就在濃濃的沮喪中度過。心不在焉地吃完晚飯後，我和歐拉一起窩在床上，從後面往前翻我父親的日記，以免之前他還提到洛根。我沒有看到任何提到洛根的內容，不過還是有所發現：我生日時的記載。

今天關妮兒就三十三歲了，不知道她會成爲什麼樣的人。我希望……好吧，現在希望這個已經太遲了，是不是？想要修補任何事都太遲了。如今只有時間悔恨。天呀，我想念她。

我覺得自己好像從兩層樓高墜落，然後肚子撞在鞍馬上，肺部的空氣完全消失，再度吸入空氣時，我痛苦的聲音吵醒了歐拉。

「關妮兒？」

「沒事。回去睡。」

我繼續研究父親的日記，試圖透過他幾個月前字跡潦草的墨水與他取得聯繫。我完全了解他的感覺，因爲我此刻就是那種感覺。我將悔恨很久，幾天、幾月、幾年。我放下書，翻身側躺，一手摟住歐拉，希望能夠睡掉一些悔恨的時間。

我決定去城北找尋伐由失落之箭。如果這個叫洛根的人還活著，他很可能在某個地方用鏟子攻擊大地。

在陰暗的印度週六醒來時，我給阿提克斯傳了封訊息，要他不用擔心我，然後跑去沖澡。沖好澡後，我驚訝地發現他已經回訊詢問我父親的狀況。

我不想傳訊告知他的死訊，所以我說「你也不必擔心他」，然後他又施展了莎士比亞那一套，窩心的傢伙，用《特洛伊羅斯與克瑞西達》裡的台詞親吻我：「我的愛堅定的基礎／就是大地的中心。」【註一】

我們有時候會玩這個遊戲，用一位詩人的話語來回應另一位詩人的句子，讓詩人和我們都可以交流。當然在內容上回應得言之有理，不過如果你引述的句子裡包含了對方句子裡的詞彙，就可以額外加分。我回傳了兩句惠特曼的詩：「遠山連接平原的大地——開滿蘋果花的大地！／微笑吧，你的愛人來了。」【註二】接著我更正：「總之我一有機會就會去找你。別等我。」

編註一：這句台詞（The strong base and building of my love / Is as the very centre of the earth.）出自莎翁悲劇《特洛伊羅斯與克瑞西達》（*Troilus and Cressida*, 1602）第二幕。故事最後以特洛伊英雄赫克特（Hector）殞命，及特洛伊羅斯與克瑞西達分手作結。但因主角特洛伊羅斯最後並未身亡，被視為莎翁「問題劇」之一。

編註二：這句詩句（Far-swooping elbow'd earth- rich apple-blossom'd earth! / Smile, for your lover comes.）出自《草葉集》中的 *Song of Myself*。

第十九章

圖阿哈・戴・丹恩的住所都是正式城堡，不過不像我在凡間見過的那些建了圍牆的城堡，而是如同灰色高山般直接聳立在草地上。這些城堡從未經歷過圍城，所以沒必要建造城牆，我想，不過我知道圖阿哈・戴・丹恩不在城堡外建城牆的眞正原因：想讓人們在看見他們美輪美奐的建築工藝時嚇得屁滾尿流，而這個原因讓我覺得很好笑。把石頭羈絆成沒有接縫的高塔根本唬不了我。在我們之間沒有城牆的情況下讓我見識你的能耐，或許我還會有點佩服。

當我轉移到馬拿朗・麥克・李爾住所牧地外圍的樹旁時，我看見他以藍色石頭爲主要建材，三不五時搭配一些灰石構成圖案，再混合一些敘亞漢稱爲珍珠母的閃亮貝殼。城堡入口有很多珍珠母，堡內的地板和牆上也有，而我認爲這樣搭配很糟糕。這些珍珠母不停在眼前閃爍，我有半數時間沒辦法分辨眼角瞄到的究竟是貝殼還是小精靈——而我猜就是爲了要這種效果。

這裡算得上是小精靈的僞裝。他家裡擠滿了妖精。因爲他們有些服侍芳德，有些服侍馬拿朗，所以有身穿兩種不同制服的妖精低空飄浮，在天花板下盤旋，躲在家具底下。服侍馬拿朗的穿著藍灰制服，多半是種水妖精。賽爾奇和大眼睛海馬人四下找尋他們的海洋，不過只能看見石頭，和許多曾在海中游泳的生物屍體。芳德偏好褐紅色、金色，以及叫作天鵝絨的軟布料，而這些妖精令我緊張，因爲其中有些會飛。小精靈和各式各樣會飛的傢伙，還有許多和人一般大、骨頭彷彿柳枝的妖精。如果我朝他們大口呼氣，他們就會摔倒。但我看見其中有些佩戴著當作長劍的巨大銅針。

我注意到他們一看到我，目光就會飄到我的喉嚨上，接著在確認那裡沒戴東西時鬆一口氣。他們在看有沒有鐵。兩個妖精在城堡門口招呼我，帶我進入有兩棵傳送樹和一座鹽水池塘的內庭。

「那是幹嘛用的？」我指著池塘問。不可能是釣魚。

「馬拿朗大人有時候會從那裡來去。他在水裡開啓傳送門，直接進入凡塵海洋。」

那可眞方便。如果池塘夠深，他就可以轉移離開——或是不轉，除非潛下去確認，這裡不會有妖精知道他是否眞的離開。除非想要浮起，他也可以回來之後不浮出水面。

池塘旁邊有張白長椅，還有許多樹雕和開花植物。兩條身影自一張長椅上起身，朝我走來。我想我知道其中一條身影是誰，但是另一個沒見過。最好先等人介紹。其中一個是身穿白衣，衣袖和領子上有綠色繩紋的紅髮女子，另一個則是留著銅色鬈髮和大鬍子的壯漢。他左側頭髮上卡著樹葉，但我認爲不需要指出這一點。我昨天曾在妖精宮廷見過他們，但是在我瞥見後就離開了，所以沒機會和他們交談。

「歐格漢・歐肯奈傑，」引路妖精說。「容我介紹圖阿哈・戴・丹恩的富麗迪許，以及佩倫，斯拉夫雷神。」

我猜對了女人的身分。女獵人腰間配戴一支鑲有綠石的匕首，敘亞漢提過。「我很榮幸。」我說著，朝他們點頭。或許比較恰當的禮節是要鞠躬或單膝下跪之類的，但如果眞想要讓我拍馬屁，他們得逼我才行。

「很高興見到你，歐格漢。」富麗迪許說，表情很有禮貌。她臉上有些粉紅斑塊和皺紋，手臂上有些地方也是；不久前她曾遭洛基火燒，還被巴庫斯逼瘋，但是生理上的傷痕幾乎完全復元，口水也沒有滴在靴子上。佩倫透過大鬍子對著我笑。

「很榮幸能認識其他德魯伊。我很喜歡愛爾蘭人。」

「你已經來訪好一段時間了？」我知道洛基燒了他的神域，現在他淪爲難民，但我想知道他會怎麼和陌生人說。

「對，我來此作客。」看來他只願透露最基本的事實。

富麗迪許牽他的手說：「他是我的客人。」

「喔，」我恍然大悟說道。敘亞漢沒提起這段關係，所以他們可能是最近才在一起，又或許他認爲此事無關緊要。根據富麗迪許的名聲，我可以想像佩倫最近才在她的森林裡作客，而頭髮上的樹葉顯示他很快活。不過她之前肯定有看到那片葉子——不可能沒看到——所以她是故意讓葉子留在那裡的。但這麼做有何目的？難道只是對她的愛人惡作劇嗎？她是在宣告擁有權嗎？還是說這是刻意傳達的訊息，可能是給我的，也可能是給此間主人的？既然芳德是她女兒，富麗迪許或許很喜歡用這種淫亂小記號來讓芳德尷尬。除非走著瞧，不然我無法得知眞相，於是說：「好哇，祝兩位寧靜和諧。」

富麗迪許察覺我注意到了樹葉，不過沒說什麼。她對我眨眨右眼，沒讓佩倫發現，然後向我露出愉快的笑容。「馬拿朗和芳德在餐廳等我們，」她說。「要進去嗎？」

「這頓飯一定會讓你永生難忘的，」佩倫對我保證，揮揮他的巨掌。「芳德和馬拿朗最會準備大餐了。」

他說得毫不誇張。我從未見過這麼多食物，而用餐的只有五個人。奇怪的是，這一切似乎都是擺著好看，而不是用來吃的。我們每人都有一個妖精在我們面前放下整盤菜餚，然後吃沒兩口就收走，接著又拿一道新菜來給我們品嘗——不過全都不是原本就放在桌上的食物。這些餐盤都是從廚房裡端出來的。另一組妖精負責飲料，隨時確保杯子裡倒滿我們想喝的東西。

「你想要什麼奠酒，我們都有。」芳德在我坐下後立刻說，儘管我不知道「奠酒」是什麼玩意兒，不過猜想應該是酒。我決定先試探一下。

「我可以來杯至少二十年的陳年威士忌嗎？」敘亞漢說過這種酒很稀有，因為人們通常等不了那麼久就會把酒喝掉。但是芳德夠有誠意。

「這裡沒有那麼陳的酒。」她說。「但我們會立刻去愛爾蘭拿。」她轉頭看向一名身穿她的制服的妖精，朝他點頭。「請盡快幫我們帶些過來。」

那名我猜應該是管家的妖精，深深鞠躬，說道：「是，我的女王，」然後離開，八成是跑去凡間幫我偷個幾瓶上來。

拋開這些瑣事不提，上桌之後，我就很難不盯著芳德看。儘管有點冷漠，就像是晴朗藍天下的雪山尖峰，但她的美貌世間罕見。而我越這麼想，就越有這種感覺。高山不會牽動我心中的情慾——顯然是件好事，因為我想不出任何比上一座高山還廢的事——但我向來喜歡盯著它們看，感激能夠欣賞它們。芳德的美就屬於這種類型。驚爲天人，但只可遠觀。

我努力將目光自她身上移開，與馬拿朗交談。他努力故作輕鬆，不過握酒壺的手有點緊繃。壺裡滿是孤紐釀的美味佳釀，所以他不可能是對啤酒失望。他心煩意亂，根本不想待在這裡。「你最近在忙些什麼，馬拿朗？」我問他。

他輕哼一聲。「問沒忙什麼比較快。我要照顧大海，還要照顧亡者。還得在海裡搜尋約夢剛德下落，更要小心不要打到波塞頓和涅普頓那兩個理論上要幫忙，但是越幫越忙的傢伙。」

「啊，我聽說奧林帕斯神有點難搞。」

他又哼了一聲。這樣下去晚餐光吃哼聲就飽了。「這樣講太委婉了。」他說。「他們是愚蛋。」

我不知道這個字是什麼意思，佩倫也不知道，而他比我搶先發問。

「所謂愚蛋，」馬拿朗解釋，「就是既愚蠢又混蛋的傢伙。」

「這個字太棒了！」佩倫讚嘆道。「我認識好多超適合用這個字形容的傢伙！太實用了！」他轉向我。「你同意嗎，歐格漢？」

「我同意。肯定會有用得到這個字的地方。那麼馬拿朗，我該假設你還沒有找到約夢剛德？」

「還沒。他一定是大幅縮小了自己的體型。但是想要造成破壞就得變大，所以我們要持續監視，才能盡早獲得警告。」

妖精管家帶了好幾瓶非常好的酒來讓我看，不過把其中最好的一瓶保留到最後。那瓶酒叫作科納波格堡一九五一，他宣稱是在圖拉摩爾釀造，在雪莉桶裡陳化三十六年，然後於一九八七年裝瓶。

在二〇二二年的此時，全世界只剩不到一百瓶。這是世界上最稀有的愛爾蘭威士忌，而我還記得之前聽說過。坦佩市的魯拉布拉曾有過一瓶。敘亞漢說他曾幫基督教神——耶穌，點過一杯。

「好，我要喝那個。把整瓶留下來，眞是好孩子。」因爲如果要喝偷來的威士忌，乾脆就喝神會喝的那種。

芳德看到我開心了，於是對管家微笑點頭。「做得好。」這小小的稱讚讓那個妖精開心到眼中泛淚，鞠躬後退離開。

「馬拿朗在外奔波的時候，芳德，」我一邊幫自己倒酒一邊問。「妳都忙些什麼呢？」

「我打理家裡。我還要幫布莉德處理很多事。現在有很多妖精在外面搜尋洛基，我負責協調搜尋事宜。」

「發現他了嗎？」

「不幸的是，他和約夢剛德一樣狡猾。」

「嗯。」我一邊享受喉嚨裡的黃金威士忌，一邊思索。「有人試過占卜他的下落嗎？或約夢剛德？」

「一無所獲。」富麗迪許說，芳德點頭。

「他自己那夥人呢？我不太熟北歐諸神，或許不清楚他們的能力，但這個奧丁不該有辦法找到他嗎？」

馬拿朗回答：「他有個叫作何里德斯克亞爾夫的王座，他可以從那裡看見近乎世間的一切，但他看不見赫爾裡的景象。整個國度都籠罩在迷霧裡。」

「而你懂得匿蹤於迷霧中的技巧，是不是？」我笑著說道。

馬拿朗回答前，富麗迪許說：「我們都很想再見洛基。」她冷冷點頭，表示到時候場面絕對不會好看。「相信我，等我找到他，他的喉嚨會插上一支箭。」

「我全心全意相信妳。」我說，然後又倒了一杯酒，舉杯提議爲洛基俐落痛苦的死亡乾杯。

「噠！俐落痛苦的死亡！」佩倫聲音宏亮，鬍子激動地搖晃，其他人紛紛乾杯，一飲而盡。

我該停下來補充一點，說我並不常爲其他人的死亡乾杯。通常我喜歡爲和諧與健康乾杯，或是毫無理由地喝酒。不過，今天很特別。

我們邊喝酒吃菜邊聊天，我暗自記下席間話題，打算晚點再過濾。

事實上，我可能不會那麼做。我所聽到的言語比較像一大坨屎，我得想辦法把它雕塑成眞相。毫無疑問會是醜陋的眞相，還散發著強烈惡臭。而且有點搖搖晃晃，因爲我在喝掉半瓶威士忌、吃掉這輩子吃過最多的食物後，就是這個樣子。

兩小時後，當一名妖精阻止我整張臉撞在派上時，我就知道該告辭了。我敢說這是放諸天下皆準的道理：「吃完派就走人。」

我含糊不清地謝過主人的殷勤招待，然後搖搖晃晃地離開餐桌。我伸手抓起還沒喝完的酒瓶，由兩個妖精攙扶出城堡。他們好心帶我來到臭氣沖天的豬圈，讓我把胃裡的東西強行噴到泥巴上。

「啊，做樣好都囉。」我對他們說。「你們咬寫嗎？」我靠在圍欄上，等一個妖精回去拿某種不是威士忌的飲料。佩倫和富麗迪許走出城堡門口，向我道別，然後踏著醉醺醺的步伐走向東邊牧地。儘管腦袋昏到像準備睡覺的獵狼犬，我還是無視剩下的那個妖精，開始讓當晚的景象在老頭顱中流動。今晚共進晚餐的人和昨晚不同，沒辦法輕鬆排除他們是不是德魯伊祕密戰爭的幕後主使者——如果你想殺害當今世上僅存的兩名德魯伊，究竟會是爲了什麼？

當被我遣走的妖精帶著水回來時，我叫他和另一名妖精滾開，我正逐漸清醒，而他們在附近會影響我。剩下我一個人後，我一手拿著威士忌，一手拿著水，努力維持尊嚴，搖搖晃晃地走回樹林，遠離豬圈的臭味。搖搖晃晃很容易，維持尊嚴就難了。

在霍爾給我看的影集裡，偵探福爾摩斯會瞇起雙眼或快速講話，藉以顯示他正利用聰明才智解決問題。或是躺在沙發上，手臂貼著會往腦部傳送化學物質的貼片。這些特定行爲讓他看起來像個聰明的癮君子，但和眞正的天才或德魯伊行事作風，還是不太一樣。夏洛克是在訓練他的心智記住細節，需要時加以取用，然後看出隱藏其中的規律。那就像在雲裡找出動物形狀：那些水氣在任何人眼中都是一樣的，但有時候就是只有你能看出裡面飄了些什麼，因爲你的角度剛好，又有足夠的想像力。而那就是夏洛克·福爾摩斯的魔力所在——他綜觀全局和發現祕密的天賦。任何人都能訓練自己的心智去吸收、去記憶；畢竟，德魯伊當學徒的時期就是在幹這種事。用這種方式去學習其他技巧當然也很合理，而我不確定自己的思緒——兩千年前的思緒——在這種情況下，特別是當我的思緒都在威士忌裡游泳的時候，能提供什麼幫助。

我喝掉半袋水，把剩下的倒在頭上振奮精神，讓自己不只是勉強保有意識，然後我想：這群人的問題在於，他們全都老奸巨猾到有能力辦到這種事。理論上馬拿朗現在一直都待在海裡，但誰知道他是不是真的在海裡？芳德的妖精沒辦法在外面追蹤他，而他想轉移到哪裡就轉移到哪裡。富麗迪許沒事就會消失去森林，甚至是去其他神域中很長一段時間——沒人知道去了哪裡——而且她擁有所有獵人的狡詐本領，最近身邊還有個雷神。

再走三步就到城堡外圍樹林時，答案出現了，比我想像中還快很多，就這樣竄出我迷迷糊糊的心靈，對我大吼一聲：「可惡！」

先前敘亞漢向我解釋現代髒話有多微妙時，曾特別強調母音的重要性。「說『操』和說『幹』的時機不同，歐文，」他說。「聰明的愛爾蘭人就懂得分辨。」

我不知道自己聰不聰明，不過我能分辨什麼情況下要改變母音。「好了，站著幹我，」我在利用那些樹轉移回山姆．歐布里斯特家前對著它們說。「這下我們該怎麼辦？」

它們沒有回答，但是搖晃的模樣看起來像是有狂風吹拂。不然就是威士忌的作用。

第二十章

我本來打算回科羅拉多小屋，但是歐文離開提爾・納・諾格後，遲早都會到山姆・歐布里斯特家這邊，而我也得去旗杆市還租來的車。

在耶穌向我道別，還把酒杯和剩下的龍舌蘭都送給我後，我還是不知道該怎麼做才好。我的疑惑比答案多，而且越來越擔心關妮兒。禮拜五晚上，天色越來越黑時，我覺得最好打個電話給她。我轉移回亞歷桑納有手機訊號的地方，正要輸入她的電話號碼，突然收到她的訊息，叫我不要擔心。她還在印度，當時是禮拜六早上。我不知道她爸的事情怎麼樣了，而她叫我也不要擔心他，所以接下來我有足夠時間可以想想該怎麼做。

我幻想好幾種硬派、果斷、用肌肉、長劍，以及用大量使勁揮砍聲來解決問題的方法，但我不知道九神幫裡——如果有任何一尊願意的話——會有幾尊神屈尊幫我。耶穌強烈暗示我得靠自己，而這表示採取任何行動都會極度危險。在星空下待了一整晚後，我決定禮拜六不要冥想，改成和歐伯隆一起去可可尼諾國家森林【註】跑跑；而在奔跑時，他告訴我說打算寫一本類似宮本武藏作品的書，不過他的要叫作《五肉書》。

編註：可可尼諾國家森林（Coconino National Frorst），位於旗杆市近郊美國聯邦政指定的國家森林區域。

「只有五肉？」

「你得保留續集的空間，阿提克斯。」

「喔，對唷，我沒想到那個。宮本武藏把他的書分成五輪，或是五道——火之道、地之道……以此類推——每一道都闡述一門他的武術。你的五肉是什麼？」

「家禽道。牛肉道。海鮮道。熟食道。」

「很棒的分類，歐伯隆。海鮮和熟食包含了很大範圍的食品，我很想知道你對豬頭凍有什麼看法。最後一道呢？」

「當然是香腸道啦。我現在就可以幫你開示。」

「請說。」

「完美的生活，如同完美的香腸，都要仰賴調味來達成。想要滋養心靈，使我們珍惜，就要具有不同的味道和辛辣程度。」

「我認爲你講得有點道理，老兄。」

「儘管一開始可能很美味，但每天都吃一樣的香腸就會越來越平淡。」

「喔，這話說得太棒了。不但對一成不變的生活提出警訊，還同時押韻並諷刺。」

「有這種事？我是說當然沒錯，我本來就是這樣想的！」

我的電話終於在禮拜天下午響起。號碼是山姆·歐布里斯特的，不過打來的是歐文。

「敘亞漢？」

「如何？」

「來山姆家，我不想再對這坨不自然的狗屎講話。」

「什麼鬼，歐文？山姆才不是不自然的狗屎！」

「什麼？老天，我說的是這他媽的手機，不是山姆！」

「好吧，那你講話時就該小心用字遣詞！」

「你眞的不要繼續挑剔我的用字遣詞，還是我得提醒你這並不是我的母語嗎？」

「去給山羊吹喇叭！」

「你已經吹過全世界所有山羊啦！」

「我很快就到！」

「很好！」

我按鈕掛斷電話，發現歐伯隆看著我。

「好了，你們眞是一下子就吵起來了。」

我長嘆一聲，努力放鬆。「對呀，我和他講話就是這樣。」

抵達山姆家時，我還得忍受「沒得玩了，各位。敘亞漢來啦」之類的鬼話。歐文留給他們一瓶半滿的威士忌，而從他那東搖西晃的模樣看來，少掉的半瓶多半是他剛剛喝掉的，但最後我們還是轉移到了科羅拉多。他第一次來這裡，而他努力說了些好聽話。或許是在爲了之前罵我的事道歉，又或許是爲了接下來將要發生的事道歉。

一陣刺骨寒意宣告冬天到來，而且鳥兒都開始注意到了。當太陽沉入聖璜山脈崎嶇的山脊下時，很多鳥兒都大聲宣告再過不久就要向南遷徙——至少在我耳中聽來像是如此——至少有一對鳥兒說：「再過不久個屁，我們現在就走。」歐文和我拿著黑啤酒，坐在屋外的帆布椅上，安安靜靜聽著蓋亞歌聲，足足一個小時都假裝沒什麼好談的。接著，歐文毫無預警地清清喉嚨，提起他回來之後就一直規避的話題。「聽著，敘亞漢，好消息是對方不是布莉德。」

「喔，我知道。我最近從另一個消息來源得知這一點，不過還是很高興聽你證實。」大德魯伊點頭，一臉尷尬，有點失望地發現他沒有理由陶醉在好消息裡，只能立刻提起壞消息。

「好吧，記住我沒有任何證據。」他說。「證據得讓其他人去找。我只有間接證據，不過我認為自己猜得沒錯。我一步一步說給你聽。妖精刺客、吸血鬼、黑暗精靈這一切都是在你不再躲藏，跑去妖精宮廷晉見後才發生的，沒錯吧？」

「對。」

「所以一切皆起於那次晉見。我們知道對方不是布莉德，而你可以排除所有妖精，因為他們在提爾．納．諾格外沒有足夠人脈進行這種事情。所以肯定是其他圖阿哈．戴．丹恩。」

「目前為止我都認同。」

「現在來看看布莉德的兒子，他們都沒有動機。他們沉迷在各自的創作上，而且都很高興你回來了，因為你讓他們的生活變得有趣。歐格瑪渴望戰鬥，但他是那種會主動挑釁，然後把戰術之類問題留給其他人的傢伙。如果他想要對付你，你肯定會知道。富麗迪許也是。如果她要你死，她的箭早就插進你的眼睛了。再說，她也有幫你應付那兩個狩獵女神。其他有能力做出這種事的傢伙幾乎都已經掛了。所以，在我看來，就只剩下兩個圖阿哈・戴・丹恩有力量這麼做：馬拿朗・麥克・李爾和芳德。」

「不。」

他用沒拿酒杯的手拍了椅臂一下。「給我聽好了，小子！他們兩個都非常擅長保守祕密，但其中只有一個有機會做這件事。身負海洋之王的各種職責，加上是唯一剩下能照顧亡者的愛爾蘭神，馬拿朗・麥克・李爾沒有機會，而且也沒有動機。」

「你是說是芳德？她又有什麼動機？」

「她是妖精之后，敘亞漢！無法忍受寒鐵的妖精，痛恨、恐懼你遠勝世界上一切的妖精，另外我要補充，你自己也承認這些年來死在你手上的妖精不計其數。」

我震驚無比，只能無力地提出異議。「但是芳德一直對我們很好……」

我的大德魯伊終於失去耐性。「她當然會對你們好，你這個大奶頭！你有莫利根的寵幸，還有她丈夫的，甚至連布莉德都一樣，她別無選擇，只能在你面前強顏歡笑！但她因爲同情那些愛她的妖精而恨你入骨。妖精尊敬布莉德，但也懼怕她，敘亞漢，他們追隨她，但眞正崇拜的卻是芳德。而芳德最不樂見的，小夥子，就是另一個鋼鐵德魯伊。對她而言，這種人一個就已經太多了，你看不出來嗎？所以你和關妮兒都得死，但是不能讓人發現是誰幹的。馬拿朗常常不在家，她媽又跑去森林裡和佩倫大玩雷電性愛，所以芳德有很多時間策劃，在沒人知曉的情況下四下奔走。你在妖精宮廷引見關妮兒時，芳德就見過她了，這表示芳德知道她的名字，也與她握過手，或許還順手取走了一、兩根頭髮用以占卜，光那樣就夠了。她可以透過關妮兒追蹤你的下落，即時派遣各式各樣刺客暗殺你，但她花了點時間才和羅馬神談好條件，封閉你轉移世界的能力。」

「人面獅身龍尾獸說過他是被一個戴面具、聲音古怪的人抓到的，對吧？」

「所以梅爾和大肛毛都是她殺的，還把那頭人面獅身龍尾獸留在那裡……」

「對。」

「我敢和你賭三個老祖母和她們的餅乾，她殺害梅爾的時候也戴著面具。這樣當馬拿朗抵達、帶走梅爾亡靈時，梅爾就無法告訴他是芳德幹的。」

「天呀，歐文。她是馬拿朗的妻子，富麗迪許的女兒。」

「我知道，小夥子。」他開口微笑，靠回椅子上，喝了一口健力士啤酒，然後擦擦嘴唇。他的小鬍子下方沾了一道白泡沫痕跡。「喔，美味可口，眞的。但是你他媽玩完了，這可不是瞎說。」

「我覺得未必。」

「喔？爲什麼？」

「因爲我了解她的動機。如果有人在外面殺害我在乎的人，我也會親自出馬追殺他們。我不怪她，因爲換了是我也會這麼做。我一定能想辦法彌補此事。」

「啊，所以你打算躺下來露出肚子，請她直接宰了你，因爲她師出有名？」

「當然不是。但目前還不到非得拚個你死我亡的局面，還是可以談判。」

我的大德魯伊嗤之以鼻。「是呀，小夥子。我敢說她和梅爾談了很久，才把他裹在鐵裡面割喉。」

「我與梅爾的立場大不相同。我只是……不……不想直接採取暴力手段。」

「爲什麼不？這樣可以解決問題，而且你超擅長的。」

「不。每次我自認用暴力手段解決問題時，就會生出更多問題，就像九頭蛇一樣。」

「你說消防栓【註】？你指給我看過的那種黃色東西？」

「不是，是九頭蛇，希臘怪物。砍斷一顆頭，又會長出兩顆。」

「喔。那你就不要砍牠的頭，去挖牠的心臟或腎。」

「對，歐文，就是這個意思，我寧願採取其他辦法。」

「好啦，喜歡就跪著過去解決問題。我晚點會告訴你我早就說過了。」

我壓下反唇相譏的衝動，說道：「明天是薩溫節。和我在這裡慶祝？」

歐文考慮好一會兒，不知道我是否別有用心，不過最後還是說：「好，小夥子。就這麼辦。」

「好。運氣好的話，我們會和馬拿朗・麥克・李爾一起慶祝。」

譯註：九頭蛇（Hydra）與消防栓（hydrant）音近。

第二十一章

和阿提克斯簡訊聯絡讓我心裡好過許多，開始期待當天會有所收穫。吃完早餐後，我告知旅館會多待一、兩天，然後回到香蕉園，因爲那裡不會有人打擾。在香蕉園中盤腿坐下後，我閉上雙眼，延伸思緒，開始聯繫高韋里元素。我們討論了好幾個小時，久到歐拉都躺下去又睡了一覺，但我們逐漸篩選出一間很久之前存在，如今已經填平的地下石室。

高韋里解釋那是個——//魔法之地/蟄伏許久/危險/空氣稀薄//

那裡或許不是埋藏伐由之箭的地點，但魔法之地聽起來很有趣，而既然沒有洛根的線索，我就請高韋里帶我們過去。我們從香蕉園往北走，直到高韋里叫我們停在一片休耕的稻田裡爲止。附近沒有其他人。

//這裡//她說。我腳前一塊正方形的地面開啓，宛如污水坑般向下崩塌。刺鼻氣味飄向天際，通往地下的階梯呼喚我下去欣賞奇景，或發現恐怖事物。我有點不安，於是遲疑不前。

「歐拉？」

「是？」

「我不是眞的想要下去，但總覺得非去不可。妳或許該在這裡等我。元素說下面會有危險。」

「我跟妳去。我很危險。」

老實說我也想要她陪我去，但又不想讓她冒險。歐伯隆曾在幫忙阿提克斯對付差點把我們兩個都殺了的吸血鬼時受傷。「我知道妳很危險，歐拉，但是妳留在上面，在我需要時下來幫忙才是明智之舉。請留下。我會盡快回來。」

她一點也不喜歡這種做法，但還是垂著耳朵聽命行事。我小心翼翼地步入黑暗，一步接著一步，告訴自己感到的不祥之兆沒有意義，因爲這地方幾分鐘前還是實心土地，裡面不可能有任何傷得了我的東西。但我也記得恐怖片裡不帶手電筒就跑到黑暗裡的女孩往往沒有好下場。走到一半時——因爲石室很深，高韋里造出的階梯很長——我施展夜視羈絆，希望地上的環境光足以引導我走至地底。

來到底部時，環境光顯然不夠，就算有夜視能力也看不見東西。我請高韋里挖開一條縫隙，她照做，在上方挖開一條窄縫，灑下些許陽光提供微弱照明。這在古代算是很大的房間——四十呎乘四十呎，我猜，只能在泥土中隱約看出殘缺的牆壁和地板。我有點好奇高韋里怎麼會記得石室形狀——但是我沒機會細看任何東西，因爲陽光幾乎立刻就開始變暗。窄縫沒有被填平，但是窄縫和房間其他地點之間被東西遮住，好像有人把整間房放到大黑袋裡。

//提問：怎麼回事？//

//古老生物甦醒/隱藏許久/遭受遺忘/討厭陽光/空氣//

我差點叫歐拉下來，但是即時住口，因爲我不要她陷入這種處境。某種隱形的東西將我撞倒在地，是一股沒有手指、沒有形體，但肯定存在的力量，把我壓在堅硬的石板地上。它持續擠壓，逼出我肺裡的空氣，壓迫所有一切——我的腳、手和頭——幽閉恐懼的噩夢。

我沒有東西可以對抗，也沒有地方可供施力。我想這感覺就像在垃圾壓縮機裡一樣，不過沒有堅硬的鋼牆和宇航技工機器人在通訊器另一邊幫忙關機【註】。這比較像是鬆軟但無法阻擋的壓力，彷彿被難以想像的龐然大物壓下來的枕頭壓住，而令人窒息的黑暗與壓力讓我越來越慌。如果想不出辦法脫身，我很快就會被壓成肉醬了。我施展魔法視覺，眼前沒有任何不同——完全漆黑，沒有東西可打，沒有東西可供羈絆。但還是肯定有東西攻擊我。

我就連舉手盲目攻擊都辦不到，因爲此刻身上的刺青都沒有觸及大地——少數幾塊僅存的遠古地板之一就躺在我的右臂底下，擋住環繞二頭肌的刺青，所以無法取用大地魔力——我取用儲存在史卡維德傑的銀質部位中有限的力量，然後很快就發現連強化過的力量也無法掙脫這股壓力。但是在掙扎舉臂的過程中，我發現自己可以往側面移動一點。

我的鎖骨斷了——這是眾多骨頭中第一根斷掉的。過不了幾秒，其他比較堅硬的骨頭也會開始斷，然後我就會像沉得過深的潛水艇般全面癱瘓，剩下一堆在裝滿血湯皮囊裡漂蕩的鈣質碎片。

我的左手移動到大腿外側。使盡吃奶的力氣以大拇指解開富威塔刀鞘上的皮帶。我拔出漩渦刃，但一出鞘立刻被壓到地上，壓力也越來越強大。刀刃離鞘後，我嘗試以手腕將刀尖向上，結果手腕斷了。右手手腕也一樣，接著是腳踝附近的脛骨。然後鼻子也斷了。我體內沒有空氣可以尖叫，而且喉嚨也開始塌陷。我的手指緊握刀柄，可以感覺到裂痕擴散，指骨很快也要斷了。所有骨頭都一

譯註：《星際大戰》裡面跑去死星救公主的橋段。

樣。我別無選擇，只能咬緊牙關，把匕首插回刀鞘，而現在刀鞘變低，插不進去。但是在對付完全蓋住獵物的怪物時，不管刀插向任何方向，都等於插向怪物本身。漩渦刃刀尖刺中了某樣東西，空氣轉眼竄回室內，壓力立刻解除。

黑暗褪去，透過窄縫的陽光回歸，但我無法動彈，也只能小口呼吸。太多骨頭斷了，整個身體都是瘀青。不過我暫時還活著。我放開富威塔和史卡維德傑，翻轉右手臂，好觸摸大地、展開治療，然後聯絡我的獵狼犬。

「歐拉？」

「好了，我可以下去了？」

「不。請待著。」

「好。我待著。」

我得先確認安全。我問高韋里：／／提問：這裡還有古老生物嗎？／／

／／沒有／／

威脅解除。徹底解除。我沒有看到任何形式的屍體，但此刻我的視野受限。嘗試抬頭時，我的脖子不想移動。這並非脖子癱瘓了，只是暫時動不了。我得等。

耳朵嗡嗡作響，彷彿剛聽完搖滾音樂會，它們肯定要治療，不過至少沒東西脫落。

我仔細研究自己的身體狀況，發現斷掉的骨頭比想像中多，幾乎包括頭骨在內的所有骨頭都有裂痕。我全身上下會變成一個大瘀青，儘管我能在奇蹟般的時間內治療骨頭，短期間還是沒辦法走台階離開這座石室。想到台階，我開始擔心白天會有人路過，下來調查——特別是當附近還有隻大獵狼犬徘徊。我很難解釋自己跑到這裡來做什麼，還有怎麼會傷成這個樣子。然而，在我有機會請歐拉下來前，她有點驚訝地開口了。

「嘿。高男人來了。」

「什麼？歐拉，是好人嗎？」我聽見一名男子輕聲細語，顯然是與她交談，但是沒聽見回應或提問，忍不住開始擔心。接著一道陰影遮蔽了石階上方灑落的陽光，歐拉走了下來，沒有說話。有人一邊吹口哨一邊在她身後下來。

一開始我以爲對方是個個子很高的男人，但當對方身高超越高個子範圍，進入不可能的領域後，我才看出對方根本不是人。當他的腦袋終於映入眼簾、瘦臉上方的頭髮起火燃燒，他不再吹口哨、放聲大笑後，我不顧一切移動重傷手臂去抓史卡維德傑，希望能在他看見我前隱形。我的速度不夠快。

對方一手化爲烈焰，另一手對我伸來，搖動手指。「不、不、不必起身。也不要唸咒。嘗試任何舉動，哪怕只是動一下，我就放火燒死妳的獵狼犬。拒絕回答我的問題，就放火燒死妳的獵狼犬。聽清楚了嗎？」

「清楚了，洛基・火髮。」歐拉步入我眼角的視線範圍，沒有理我，顯然洛基透過某種方式控制她。「你把我的獵狼犬怎麼了？」

「我只是和她說話。除非妳逼我，不然我不會傷害她。」

洛基繼續走下台階，目光始終小心翼翼地盯著我看。那是我這輩子見過最駭人的目光，而他眼旁的皮膚依然充滿扭曲疤痕，因爲在他遭囚的幾個世紀裡，有條大蛇的毒液不斷滴在上面。

我沒有動。他走到我們面前，在我身旁蹲下，靴子故意踩在史卡維德傑上，以免我起意使用它。他無聲地令手臂上的火焰熄滅，然後雙臂放在大腿上，手掌垂在膝蓋間擺動。「太棒了。開始吧！哈囉，火髮女孩。妳是唐納・麥特南之女，是不是？」

「是。」

「也是德魯伊？」

「是。」

「達巴弗——妳是怎麼擊敗它的？」

「什麼？很抱歉，我不知道那是什麼？」

「達巴弗。那股壓力。我敢說妳感覺得到，因爲妳的骨頭斷了。那是大地的產物，可以熄滅火焰。它也不太喜歡空氣，會想辦法逼走空氣。根據古諺，我認爲得以土攻土。妳是這樣幹的嗎？」

這些話和他的出現令我感到不寒而慄。他曉得那個等在黑暗裡的怪物，而利用我來解決它。

「是。」

洛基笑得很陰森。「啊，妳說謊的技巧不及妳的姘頭，或許是這玩意兒幹掉它的？」他伸出長手，輕易越過我的身體，從斷掉的手掌中取走富威塔，拿在眼前仔細檢視；我也看得見它。原先是藍色的靈魂室如今變成紅色了，表示雪人魔法已然獲釋，而現在維持刀鋒銳利、防止刀身融化的是……達巴弗的靈魂。我發現自己一點罪惡感都沒有。

「嗯，」洛基說。「冰武器。有霜巨人的工藝水準——甚至超越。我從未見過他們打造如此精美的物品。但這是水魔法，我想很適合用來對付地系怪物。」

趁他問我武器是打哪兒來的之前，我搶先提出一個問題：「你來這裡做什麼？」

「我敢說妳知道原因。」

「來殺我？」

「這個……不。如果妳是歐蘇利文，我會說對。如果發現他處於妳這種處境，我會很高興。但我和妳一樣，是來這裡找尋伐由之箭的。」

「你怎麼——」

「——知道？妳來這裡是因爲妳在父親日記裡找到線索，是不是？他以前一個叫洛根的學生提供的線索？恐怕那是我假扮的某個可憐蟲。我需要人幫我取得伐由之箭，又不想承諾任何代價。」

我很想給他那張奸笑的嘴臉一拳，卻什麼都不能做。一切都是洛基的計謀。如果不是他，我爸根本不會跑來這裡。洛基心知這樣做會害死無數無辜之人，但仍利用羅朔幽奇製造混亂，然後等我趕到，擊敗伐由之箭的守護者。我決定不要放過任何小勝利。「你也沒佔到便宜。箭不在這裡。」

「別這麼說。箭就在那裡。妳只是因爲達巴弗而看不見。」

我沒辦法轉頭去看他所指的地方，因爲他指向我腦袋後方、台階對面的牆壁，於是洛基叫我等等，走出我的視線範圍。回來時，他再度蹲下，左身掛了一筒裝有六支箭的箭筒。這些箭在可見光譜中毫不起眼，不過我想光從箭身這麼多年還沒爛掉這點來看，就已經顯示出它們的不尋常。

「這些箭有什麼特別？」

「這些箭是由風神打造，能在任何氣候下射穿目標心臟。對不擅射箭的人很有用，對可能會與持長程武器的雷神作戰的人來說，更是超級有用。」

「索爾死了。」

「沒錯，但世上還有其他弱小版本的索爾，而且如果他想要，還是有可能再度凝聚形體。畢竟，還有人類崇拜他。而且世上還有其他雷神。比方被你們藏起來的那個佩倫。我猜你們把他藏在一個愛爾蘭神域裡。」

我沒有回答，只是反問：「你怎麼知道箭在這裡？」

「有些最有趣的故事，就是沒有被記載下來的故事。像是我惡搞索爾食物，讓他拉了七天肚子那次。英雄的尷尬事蹟往往不會被記載下來，妳看。印度也一樣。妳可以找出很多古代杜爾迦擊敗阿修羅的故事，但是作戰細節卻很少。其中一則，她面對一大堆阿修羅，射光了所有箭。」他說著搖晃箭筒。「每支箭都殺死了目標，而當她用箭筒去丟剩下的阿修羅時，箭筒撞穿了對方胸口，當場摧毀它。那眞是很了不起，無庸置疑，但是作戰結束後，她到處都找不到箭筒和箭。那是因爲有個阿修羅趁著激戰方酣時撿走它們，找地方藏了起來，不讓女神繼續使用。他是個儒夫，妳知道，眼看同伴慘遭屠殺，卻利用這麼做能削弱杜爾迦日後實力來合理化自己的臨陣脫逃。他把箭藏在此地，安排達巴弗看守。他幾天前和妳父親一起戰死，自以爲這一次杜爾迦絕對會寡不敵眾。但儒夫總會有利用價值。」

我想起一個他和之前的不同之處。「嘿。你講話不結巴了？」

他這回笑得十分暢快，迅速點頭，頭髮重新點燃。「嗚、嗚、嗚、我結巴？」火焰熄滅，頭髮平息，他繼續說：「我從來沒有結巴過。但是我演技不賴，是不是？你知道我的英文是向誰學的？」

「富麗格說你遭囚期間有人教你。是赫爾送去的鬼魂。」

「對。她送來的鬼生前是個英國文學老師，會唸《哈姆雷特》給我聽。事實上，應我的要求唸了好幾次。很棒的舞台劇，充滿欺瞞和各式背叛。妳聽過嗎？」

「聽過。」

「好吧，就像哈姆雷特大人一樣，獲釋之後，我覺得最好先表現得瘋瘋癲癲【編註】。不過起南風了，所以我可以分辨老鷹和手鋸的不同【譯註】。」

「不，」我說，「這可說不得謊。我當時在場，知道你不是在作戲。阿提克斯耍了你，還好幾

編註：表現得瘋瘋癲癲（To put an antic disposition on）出自《哈姆雷特》第一幕第五場，哈姆雷特和赫瑞修（Horatio）、瑪塞洛斯（Marcellus），還有鬼魂的對話。

譯註：與前句同樣語出《哈姆雷特》。全句爲：I am but mad north-north-west. When the wind is southerly, I know a hawk from a handsaw. 大意是：只有在起西北風時，我才會發瘋；起南風時，我就能分辨老鷹和手鋸的不同。（編按：有人認爲這裡的「老鷹」暗指談話對象是爲國王監視自己的人，即可視爲國王的工具，與手鋸同爲工具，互相呼應；但有註本認爲這邊手鋸的handsaw是hernshaw〔英文方言中的heron，鷺〕之誤；不同解釋皆有支持者。不過無論是何種，這句可引申爲「有尋常的判斷力」。）

次。」

「只有第一次。我承認他非常聰明，而我沒想到他會騙我他是矮人的工藝品。但等我在尼達維鐸伊爾睡過一覺後，我立刻得知事情眞相，然後裝瘋賣傻。在波蘭以阿修羅形態現身時，我就希望他能立刻展開調查，而我也做好引他來此的計畫，不過我想他實在有太多事要忙了。而利用妳父親引妳上鉤，讓妳找出這些箭，」他說著把箭筒推到我面前，又收回去。「乃是備用計畫，雖然現在看來，我該把它當作優先計畫才對。這個計畫太順利了。」

他湊上前來，在我面前好好嘲笑一番，因爲我沒辦法在還沒療好傷前打他，也不能拿歐拉的性命冒險。「如果妳有能耐離開，等妳離開這裡，請告訴他說他被我耍了，好嗎？到了這個階段，我已經沒必要繼續假裝了，而我不想讓他自以爲有多了不起。」

他停下來等我回答。「我會告訴他。」

「謝謝妳。我知道他與奧林帕斯眾神達成聯手協議，不過沒用的。諸神黃昏即將到來，世界將會淨化，然後重新開始，我也會帶著自己的盟友一起來。無法阻擋的那種。現在，請別動。我知道妳現在就已經夠痛了，而妳的獵狼犬還是非常可憐。」他朝我左大腿伸出手，食指指尖冒出火焰。

「你想幹嘛？」

「我要帶走這支可愛的冰匕首，我看到妳那裡綁了副好刀鞘。只要妳不動，我應該可以不燒傷妳而拿走它。」

很少有感覺能像無助感那樣強烈，眼睜睜地看著並忍受某人利用你的弱點佔你便宜。這是很難隨時間消逝的刺痛。即便此刻，當我寫下這件事時，還是能再次嚐到那種感覺；但當時我得忍住沮喪，在他燒穿綁在我腿上的刀鞘時不要動彈。那股熱氣穿透了我的牛仔褲，不過他信守承諾，沒傷害我。他解下刀鞘，還刀入鞘，然後站起身來，撿起伐由之箭的箭筒。爲了不讓我伸手可得，他踢開史卡維德傑。他讚嘆地看著伐由之箭和富威塔，迷失其中整整一分鐘，感受著它們所代表的力量。

「妳今天送給我幾樣美好的禮物。」他終於喃喃說道。「妳知道，這樣佔妳便宜讓我有點愧咎。我本來不打算送妳什麼，但或許我該讓我的善良天性勝出這麼一回。」他轉動疤痕滿布的雙眼，目光自法器上轉移到我身上，笑到嘴角都裂到耳根了。「妳想要禮物嗎，麥特南小姐？」

我不敢想像他所指的禮物是什麼。「不，謝謝。我不需要。」

「別這麼說。妳連是什麼禮物都不知道呢。」他輕輕將箭筒和匕首放在腳邊，在掛在皮帶上的袋子裡翻來覆去，最後拿出一個石圓柱，底部有類似印章的刻印，但不是漢字，而是符文。他手指冒出火焰，石頭在他手中加溫，符文邊緣紅得發光。

「我想妳會很喜歡這個的。」

「不，我知道我不喜歡。謝謝你這麼有心，但拜託留著吧。」

「妳還是不知道我要送妳什麼。」他蹲在我身邊，右拳冒火，左手宛如單手爵士舞手勢【註】般搖來搖去。「隱藏的能力。」他低聲道。「類似斗篷！送給年輕德魯伊最完美的禮物。」在我開口前，

編註：爵士舞手勢（Jazz Hand，通常用Hands），是一種將兩手手掌張開五指，然後分離抖動的經典舞蹈動作。

他突然伸出手掌，用石頭有印記的底部貼上我左手的二頭肌，劇烈的高溫令我忍不住放聲慘叫。片刻過後，他提起石頭，事情已經無法挽回，而歐拉一點反應都沒有。

「好了！」他說，手掌恢復正常，吸走石頭餘溫。「這下妳身負我的印記。妳會發現烙印無法癒合——倒不是說妳會想要癒合它。它可是非常迷人的。而且從今以後，它能幫助妳在占卜下隱藏，奧丁再也不能追蹤妳的下落，圖阿哈·戴·丹恩也不能，任何人都不能。除了我。我隨時都能掌握妳的行蹤。但是別管那個！想想妳在那些玩弄人心的神和女巫，還有碟仙板前有多安全！」

「幹——」

「好了，好了，不用謝我。」他說。「這是我至少可以為妳做的。」他再度起身，把那個可惡的印章放回袋子，然後拿起箭和匕首。

「再見了，麥特南小姐。相信我們還有機會重逢，而妳會繼續違逆本願服侍我。」

我知道該說點臨別贈言，但內心挫敗到就連趁他爬上台階時問候他媽都辦不到。希望他用指尖測試富威塔的刀尖。

第二十二章

到了禮拜一薩溫節——對其他人而言都是萬聖節——時，我發現已經有兩天沒收到關妮兒的消息了。我想她是在做自己的事，想要找我時自然就會打電話來，而我希望她不要覺得我打電話祝她薩溫節快樂是黏人、死纏不放的表現。然而，當我打電話給她時，電話直接轉進語音信箱。如果關妮兒不是手機沒電了，就是她所在地區收不到手機訊號。我簡短留言，祝她心靈和諧，請她有機會就和我聯絡。

我沒想到歐文會做法國吐司當早餐。走入廚房時，桌上已經擺了一盤早餐在等我，歐伯隆則坐在那裡，對食物露出我所謂「渴望狗眼」，不過沒有採取任何行動。當我感謝歐文這麼周到，問他是在那裡學廚藝的時候，他叫我閉嘴吃飯。歐伯隆發現我有點生氣，於是試圖安慰。

「如果你叫我閉嘴吃飯，我絕對沒有任何意見。」他說。「喜歡的話，你現在就能這樣對我說。我一點都不會生氣。」

我對他笑了笑，搔搔他耳朵後面，然後從冰庫裡拿出一包楓糖香腸，丟到歐文法式吐司旁的煎鍋裡，任由我餐盤裡的食物變冷。他一副像要和我搶火爐的模樣，不過這裡是我家、我的火爐，他如果好好問，我可以讓他用一下。

或許他沒辦法放下我們從前的關係，就是他命令我做事，我立刻奉命行事的那種關係。我們站在一起，看著食物煎熟，但是一句話都不說。滋滋響聲中偶爾會冒出歐伯隆舔嘴的聲音，接著我不知道什麼時候發現這樣不講話比尷尬的交談還有趣。年輕時，大德魯伊的沉默比訓斥更令我害怕，但如今沉默讓我感到寧靜，甚至有點小小的勝利感。反正這是他主動要求的沉默。我趁等香腸變色時煮了一壺咖啡。咖啡煮好後，我替我們兩個都倒了一杯，然後一言不發地拿給他。他嘟囔了一句謝謝，他還滿喜歡咖啡這種藥水的，而我則笑嘻嘻地對他點頭。我們坐下來，開始注意到通常吃飯時會主動忽略，不過在沒人說話時就會變得超吵的餐具聲。

「還記得我問你冷戰是不是在冬天打的，然後你給我上了那堂和天氣無關的超長歷史課嗎？」歐伯隆問。他已經幹掉香腸，看著我們安靜吃早餐吃了五分鐘，舌頭垂在嘴旁，腦袋前搖後晃，等著我們輪流把叉子上的食物放到嘴裡。

「記得。」

「好吧，現在就和冷戰很像，只是有法式吐司。不過我想『戈巴契夫先生，請把糖漿給我。』這句話缺乏那種戲劇效果。」

我忍住笑聲，但嘴角還是露出笑容，結果被歐文發現了。「什麼這麼好笑？」他吼道，認定我是在笑他。

「可惡，歐伯隆，這下我得回答他了。」

「外交勝利屬於我！」

「就是獵狼犬說了句很好笑的話。」我對歐文說。

我的大德魯伊皺眉看向歐伯隆，然後喝了一口咖啡。「獵狼犬，呃？」他邊放下杯子邊說。「你有過動物夥伴嗎，歐文？從以前到現在？」

「沒，從來沒有過。」

「那你是否試過和歐伯隆說話？你該和他羈絆，試試看那種感覺。我記得我之前曾建議動物夥伴，而你說你有理由獨自過活，但或許嘗試看看對你也有好處。」

他瞇眼看著歐伯隆。「你可以接受嗎？」歐伯隆叫了一聲表示同意。「那好吧。」

他集中精神，肯定取得了聯繫，因爲我聽見歐伯隆說：「嗨，你好。你額頭上有坨奶油。」

「什麼？」歐文拍拍額頭，找尋奶油，然後凝視指尖，發現什麼都沒有。

歐伯隆竊笑。「開玩笑的啦。騙你打自己的頭。」這話讓我大笑。

歐文瞪著我。「我想是你教他來這套的？」

我笑著看他：「不，他自己發展出不錯的幽默感。」

「定義一下『不錯』，小子。」

我湊上前去，手臂撐在桌面上。「重點不在於你覺得有趣。重點是我這麼覺得。如果關於長命百歲有什麼我能警告的事，那就是無聊會是敵人。如果一成不變的生活讓你太無聊了——永無止盡的吃飯、睡覺、大便、工作，好讓你能夠吃飯、睡覺、大更多便——你就會做些蠢事來娛樂自己，然後死去。又或許你會被沮喪擄獲，進行最後的變形，以動物形態活完一生。或是你會開始憤世嫉俗，想念過去和你所失去的一切，仇視世人。所以我的免費建議是找點東西來愛、來讓你自己笑——讓你能活在當下的東西。獵狼犬很擅長這種事情，對我而言很有用。對你可能有用，也可能沒用。」

我以爲他會粗聲粗氣地拒絕接受任何來自我的意見，講些介於輕蔑和刻薄之間的話，沒想到他居然像是考慮般地哼了一聲，然後問：「你是從哪裡學會教動物英文的把戲？」

「不是把戲，只是個過程。不過我是向孤紐學的。他以前有匹馬叫作蘋果傑克，六世紀的時候借我騎過一次。」

「蘋果傑克是會開玩笑的那種馬嗎？」

「不，他大多數時候都嚇壞了。他超怕哥布林的；深信自己遲早有一天會死在哥布林手上。」

「結果有嗎？」歐文問，歐伯隆也在我腦中提出同樣的問題。

「我們分離後，就不知道他後來怎麼樣了。只知道我很喜歡有他作伴。你吃完了嗎？」我舉手比向他的盤子。「我來洗。謝謝你的早餐。」

「嗯。」歐文等我把盤子放到碗槽裡開水後立刻改變話題。他提高音量，蓋過水龍頭的聲音。「昨晚我睡著前，你提到要找馬拿朗・麥克・李爾一起來過薩溫節。你邀請他了嗎？」

「沒，不過我等一下就會去找他。」

「你要怎麼只找他來，不找芳德——或是不讓她知道？」

「我認識個能夠直接聯絡他的賽爾奇。」

「喔，是呀。」他說著哼了一聲。「大家都有認識賽爾奇，小夥子。」

「我說眞的。我以前都透過她偷偷和他聯繫，就是我不想讓安格斯・歐格發現我在哪裡的年代。」

「找他要多久？」

「不敢確定。我不在時，你可以準備一下儀式火堆嗎？」

「好。」

「歐伯隆會留意妖精，如果有動靜會讓你知道。」

「我會？我是說，我會的！」

「可能會冒出些額外的監視者。在樹上，在樹叢裡，誰知道？如果察覺到他們，不要叫，只要告訴歐文或我就行了。」

「好。」

我和他們兩個道別，脫光衣服化身海獺，然後利用山楊樹轉移到提爾．納．諾格。抵達那裡後，我深吸口氣，然後轉移回地球上某處水裡：馬拿朗很久以前在愛爾蘭西南沿岸羈絆的一片小海草林。當然，任何有能力轉移世界的人都可以轉移到那裡，但很少有人會想要這麼做。這個地點除了賞鳥和觀光外似乎毫無用處，因爲你會在山羊島底部浮出海面，面對莫赫斷崖遠近馳名的壯麗美景——也就是《公主新娘》裡的瘋狂斷崖。海雀、海鸚和各式各樣的鳥都在那裡築巢，於天上盤旋並俯衝入海浪；附近海域禁止捕魚，讓鳥兒有足夠的糧食。不過我不打算游到海面上；我直接游向山羊島底下，那裡有另一片海草林和一塊納繆爾期【註】頁岩，遮蔽了一條通往宴會廳大小洞穴的地底通道。

浮出水面時，耳邊傳來小小的竊笑聲。雙眼漆黑的黑髮女子坐在一個架設在被海水磨光的玻璃碎石沙灘上的畫架旁，畫筆停在畫著藍灰風暴與驚濤駭浪的畫布上。她赤身裸體，毫不在意，神色好奇，而非警覺地打量我。她身後有條刻在岩石上的階梯，通往一座石台；石台上擺著石製家具，搭配毛毯和枕頭，還有顯眼的金色燭台，都炙烈燃燒，照亮她的起居室；火把照亮海灘。整體效果令人印象深刻——她的蠟燭和燃油預算必定超高。

「一隻海獺？」她說，輕快的愛爾蘭語調飄入我耳裡。「是誰？不可能是敘亞漢吧？」我變回人類形態，自寒冷的海水中向她揮手。「哈囉，米拉。好久不見。」

她放下畫筆，自鋪著毛毯的板凳上起身，攤開雙手。「眞的是你！實在是好久不見，太久了！你大概凍壞了。快上來，我拿張毛毯給你。」

我在她幫我拿東西擦身時游過去爬上岸，牙齒打顫。她笑容燦爛，拿毛毯過來，還堅持要披在我肩上，等我全身包起來後，她擁抱我，輕吻我的臉頰。賽爾奇的眾多優點之一，就在於他們這麼做時不會化爲灰燼；他們不像其他妖精，不會受鐵影響，因爲他們是在海洋中，或至少是在海灘上出生的。

「什麼風把你吹來的？」她邊問邊捧著我的後腦，手指撫摸我的頭髮。「你不會又想要我愛你了，是吧？」

「雖然那樣會讓我很開心，但我是爲了其他事來的。而且我最近有伴侶了。」米拉和我在十九世紀時曾短暫交往過。她很喜歡藝術，當我提起曾見過林布蘭和前途大好的天才畫家文森・梵谷時，我們的關係隨即變成整整一個月的色與美慶典，加上畫布與筆刷之吻了。

「結婚了？」

「沒有舉行婚禮，但我心裡已經定下來了。」

米拉笑容燦爛。「啊，那恭喜你！對方是人類，不是妖精？」

「對，不過她是德魯伊。」

「好了，那可眞是好消息！」她放開我，後退，雙手扠腰，側頭看我。「那你是爲了什麼事來的？」

「我需要妳祕密聯繫馬拿朗．麥克．李爾，請他來找我。不能讓人跟蹤，除了妳不能有其他同伴。事態緊急。」

她愉快的表情轉爲陰沉，不過沒有多問什麼。她知道我若沒有要事，不會來打擾她或馬拿朗。

「他該上哪兒去找你？」

「我可以帶妳去嗎？」

「好，我去拿皮囊。」她跑上起居區，從床腳沉重的石箱裡取出她的海豹皮囊，然後吹熄起居區所有蠟燭，只留下幾根火把照亮海灘。我脫掉毛毯，謝謝她提供短暫的溫暖，然後和她一起步入冰

編註：納繆爾期（Namurian）是西北歐地層學上的一個時期，大約介於三二六至三一三百萬年前（MA），是石炭紀下面的細分地層年代。

冷的環礁湖。我變回海獺，她則披上皮囊，以與我大不相同的方式變形成海豹，一邊扭動一邊落海。我們一起游出洞穴，到海草林轉移世界，回到科羅拉多的小屋。海豹不適合在高海拔森林中生存，但米拉不用在那裡待太久。我啓動轉回人形的符咒，對她說：「我們會在這裡慶祝薩溫節。這裡會有恰當的火堆和所有該有的東西。但請告訴馬拿朗，我們有事只能和他說，除了妳，不能再讓其他人知道。不能有任何人跟他來。」

米拉叫了一聲表示收到，然後消失，轉移回海裡去找馬拿朗。

我透過心聲叫道：「歐伯隆？」

「阿提克斯？你已經回來了？」

「對。你在哪裡？」

「我回小屋了。」

「和歐文一起撿木柴。他眞的很愛抱怨。哎呀！忘了他聽得見我。」

「來了！再見，歐文！」我沒聽見大德魯伊回應，但他八成說了些叛徒之類的話，因爲我聽見歐伯隆說：「這個，阿提克斯愛我，會給我培根吃、搔我的肚子、一起打獵，有時候我還有貴賓犬可以上——但是因爲現在有歐拉了，我們不提那個——而你就只會抱怨他什麼事都做錯了，偏偏我又覺得他做的都沒錯，所以你可以去——」

「夠了，歐伯隆。」

「噢。我這最後一句話本來是跟著粉布丁和——」

「你沒必要想完。」顯然邀請歐文和歐伯隆羈絆，然後又丟下他們獨處是個錯誤。我得盡快找個地方安撫我的大德魯伊才行。

我還沒看見歐伯隆，就聽見他跑來的聲音。他從通往洋基男孩盆地的黃土路上狂奔而來，舌頭趁著風勢甩動，看起來十分開心；但是也完全沒有料到穿越道路後會直接撞上馬拿朗・麥克・李爾的背——他剛好就從提爾・納・諾格轉移到歐伯隆奔跑的路徑上。他們兩個撞成一團，摔倒在地，發出幾聲吃驚的聲音。

「哇！他突然就冒出來了！」

而且他抵達的速度比我想像中更快。米拉也轉移過來了，身穿藍色長衫，海豹皮囊如斗篷般披在肩上。她驚訝的雙眼在看到歐伯隆夾著尾巴自馬拿朗身上跑開時流露笑意。

「他是故意的嗎，阿提克斯？」歐伯隆問。「那算是開玩笑嗎？因爲我的鼻子好痛，一點也不好玩。」

「是意外，老兄。」「抱歉，馬拿朗。」我對海神叫道，他已經站起身來，臉色陰沉。「眞是不巧。」

馬拿朗拍開膝蓋上的塵土，說道：「意想不到，不過也無傷大雅。現在，什麼事急著要在薩溫節把我找來？」

「進入主題前，我們得先確保安全。」我回答。「我敢說你和米拉來時都很小心，不過最好還是羈絆無聲泡泡，再加上迷霧斗篷。」

「小事一件。」

歐文還沒回來——我連他幹嘛要跑到山上去撿木柴都不清楚——但沒必要等他。當馬拿朗用斗篷籠罩我們，將我們遮蔽在濃霧中，不讓別人看見，並且羈絆空氣，不讓任何聲音離開我們身邊後，我按下大大的隱喻紅按鈕，等著看接下來會是什麼情況。

「既然現在是薩溫節，這個世界和亡者世界間的簾幕最薄的時刻，」我說。「今晚我想請你幫忙和一個最近的逝者交談：圖阿哈・戴・丹恩的梅爾。」

馬拿朗皺起眉頭，額上多了一條線。「姑且不論你怎麼知道他已經死了，爲什麼會想找他談？」

「我要知道是誰殺了他。」

馬拿朗默默打量我，接著，以比我預期中更小的音量回答：「不行。」

「好吧，那你告訴我是誰殺了他。我敢說你去帶領他前往亡者世界時，他告訴你了。」

「沒有。」

「你喜歡的話，我們可以來玩猜謎遊戲。一個字、一個音節——」

「不要。」

「你隱瞞此事是因爲梅爾說是芳德殺的？」

這話踩到了他的底線。米拉驚呼一聲，馬拿朗冰冷的表情瓦解。他伸出一指指著我，吼道：「你說話給我小心點。」

「馬拿朗，我們認識好幾個世紀了。你知道我愛你，也尊重你。我現在就是出於愛和尊重才先來找你談。你向來不會無視事實。」

「你沒有掌握事實。」

「梅爾死在經過偽裝的某人手上，而他宣稱對方就是芳德。那是事實。」

「你怎麼知道？」他反問，這下肯定了歐文猜得沒錯。

「我見過他的屍體，馬拿朗。還看到鎖在他的歡樂廳裡的人面獅身龍尾獸。」

「啊，所以你和人面獅身龍尾獸談過了？」

「在他嘗試殺我之後，沒錯。把他安排在那裡的人也有偽裝。」

「你沒告訴其他人？」

「我告訴過關妮兒和歐文。你呢？」

「沒，我還沒告訴過任何人。」

「你什麼時候才要告訴布莉德有個圖阿哈・戴・丹恩死了？」

「我想先調查清楚。我不能不確定凶手是誰，就告訴布莉德。她一定會劈頭就問，而我沒有答案。」

用這個藉口瀆職沒有什麼說服力，不過他或許還沒發現這一點。「芳德掩飾得很好，馬拿朗。她知道你會第一個察覺此事，也會想辦法幫她掩飾。」

「根本不可能是她，敘亞漢！」他努力辯解，聲音緊繃，語氣擔憂。「她怎麼會有理由做這種事？」

「或許我可以提供一點想法。」我和他解釋對一個如此熱愛妖精的人而言，世界上出現另一個鋼鐵德魯伊——如果歐文也想變成鋼鐵德魯伊，搞不好總共會有三個——簡直是災難。「她想要除掉關妮兒和我，利用梅爾幫忙在其他圖阿哈·戴·丹恩面前掩飾。當我們逃出她撒的網後，梅爾就變成累贅，所以她殺了他。我眞的不能怪她會有那種感覺，你了解的。她會那麼恨我，是我罪有應得。但我眞的希望她不要繼續對付我。」

馬拿朗搖頭。「如果是芳德——我不認爲是她——我無法想像她有什麼辦法不讓我們知道。」

「眞的有那麼難嗎？」我揮手比向米拉。「你有信任的妖精，對你的忠誠超過其他圖阿哈·戴·丹恩。她也有，搞不好比你還多。而梅爾和大肛毛領主能動用的資源也不少。」

「哪個領主？喔，是了，我想起來了。他負責調度守林者。」

「對。八成是他命令守林者該怎麼做的，說不定他們根本不知道那些命令眞正的動機。我不知道你對我最近在歐洲發生的事知道多少。等你聽完後，我想你也沒辦法把矛頭指向其他人。」

我把打從帶關妮兒去妖精宮廷晉見，並且宣告要羈絆她和大地的意圖後遭遇的暗殺行動通通說給他聽。奧林帕斯山下的妖精殺手和紫杉人。好幾次得知我下落的吸血鬼——並不是像我原先擔心的李夫眞能追蹤我，而是因爲梅爾或芳德占卜得知關妮兒下落，派遣妖精通知希歐菲勒斯。黑暗精靈傭兵。還有勾結羅馬諸神把我困在這個世界加以獵殺——馬拿朗曉得這段，因爲他在我們游泳穿越英倫海峽時曾出手相助。芬蘭神烏克莫名其妙突然現身，導致洛基獲釋，得以繼續騷擾我。歐文離開時間島後攻擊我們的菲爾達伊克——也是芳德治療歐文後匆忙間安排的蹩腳暗殺行動。

「好了，那些傭兵一定要花不少黃金，馬拿朗。」我說。「我敢說她也得付錢給梅爾和大肛毛領主。你是否注意到最近有大量花費？或許是拿城堡必要的裝修當藉口，或其他什麼的？」

馬拿朗在那之前都還是一臉拒絕相信的模樣，如今彷彿地震過後滑落海裡的斷崖般慢慢分崩離析。他雙掌蓋住眼睛，彷彿不想讓它們看見眞相，而當他放開手時，看起來心碎淒涼。他身體搖晃，米拉伸手扶住他的肩膀。

「我想我要坐下。」他說。

「坐裡面或外面都可以。」

「外面，但是暫時先不要討論此事。我要脫掉斗篷，好好想想。」

我帶他和米拉來到歐文和我昨晚坐的露營椅，當馬拿朗取消迷霧和沉默泡泡時，我們看見歐文拿著一堆木柴站在附近。

「啊，原來你們他媽的在這裡。」他說。「我敢說獵狼犬在策劃什麼和布丁有關的陰謀。」

「沒有，但是我能安排。」歐伯隆說。

「不要受他激。」我對歐伯隆說。

「那你告訴他了嗎？」他問，朝馬拿朗點頭。

「說了，他正在調適。」

「是喔？我想那應該要些時間。不如再去多撿些木柴。你想上哪兒去撿？」

「河邊。」

「當然是河邊。」他毫不停步地走過我們身邊，前往昂康培葛雷河岸。我還是不了解他幹嘛要跑到山上去撿木柴，但既然很肯定他希望我開口問他，我自然不問。

馬拿朗將手肘撐在膝蓋上，雙掌摀住臉龐，我知道在這種情況下不管說什麼都不能讓他好過一點。我決定採取遇上尷尬社交場面時的標準英國處理方式。「茶。我去煮茶。」

煮開水泡茶的短短幾分鐘，讓馬拿朗有時間應付他的情緒，想想該怎麼處理此事。當我帶著茶杯和茶碟從木屋裡出來時，他已經坐直身子，準備繼續交談。

「我們得去找富麗迪許。」他說。

「同意。」我說著遞給他一杯茶。

「米拉，可以請妳帶她過來，盡可能不要讓別人發現嗎？」

「是，馬拿朗。萬一她想帶她的雷神來呢？」

「雷神沒關係，不能帶妖精。」

「悉聽尊便。」她離開座位，踏著流暢優雅的步伐走向山楊樹，然後轉移離開。我在馬拿朗身旁剛剛米拉坐的位子上坐下，海神輕啜一口茶，然後放在桌上，發出輕輕的叮聲。

「梅爾告訴我是芳德殺了他，但他無法證明。」他說，終於承認我們懷疑的事。「不管是誰，對方都從頭包到腳。我在他眼中看見當時的景象，但沒有證據。有可能是任何人。所以我不信他。」

「而你相信我？」

「不。因爲你也沒有證據。你告訴我她有動機、方法及機會，而你加深了我的疑心，讓我擔心你或許猜得沒錯，但我不會在沒有證據的情況下出手，也不會讓你採取任何行動。」

歐文在此時回來，不過沒有打斷我們交談。他就只是站著，雙手抱胸聽我們說話。我繼續說下去。

「任何行動都不行嗎？要是我們找到你要的證據呢？」

「怎麼找？」

「我們或許沒辦法找出她殺死梅爾的證據，但是有個簡單方法可以查出蛛絲馬跡：如我建議，帶回梅爾的靈魂，問問他爲什麼會被殺，他在幫芳德做什麼？」

「沒有意義。我們不能相信他說的話。」

「我沒說要相信他。但我們應該查證他的話，確認眞僞。他或許可以引導我們證明芳德曾想殺害關妮兒和我。」

「別搞那麼多，」歐文插嘴，「直接去找布莉德，讓她解決此事。」

這話引起馬拿朗很大的反應。他突然站起，大叫：「不！不准找布莉德！她或許能夠忽視芳德其他越軌之處，但她絕不會不管梅爾之死。」

我假裝沒聽出來馬拿朗承認他認爲芳德有罪，問道：「你想要布莉德別管梅爾之死？」

「不，但是我要先掌握實證，再公開提出指控。如果布莉德在調查未有結果前囚禁芳德，你知道妖精會怎麼幹嗎？」

「我認爲他們會遵守第一妖精的裁決，聽從指示。」

馬拿朗對我露出輕蔑又難以置信的表情——額頭上冒出怒氣沖沖的皺紋，嘴唇後翻做出厭惡嘴型。「你的想像力還眞是豐富。」他揮手劃過空氣，象徵性地破除這個想法。「不，敘亞漢，他們會叛變。芳德手下的妖精比布莉德還多。比我們都多。」

「那你可以提出什麼做法嗎？因爲我們不能忽視此事。布莉德遲早都會發現的。」

「她已經知道了。」歐文說，馬拿朗轉身看他。「不是芳德的事。」他把話說清楚。「但她知道梅爾死了，正調查此事。」

「這樣事情就更複雜了。」

另一個聲音問道：「什麼讓哪件事情更複雜？」我們轉身，看見剛從提爾．納．諾格轉移過來的富麗迪許、佩倫和米拉走出樹林。富麗迪許身穿狩獵皮衣，揹著弓箭，佩倫則把斧頭綁在背上。她頭髮上還卡著一片樹葉，不過既然看見她對歐文眨眼，我想這應該是某種惡作劇，不該多提。反正我們都有更麻煩的問題要擔心。

歐文找佩倫和他一起去撿木柴——「那把斧頭能派上用場，小夥子。」——我則邀請富麗迪許、米拉和馬拿朗到屋內，把事情從頭又說了一遍。富麗迪許在聽到芳德爲了妖精對我展開報復的理論時，反應比馬拿朗驚訝多了，梅爾的死訊更是讓她大吃一驚——她還沒聽說。

「他和我……好吧，我們以前一起玩過。如果芳德殺了他……」

「怎麼樣？」馬拿朗在她越說越小聲時問到，結果被讓富麗迪許瞪了一眼。「這是個我們得問自己的問題。萬一我們證實這是眞的呢？要知道布莉德也在調查此事。」

「我們知道的太少了。」富麗迪許說。「遲早要面對這個問題。我們該如何調查此事眞僞呢？」

馬拿朗告訴她我那個帶回梅爾的建議，而她同意那應該是最好的做法；於是我們回到屋外，點燃火堆，開始進行儀式。當時才剛黃昏，不過等我們開始召喚梅爾時，天色就會全黑，而儘管此地還不到午夜，但世界上有些地方已是午夜了——這足以讓馬拿朗去做他得做的事情。

「關妮兒在哪裡？」富麗迪許突然發現她不在。

「我不知道。我打過電話找她，也留了訊息，但是她沒回電。」

「你試過占卜嗎？」

「沒有。我覺得那樣做有點詭異。」

「如果你眞的相信芳德想殺你們兩個，那我認爲還是小心爲上。」

「她沒死。」馬拿朗說，想要讓我放心一點，「不然我會知道。」

「我還是占卜確保她沒事好了。」我說，因爲老實說，我已經開始擔心了。十五分鐘後，在我完全沒辦法透過占卜得知她的下落時，心裡更加擔心。「或許我做錯了——我向來不擅長占卜。」我對富麗迪許說。

「我也是。」她說。「但我也試試看吧。」不幸的是，靠她的占卜也沒辦法找出關妮兒下落，之後的馬拿朗也一樣。

「她脖子上戴著寒鐵護身符。」我說，努力想出她沒有遇上麻煩的解釋。

「對，但是你們在歐洲大逃亡的時候，她就已經戴著那玩意兒了。」歐文指出這一點，「而芳德——抱歉，馬拿朗——或是某人當時可以輕鬆占卜出她的下落。」

我們思考這個問題，梅爾被人綑在鐵鎖鍊裡的畫面回到我的腦海。那種東西可以防止占卜。萬一芳德已經擄走關妮兒了呢？

「現在沒辦法解決這個問題，」富麗迪許說。「所以我們該繼續召喚梅爾，處理我們可以解決的問題。」

「這樣可以接受嗎，敘亞漢？」馬拿朗問，我點頭。這是實際的做法。我想起上次傳訊時，關妮兒一直沒說她在哪裡、在幹什麼，只說有機會就會來找我。不知道能從哪裡開始找她的話，我絕對沒有找到她的可能；她有可能在任何地方，地球上，或是其他世界。

我們在黑暗降臨後展開薩溫節儀式，由於現代人不知道儀式咒語，我們也沒寫下來，所以他們從來沒有弄對過我們的古老儀式，也不太清楚需要火焰的理由。我聽人說過跨越火堆是淨化儀式，或是代表拋下舊的一年、迎向新的一年，而那些都是無傷大雅，也不能說不對的解讀。火焰代表各式各樣的二元性，不過其中包含了肉體與靈體的生命，兩個世界的光芒；透過這些象徵，在薩溫節，我們就可以與居住在另一世界裡的亡者交談。我們在兩個世界的中間相遇，然後透過分隔我們的簾幕說話。

佩倫和歐伯隆決定趁我們辦事時去玩。他們在小屋前擺好架式，開始圍著對方繞圈。歐伯隆瘋狂搖尾巴，如果佩倫也有尾巴，我敢說他也在搖。他透過大鬍子笑道：「你想要樂一樂，嗟？」

「他的毛幾乎和我一樣濃密，阿提克斯。不過更鬈一點。如果我和他摔角，會不會像魔鬼氈一樣黏起來？」

「我想你們應該試看看。」

「好！我爲了科學試驗摔角！」他叫了一聲，撲向佩倫。雷神哈哈大笑，和他在樹葉間翻滾，我很高興他們在我們舉行儀式時有事可做。

我們先緬懷莫利根，祝她在簾幕之後得享寧靜。我們的情緒都有點激動——包括我的大德魯伊。這情況和莫利根深信沒人愛她正好相反。這或許與傳統上的愛不太一樣，或許也不是她在追求的那種愛，但我們無疑都很想念她。而且說實在話，儘管她的肉體已死，還是隨時都能在我們的世界裡凝聚形體；她信徒的禱告，包括我們的思念在內，依然蘊含足夠的魔力。我希望她能利用這種機會再來找我。

梅爾就比較麻煩了。世人從來沒有特別崇拜過他，而不管他想不想，我們都需要他來和我們交談。馬拿朗帶頭唸誦鼓勵和強制的咒語。我們在火堆旁跟著他覆誦他的咒語，強化羈絆的力量，直到第二堆火的濃煙開始凝聚，形成梅爾的負片影像——那是個由煙霧而非光線組成的慘白投影。他看起來很不高興，聲音很不爽，聽起來像是陰風。

「太好了。天殺的鋼鐵德魯伊和馬拿朗・麥克・李爾。否認之王。」他的視線看向富麗迪許、歐文和米拉，然後飄開，對他們不感興趣。「你們想怎樣？」

馬拿朗回答：「我引領你前往馬梅爾時，你說是芳德殺死你的。」

「對，而你當我沒說，可惡的東西，你這個大混蛋。」

「別管那個。告訴我你本來要說什麼。她爲什麼要殺你？」

「因爲我沒殺死他，」梅爾指著我道。「或至少做好殺死他的安排。」

之後我們沒花多少唇舌，就說服梅爾徹底交代出他在芳德的陰謀中扮演的角色——而他唯一的要求就是要我們保證從此不再騷擾他。馬拿朗欣然接受。「只要你不給我們任何繼續追查此事的理由。把一切交代清楚。」

梅爾負責聯絡吸血鬼和黑暗精靈，還告訴吸血鬼，使用紅外線裝備的狙擊手可以看穿我們的僞裝和關妮兒的隱形法術。大肛毛領主正如我們預料，負責調度守林者，利用他們阻止我們把古老之道當作逃生途徑。但大肛毛領主錯過了英格蘭上幾處古老之道——可能是因爲他沒想到我們能逃到那裡——其中最明顯的，就是富麗迪許前來幫忙時走過的溫莎城堡地窖入口。梅爾匆忙間從地球這一側炸毀通道，防止我們用它返回提爾．納．諾格，但是大肛毛領主還漏了與赫恩的橡樹羈絆在一起的古老之道，而這兩點在芳德眼中都是不可饒恕的疏失。她的想法中，如果富麗迪許沒有到場增加勝算，阿緹蜜絲和黛安娜應該可以輕易在溫莎森林中幹掉我們。他所說的事情與我所知的情況湊在一起，我推測梅爾和大肛毛領主是我在地牢中淪爲牙仙大餐時慘遭芳德滅口的。如果她有費心下樓看看，就會發現我毫無抵抗能力地躺在那裡。

梅爾的自白提供了我兩大條線索，他的聯絡人：和他聯絡的吸血鬼是希歐菲勒斯——我原本就懷疑是，但能夠確認總是好；而他的黑暗精靈聯絡人是個名叫克羅庫爾．何拉班桑的斯瓦塔爾夫，我想他應該算是某個殺手公會的領導人。最令人沮喪的地方在於，芳德是直接與奧林帕斯聯絡的——這個我們就沒有辦法證明了。如今奧林帕斯眾神不會主動獵殺我，但也算不上是朋友。絕不會證實任何事。

在梅爾終於說他已把一切都告訴我們，又回答兩個富麗迪許的問題後，馬拿朗釋放他，並保證不會再去煩他。形成他輪廓的煙霧羈絆解除，隨即化作煙絲飄入夜空。會說死人不會洩密的人肯定沒和德魯伊一起過過薩溫節。

米拉、歐文和富麗迪許率先離開火堆附近，馬拿朗嘆了口氣，跟著離開。我正要隨他而去時，陰森美麗的莫利根突然出現在火焰裡，嚇得我一腳僵在空中。她與梅爾不同，看起來十分實在；她選擇凝聚實體，卻沒有用任何形式加以羈絆。她沙啞的聲音進入我腦海，伸出鬼魂般的手指，以非常有感的壓力撫摸我的下巴，令我不寒而慄。

「保護黑暗精靈，敘亞漢。」她說，然後瞬間消失，宛如霧氣般稍縱即逝，我根本沒有機會回應。結果就剩我在那裡對著死後世界的火焰大叫。

「莫利根！等等！回來！」我有好多話想要對她說，她卻不給我時間。她可能早就知道我想說什麼，但那並不表示就不用說出口，不過我並不打算在其他人面前說，既然此刻他們全都轉過頭來看我，我只好喃喃低語，承諾晚點會再說。

「你看見莫利根了？」馬拿朗問。

「一下子而已。」我承認。「她只是在火焰裡說了句話。」

「她說什麼？」富麗迪許問。

「請見諒，但我認爲她只是要說給我聽的。」

我的話讓大家都很不高興，但他們知道不能逼我洩露祕密。

「好吧。」富麗迪許語氣冷淡。「告訴我在聽了梅爾的說詞後，你打算怎麼做。」

「他沒有打算。」馬拿朗說。「我們還是沒有證據。一切都是道聽塗說。」

富麗迪許搖頭。「馬拿朗。」

「怎樣？」

「不用是女獵人就能看出來這條足跡通往何處。儘管我很希望不是我女兒、你妻子殺死梅爾，計劃在地球上殺害世間僅存的兩個德魯伊——我是說，直到最近爲止都是世間僅存的兩個德魯伊。」她看著歐文更正道。「我看不出來還有誰會這麼做。除非你能提出誰能對梅爾施壓，要他在死後世界陷害芳德？」

「他有可能只是想要利用一個謊言摧毀妳、我，還有芳德的生活。」馬拿朗說。「我們不是他的親戚，他從來不曾喜歡過我們。」

富麗迪許嘲諷道：「他爲了這個，寧願讓眞凶逍遙法外？」

「他不知道眞凶是誰。」馬拿朗堅稱，「只能盡量拖人下水。」

我們安安靜靜地等候富麗迪許回應。沉默越來越顯尷尬——或許她是刻意讓馬拿朗聽聽他自己的話有多荒謬。

「我知道你有多愛她。」富麗迪許終於說。「也知道你們兩個都很享受瞞著對方和其他人上床的樂趣。我了解那是一場遊戲，你們兩個已經當了好幾世紀的歡喜冤家。但這一次不是遊戲。這是謀殺、是陰謀，完全違背布莉德的旨意。對第一妖精隱瞞此事會讓你變成共犯，馬拿朗。我們不能繼續視而不見。」

我忍不住眨了眨眼【註一】。富麗迪許引述了亞瑟・米勒的句子——而且很符合眼前情況。《鎔爐》裡的黑爾牧師告訴法庭，薩勒姆的人不敢說出眞相【註二】。我晚點得要問她是不是背了米勒的作品當作英文思考模式。若眞如此，女獵人挑選獵巫的作品還眞是有趣。

海神握緊拳頭，閉緊雙眼，或許是在盡最後的努力不要看見邪惡。

「如果我可以發言，」我說。「我認爲我們眞的得盡快去找布莉德。但我們可以稍等一陣子，看看我能不能彌補這段破碎的關係。我能原諒芳德——我已經原諒她了——如果她也可以原諒我，或許我們就可以去找布莉德，說沒有必要懲罰她。」

編註一：我們不能繼續視而不見（We cannot blink it more），引用自後述的《鎔爐》劇本。阿提克斯在這裡玩了個雙關語：That made me blink（我忍不住眨了眨眼）。

編註二：亞瑟・米勒（Arthur Miller, 1915-2005）是美國劇作家，代表作爲《推銷員之死》。這裡提到的《鎔爐》（*The Crucible*）是一九五三年的作品，描述美國十六世紀發生的塞勒姆審巫案，後來這個劇本於一九九六年改編爲電影《激情年代》。

歐文氣急敗壞：「她殺了梅爾還不用受罰？」

「梅爾已經付出代價了，而他可不像芳德有理由要我的命。身爲受害人，我可以說梅爾死亡就已經夠補償我了，然後幫芳德求情。」

「你願意這麼做？」馬拿朗問。

「對。明天早上，我就去找芳德，請求停戰。如果想要，你和富麗迪許可以去找布莉德，把一切都告訴她，擺脫你們合謀的嫌疑。你可以說之前之所以沒告訴她，是因爲你要等到薩溫節和富麗迪許一起詢問梅爾更多細節。」

兩個神交換眼神，聳了聳肩，然後馬拿朗說：「很好。但是你不能自己去。帶歐文和米拉一起去。」

我的大德魯伊問：「這又是爲什麼呀？」

「如果芳德眞的痛恨敘亞漢，我們就不能讓他獨自去。你是中立勢力，而米拉身爲賽爾奇，會被視爲我的手下。就某方面而言，她可以提供我的庇護。」

佩倫在把歐伯隆累翻之後就一直耐心等候，這時突然笑著說道：「那麼正事就辦完了！讓我們到山底那座鎮上去喝個大便奶油。」

所有人下巴掉落，盯著他看。「不好意思？」我問。

「話不是這麼說的嗎？有人喝醉了怎麼說？」

「喔，你是說大便臉【註】。」

佩倫揚起雙手，滿臉不爽。「臉上有大便怎麼會比我的說法好？還有說英文的人怎麼會拿在臉上放大便和喝上好伏特加相提並論？」

「這個，我是不想批評啦——」

「很好，那我們就喝個大便奶油。」

「好吧，但是你得先把頭髮裡的樹葉拿下來。」

三個神、兩個德魯伊、一個賽爾奇一起走進酒吧……

譯註：大便臉（Shit-faced），喝得爛醉。

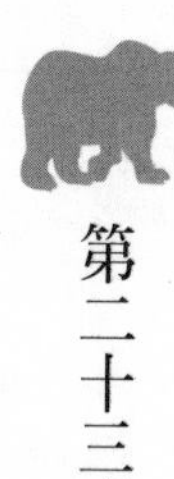

第二十三章

我要特別指出一點：最有辦法搞砸美好一天的人就是敘亞漢了。而我認爲世界上只有少數幾個人和我一樣見過這麼多能夠證明的事實。如果他只是在傷害自己，我可以閉嘴放他一馬，因爲他或許可以學點教訓。但當他的惡作劇會讓我惹上麻煩時，就得說點話了。我知道技術上而言，他現在年紀比我大好多倍，如果世界上有人稱得上生存專家，肯定就是他了，但那當然不表示我就得絕口不提他耍笨的事情。那只表示我得用最有禮貌的方式告訴他，他在耍笨，然後說的時候不要打他。

「聽著，敘亞漢，光我們三個去絕對不會有好結果的。」我說。「讓我們帶一群蘇格蘭風笛手去吸引他們的注意，然後我們趁機包抄——你知道，聞起來像老起司的那些傢伙。或許去找你提過的那些矮人斧手。」

「帶著大批人馬同去，很難讓人家相信我們只想談談。」

「但是想談談的又不是我們，小夥子。只有你。」當然，敘亞漢轉向那個賽爾奇求助，支持他該死的論點。昨晚當我們全都喝到差點不醒人事之後，她跑去睡他房間，而他則在客廳沙發上攤平，他的獵狼犬蜷伏在旁邊的地板上。

「妳比較想用說的還是用打的，米拉？」他問。

「馬拿朗大人交代要用說的，不要用打的。」沒錯，他在酒吧關門時交代過，然後就與富麗迪許和她毛茸茸的壯碩性愛玩具一起轉移離開，睡大頭覺去了。過不了多久，他們就會在布莉德面前放下靈魂重擔，希望她不會把他們燒成吐司。敘亞漢發現米拉沒有正面回答，不過還是假裝那個答案夠好，而我的常理因爲一個賽爾奇要服從她的神的旨意，就這麼被否決了。

「你此刻的身分是中立的第三勢力，」敘亞漢對我說，「所以我需要你一起去。米拉會代表馬拿朗的耳目，讓我們可以安全來去。」

「希望你說得對，」我說，「但我認爲你錯了。我認爲芳德曾經失去過理智，便有可能會再來一次。當我和你一起找她時，我的中立的分量大概就和一粒兔子屎差不多。」

他的獵狼犬說話了：「那是很多還是很少？現在兔子屎的市場價格是多少，阿提克斯？他爲什麼要說**屎**，而不說**大便**？屎聽起來比較厲害，還是說他只是喜歡這樣說？」

「我們就罩子放亮一點進去，歐文。」

「說到進去，」米拉說。「我們要直接轉移到城堡天井裡嗎？我知道該走那條傳送通道。」

「不，不過謝謝妳，」敘亞漢說。「我們和往常一樣，轉移到外圍樹林。我要她邀請我們進去，這樣她就得遵守待客之道。」

「她會採用戰場之道，小夥子。我們應該帶領一千個打起架來和迅捷靈巧濕貓一樣的裸體戰士一起殺進去。」

「你喜歡的話可以裸體，」那個混蛋對我說，完全忽視我的建議。「我要穿褲子。」

我嘆了口氣，暫時打住。想要和他講道理，我要從不同角度切入。而有些話我非說不可。

「米拉，介意給我們一點時間私下討論嗎？」我問她。

「好，我去遛狗。」她說著站起身來。

「她的意思是說她散步，我聞東西，是吧？」歐伯隆說。我沒回答他，不過我想敘亞漢有，因爲獵狼犬站起來搖尾巴。「這附近有個狐狸巢穴。我的任務就是把它找出來，看看那隻狐狸有沒有多餘的尾巴。」

他們兩個慢跑進樹林，敘亞漢努力裝出一副不在乎我接下來要說什麼的模樣。

「我現在要你老實對我說，小夥子。你老是和我唱反調是因爲你眞的很不喜歡事先準備，還是因爲你要報復我在你當學徒的時候打你罵你？」

「我能選兩者皆是嗎？」他說。「或以上皆非？你給的選項都是假選項。」

「絲毫不假。單單三個人去表示我們沒有作戰準備，不管你是不是史上最強大的德魯伊都一樣。」

這話終於引起他的注意了。他甩過頭來，好像我把舌頭伸到他耳朵裡一樣。「你說什麼？」

「沒錯，你聽到了。」接下來的話如果在目光接觸下可能會難以出口，所以我轉頭面對樹林，壓低音量，不過毫不含糊地說：「我知道我是個大混蛋，敘亞漢，但那只是因爲我不怕說出不愉快的事實。事實就是你以前經常闖禍。但你確實是我所見過最天賦異稟、聰明過人的傢伙。」

我看著林頂，他看著我，現場陷入一片沉默。他的目光強烈到令我臉頰灼熱。「如果你不是在諷刺我，」他說，「那就是你沒告訴過我最後那一部分。從來沒有。」

我聳肩。「所以從來沒人喜歡過我，我總會忘記說出愉快的事實。」

敘亞漢無言以對。我透過眼角看見他緊抿嘴唇，咬緊下頷，偏過頭去看向地面。我們再度陷入沉默，我知道我說得還不夠。我想我必定眞的在他心中留下疤痕，如果我要說什麼不愉快的事實，或許該從叫自己不要一直當個脾氣暴躁的混蛋、想想對人好是什麼感覺開始。

「聽著，小夥子，」我說。「我早就該向你道歉了。我很抱歉自己喜歡隨意批評，又這麼吝於讚美。我應該更平衡一點，也會努力去注意你做對的時候，而不是只注意你犯錯的時候。如果你不介意，我現在就開始這麼做。謝謝你把我從那座島上救出來。這個世界目前爲止在我眼中都像是五隻豬在幹一樣，但一切都很新奇、很不同，而且可惡，我感覺比過去許多年都好過多了。亞歷桑納甚至有個狼人喜歡我，而我也喜歡她。這一切都要感謝你和莫利根，這很奇怪，因爲曾有過那麼一段時間，我很確定自己會死在你們兩個之一的手上。嘿！」

他身體前傾，一手遮眼，好像我的話令他頭痛一樣，不過沒說什麼。或許我不該提起我確定他會害死我的那一段。

「啊，我連道歉都搞砸了，是不是？」

「或許有一點。」他說。

「可惡，聽我說：我很抱歉，敘亞漢。眞的。我很抱歉，說完了。」

「好吧——」

「不，還沒說完。我又想到一件事。這段時間裡是我當你的學徒，而你讓我知道好聲好氣也能教導學生。」我得清清喉嚨才有辦法繼續說下去。我的喉嚨突然莫名其妙地變得很緊繃。

「我看得出來你成了什麼人，一個好人。一個追求內心平靜，不過身陷衝突時也能打贏的人。我從來沒有找到內心的和諧寧靜，但也從來不曾眞心想要追求，如果你懂我的意思。所以我也很感謝你，讓我看到穿越樹林的道路。我會試著走走看，或許道路盡頭會有類似幸福的東西。」

他點頭，讓我知道他聽到我說的話了，但一時沒有回應，或許是以爲我還有話說。但是我想說的都說完了，而那感覺很棒。

他開口的時候聲音很輕，我差點就沒聽清楚。「謝謝你這麼說。對我意義重大。」

我點點頭，心想他不只是指我剛剛說的話。敘亞漢的爸爸在他小時候出門搶牲畜的時候死去，那之後最接近他父親形象的人就是我了。我眞是個爛爸爸。印象所及，我從來不曾和顏悅色和他說話。

「你對我來說也意義重大，小夥子。」

之後發生了件很有趣的事情。我們兩個同聲嘆息，彷彿一場漫長旅途之後放下了重擔，然後我們微笑、大笑，好像剛剛死裡逃生。我不確定，搞不好我們眞的死裡逃生。我們兩個都不該在這個年紀時還能看見日出。蓋亞的禮物寬闊無垠。

我本來想再提一次多找幫手前往提爾・納・諾格的事，但我決定不要這麼做了。我嘗試過心靈和諧的道路，淺嚐了那種感覺——如果這是史上最糟的決定，好吧，至少我們努力過了。

第二十四章

我還是無法透過文字或語音訊息聯絡關妮兒。我又在她的語音信箱裡留了一則訊息，告訴她小屋裡有張給她的字條，然後我寫好字條，放在餐桌上。我不希望她在一無所知的情況下跑來，所以我用短短幾句話簡述了當前狀況，建議她切換成忍者模式再來——不要帶獵狼犬。

我站起身來，把富拉蓋拉掛到背上。

「歐伯隆，我要你待在這裡等關妮兒和歐拉。告訴她盡快趕來。桌上有字條。」

「喔，不，阿提克斯，關妮兒已經這樣搞過我一次了！要告訴別人你在哪裡，根本沒必要留下一條獵狼犬和一張字條。留字條就好了。」

「我要你告訴她字條在這裡。不然她可能很久才會看到字條。你的角色很重要。」他的角色當然不重要，不過幸運的是，只要把事情和食物扯上關係，歐伯隆就會相信此事很重要，所以我補充，「另外，我還會做牛腩給你吃。」

「牛腩！偉大的肉醬湖呀！我只要讓她一回來就看字條就行了？」

「沒錯。」

「交給我！」

「謝謝，老兄。」我轉向米拉和歐文。「準備好了嗎？」

「我一點也不想去，」歐文說。「但是我準備好了。」

「嗯，我也好了。」米拉說。

我拍拍歐伯隆的下巴道別，和他們一起走進熟悉的樹林，轉移到馬拿朗家外圍的樹林。這裡有不同樹種，不過大多是橡木，矮樹叢不多，行走空間寬敞。我們位於城堡西側，離林線不過三、四棵樹，入口在南邊。我們在林頂往下瞭望，看見大片牧地，以及遠方城堡的灰牆。

通常樹林裡會有鳥叫聲，不過此刻安靜到像是學生在課堂上頂撞老師，然後所有人都等著看接下來會發生什麼事一樣。

「太安靜了。」歐文說，膝蓋微微彎曲。米拉下意識地學他。

「對。」為防萬一，我拔出富拉蓋拉，心想在抵達大門前還有很多時間可以還劍入鞘。在樹下，我任由偏執妄想自由發揮。

我們在草叢中碎步前進，目光不停注意側面，甚至抬頭注意樹枝，但是沒看見，也沒聽見任何東西。我們經過第一排樹木，然後第二排，除了空氣中那股緊張氣氛，一切沒有異狀。我又多走了幾步才感應到問題所在。

我與大地——或至少提爾．納．諾格上的土地——隔絕了。和所有神域一樣，不管我站在哪裡，理論上都會讓蓋亞傳送能量到我身上，因為所有神域都與蓋亞相連。在發現她的能量不僅僅是削弱，而是完全不在後，我立刻停下腳步。在我有機會對歐文說話前，他指向樹林外的城堡頂部，只見沿著牆頂有一片飛行妖精組成的薄霧。

「看來他們已經準備好要開打了，敘亞漢。她一定知道我們已經發現了。」

「歐文，我們的力量消失了。」

「什麼？」我的大德魯伊低頭看腳，慢慢發現我說的是眞的。沒有魔力透過我們的刺青入體。

「好了，看在七對牛睪丸的份上，怎麼會有這種事？」

四個菲爾博格人——高大醜陋的傢伙，嚴格來說算不上妖精，不過以雇傭惡棍身分出現於此——走出大橡樹後面。他們手持開口很大的管狀武器——繩網發射器，一聲不吭地朝我們發射。我試圖出聲警告，但是時間只夠歐文和米拉抬頭看見迎面而來的網子。網子罩住我們，一與我皮膚接觸，我立刻知道道麻煩大了。因爲它們是用鐵環連接網結，網子直接把我們射倒在地。網中的鐵太多，我們根本無法施法，特別是在我脖子上已經掛了鐵的時候。在與大地斷絕聯繫，又無法透過儲存魔力施法的情況，我們基本上就是幾個手無縛雞之力的凡人。

我們在網子裡掙扎，當然，菲爾博格人趁我們這麼做時丟掉繩網發射器，拿起靠在橡樹後面的長矛，神色猙獰地衝向我們，而我們肯定無法及時脫身。

第二十五章

洛基一離開視線範圍，我立刻透過心靈對我的獵狼犬說話。我聽得見她呼吸，但她坐在我看不見的地方。「歐拉？回答我，拜託。」

「呃？關妮兒！嗨！我在哪裡？」

胸口的鬱悶之結稍微鬆開了點，我告訴她：「妳和我一起在地上的洞裡。」

「喔！我怎麼會在這裡？剛剛有個高男人——嘿！關妮兒受傷了？」她走到我身旁，聳立在我面前，我擠出一絲微笑。

「對，但是我會好起來的。」

至少大部分都會好起來。與斷骨和被壓扁的肌肉不同，手臂上洛基烙印造成的灼痛感完全無法減緩。好像還在冒煙，而我覺得還能聽見並聞到皮膚正滋滋燒灼。我臉頰上流下兩行淚水，一方面出於疼痛，一方面出於羞愧，不過更大的原因在於倖存下來的欣慰感，但我沒發出任何聲音。如果洛基待在台階上偷聽，我可不要他從我的痛苦中獲得任何滿足。

我在想寒鐵能不能減弱烙印上的魔法，讓我得以治療。我暫時還沒辦法測試這個，因爲那樣做要用到手臂，而我的手臂還不能動。還不能讓骨頭承受任何壓力，以免進一步惡化，於是我讓自己靜靜等待，和歐拉互相安慰，建議她在我身邊小睡一覺。我就無法這麼容易睡著了。

窄縫灑落的陽光到中午變得比較強烈，然後在一整天生理不適與心理自虐交織而成的賦格曲中消逝。灼痛隨著時間逐漸減弱，但我心裡的責難卻越來越甚。是自己的愚蠢讓我走上這條道路，怪不得別人，而我懷疑我永遠無法原諒自己。

然而，當晨曦開始驅趕黑暗時，我心中最後一絲耐性燃燒殆盡，加上大自然的召喚，我不得不開始移動。在發現我所施展的神經隔絕術會導致無法得知哪些治療生效、哪些沒有之後，我撤除了這道羈絆——隨即在全身肌肉突如其來的劇痛中放聲慘叫。歐拉自睡夢中醒來。

「怎麼了？叫什麼？」

「我取消隔離痛楚的羈絆，結果沒想到還那麼痛。我想要移動看看。」

「好。」

我渾身無處不痛，蠕動身體努力擺脫不適，但是因為這種動作又掀起了新的疼痛，我無處可逃。我咬緊牙關，左手伸到牛仔褲口袋裡——我動得很慢，還要迅速呼吸，但至少四肢已經可以動了。我在口袋裡動動手指，成功取出手機，結果發現觸控螢幕被壓力搞得裂痕滿布，不能用了。我想要試試語音輸入，但是手機沒開機。沒辦法聯絡阿提克斯了。

我測試腹肌，奮力起身，沒想到腹肌竟然僅有些微疼痛，我就坐了起來。我找尋達巴弗的屍體，結果只看到一堆捲曲的黑帶，像是被丟棄的飾帶或纏成一團的錄音帶磁帶，躺在我腳踝附近的地上。難道那個就是它？就是那玩意兒遮蔽陽光，把我當成葡萄擠嗎？

低頭看向自己時，我倒抽了一口涼氣。我的手臂腫脹發紫，而我確定身體包括臉和脖子的其他部分，全都腫起來了。

結果坐起來就是我唯一可以輕易達成的事。全身劇痛難耐，每個動作都很緩慢、臉不禁皺成一團，這讓我覺得自己無比脆弱。白天剩下的時間幾乎全都花在像殭屍一樣爬出二十呎外解放，再爬來躺好。這樣耗費的心力遠遠超乎想像。

我極度疲憊地重新施展隔離痛覺的羈絆，好好睡了一晚，醒來時我們都很渴。我請高韋里在地板上幫我們弄個小凹盆，然後讓水滲進來。冰涼、清澈、美味的水。我先舀了幾口冰水喝，然後歐拉也跑來舔，發出平常會讓我覺得很吵，此刻卻出奇悅耳的聲音。

「食物？」歐拉喝完後問。

「我們是該吃點東西了，是不是？不過我可能沒辦法獵食。我還要很長一段時間治療。骨頭還不夠強。妳想去打獵嗎？我不知道這附近適不適合打獵。」

「我可以試試看。」

「離人遠一點。可以的話，別讓他們看到。如果被人追就跑回來。」

「妳不一起去？」

「我沒辦法，歐拉。但我在這裡應該很安全。妳去看看能不能找到獵物，不用擔心我。」

歐拉不太情願地離開，過了兩個小時才回來。她口鼻部染血，在我身旁躺下，然後我們用語言課程來打發時間。我就這樣治療傷勢、飢腸轆轆地度過了禮拜天，雖然真的迫不及待想離開，但仍努力保持禪心。

陽光再度自窄縫中灑落時已經是薩溫節了，阿提克斯應該會開始擔心我身在何處。至少等他醒來後就會開始擔心；我得提醒自己印度和科羅拉多有十二小時時差。儘管自認找他應該沒問題，但我暫時還不想那麼做。他一個擁抱就會再度弄斷我的鎖骨，而且他也會看到我被教訓得很慘——全身瘀青都還在——到時候我就要解釋。而且我還得考慮洛基烙印的問題。我要承認，防止占卜是很棒的禮物；除非把護身符和靈氣羈絆在一起，不然我不可能達到這個目標，而阿提克斯說要這麼做沒有捷徑。他花了很多年。但洛基這個禮物可不是免費的——就算他沒正面承認，我也堅決相信這一點；代價就是洛基隨時都能得知我的下落。所以如果我現在就回科羅拉多，等於是直接將洛基引向毫無防備的阿提克斯，而洛基毫不掩飾想殺死阿提克斯的企圖。我開始意識到或許我永遠不能回家了。想要確保阿提克斯的安全，或許我從此都不能再見他，或是得先除掉那個烙印。

我覺得行動能力比之前好了，於是取下脖子上的寒鐵護身符，壓在皮膚的烙印上。烙印紅紅皺皺的，但是已經沒有灼痛感了。我請元素幫忙。

／／高韋里／提問：治療燙傷？／／

／／提問：什麼燙傷？／／

我試著把元素的注意力轉移到洛基的烙印或印記，或天知道那算什麼，但高韋里看不出除了深層組織傷害，我身上有什麼問題。我透過魔法光譜觀察它，在烙印中看見一層淡淡的白色魔光，但沒辦法加以更動或解除羈絆。反覆以寒鐵接觸烙印並沒有什麼顯著效果。他究竟做了什麼？

我沮喪到想要大叫，但壓下了這股衝動。我還沒試過所有手段。或許來杯不朽茶就能讓我回到沒有烙印前的狀態；又或許終於與阿提克斯碰面後，他能想出什麼辦法。

我考慮旅行的可能。洛基肯定會想要摧毀提爾・納・諾格，但因爲沒和蓋亞羈絆，他沒辦法透過傳送樹轉移過去。我還是可以隨心所欲運用傳送樹，但是再也不能走古老之道了，因爲他可以透過古老之道跟蹤我。我不認爲他能在提爾・納・諾格上追蹤我，那裡完全處於他的視界外，但只要在地球上找不到我，他八成就會假設我在那裡。

「餓了，關妮兒。」

我的肚子出聲同意。「是呀，我想我們現在可以離開這裡了。不過必須一直踏在泥土地上，因爲我需要持續治療。」

我撿起史卡維德傑，慢慢移動。儘管已經隔絕痛楚，肌肉還是非常緊繃。現在我的骨頭已經可以支撐體重一段時間，也該展開行動了。「準備好出去了嗎？」

「好了！」

我再度環顧四周，除了肯定是達巴弗殘骸的那團漆黑帶子外，什麼都沒有。我沒看見頭顱。沒有四肢。沒有尾巴。沒辦法把那團東西和差點把我壓死的怪物聯想在一起。它單純是住在衣櫥或床下的黑暗，只是更加強大、充滿惡意，死了最好。

花了點時間和力氣爬上台階，我得上身前傾，用那種半走半爬、爬梯子的姿勢才爬得上去。回到陽光下時，我滿頭大汗，歐拉氣喘吁吁。高韋里幫我填平地下石室，封閉那條窄縫，當地上只剩下一片看不出特別之處的稻田地時，我說：「眞是不留痕跡。」

但事實上，我很清楚自己這輩子都無法擺脫地上那個黑洞。那將是接下來幾世紀——如果我有幸活那麼久的話——在心中反覆上演的大失敗。如果我還會驕傲到去小覷任何人，此事就會化身爲一整壺謙卑朝我當頭淋下。

當然，並不是我自己選擇失敗的。失敗向來不是自發性決定，脫離我們的控制範圍，由像是物理定律，或現實狀況，或其他人決定的。不過我們始終能掌控的，就是面對失敗時的反應。

爲了取回筆電、行李，然後退房，我跌跌撞撞、一拐一拐地踏上鄉下道路回旅館。所有看到我們的人都很不自在。大多數人都離我遠遠的，盡量避免目光接觸。不過，其中有個男人對我在這種身體狀況下還獨自行走，還是什麼其他事情很有意見。因爲聽不懂他說的話，老實說我還眞不知道他在激動什麼。或許他不喜歡歐拉沒繫牽繩，或是他在什麼地方見過我。他很可能在我和拉克莎四下拯救被羅剎附身之人那晚見過我，所以現在把我當成女巫。

看到我沒任何反應後，他的語調越來越激動，甚至擋住去路，貼近我的臉，導致歐拉吼了他一聲。我想他認爲是我命令狗威脅或羞辱他的，完全沒想到是因爲他自己太混蛋的關係。當我嘗試繞過他時，他伸手抓我。

我沒有多想：史卡維德傑從側面擊中他的腦袋。這一擊軟弱無力，他也沒受重傷，但既然我已經挑起戰端，他就是那種自認有必要讓我認清身分的傢伙。我的身體狀況無法輕鬆優雅地解決他，於是我趁他撲上來時用魔杖戳他肚子，逼他後退，然後施展阿提克斯的把戲，把他膝蓋外的布料與大地羈絆在一起。他被迫下跪，卡在原地，我就沒必要傷害他了。不過他怒氣沖沖的表情看起來很好笑，於是我哈哈大笑，比個中指，然後隱形，僞裝歐拉。我們留他一個人大吼大叫，吸引大量好奇而來的路人。這麼做只能確保他得在眾目睽睽下脫掉褲子。如果他本來沒有把我當成女巫，現在肯定有了。我是逃掉的那個女巫。不管他想幹嘛，總之失敗了。我已經可以看出他的反應不會讓他學到任何教訓。

因爲我想門房可能不會放我這麼狼狽的人進去，所以我們路過他，偷偷溜進旅館。回到房間取消隱形法術後，我看著自己的鏡中倒影，當場嚇了一跳。見鬼，換成是我也不會放我進來。不過有件事很有趣，就是我的脖子正面沒有什麼瘀青。喉嚨前的寒鐵護身符也保護到那裡。如果和阿提克斯一樣與靈氣羈絆在一起，我或許就能抵抗達巴弗。脖子側面還是有瘀青，達巴弗也讓我呼吸困難，但是護身符在骨頭折斷的情況下保住了我的氣管。

我收拾行李，打電話到櫃檯，告訴他們我要退房，請他們準備帳單。由於缺乏隱形並僞裝歐拉的魔力，我們直接出現在大庭廣眾下。看到我們出現在旅館大廳讓員工嚇壞了，而且非常高興能夠擺脫我們。我將左手放在歐拉背上，兩旁人群不是瞪著我們就是刻意撇開目光。在離開鋪了磁磚的大廳，踏上外面宛如特效藥膏的濕軟草坪時，我的動作就算沒有立刻變快，至少也更加流暢了。我吸收大地的魔力，對我們施展僞裝羈絆，避免引人注目，因爲根據之前經驗，本地人面對渾身瘀青女人時的反應不是迴避，就是搭訕，沒有人會伸出援手。

幫歐拉找點好吃的比想像中困難，因爲我忘記這地區的人大多吃素。最後不得不承認轉移到其他地方會比較容易找吃的。事實上，我們可以轉移到很多地方，多到讓洛基無從判斷哪裡有特殊意義。在每個地點待十分鐘到半個小時，當我終於抵達科羅拉多後，就可以待上差不多時間，足以讓阿提克斯得知情況，然後離開。他也可以和我離開。我們可以一起解決洛基烙印的問題，而不會危害到我們家。

我配合時間調整計畫。我會把薩溫節剩下的時間用來治療和恢復元氣，不過我們也會在全世界各地轉移，最後找個地方過夜。我們選了一個會比科羅拉多早幾個小時天亮的室外場所，然後再度到處轉移，於十一月一號早餐時分抵達小屋。

我們在阿根廷塡飽肚子，在全世界到處亂轉之後，在阿帕拉契山脈度過薩溫節之夜，遠離所有南瓜燈籠和糖果袋。醒來之後，我感覺好多了。可以正常行走，只是有點慢，而疼痛也減輕到能忍受的地步，像是健身過度的人第二天會感到的那種痠痛。蓋亞對我非常好。

我們天南地北地轉移一個小時，刻意掩飾轉移地點的規律，以免洛基監視；最後我認爲我們已經拖延夠久了。我準備好面對突然衝入家中收拾更多行李可能會遇上的問題，帶我們轉移到烏雷上方的樹林裡。

「關妮兒！妳已經回來了！」歐伯隆幾乎是在我腦中大叫。他面對我轉移進來的樹，幾乎像是在那裡等我一樣，把我嚇了一跳。「妳要閱讀桌上的字條，我才能得到我的牛腩！」

「什麼？」

「此事將會寫進《五肉書》裡。付出勞力者必將獲得獎勵，書裡這麼說——至少在書成之時會這麼寫。而阿提克斯說我要做的，就是叫妳立刻閱讀字條。」

我不知道他說的是什麼書，不過阿提克斯肯定有向他強調過傳達這訊息的重要性，所以我說：

「好，歐伯隆。」希望這樣能讓他放輕鬆。「所以我猜他不在家？」

「不在！他剛離開。眞的！但是我很高興妳回來了！我要和歐拉玩！」

「歐伯隆在這裡！開心！」歐拉搖著尾巴說。

「你們兩個去玩吧。」

「嘿，聰明女孩，妳看起來怪怪的。還好吧？」

「我不會有事的，歐伯隆。謝謝你的關心。」

「我剛剛就想問了，但是牛腩比較重要。妳了解的。」

「對，我了解。」兩隻獵狼犬開開心心撞成一團，然後在我走向小屋大門時摔到樹葉裡，阿提克斯不在這裡著實讓我鬆了口氣。我明天看起來可能就只剩一點悽慘，不會像具會走路的屍體了。我一看完他留下的字條，鬆了口氣的感覺立刻蕩然無存。

關妮兒——

請盡快趕來馬拿朗・麥克・李爾的住所。結果芳德才是一直以來想殺我們的人。她不希望世界上出現更多鋼鐵德魯伊。說來話長，不過馬拿朗和富麗迪許已經去找布莉德了；我和我的大德魯伊要去找芳德，看看能否解決此事。我是說透過外交手段。我覺得成功機會很大。但爲防萬一……妳最好有備而來。完全忍者模式。把獵狼犬留在家裡。

「這不可能。」我說，不過隨即想到我眞的沒有時間去管事情眞僞。我得離開這裡，而且不能帶獵狼犬同去。我檢查狗食碗，確認是滿的，他們要喝水的話去河邊喝就行了。如果我一時回不來，他們也可以去打獵。他們知道這一點。

我丟下旅館收拾的行李，衝入臥房，先拿幾條橡皮筋，將頭髮梳往後方綁起，以免敵人抓我頭髮。接著拿出我的飛刀組，開始綁至定位。綁好後，腰帶兩側各配備了一組能裝三把飛刀的刀套，兩腿上也各有一組。衣櫥裡還有件輕皮背心，是阿提克斯送我的三十歲生日禮物。鈕釦兩邊各有六條口袋開口；裡面可以塞十二把手裡劍，我記得當時心想，這玩意兒就像迷你ＤＶＤ一樣：我什麼時候會有機會用到？但現在我覺得那是最完美的禮物。如果我要進入忍者模式，就需要手裡劍。再說面對妖精時，這些銀器和鋼器都是致命武器，足以讓他們化爲灰燼。對付體型較大的對手時，它們往往也是死亡的前奏；這些武器將會射傷對手，令其分心，讓我有機會用其他武器解決他們。

我在廚房喝了點水，然後到室外測試手臂能不能投手裡劍。我現在行走無礙，但還沒試過需要運動技巧的動作。我挑選山楊樹幹上的黑點，許久以前有根樹枝斷掉的位置作爲目標，迅速拋出三把手裡劍，全部落空。我的關節活動度有，但十分緊繃，不夠柔軟。我放慢動作，發現兩手都能射中目標，只是不能迅速拋擲。近身肉搏也有限制——不能做高階動作，搞不好完全不能踢。一旦開打，基本上我得仰賴史卡維德傑，而且要採取近身防禦招式，不能橫掃。

我撿起飛刀和手裡劍放回刀套，充滿史卡維德傑銀質部的儲存魔力，在自己身上施展力量和速度的羈絆，然後啓動隱形法術，希望一切都沒有必要。獵狼犬離我二十碼，躺在一起玩咬耳朵遊戲。

「歐伯隆、歐拉，我要去找阿提克斯。我會盡快回來。」我在他們答話之前轉往提爾・納・諾格。

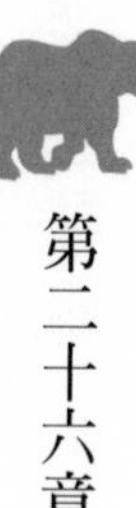

第二十六章

「我可以說我早就他媽的告訴過你了嗎？」

我認爲自己可以接受把這句話當作遺言。當我困在大鐵網裡眼看一個高大的菲爾博格人走來，這話很可能就是我最後的遺言。

不過那個大混蛋並沒有殺我。他只是接近到讓我曉得他聞起來像牛睪丸和腐魚，然後輕輕戳我肩膀一下，展示矛頭尖銳，只要我敢輕舉妄動，他就會刺死我。

倒不是說我眞能輕舉妄動。在這麼多鐵之前，我連變身爲熊大幹一場都辦不到。可惡的網子，如此接近菲爾博格人，我如果能夠變身，多半就能打倒他，不管他手裡有沒有矛都一樣。

米拉在我左邊，敘亞漢在我右邊，我們三個身邊都聳立了一個菲爾博格人。第四個菲爾博格人長得像是抓破紙箱爬出來的獾，當他朝向附近一棵樹頂吹口哨時，一隻身穿紫金制服的小精靈從樹葉間飛了下來。她在空中拍動翅膀，尖聲問：「這是鋼鐵德魯伊嗎？」

「對，」菲爾博格人說。「告訴想知道的人。」

他當然是指芳德。妖精稱她爲女王，但那個頭銜並不能用來統治提爾・納・諾格。掌權的是布莉德，大家都知道。如果你敢叫馬拿朗國王，他會把你這個淘氣傢伙丟到沼澤去。但我想妖精都喜歡多點戲劇效果，而布莉德在這方面有所不足。她喜歡公事公辦，當我在妖精宮廷上看到她時——很強勢，但有些人或許會認爲欠缺帝王威嚴。宮廷裡的妖精似乎都渴望某種儀式感或高貴氣息，而她沒有提供這些。

小精靈飛向城堡，菲爾博格人呼嚕一聲，十分樂意讓我們得知他們埋伏的不是別人，正是我們。敘亞漢什麼也沒說，我可以看出他是在衡量選擇——我也在想這個。

如果我們或抓或扣或拍地架開看守我們的菲爾博格人矛尖，還有另一個菲爾博格人可以跳進來幫忙。如果我們受到重傷，在擺脫網子、抵達能吸收魔力的區域前，將都無法自我醫療。

敘亞漢依然握著富拉蓋拉，我猜，因爲他們沒有從他手裡搶走劍，但是我也沒有看到劍。他或許把劍藏在身體底下。聰明的孩子。雖然他在網子裡也沒辦法揮劍。

在這種情況下，我們的選擇大概就和太陽下的蛞蝓一樣吸引人，潮濕光滑、黏不啦嘰，我他媽的超討厭那些玩意兒。得等待更好的時機。

小精靈不到幾分鐘就從城堡回來，不過感覺好像更久。受困時，時間就會感覺更長，而敘亞漢又悶不吭聲。打從警告我們遇襲至今，他一個字都沒說。

小精靈並非獨自歸來。四個會飛的制服妖精——手持銅製武器的苗條妖精——護送著第五個妖精，掠過草地而來；第五個妖精看起來像是身穿粗布衣的稻草人，手中長劍已經出鞘，劍尖指地。一小群小精靈跟在他們上方和後面。來到我們面前後，妖精和小精靈都飄在上空，而那個身分掩飾得不算太好的傢伙停在敘亞漢前面。然而他的聲音嘶啞低沉，聽起來一點也不像女性。

「我看到兩個德魯伊和一個賽爾奇。第三個德魯伊呢？是不是藏在附近的樹林裡？」

敘亞漢說：「芳德，我們只是來和妳談談的。我知道妳幹了什麼，但我不是來報仇的。我來是想要和談。我們可以面對面談嗎？我們都知道是妳。」

「你們都知道，是不是？」她沒有揭開兜帽或解開長袍，而是直接解除身上衣服的羈絆。布料分解成線，如同秋葉般緩緩落地，留下赤身裸體、膚色白皙的芳德。現代男人或許會忽略她這種威脅。

敘亞漢必須向我解釋現代人無法理解我們那個年代的凱爾特人為什麼要裸體上戰場。他們認為那是因為我們想要透過無畏無懼的形象，讓敵人心生恐懼，當然，那是次要原因。眞正的原因在於，只有笨蛋才會穿衣服去面對有能力把你的衣服羈絆在地上，等有空再去殺你的德魯伊。要是穿衣服跑去掠奪牲口，對方只要有一個德魯伊，就能幹掉你整隊人馬。所以人們很快就學會只要可能遇上德魯伊，想要戰勝的唯一機會就是裸體衝鋒，使用鋼鐵武器，因為武器裡的鐵能夠抵抗羈絆術。

於是，現代男人或許會把芳德突然脫光衣服誤解為喜歡他。敘亞漢和我知道其實完全相反。更有甚者，揭露身分表示她已經放棄暗中行動。如果我們現在死去，馬拿朗只要來引渡我們的靈魂，立刻就會得知眞相，而她顯然毫不在意。我不知道這種不顧後果的做法是絕望還是自信的表現，不管是哪樣，我都不安到了極點。她取消了聲音偽裝，恢復成正常語調，輕聲細語，不過顯然十分憤怒。

「或許你不了解我為了殺你願意做到什麼地步。現在，我再問你一次，敘亞漢。關妮兒・麥特南在哪裡？」

「我眞的不知道。我已經好幾天沒和她聯絡了。」

「你現在不是我家的賓客。我沒必要笑著忍受你這些謊言和半眞半假的鬼話。」她轉向我左邊的菲爾博格人，咬牙切齒地下令：「殺了賽爾奇。」

第二十七章

芳德下令處死米拉，讓我深深體驗到一廂情願有多麼危險。我一直很肯定她有意願談判，以文明方式解決此事。在此之前，她所有行爲都顯示想要避免正面衝突，我也一樣。本來一切都應該很完美才對。

但米拉是我從前的愛人，也是馬拿朗從前的愛人。我不知道芳德知不知道這些，或知不知道網子裡的是米拉，而非隨便哪個賽爾奇。不管怎樣，賽爾奇都有馬拿朗的庇佑，這一點她肯定清楚。米拉一死，馬拿朗立刻就會察覺。所以當菲爾博格人的長矛——在我痛苦的抗議聲中——刺入她的脊椎、穿透她的身體時，我知道這場殺戮不會結束在我這輩子見過最善良、親切的女人身上。這只是個開端。芳德已經踏上不歸路，現在她如果不能達到目的，就只有死路一條。這也不是自發性的決定。當我大吼大叫，求她盡快治療米拉，不要這麼做時，她冷冷地喚來上方一名妖精，說道：「城堡裡所有馬拿朗的妖精，全部殺光。」他飛去下令，她則再度將注意力放回我身上。

「芳德，叫他回來，拜託，沒必要這麼做。妳我的恩怨可以私下解決，沒必要牽扯其他人。」

「你以爲我們之間是什麼恩怨？你對我個人的羞辱嗎？事情沒那麼簡單。這一切都是出於鐵的迫害，敘亞漢。長久以來的迫害，而你與布莉德就是最殘暴的暴君。我不會坐視妖精繼續衰亡。一切就在今天做個了斷。」她舉起劍，是莫魯塔——安格斯．歐格的魔劍，當年李夫用以殺死索爾的劍。

我把劍交給馬拿朗，顯然她將之據為己有。只要被那把劍劃傷就死定了，因為劍上加持的死靈魔力完全無法治療。我的靈氣無法對抗突破皮膚的魔法，而莫魯塔可以輕易劃破我的皮膚。如果她意識到剛指控完鐵的暴政就用這把劍來對付我有多虛偽，她也沒有表現在臉上。「我最後再問你一次；關妮兒‧麥特南在哪裡？」

芳德顯然和我昨晚一樣無法占卜出關妮兒身在何處。「就算我知道，妳怎麼會以為我會告訴妳？」

「那就這樣吧。」她舉起莫魯塔，上前一步，我伸手去抓壓在身體下面的富拉蓋拉時，就看到一把飛刀插入芳德頸側，逼得她向後退開。

「再想一想，我認為她可能在附近。」我說，接著我們在芳德抓住飛刀拔出來時得到逃脫的機會。那群小精靈和僅存的幾隻妖精疾竄而下，將她團團圍起，抬離地面，飛往安全之地；離開樹林，進入城堡前的原野。我將富拉蓋拉劍尖指向看守我的菲爾博格人，大叫：「富拉格羅伊士！」將他箝制在一道藍色魔光中。富拉蓋拉無視鐵網的力量——它本身就是用鐵做的，不過我還是把劍尖伸出網眼。

菲爾博格人受制後，他就沒辦法移動或刺我。不過我可以移動他，於是我就這麼做，將富拉蓋拉的劍尖甩向第四個菲爾博格人，把他像保齡球般撞倒在地，為我爭取寶貴的幾秒鐘來擺脫鐵網。左方傳來痛苦的驚叫聲，因為看守歐文的菲爾博格人眼睛中了手裡劍。有東西擊中他持矛之手的手腕，逼他放開長矛，接著他被橫掃落地，顯然是被隱形的史卡維德傑擊中。歐文趁機爬出鐵網，關妮兒又朝殺害米拉的菲爾博格人射出兩把手裡劍。不知爲何，這兩把手裡劍準頭不佳，不過他沒去在意其他攻擊，反而去抓住手裡劍，然後眼睜睜地看著插在米拉屍體上的矛消失不見，又在數秒後再度現形刺穿他的肚子。就和米拉一樣，他完全沒有還手餘地。此乃公道。

擺脫鐵網後，歐文立刻吞噬自身魔力，變形爲熊，開始攻擊被關妮兒放倒在地的菲爾博格人，確保他永遠沒辦法再爬起來。我還有兩個要解決。富拉蓋拉的魔力將被我控制的那傢伙壓在另一個身上，所以他們兩個都被困在非常不一樣的網子裡，可以一劍一個輕鬆砍頭。

我看了一眼身後的芳德，只見她身旁依然圍著一群妖精，但是他們停在城堡和樹林中間。她暫時停止攻擊，我們如果聰明，就要善用這項優勢。

「我們撤退，轉移離開。」我對歐文和關妮兒叫道，不管她在哪裡。「我們需要幫手。」

「幫手已經到了，敘亞漢。」一個渾厚的女聲說道。我立刻轉頭，看見剛剛才從妖精宮廷轉移過來的布莉德正走出樹林深處。她身穿自己打造的全套盔甲，手持一支大到只會出現在漫畫裡的巨劍。和她一起來的還有富麗迪許、佩倫、馬拿朗・麥克・李爾、歐格瑪、孤紐、盧基達，以及葛雷恩亞。他們全都全副武裝，準備作戰，目光直視前方原野。

我鬆了一大口氣。「很高興見到妳，布莉德。對了，這附近是片死地。我不知道芳德是怎麼弄的，但是她隔離這片土地的魔力，我猜應該不會一路延伸到城堡，不然她就不會停在原野中間治療了。」

第一妖精停下動作，頭盔面罩後的眼睛失焦幾秒，透過魔法光譜打量四周。「沒錯。你現在站在死地邊緣。一路延伸到牧地之前。她在草皮下添了東西，看起來像是枯木。」

只要一層夾板就能達到這種效果。很簡單，但是除非刻意找尋，不然我們不會注意到。

「米拉。」馬拿朗低呼，衝到她的屍體旁跪倒。

「芳德手持莫魯塔。」我警告他們。他們默不作聲地消化這則情報，數秒後，布莉德開口。

「前進。」她說，儘管大家都不想聽到這道命令，但沒人出言反對。富麗迪許當場消失，和關妮兒一樣隱形，同時歐格瑪和三名工匠全部解除衣服羈絆，任由它們落地，不讓芳德有機可趁。我也照做；我穿衣服來是爲了表示和談誠意，但和談時機已過。歐文維持熊形，但佩倫只是撕裂他的上衣，右手舉起斧頭。他穿著八〇年代音樂錄影帶裡的馬褲，褲管塞在及膝的粉藍色麂皮靴中，八成是從同年代漫畫書裡看來的。我們迅速穿越死地，來到能再度感應大地魔力的地方，形成一道以布莉德爲中心的戰線。布莉德的聲音——無法說謊、決定性的聲音——以三重合音穿越原野而去。

「芳德，妳謀殺梅爾和無數妖精，甚至有些是過去幾分鐘內殺的，立刻投降面對審判。妳沒有勝算。」

芳德也強化音量，不過沒有布莉德三重奏的效果。遮蔽她的妖精現在以一定的規律飛行，讓她的形體在後方忽隱忽現，一邊稱職地充當護盾，一邊讓芳德能在眾人面前現身。

對我而言，如此現身有部分意義在於宣示一個簡單事實，就是她脖子中了飛刀後還能自信滿滿地高談闊論。她向來都是圖阿哈·戴·丹恩中最強的醫者，但強到這個地步還是讓我無比佩服。

「我不同意。我認爲妳才該投降。我知道妳認定是我叛變，但其實是妳早在許久之前就背叛了我們。妳與鐵結婚，沒資格擔任第一妖精。而最重要的是個簡單的事實，布莉德：妖精同意我的想法。王座不是妳的了。我今天就要奪走它。」

這是一段十分荒謬的宣言。她和那群小精靈，還有幾個妖精絕不可能打得過我們。布莉德吸口氣說：「妳——」但是不管本來要說什麼，她都在城堡裡飛出一大堆妖精時閉嘴，那是數量多到足以遮蔽陽光的希夷格妖精【編註一】、史普賴妖精【編註二】、賓希夷妖精【譯註】。

這些妖精單打獨鬥都不會構成威脅，就像一隻蜜蜂不會對沒過敏的人造成生命危險。但是一群蜜蜂就有辦法擊敗任何人，而天上有很多群怒氣沖沖的飛行妖精。

而芳德手下還有步兵。在數千名飛行妖精散入天際的同時，大批哥布林、史普利甘【編註三】、菲爾達伊克破土而出，衝向我們。

這些可不是彼得・傑克森改編托爾金作品裡的那種哥布林。這些是古老生物，生活在地底下，

編註一：希夷格妖精（sidheóg，也作Sheoques），這個字代表「小妖精」，是愛爾蘭傳說中居住在草叢中的妖精。她們基本上是無害的，頂多會以歌聲舞蹈迷惑人，但有些故事中他們也會掉包人類小孩。

編註二：史普賴妖精（Sprite），在民間傳說中常被當作妖精，不過也有傳說將之當作鬼魂或類妖精生物，被視爲水或風的具體化。形象與希臘神話中的寧芙（Nymph）或風之妖精席爾弗（Sylph）等類似，偶爾會被視爲同種生物。

譯註：賓希夷妖精（Bean Sidhe，也作Banshee）。本作之前譯爲常見譯名哭喊女妖，這裡爲作妖精，故以音譯。

編註三：史普利甘（Spriggan），又作守寶妖精，是英國康瓦爾郡地方民間傳說中出現的傳說生物。傳說外表奇醜，常守在古老遺跡或廢墟等地守護財寶。雖然平常體型不大，但有能力化爲巨人。

具有工匠技巧，熟悉各式金屬，但欠缺眞正的魔法力——不過我認爲他們擁有類似的能力。他們喜歡隱藏在山丘下的地底通道，又會透過古老之道造訪提爾・納・諾格。皮膚灰色，個子小，鼻子和耳朵很大，他們沒有瘸腿，沒有畸形的背脊，沒有承受任何故事中用以強調腐化的苦痛。他們動作順暢，不過沒展現出任何團隊合作的跡象，身穿自製護具，手持各式各樣武器。芳德八成承諾他們豐富的獎賞，那才能說明他們與菲爾達伊克出現於此的原因。

拉布列康妖精【註二】顯然沒有參戰，不過這很符合他們的天性。他們喜歡惡作劇，但從不上陣殺敵，一來是因爲他們喜歡獨居，二來也是因爲他們喜歡把人煩死，不喜歡把人打死。據我估計，哥布林總共來了三、四千個，史普利甘和菲爾博格人只有幾百個。他們全都一副渴望暴力的模樣。

芳德策畫了一場妖精百姓革命，而我在暴民起義時與貴族站在一起。

「可惡。」我咬牙說道。雙方人馬都不會讓步，這表示會流很多血。

「富麗迪許，」布莉德說，她已經取消了三重奏嗓音。「我不會命令妳，但這麼做能讓我們盡早了結此事。」

發自我右側的哽咽聲暴露出富麗迪許的位置：「我明白。」她說，情緒聽來十分激動。一陣拉弓聲過後，一支箭破風而出竄向芳德。沒中，不過並非因爲瞄得不夠準：箭射到時，芳德已不在原位了。她被妖精抬入空中，我啓動魔法視覺，發現是幾個肉眼看不見的妖精席爾弗幹的。他們四下盤旋，形成一道防護性氣旋，芳德就飄在中間，而這道氣旋導致富麗迪許的第二支箭偏移，沒有射中。富麗迪許沒時間發射第三箭，就算射了也沒意義。我們得應付衝鋒而來的步兵，再過十秒左右就會展開交鋒。飛行妖精會比他們先到。我很好奇騎兵在哪裡？

「阿提克斯，後面！」雖然看不見她，但我聽見關妮兒的聲音。「大狗！馬拿朗，當心！」

海神還在哀悼米拉之死，而他會是從森林中來襲的巴蓋斯特犬【註二】第一個遭遇的目標。這種大型黑色半幽靈犬體型和歐伯隆差不多，但是牙齒利多了，眼睛還會發紅光——說半幽靈是因爲牠們看起來很實在，也能抓你、咬你，但是大部分武器都會直接穿過牠們，就像幽靈一樣。關妮兒的一支飛刀爲這個特性做出完美示範，好像氣體般貫穿了領頭巴蓋斯特犬的身體。要殺巴蓋斯特犬得用手或富拉蓋拉這種特殊武器，所以，既然是在場衆人中最適合對付牠們的人，我轉身背對敵軍，迎向巴蓋斯特犬。

馬拿朗站起身來，在他的迷霧斗篷中轉圈，進入迷霧範圍的巴蓋斯特犬於幾秒後傷痕累累地再度出現。我繞過衝在最前面的巴蓋斯特犬，在通過牠時砍中牠的後頸，然後反手揮劍，劃破隨之而來的另一頭巴蓋斯特犬顏面。另三頭躍過我，跳到佩倫、歐文和孤紐背上。佩倫有點感覺，不過沒有

編註一：拉布列康妖精（leprechauns）爲愛爾蘭傳說中的妖精，也作矮妖或矮精靈。他們常常被描述爲穿戴綠衣綠帽、長著大鬍子的矮人，熱愛惡作劇；同時熟知地下寶藏，如果逮住他，可以得知黃金所在。聖派屈克節慶典中常看見裝扮成他們撒金幣的演出。

編註二：巴蓋斯特犬（barghest）是英國諾森伯蘭郡附近民間傳說中的不祥妖精，傳說看見他們即代表會有重要或親近人物死亡，又作犬魔。雖然常以本書中提及的紅眼黑犬形態現身，但傳說中也有熊或無頭騎士的形象。通常會在濃霧之夜現身。

受制；他彎腰向前，一手伸到腦後抓住犬毛，往前一拉。巴蓋斯特犬隨即被丟到哥布林戰線的先鋒部隊身上。歐文大吼一聲，扭動肩膀，他背上的巴蓋斯特犬立刻被甩到前面；歐文大爪一揮——天然的手掌，不是武器——對方登時嗝屁。然而孤紐就沒有這麼幸運了，當他被背上的巴蓋斯特犬撲倒在地，又有個賓希夷妖精喊出名字，宣告他的末日時，我並不是唯一衝過去幫忙的人。他的弟弟盧基達轉身背對敵軍，葛雷恩亞和歐格瑪也趕來支援他。布莉德朝天空噴出一道道火焰，將首當其衝的妖精空中火力燒成灰燼，讓緊跟而來的傢伙有理由擔心天氣突然改變的問題。

巴蓋斯特犬一口咬中孤紐左肩，他翻向右邊，迫使巴蓋斯特犬在鬆口、轉而攻擊喉嚨，或是緊咬不放、側面摔倒、放棄位置優勢之間做選擇。牠選擇鬆口，孤紐用手臂擋住喉嚨。我比盧基達早到一秒，富拉蓋拉插入對方身側，然後在巴蓋斯特犬落地時拔出魔劍。但我這麼做的同時，步兵主陣已經殺到，儘管大多數敵軍都在圖阿哈．戴．丹恩的武器前面臨變得又濕又脆的命運，還是有個史普利甘跳過葛雷恩亞的攻擊範圍，撲到盧基達背上。

史普利甘是很凶狠的傢伙，當初莫利根就是根據這種木妖精形象設計紫杉人的，柔軟的木頭、尖銳的突起部位、不太需要行光合作用。他們的皮膚不是充滿樹汁的纖維；肢體就像巨人柱仙人掌般，不過雙眼總是綻放黃光——卡通裡那種用來恐嚇小孩晚上不要跑進森林的眼睛。

他撲在盧基達身上，將他撞倒在地；而盧基達在落地時扭向右邊，試圖甩開史普利甘，而他確實甩開了，甩出去的力道不弱。史普利甘背部撞上孤紐，剛好撞上他最脆弱的角度：與他的身體呈垂直，撞成一個t字型。史普利甘手肘後方的木刺宛如木樁般穿透孤紐胸口，刺爛他的心臟。

孤紐咳一口血，當場身亡，砍掉史普利甘的腦袋完全無法舒緩他的死對我胸口造成的打擊。盧基達和我同聲大叫，確認他的靈氣消失，再也無可挽回，然後發狂似地衝向妖精。我們連劈帶砍，用鮮血洗去臉上的淚痕，而我們都很清楚不管怎麼做都救不回孤紐或米拉，也知道殺死這群自認是爲了自由或某種遠大使命而戰的妖精，不會讓我們好過一點。

天上落下焦黑的小精靈和史普賴妖精，其中有些還在燃燒，因爲布莉德用一面火牆有效解除了他們的飛行能力。在我右邊，歐格瑪舞動兩根沉重的釘頭槌，一擊就能打倒三個或更多哥布林，而那些哥布林又會撞倒後排敵軍，阻擋衝勢，讓他有時間再度攻擊。葛雷恩亞和盧基達在我旁邊用他們自己打造的魔法武器奮勇殺敵，和歐格瑪的釘頭槌一樣，一次擊倒複數敵人。

他們怒不可抑，我不確定他們知道何時該收手。然而我需要他們在身邊，不然很快就會被敵人淹沒。富拉蓋拉能夠輕易劃破護甲、擊中血肉，但我一次只能對付一個敵人，而他們撲向我的樣子就像在寒冷室外撲向最後一副手套。我還不累，也還沒受傷，但我知道情況很快就會改變——我面前的敵人實在太多了。

佩倫在我的左手邊，介於我和布莉德之間，在斧頭中加持了閃電。每當他砍中哥布林，後面一堆穿有護甲的哥布林就會遭受電擊，在他身前清出一片空地，進一步強化布莉德引起的烤肉和臭氧氣味。史普利甘和菲爾達伊克不會吸引閃電，於是衝到前面與佩倫近身交戰，不過他左手一揮就能把他們打飛；他們遠遠落在己方部隊裡，慘遭自己人刺死或踩死。

歐文位於布莉德另一側，以熊爪劃破對手臉頰，偶爾也扯開衝入他防禦範圍、展開攻擊的哥布林喉嚨。他和我一樣有可能不敵對方的數量優勢。他身上已經插了兩把短劍。關妮兒和富麗迪許也在某處作戰，利用隱形優勢下削弱對方戰力。

現在馬拿朗守住左翼戰線，拿一支菲爾博格人的長矛當武器，而我透過混亂的戰場和他的迷霧斗篷看見的表情，就和我想像中自己的表情很像：痛苦皺眉，在哀悼、憤怒和愧疚交織之下作戰。

沒錯，我很愧疚。我毫無所覺地把芳德逼上絕路，要不是我如此盲目，或許她也不會試圖與我們同歸於盡。我很肯定馬拿朗也有這種感覺——內心充滿疑問，究竟我們是怎麼走到這個地步的？有沒有可能事先預防？到底哪裡做錯了？我們有沒有辦法學會在過自己的生活時，不去搞砸別人的生活？

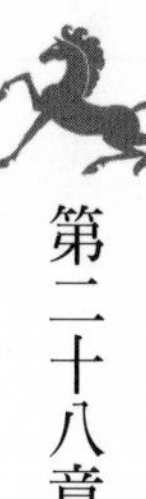

第二十八章

戰呼與死前慘叫，以及恐懼與憤怒的呼喊、想要殺死阿提克斯的意圖，還有賓希夷妖精的哭喊，這一切都會為我帶來惡夢。那些猙獰的面孔、狂張的利齒、四濺的鮮血——有些血是因為我而濺的——都會在我心中揮之不去。我敢說只要沒有隱形，這些猙獰面孔也會衝向我，因為芳德說過這一切的起因都是寒鐵，而我脖子上就掛著一塊。我會記得這些慘叫、火焰和鮮血，以及芳德在希爾弗寒藹中飄在天上的景象，到死都不會忘記。

我不知道是什麼導致芳德走上這條路，但我很肯定絕不是阿提克斯挑起的戰端。他喜歡芳德，我也是，這就是我沒辦法讓那把飛刀從眼睛貫穿她腦袋的原因。我知道她能治療頸部傷勢，希望那能讓她重新思考。我想就策略上而言，我搞砸了：我有機會結束此事，卻沒有把握住。可是我們有誰想過事情會走到這一步？阿提克斯在字條中寫說他是來講和的。我想芳德是來打仗的，而她也確實開打了。

馬拿朗依然愛她。他和我在左翼作戰，我聽見他在迷霧斗篷裡呻吟哭泣——說著：「不，住手，芳德，不要這樣。」當迷霧短暫消散，讓我有機會看見他的表情時，我看到了痛苦與哀傷，沒有憤怒。他沒有主動攻擊，只是殺死進入迷霧範圍的妖精。我不認為哥布林特別把他當作目標，但他在防守歐文的左側，有些哥布林試圖越過他攻擊大熊，不過失敗了。試圖繞過馬拿朗，從左側攻擊他的傢伙都碰上我，被看不見的魔杖擊中眉心，打得雙腳離地而起。

可以繼續這樣打——這裡很安全——所以我得離開。阿提克斯位於戰線中央，我看得出來他正苦苦支撐。他無法像那些神一樣殺開血路。佩倫幫他應付左方攻擊，盧基達也打倒了一些右側敵人，但阿提克斯依然深陷危機；發現他的處境有多糟時，我立刻離開崗位，相信馬拿朗應付得來，迅速從後面繞過去幫忙。

既然哥布林武器能對他造成重傷，阿提克斯自然把重點集中在他們身上，冒險假設飛行妖精都沒辦法通過布莉德防線去砍他的頭。但我在奔跑途中發現有隻小精靈由下穿越布莉德的烈火，用銅針劍刺中他鎖骨下方。他揮手拍她，她化爲灰燼。他沒時間拔出針劍；他得出劍抵擋哥布林和朝他腦袋跳過去的菲爾達伊克。但是接著有一小隊希夷格弓箭手尾隨小精靈穿越火牆下方，對他射出一輪小箭，有點類似牙籤，但銳利多了。我認爲只要穿件厚羊毛衣就能擋住它們，而阿提克斯當然是裸體作戰。所有箭都命中他身體左側，其中不少插在他的臉和脖子上，看起來就像豪豬刺。這些傷並不嚴重，但導致他動作滯礙，錯過了一個哥布林的斧頭。

我出聲警告，但遲了。那把斧頭——斧刃上有刻痕的銅斧——擊中阿提克斯左臂接近肩膀的位置。它卡在骨頭裡，在他摔向右方時都沒有脫落。哥布林放開斧柄，一方面是因爲阿提克斯倒地的力道使他脫手，另一方面也因爲他沒想到能砍到阿提克斯；所以我趕到時他就站在原地，僵立不動。我把他的腦袋當作練習用的棒球，朝中間的外野牆打擊出去。他頭骨破碎、像根木材般倒下，我則順勢把揮杖的力量轉向另外兩隻哥布林的腦袋。他們高舉斧頭，毫無防備，滿心以爲可以趁阿提克斯倒地時解決他。結果倒下的是他們自己。

「起來，阿提克斯！左邊交給我！」

他沒有浪費時間，只是呼嚕一聲，撐著自己站起身來，擋開右邊哥布林刺來的劍，朝左揮劍劃開對方喉嚨。他繼續揮劍對抗前仆後繼的哥布林，不過朝左揮劍時會比較小心，以免誤傷到我，我則盡量放大攻擊範圍，拉開我們之間的距離。那把斧頭依然埋在他的左臂上，而他的左臂則癱在身側。

「妳可以拔……拔出斧頭嗎？」他邊問邊眨眼，架開一個跳過領頭的哥布林、試圖突襲他的史普利甘的攻擊。

「當然，」我說著把史卡維德傑交到左手。「別動。」

魔杖迴旋，打倒了兩個哥布林，他們剛好又被佩倫的連鎖閃電擊中。我們前方的敵人開始放慢攻擊速度，後排哥布林察覺有看不見的東西正痛宰他們。他們瞇眼尋找目標，這讓我有時間抓住斧柄，將它拔出阿提克斯手臂。這麼做撕裂了他的傷口，噴出很多血，還導致他吃痛悶哼，但至少現在可以開始治療了。

額外的收穫是，那把斧頭在被我摸到時立刻隱形，對謹慎逼近的哥布林而言，彷彿突然消失了。當我把它丟向一隻哥布林腦袋時，斧頭又再度出現，但是當他看見斧頭時，唯一能做的就只是閃避。他身後的夥伴沒有時間閃避——斧頭砍爛了他的臉，我則跳上前去，杖頭由下往上擊中閃避斧頭的哥布林下巴。他向後癱倒，下巴粉碎，牙齒成拋物線與血一起噴入空中，然後落地。這下其他哥布林大致掌握了我的位置，開始往我盲目揮砍。我後退，朝他們的喉嚨丟出兩把飛刀。他們倒地時，我朝下一排哥布林連出數杖。阿提克斯還在我旁邊舞動富拉蓋拉，但是動作不太連貫，出招沒有章法。

「針、針裡有神、神經毒。」他說。「盡快治、治療，如果妳呃，中針。我中了很多。動、動、動作變慢。」他後退一步，險險避過另一斧，但這個動作使他失去平衡，於是他又退一步、再退一步，跌跌撞撞地退出戰團，最後朝後跌倒，富拉蓋拉脫手而出。

「阿提克斯！」

第二十九章

我發現自己被惹火到了極點，而那感覺很爽。這就是古代會讓吟遊詩人傳頌多年的戰鬥，所有人狂態畢露，也認定他們有理由變成這樣。舅舅肯定會超愛這場戰鬥，還會幫它寫首歌。他會叫它「血河、血湖、血沼澤」或之類的。八成是別的歌名——我超不擅長寫歌的。但我很肯定我們很快就會踏在血泊上，因爲哥布林前仆後繼，而我殺個不停。我不確定他們知道我是德魯伊，擁有無止盡的魔力來源和迅速療傷的能力。他們大概以爲我是頭普通的熊，沒料到我會做出那些動作。

我這麼喜歡這個形態的理由，在於除非對手能幸運用矛刺中我的要害，或是用現代士兵偏好的手榴彈，這個形態很難殺。如果你用劍或斧頭，那幾乎就不太可能接近到能擊中我的距離，還不被我打中。就算眞的擊中，還得砍入幾吋脂肪才能眞的傷到我。所以我抬頭挺胸，盡量不讓對方有機會打到腦袋，偶爾承受幾下攻擊，不停殺死那些可惡的混蛋，熊的力量加上大地能量，對所有遇上我爪子的傢伙而言，都等於是通往地面的單程票。

那並不表示我打得非常輕鬆。現在我的皮上已經卡了三件武器，每一件都很不舒服，而我想這場仗打完前還有更多武器會插上來。或許多很多。或許太多了。

我說不定很快就會死在這裡。我應該更努力勸敘亞漢帶幫手來的，關於芳德我可是一點也沒猜錯。但你知道哪裡奇怪嗎？我熱愛這場早就料到的戰鬥，心裡只有一點眞正的遺憾：我希望葛雷塔在這裡與我並肩作戰。她已經比這些哥布林爛劍更加深入我的心了。

結果我左邊是哭哭啼啼的馬拿朗・麥克・李爾，右邊則是怒氣沖沖的布莉德。我毫不同情這兩個傢伙，要不是他們多年以來拒絕看見眞相，我們現在根本不會在這裡。

就戰術上而言，現況就是我們趴在地上等著敵人蹂躪。德魯伊擁有強大的力量，但不是神，這表示最先倒下的會是我們。敵人似乎永無止盡，我遲早都會被他們撲倒，再也爬不起來。雖然圖阿哈・戴・丹恩可能撐得久一點，但在這種情況下，他們也有機會倒下。布莉德必定也得出了相同結論，因爲她不再朝天噴火，而是親自化身爲天之火焰，火光四射沖天而起，直朝芳德飛去。她不可能錯過目標，而在她一升空後，雙方立刻不再交戰，因爲沒有人願意錯過這場對決——反正一切都取決於最後站著的是布莉德，還是芳德。保護芳德，讓她飄在空中的席爾弗妖精帶著她降落地面，布莉德則俯衝而下，直逼過去。當芳德雙腳著地時，她的肩膀和頭還是高出旁邊的哥布林許多，而我靠後腳站立時足足有八呎高，所以能透過面前這堆敵人看清她們的戰況。

芳德側跨一步，閃開布莉德著陸的衝擊，神態自若地任由女神在不塗烤肉醬的情況下，把她當肉烤。席爾弗妖精承受烈火焚燒，利用風勢把火焰吹向四面八方。察覺火攻無效後，布莉德熄滅火焰，舉起巨劍攻擊芳德。我不認爲這場打鬥會維持多久，因爲布莉德的戰陣經驗遠比芳德老到，還全副武裝，而芳德鮮少打鬥，身上也沒穿衣服。但芳德並沒有動手格擋；她避開每一下攻擊，速度快得驚人——比布莉德還快，藉由席爾弗的幫助強化德魯伊的速度加持——她在不斷尋找布莉德的破綻。她的目光三不五時會飄向布莉德的頭盔——護甲上唯一有縫隙的地方，我懂她的想法了。她打算用莫魯塔一擊而中，只要一劍插入頭盔，一切就結束了——任何劃破皮膚的傷口都足以致命，而她沒有其他方法攻破布莉德防禦。布莉德的護甲是專門爲了對付富拉蓋拉設計的，富拉蓋拉有辦法貫穿任何護甲，所以我懷疑莫魯塔有任何可能刺穿它。

隨著兩人纏鬥不休，緊張的氣氛逐漸升溫，布莉德一劍也沒砍中，不過防禦得水洩不通，芳德只是閃躲，伺機出手。她們兩個都不會累，所以這場決鬥比的是機智和技巧。直到一分鐘後——以決鬥而言算很久了——我才發現事情很不對勁。賓希夷妖精爲什麼沒有喊出將死之人的姓名？她們沒辦法控制預知死亡的能力；當她們知道誰會死後，就得喊出來，而整場戰鬥中她們喊得聲音都啞了。現在她們卻安安靜靜，實在太詭異了。

五秒鐘內，我的疑問就獲得解答。看準布莉德一劍當頭劈下、巨劍陷入地面的機會，芳德矮身欺上，對準布莉德頭盔上讓她得以看到外界的縫隙出劍。布莉德發現當時可能是她唯一不想將目光保持在對手身上的時機，立刻轉向，腦袋盡力後仰，莫魯塔的劍尖掠過，在金屬頭盔上劃出一道口子。芳德試圖跳出戰團，但她這一劍力道過猛，距離對手太近。布莉德反手出擊，打中芳德伸長的右臂下方，在她胸部上緣劃出一條紅線。傷勢不重，但讓芳德痛得叫出聲來，也讓她明白自己不是對手。於是她採取了讓所有人意想不到的做法，二話不說逃離現場。她在希爾弗妖精的幫助下騰空而起，以最快速度飛越牧地，衝向另一頭能讓她轉移離開的樹林。

布莉德的頭盔限制了視線，經過幾秒才明白芳德已經丟下部隊、逃離戰場。當時她已經不可能追上芳德了。除了身處叛變妖精的包圍外，她還有一群手下要照顧。所有人都嚇呆了——特別是目睹領袖一受傷就逃跑的妖精——但至少我們知道賓希夷妖精為什麼默不吭聲了。

最先恢復的是布莉德。她衝天而起，化身火焰飄在原野上空，三重奏的嗓音響徹雲霄。「結束了。芳德跑了，我給所有妖精一個簡單的選擇：寬恕或火。想要寬恕的話，現在就離開戰場，明天派遣使者到宮廷，和我討論日後該如何為妖精服務。我真心想成為更好的領袖，迫切想知道該怎麼做。但如果你們選擇火，那就繼續戰鬥。現在就決定。」

他們很快就決定選擇寬恕。前線的哥布林和史普利甘緊張兮兮地看向我，不知道我會不會遵奉布莉德號令。我點頭，四足著地，表明沒有意願挖開他們肚皮。存活下來的飛行妖精，包括賓希夷妖精，幾乎立刻解散，地面部隊隨之失去空援，全場只剩下布莉德飄在天上。他們迫不及待想要逃走。史普利甘和菲爾達伊克散入四周樹林，哥布林則鑽進他們爬出來的地洞。我就是在這個時候轉向右邊，看見敘亞漢躺在地上。

第三十章

我發現我眞的非常討厭毒藥，下定決心這輩子都不要再使用任何毒藥。我不想用毒藥取勝。希夷格毒造成的痛苦完全不能與人面獅身龍尾獸毒相提並論，卻很有效地降低了我的速度，讓我破綻百出。而且這種毒很狡猾——不痛就表示在一切太遲之前，我幾乎不會發現自己中毒。拖垮肌肉反應、降低速度，還讓我失去平衡。我視線模糊，警告關妮兒時也口齒不清。

我藉由向後跌開勉強避過一隻哥布林的斧頭，卻無法恢復平衡，著地摔倒；指節落地時，富拉蓋拉脫手而出。關妮兒大喊我的名字，但我無法回應。我知道只要有時間就能解毒，但是沒砍中我的哥布林想要再試一次。他朝我奔來——高舉斧頭，準備砍爛我的肚子，臉上掛著醜陋的笑容——接著一股隱形力量把他撞向一旁，好像有人踢他一樣。事實上，他眞的被關妮兒踢了一腳，當他掙扎起身時，臉上又插了一把飛刀。另兩隻想要殺我的哥布林在隱形守衛關妮兒面前迅速掛掉，接著布莉德和芳德展開決鬥，所有人都停下來觀戰。

「阿提克斯，你還好嗎？」不見人影的關妮兒問道。

「正……努力解毒。」我希望布莉德能讓所有人凝神觀戰幾分鐘。我的身體正分解毒素，但暫時還沒辦法翻觔斗，甚至清楚講話。接著，當除了躺在地上思考外沒有其他事可做時，我就開始感受到該爲整件衝突負責的壓力兜頭襲來。

我永遠不能再和孤紐喝酒了；他已經釀完最後一桶酒，史卡維德傑上的鐵銀繩紋就是他最後一件作品。我也沒有機會再與米拉討論林布蘭的畫作；她的洞穴從此不見天日，比《夜巡》的畫布還要漆黑。

我不會因爲爲他們落淚而難爲情。他們値得我的眼淚。接著我聽到但沒看見布莉德說芳德跑了，妖精大軍就像莫哈韋沙漠裡的雪人一樣迅速融化。我方沒有人慶祝勝利。我雙眼轉向左側，發現馬拿朗・麥克・李爾不見了。在這種大戰過後，他要護送很多亡魂前往死後世界，而他妻子如今淪爲不折不扣的叛徒逃犯。我想我們會有一段時間看不到他。歐文和其他圖阿哈・戴・丹恩都沒有大礙——至少在花時間療傷後就沒有大礙。歐文以熊形來到我面前，聞聞我的臉，確定我還活著。他身上插了好幾件哥布林武器，或許得先拔掉才能變回人形。但他在我說要幫忙前走開，顯然肯定我不會立刻死亡就滿意了。

圖阿哈・戴・丹恩又是另一回事了。我想他們的心靈都受到永久的創傷。富麗迪許在我右邊撤去隱形術，跪倒哭泣，佩倫跑過去盡力安慰她。盧基達和葛雷恩亞站在死去兄弟的屍體前，在滿口宣洩性的髒話中搬開孤紐身上的史普利甘，將他的雙手交疊在胸前傷口上。盧基達失去控制，拿木棒狂打史普利甘的腦袋，直到它變成地上一團濕淋淋的肉醬爲止。我有點想走到他們面前，所有圖阿哈・戴・丹恩面前，告訴他們我有多愧疚，告訴他們我永遠不能原諒自己在此事中扮演的角色，但那是個很爛的點子。那樣不會讓他們好過一點——搞不好會激怒他們——而且如果把罪過攬在自己身上，我就會欠他們人情。我不知道還能做什麼，只能哭著思索爲了化解干戈的努力怎麼會搞到這種地步。我感覺渺小、孤獨，但是生理上好過一點了，於是坐起身來，用右手撐住身體。

關妮兒在我左邊輕聲細語。「我在這裡，阿提克斯，如果你在找我的話。」

我轉頭，什麼也沒看到。「哪裡？」

「我知道戰鬥結束了，但我暫時還不想現身。我有很多事要對你說。」

我皺眉問道：「妳受傷了嗎？」我講話已經恢復正常了，這個進展讓我鬆了口氣。

「有，不過很快就會痊癒。」一隻看不見的手掠過我的頭髮。「我想你。」她說。

「我也想妳。事實上，聯絡不上妳時，我很擔心。但我想妳看到我的字條了。謝謝妳救了我。大概救了五次還是管他幾次。」

「不客氣。我沒算。」她的手指再度掠過我的頭，然後說：「嘿。看來你剛哭過。」

我向前坐，解除右手的負擔，揉揉眼睛，吸個鼻涕。「是呀，沒錯，今天過得很糟。我本來是來談和的，結果卻點燃了一場革命。我不希望看到任何人死。不希望哥布林死、不希望妖精死，當然也不希望米拉和孤紐死。」

「那我們晚點也來聊聊那個。你的手臂還好嗎？那把斧頭砍得很深。」

「過幾天就沒事了。」

「要我幫你拔出那些差點害死你的小箭嗎？你看起來像變種豪豬。」

我笑出聲來，不過是因爲沒想到她會這麼說，而不是眞的開心。「好，那太好了，謝謝。」

當我們坐在眾多屍體之間，她小心翼翼地從我身上拔出迷你武器時，我心裡慢慢浮現一股奇特的寧靜感，一個小小的啓示爲我帶來了希望。我在根本沒有和諧可尋的時刻強逼自己找尋心靈和諧。最好就是稍安勿躁，等待和諧自行找上門來。

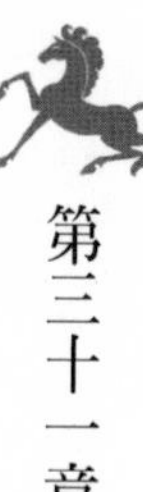

第三十一章

儘管此刻最想做的就是遠離戰場，不過我還是知道走前有必要交代一些事情。我無法肯定，不過我想布莉德一定情緒激動，責怪自己沒有及早察覺這次叛變，預先制止。光看戰場上的叛軍數量，就知道她的領導出了問題，或許我會質疑她許多做法，但至少她願意坦然面對自己的過錯。叛軍中有多少妖精曾對她效忠過？為什麼沒有妖精出面守護她和其他圖阿哈·戴·丹恩？這些問題的答案肯定令人不快。

布莉德得先處理一些令人難過又緊張的事情才能理會我們，她先安慰富麗迪許，又安慰兩個兒子，憑弔第三個兒子。孤紐的死當然也令她非常難受，但我不認為她會在公開場合傷心哀悼。阿提克斯利用這段時間分解體內的毒素，慢慢站起身來。布莉德走過來時，她已經像阿提克斯一樣把劍插回背上的劍鞘，頭盔則抱在左手。奇怪的是，她的頭髮完美無瑕，這算是身為女神的好處，我想。我默不作聲地聽她與阿提克斯和他的大德魯伊交談，歐文已經移除身上的武器，變回人形了。他身上有很多血淋淋的恐怖傷口。我還沒與他正式見過面，但我也不特別期待認識他。從他的表情來看，八成性情乖戾，這點倒是和阿提克斯告訴過我的故事不謀而合。然而，在如此奇特的情況下，我得想辦法忍受他。我想今天笑的機會應該不多。

結果歐文兩天前就已經把梅爾的死訊告知布莉德，經過粗略的調查，馬拿朗成為最有嫌疑的疑犯。發現犯人是芳德——還有她和妖精已經私下心懷不滿這麼久——令布莉德懷疑她怎麼可能沒察覺這一切。當她大聲說出自己一直忙著對付莫利根——不，是她執著於對付莫利根——導致她對其他問題視而不見、任由情況持續惡化時，我差點放開史卡維德傑大聲鼓掌。我沒想到她願意坦承就連她偶爾也會犯錯，而我放任自己期待她能說到做到，成爲更好的領袖。如今我也發現了自己的一些缺點。我覺得自己開始尊敬她了，之前我認爲她是個心胸狹小、短視近利的人。我想其他人也有同感——實實在在地感受到情緒從痛哭流涕、咬牙切齒向上提升幾度，提醒了我們從前過得有多快樂，或許日後還有機會那麼快樂。

結果阿提克斯問了一個破壞氣氛的問題：「對了，布莉德，鎖在梅爾大廳裡的人面獅身龍尾獸怎麼了？」

布莉德眉頭一皺，說道：「對，我記得歐文曾提醒我人面獅身龍尾獸，但是我在那裡沒有看到，除了那堆泥巴坑，也沒找到任何囚禁過人面獅身龍尾獸的跡象。」

「沒有鎖鍊？」

「沒有。」

阿提克斯的眼神說：「喔，狗屎。」嘴裡卻道：「好吧，很高興聽妳這麼說。」

「過幾天來宮廷找我，敘亞漢。我有別的事情要和你談，不過不急。」——她停了停，將音量壓到細不可聞——「等我們埋葬亡者之後。去吧，願蓋亞守護你。」

「妳也是，布莉德。」

歐文決定留下來幫忙處理善後，說他弄完就去小屋找我們。正當我們要道別時，布莉德身後的空間突然浮現漣漪。我在受訓期間見過很多次這種現象，非常肯定那是德魯伊僞裝羈絆產生的效果。而我想不出若非想要對某人不利，還有誰會在這種情況下施展僞裝羈絆。我雙手握持史卡維德傑，離開阿提克斯，悄悄繞過布莉德，等到空間扭曲現象進入攻擊範圍後就狠狠給對方一棍。我感到雙手一震，聽見一聲尖叫和撞擊聲，接著被我擊中的傢伙摔倒在地，於布莉德腳下現身。

躺在地上的是芳德，赤身裸體、鮮血淋淋，右手握著莫魯塔。我擊中她的腦袋，打得她不省人事。如果我沒動手，她肯定已經砍中布莉德沒有防備的脖子。妖精之后剛剛轉移離開，等候片刻，然後又轉移回來，試圖趁布莉德沒有防備時刺殺她。

我深吸口氣，慢慢了解自己剛剛救了布莉德一命。

女神在聽見聲響後轉身，隨即看見芳德躺在地上，大家都看見了。但是布莉德眼中迅速閃過芳德所作所爲讓她付出的代價，於是放下頭盔，拔出巨劍，打算對芳德做出她來此原本要對自己做的事情。

布莉德朝芳德的腦袋砍下，富麗迪許大叫：「不！」就聽見金屬交擊聲起，布莉德的劍已經被富拉蓋拉擋下。

布莉德眼泛藍光，轉頭看向我的愛。他及時趕來阻止這場災難。

「敘亞漢？你也要加入叛徒那一邊嗎？」

阿提克斯回答：「妳知道我不會。我要行使古代德魯伊的特權，對人民領袖提供建議。」

「我沒有徵詢你的意見。」

「我了解，布莉德，妳當然應該做妳想做的事。但我請求妳先聽我說，考慮一下我的話。芳德此刻不構成威脅，附近的樹林裡有鐵網。」他朝南方揚首，「我們說話的時候可以讓人去拿，這樣她醒來就會虛弱無力。」我很佩服阿提克斯這種直指重點、毫不浪費唇舌在次要問題上的做法，像是芳德一開始是怎麼被打昏之類的。他把重點放在現在和未來，不管過去。「妳有時間先聽我說，再做決定。」他補充。

布莉德收回巨劍，說道：「好。」她轉向歐文，以正式的口吻說：「歐格漢・歐肯奈傑，請你趁我與敘亞漢・歐蘇魯文交談時去撿一張鐵網過來制服芳德。」阿提克斯的大德魯伊點點頭，二話不說奉命而去。布莉德轉向阿提克斯，態度強勢。「提供你的建議，德魯伊。」

佩倫走過來，彎下腰去自芳德手中取下莫魯塔，丟到一旁。阿提克斯深吸口氣，開口說話。

「尊貴的布莉德，我認爲現在殺死芳德只會進一步惡化妖精對妳的不滿。妳才剛告訴妖精妳有意願成爲更好的領袖，說會寬恕他們。如果不肯寬恕芳德，妳將會損害自己的名聲。此刻妳有機會把芳德裹在鐵裡，壓制她的力量，同時又鞏固自己的權威，成爲公正又仁慈的領袖。而留芳德一條生路，讓她未來有機會贖罪，也可以助妳贏得馬拿朗・麥克・李爾和富麗迪許的心，他們兩位在此事上都是大力支持妳的。」

布莉德轉頭打量富麗迪許，芳德的母親。她們兩個是數不清個世紀的好朋友。我剛獲選成爲德魯伊學徒時，就是她們兩個一起主持我的「包拉克克魯坦」。富麗迪許甚至在布莉德要求下，對芳德射了兩箭。兩人四目相對，在對方眼中看見長久以來的交情，難以言喻的信任和愛。就在那一刻，我知道不管背叛的感覺有多強烈，布莉德沒辦法處決芳德。

阿提克斯偶爾會犯難以形容的大錯。不過有時候，就像這次，他也能讓他的生命變成一首詩，成爲某種完美典範，將他的年紀化爲智慧，看見除了他沒人看得出來的道路。此時此刻，即是不讓劍砍在或許會砍落的地方。布莉德回頭看向阿提克斯，聲音輕柔地說。

「你想法獨到，考慮周詳。」

「妳如果身處宮廷，而非戰場上，一定也會這麼想的。」阿提克斯說。

布莉德點頭。「你的建議很好，德魯伊。」

阿提克斯的大德魯伊帶著鐵網回來，在富麗迪許走近時撒在芳德身上。布莉德以三重奏聲音對他道：「與富麗迪許同去，商量一個地方幽禁芳德。禁止與妖精接觸，不過也不必承受肉體折磨。同意嗎？」

他們兩個出聲同意，在提爾．納．諾格上，如此承諾的效力遠大於右手放在聖經上宣誓。大德魯伊抬起芳德，富麗迪許和他一起走入樹林，轉移離開。我不知道他們要去哪裡，但我知道不管囚禁在何處，富麗迪許、馬拿朗和布莉德今後都會關係緊張。一方面，布莉德可以對他們兩個說：「芳德是因爲叛變而被囚禁的！」但是另一方面，接下來數百年內，那兩個神也能對第一妖精提出各種要求。

我不想和他們任何一位換鞋子穿【註】——我是說，如果他們有穿鞋子的話。我只想要與阿提克斯和兩隻獵狼犬重逢。幸運的是，他和我的想法一樣。

「謝謝妳聽我建議，」他對布莉德說。「如果妳現在沒有用得到我的地方，我就暫時告退，改天再去宮廷晉見。」

她朝他點頭，說道：「去吧，敘亞漢，願蓋亞引領你的道路。」

告退之後，我們走向能夠轉移回地球的樹林。

「我們還不能回小屋。」我在接近橡樹時低聲對阿提克斯說。「我們得去別的地方談談。我保證有很好的理由。」

「當然。」

他聳肩說：「好。我敢說獵狼犬多等一會兒不要緊。妳想去哪裡？」

「哥斯大黎加。可以讓我帶你過去嗎？」

我緊握他的手，和他一起轉移到蒙特維多雲霧森林保護區，一座長滿青苔的叢林，雲山霧罩，蟲鳴鳥叫，充滿蘭花與其他附生植物的香味。阿提克斯微微一笑，深吸口氣。

「選得好，」他說。「我已經好久沒來了。」

「好吧，看到我不要嚇到。」

他安靜片刻，然後說道：「妳這樣講還眞讓我害怕，不過沒問題。」

我撤去隱形法術，阿提克斯看到我時只有微微皺眉，一言不發了好幾秒鐘，打量我身上的瘀青。

「我希望把妳打成這樣的傢伙已經死了。」他終於說。

「它死了。」

「它？」

「說來話長。我們先找個地方坐下，我再慢慢告訴你。」我們往下走入一條溪谷，在河面上找到兩顆布滿地衣的大圓石。我們坐下，將武器靠著石頭放好，然後——在流水和樹上的猴子爭吵聲圍繞下——我把他在坦賈武爾叫我去找雪人後所發生的事情原原本本說給他聽：我父親之死、與我母親的短暫相會；拉克莎的新肉身；富威塔的誕生和失落；伐由的失落之箭如今落入洛基手中；還有我手臂上那個防止占卜、無法抹滅的烙印——防止占卜肯定是優點，但那也表示我無論到哪都會對其他人造成危險。

「如果我在小屋待太久，洛基就會知道我住在那裡，而你八成也住在那裡。他想要殺你，阿提克斯。」

「讓他來。」他說。「洛基並不擅長劍術，他的火焰又傷不了我。如今諸神，還有赫爾，同意讓我出手解決他了。」

「搞不好他的劍術也是裝出來的——等等，什麼諸神？」

「九個大神，加上在場邊觀望的奧林帕斯眾神。」

譯註：易地而處的意思。

「但如果他手中握有伐由之箭，他可以射殺你，絕不會錯過目標。」

「沒錯，他可以。想要騙過這種加持魔法，妳可以變成其他形態，移除原先的目標。我就是這樣應付奧丁的永恆之矛的。」

他這樣說讓我鬆了口氣，不過我不確定阿提克斯是否認眞看待此事的危險程度。「但是洛基可以放火燒屋。」我指出這一點，「也可以燒掉整座森林。威脅獵狼犬。」

「關妮兒，我懂，相信我。我們會採取預防措施，當然——只要有心，妳可以用魔法力場阻隔任何東西。但我不認為我們要擔心正面攻擊。事先威脅，然後確實執行威脅內容並不符合洛基的行事作風。他的風格是嘴裡說一套，轉移注意力，然後暗中又做另一套。是吧？」

「我想是……」

「我們不要為了他的威脅就搬家，或更糟糕，分隔兩地，各自活在偏執妄想中。我已經受夠那些了。儘管我很想說服他和赫爾不要燒光世界，但最近發生的事顯示我不擅長外交手段。所以我們還是準備踢他屁股吧，激動德魯伊。」他說，我忍不住笑出聲來。我想他這麼說有部分是為我著想，但如果我們現在眞的可以隨心所欲對付洛基，我們或許有些他絕對料想不到的盟友，而我很喜歡這個想法。

「告訴我，阿提克斯，誰比較厲害——洛基的火焰，還是五個雪人的霜魔法？」

尾聲

我不確定現代男人為什麼這麼不願意承認他們享受抱抱。當他們嘲笑抱抱或宣稱鄙視抱抱時，當然是為了遵從某種男子氣概狗屁信條在說謊。不管人的一生有多長，一輩子裡沒有多少樂趣可和在慵懶的早晨與愛人一起躺在舒服的毯子下相提並論。關妮兒輕柔的笑容和灑落在她已經痊癒的雀斑臉頰上的晨光，眞是美到讓我覺得已經不枉今天了。事實上，這很可能是今天最開心的一刻，所以我盡量享受眼前的景象，對人生在世心存感激。我永遠不會厭倦這種時刻。

然而那一刻很快就結束了，因為兩隻獵狼犬在做完晨間伸展運動後，就開始吸引我們注意，用命令語氣建議我們一起到森林裡跑跑。在發現我們意願不是很高後，他們跳到床上，用口水懲罰我們。

「嘎！」關妮兒呸道。「好啦，歐拉，我要起床啦！如果妳讓我起床的話！走啦。」

我們一起輕輕走出小屋，免得吵醒歐文，他在幫布莉德和馬拿朗忙了一週後，昨晚才從提爾・納・諾格回來，然後又跑到鎮上去喝個爛醉，最後才癱在我們的沙發上。十一月冰涼的晨間空氣令人心曠神怡，我則在被壓力和不確定性悶了好幾個禮拜後，釋放了心中那個無拘無束的小頑童。

「我覺得今天早晨讓我想到試金石的台詞。」我對關妮兒說，兩隻獵狼犬雀躍不已地衝在前面，心知我們會跟上。她看著我笑。

「是唷？《皆大歡喜》裡的丑角？來呀，來聽聽看。」

我清清喉嚨，一手放在心口，另一手伸在身前，模仿演技超爛的演員，然後以適當的誇張語調說：「我們是幹下蠢事的眞愛人；但此乃凡人天性，所有陷入愛河的凡人都是笨蛋。」

「啊，說得好。」關妮兒說。「我想想看。」她笑嘻嘻地看著歐伯隆和歐拉在樹下互咬嬉戲。「我想我的心情與你不大一樣。現在傷勢都已痊癒，我還滿期待我們四個一起出去跑跑的。所以我要用惠特曼來回答你：『我想我能化身動物，與其爲伴，牠們如此恬靜、如此矜持，／我站著凝望牠們，久久不能自已。』【註】」

這閃亮雙唇吐出如此完美的想法和感觸時，我當然非回應不可。「我愛妳。」我說。

「我知道。」她回答，接著因爲她有機會說到韓索羅的台詞【註】而哈哈大笑。「來抓我吧。」她變身爲美洲豹，衝入森林，刻意掠過歐伯隆和歐拉中間，激發他們追逐的本能。我變身爲獵狼犬加入追逐，在松樹、雲杉和白樹皮的樹木間搖尾奔跑，腳爪激起地上的山楊落葉。

印象所及，這算是近期內我過得不錯的早晨之一。活在洛基隨時都有可能現身的恐懼中，絲毫沒有打擾我們的興致。

事實上，就某方面而言，這種情況可能讓我們玩得更開心。過去幾百年來，我只要一察覺威脅立刻就會跑路，早忘記扎根定居的感覺有多好。扎根定居與被人綁在地上大不相同。扎根定居就像是在說：我在此滋長、茁壯，因爲我找到了一個每天早晨都讓我知道該如何比昨天更好的地方，而且不用四下遊歷才能感受到身受的祝福。當你扎根時，守護那個地方就會變成一種義務、一種職責，而不光只是慾望。我們在科羅拉多的小屋就給我這種感覺。就快下雪了——大片雪白的地毯，或許我們得另找個地方過冬，不過離開前我會設置一大堆防禦力場。我想要享受更多類似今天的早晨。

當我們回到屋內，就連歐文吃早餐時也沒說出任何不愉快的話。我不想提出要請他另找地方定居的話題，因爲一旦提起此事，愉快的氣氛就會當場消失。結果破壞氣氛的另有其人：霍爾・浩克打電話來。

「我們得談談，」他說。「坦佩警局又開始調查你的過去了。」

「我對他們而言不是早該死了嗎？」我問。「根據美國官方資料，阿提克斯・歐蘇利文已經死了好多年。」

「對呀，那就是他們跑來找我的理由，因爲他們從其他消息來源聽說你還活著，而他們有點好奇此事眞假，也想知道如果是眞的，你在哪裡。」

「喔，太棒了。」我說。「好吧，給我三個小時。」

「不如你給我三個小時？今晚是月圓之夜，我們本來就要出城。我想帶我的族人去旗杆市找山姆和泰。和你在他們那裡碰面？」

編註：這句詩（I think I could turn and live with the animals, they are so placid and self-contain'd, / I stand and look at them long and long.）引用自惠特曼的*Song of Myself*。

譯註：《帝國大反擊》裡韓索羅被暴風兵抓走前和莉亞公主的對白。莉亞告訴韓索羅：「我愛你。」而韓索羅回答：「我知道。」

「好，聽起來不錯。」

歐文迫不及待想要去找山姆和泰，簡直像是要我們把他留在那裡一樣。我們才剛抵達，他立刻與大多數坦佩部族，以及所有旗杆市部族的成員跑到森林裡去，準備和泰再來一場友誼賽。我注意到葛雷塔和他走在一起，而我相信當她看到歐文的時候，那是我第一次看到她笑。我暗自打賭他會決定在亞歷桑納定居，期待寧靜和諧終於會降臨在他們兩個身上。

霍爾和法利德，和關妮兒、獵狼犬與我一起留在屋子裡。關妮兒和我坐在霍爾對面，他把一個文件夾丟在我們之間的餐桌上。法利德在食物準備區做一大堆給兩個飢餓狼人部族準備的滷牛肉和各式各樣配菜，吸引了兩頭獵狼犬的注意。不管霍爾的消息有多糟糕，至少午餐會很豐盛。

「記得你和我提過的那個會計師，克雷格．布萊克？」霍爾吼道。「負責打理你大筆財富的傢伙？」

我肚子抽痛，咕嚕一聲，聽起來絕對不是好事。「怎麼了？」我問，伸手去拿文件夾。

「好了，我照你說的去聯絡他。而當我這麼做後，突然間就有幾個警探找上門來。」

「爲什麼？」

「因爲布萊克先生死了，他死法離奇，吸引了警方的好奇心。」他側頭比向文件夾。「看看吧。照片在最上面。」

我翻開文件夾，目光落在朋友的亮面特寫照片上。科迪亞克．布萊克的屍體十分詭異，不過也沒有比大部分屍體詭異到哪裡去；我沒辦法從這張照片看出他死得有何古怪。他雙眼睜開，身穿法蘭絨襯衫和牛仔褲；臉部光滑腫脹、異常蒼白，雙眼下方布滿蛛網般的藍色血管。一頭黑髮看起來好像冰過一樣又乾又脆，彷彿吹一陣風就能把頭髮吹碎。

「某種新疾病？」我問。

「不，是謀殺。我們只是不知道是什麼殺了他。」

「你怎麼知道是謀殺？」

「因爲目擊證人都這麼說。幾天前發生在安克拉治。他正笑容滿面地離開酒館，然後就在店外遇襲。那家店叫肉峰酒館。」

這話吸引歐伯隆注意。「肉峰酒館？聽起來像是獵狼犬友善酒館！我們可以去嗎？」

「那個名字八成和鮭魚有關，歐伯隆。有些鮭魚產卵前背上會長肉峰。」

「你眞的要用無聊的魚類知識摧毀我的美夢嗎？」

「我不懂，霍爾。你說他當眾遇害，卻不知道是怎麼死的？」

他聳肩。「我不在場。報告說有十個人目擊他死亡，其中還包括了他的女朋友，她作證說他一分鐘前還好好的——看起來很健康，沒抱怨有任何不適——然後就開始抽搐。三秒過後，他摔倒在人行道上，臉部腫大，呼吸停止。從症狀出現到死亡前後不到十秒。我沒聽說過哪種疾病這麼厲害。」

「中毒？」關妮兒問。

霍爾輕輕搖頭。「目前還沒有收到毒物檢測報告。那些檢測在電視上只要五到十分鐘就搞定，但是在現實生活裡要好幾個禮拜，甚至幾個月才能完成。我知道警方希望檢測出毒物，好讓他們能說他是中毒身亡，但我從未聽說過任何毒物能像打開開關一樣讓人抽搐。除了羊癲瘋。布萊克先生沒有羊癲瘋，是吧？」

「沒，」我說。「證人說他的臉腫脹。他死後馬上就變成這樣了嗎？因爲他的皮膚看起來像是已經在河底泡了好幾天。」

「這張照片是現場照的，死後一小時內。沒有傷口，這就是他們把希望寄託在中毒上的原因。」

「我不懂。警方怎麼會來找你？」

「因爲我是已故阿提克斯・歐蘇利文的律師。當我寄電子郵件給布萊克先生提出見面要求時，我提到一個歐蘇利文先生，而當安克拉治警方看到那封電郵後，他們就開始在他的收件夾裡搜查線索。他們要求坦佩警方來找我訊問相關事由，你可以想像他們發現你的名字和一件神祕謀殺案牽扯在一起時有多驚訝。」

「凱爾・傑佛特警探還沒退休，呃？」

「沒錯。」

「他們怎麼會把科迪亞克和我牽扯在一起？他那裡沒有任何帳號是用歐蘇利文的名字申請的，而我寫信給他的時候都是用化名信箱。」

「他們會牽扯在一起是因爲布萊克先生死後，一個頭上有奇怪刺青、打著『醜陋領巾』的男人——我是直接引述對方的描述——去找他女朋友愛莎・薩塞多，說：『布萊克先生之所以會死都是因爲阿提克斯・歐蘇利文。請確保他收到這個。』接著他給了她一張字條。她低頭閱讀，再抬頭時對方已經不見了。」

我幾乎感覺得到臉上血色當場消失；屋內莫名其妙變冷，我感到一陣噁心。聽這描述我就知道凶手是誰了。「字條上怎麼說？」

霍爾對著文件夾彈指。「就是下一張照片。」

我翻到下一張照片，看見一張方形紙，上面用紫色墨汁印了工整的字。上面說：阿提克斯。我們得談談。來找我。威納。

「啊！我就知道！我之前有機會殺了這傢伙，霍爾，但是我放他走！」科迪亞克・布萊克的神祕死亡根本一點也不神祕。他的生命精華被人遠距離吸乾了。他是被威納・卓斯切，我在法國饒過的那個魔法生命吸食者殺的。喔，我當然會去找他，但絕不會好好坐下來談。當你為了吸引我的注意而殺害我朋友時，我們就沒有什麼好談的了。

《鋼鐵德魯伊7：破滅》完

虛構四超人
THE FICTIONAL FOUR
"They're for real!"
YETI
COMIX
雪人漫畫
語助詞百科
THE HUMAN
EXPLETIVE
VIKING
MIKE
維京麥克
METAL
EDITOR
重金屬編輯
DUTCH
FURY
荷蘭
復仇女
FIC
SLAYER
Kevin Hearne

致謝

哇。第七集。一開始我眞沒想到會走到這個階段，非常感謝你看這系列小說，還和朋友分享。這本書就是口耳相傳至今仍是王道的證明。謝謝你！

我要請我的經紀人伊凡・高富烈德喝很多啤酒，因爲他掌舵駕船，還說了很多可能與六分儀有關也可能無關的航海比喻。順便一提，當經紀人和當水手可不一樣。我只是想用提到六分儀的句子感謝伊凡。

Del Rey的編輯團隊像英雄般花了很長的時間確保我的書超凡出眾，那是因爲他們眞的都是英雄。他們是「虛構四超人」的成員，在情節漏洞和標點錯置之類的東西前守護世界的英雄團體。他們就是：

崔西雅・納瓦尼是我的「重金屬編輯」。麥克・布拉夫，你可能已經猜到了，綽號「維京麥克」。莎拉・皮德是「荷蘭復仇女」，愛普羅・弗羅瑞斯就是「語助詞百科」。他們經常拯救我的性命，我很榮幸能與他們共事。

非常感謝維休羅，有天我搭飛機離開明尼阿波里市時，他友善又耐心的談話大大啓發了我。我還要感謝席娃和傑西・納塔麥，以及賈絲敏・普伊斯的通信教學，還要謝謝海爾吉・布利恩教我雪人名字的發音。

我的家人和朋友讓我保持理智、感受濃濃的愛，我很幸運生命中有他們。還有狗狗。別忘了狗狗！寧靜和諧，朋友們。

發音指南

我對你怎麼唸書中那些奇怪人名完全沒有意見。畢竟看完不會考試，而且就算你唸錯了，我也不會因此不給你奶油夾心蛋糕吃。畢竟，閱讀是爲了消遣，通常有人說你做得不對時，感覺就不像消遣了。不過我還是想提供發音指南，好讓你想弄清楚那些名字的唸法時，能享受德魯伊環遊世界的旅程。所以這就來吧；大寫代表重音……

古北歐語

Erlendr——HER len dur／赫藍鐸（不讀作「艾爾蘭德爾」，不過很接近。第一個音節有個短e的音。）

Freydís——FRAY deece／弗雷迪絲

Hildr——HILL dur／希爾朵（現代冰島和挪威仍在用的女性名，不過在現代拼法通常會把最後一個母音直接寫出來，作Hildur。）

Ísólfr——EES ol vur／伊斯歐弗爾（第一個音節與fleece押韻，不是ease。O是長oh，你知道。中間的f是種輕音，讀作v。）

Krókr Hrafnson——KROH kur HRABn son／克羅庫爾・何拉班桑（Hrafn=Raven／渡鴉。這個字很難用英文唸。開頭是個氣音Hr，然後是很難唸的fn。現代冰島語裡把這個音發作bn，或簡略成b，不過無法肯定古北歐語發音。在古代，這個字可能會唸成何拉弗桑。從詩篇看來，f和n間沒有母音，所以應該是兩音節的字，不過中間可能有個輕n的音。）

Oddrun——ODD rune／歐德倫（今日冰島依然有人使用的女子名。如果發r的時候能夠捲舌就更棒了。）

Skúfr——SKII vur／史庫弗爾（一樣是輕音f。）

愛爾蘭語

Creidhne——GRAY nya／葛雷恩亞

Flidais——FLIH dish／富麗迪許

Fuilteach——FWILL tah／富威塔

Goibhniu——GUV new／孤紐

Granuaile——GRAWN ya wlae／關妮兒

Fragarach——富拉蓋拉

Luchta——LOOKED ah／盧基達

Orlaith——OR lah／歐拉

Scáthmhaide——SKAH wad jeh／史卡維德傑

Siodhachan——SHE ya han／敘亞漢

印度語

Dabāva——da BAHV／達巴弗（直譯爲「壓力」或「壓縮」。省略最後的母音。）

鋼鐵德魯伊

中英文名詞對照表

A

Aenghus Óg　安格斯・歐格（凱爾特愛神）
Ahriman　阿利曼（人面獅身龍尾獸）
Airmid　艾兒蜜特（凱爾特神祇）
Agni　阿耆尼（印度火神）
Álfar　艾爾夫（古北歐語：精靈）
Answerer　解惑者（魔法劍富拉蓋拉）
Archdruid　大德魯伊
Artemis　阿緹蜜絲（希臘狩獵女神與月神）
Asgard　阿斯加德（北歐神話的神域）
asura　阿修羅（印度惡魔）

B

Bacchus　巴庫斯（羅馬酒神）
barghest　巴蓋斯特犬（愛爾蘭妖精）
bean sídhes　賓希夷妖精／哭喊女妖（愛爾蘭妖精）
Black, Kodiak　科迪亞克・布萊克（熊人）
Blue men of the Minch　來自明奇的藍人（愛爾蘭妖精）
Brighid　布莉德（凱爾特鍛造女神）
Brí Léith　布利雷（梅爾的家園或「席德」）

C

Craig　克雷格（科迪亞克化名）
cold iron　寒鐵
Coyote　土狼神凱歐帝（美國原住民神祇）
Creidhne　葛雷恩亞（凱爾特金匠之神）
Cu Chúlainn　庫乎林（愛爾蘭神話英雄）

D

Dabāva　達巴弗（印度怪物）
Dane, Rebecca　蕾貝卡・丹恩（第三隻眼書籍藥草店店主）
Dark Elf（北歐神話黑暗精靈）
Diana　戴安娜（羅馬狩獵女神與月神）
Dionysus　戴奧尼索斯（希臘酒神）
Druid　德魯伊
Drache, Werner　威納・卓斯切（魔法生命吸食者）
dryads　樹精靈
Durga　杜爾迦（印度女神）

E

Einherjar　英何嘉戰士（北歐神話的英靈殿戰士）
Erlendr　赫藍鐸（雪人）
Esteban　伊斯特班（狼人）

F

Fae　妖精
Faerie Specs　妖精眼鏡（法術）
Fae rangers　守林妖精（守林者）
Fand　芳德（凱爾特女神）
Farid　法利德（狼人）
Faunus　法烏努斯（羅馬神祇）
Flagstaff　旗杆市（亞歷桑納地名）
Flanagan, Sean　史恩・弗朗納根（阿提克斯化名）
Flidais　富麗迪許（凱爾特狩獵女神）
Fragarach　富拉蓋拉（解惑者，劍）
Freydís　弗雷迪絲（霜巨人）
Fuilteach　富威塔（關妮兒的漩渦刃）
Fujiwara-no-Kuni　藤原久荷（稻荷神使）

G

Gaia　蓋亞（大地）
Ganesha　迦尼薩（印度象頭神）
Greta　葛雷塔（狼人）
Goibhniu　孤紐（凱爾特鐵匠神）

H

Hauk, Hallbjorn "Hal"　霍伯瓊・「霍爾」・浩克（狼人，阿提克斯的律師）
Hel　赫爾（北歐神話的死亡女神，也代表她統治的死亡國度）
Helgarson, Leif　李夫・海加森（吸血鬼）
Hildr　希爾朵（雪人）
Hlidskjálf　何里德斯克亞爾夫（奧丁的銀王座）

I

Ibl　s　伊卜利斯（伊斯蘭惡魔）
Immortali-Tea　不朽茶（德魯伊特調茶）
Inari　稻荷神（日本神祇）
Indra　因陀羅（印度雷神）
Irish wolfhound　愛爾蘭獵狼犬

J

Jesus　耶穌
Jodursson, Snorri　史努利・喬度森（狼人）
Jötunheim　約頓海姆（北歐神話）
Jötunson　約頓生（雪人姓氏：巨人之子）
Jötunsdotter　約頓史達特（雪人姓氏：巨人之女）
Jörmungandr　約夢剛德（北歐神話的巨蛇）

K

Kennedy, Owen　歐文・甘迺迪（大德魯伊現代英文名）
Kubera　俱毗羅（印度神祇）
Kulasekaran, Laksha　拉克莎・庫拉斯卡倫（印度女巫）

L

leprechauns　拉布列康妖精（愛爾蘭妖精）
Loki　洛基（北歐魔頭、惡作劇之神）
Lord Grundlebeard　大肛毛領主（阿提克斯幫某可憐妖精領主取的綽號）
Lucifer　路西法（惡魔）
Luchta　盧基達（北歐木工神）

M

MacTiernan, Granuaile　關妮兒·麥特南（德魯伊學徒）
Mag Mell　馬・梅爾（凱爾特神話妖精國度）
Manannan Mac Lir　馬拿朗・麥克・李爾（凱爾特死神暨海神）
manticore　人面獅身龍尾獸

Maya　摩耶（印度哲學中的幻象）
Midhir　梅爾（凱爾特神祇）
Miyamoto Musashi　宮本武藏（日本歷史人物）
Mogollon Rim　莫戈永緣（亞歷桑納地名）
Moralltach　莫魯塔（狂怒之劍）
The Morrigan　莫利根（凱爾特戰爭與死亡女神）

N

Neptune　涅普頓（羅馬海神）
Nidavellir　尼達維鐸伊爾（北歐神話矮人國）

O

Oberon　歐伯隆（德魯伊的獵狼犬）
Obrist, Sam　山姆・歐布里斯特
Ó Cinnéide, Eoghan　歐格漢・歐肯奈傑（大德魯伊）
Oddrún　歐德倫（雪人）
Odysseus　奧德修斯（希臘史詩《奧德塞》主角）
Odin　奧丁（北歐主神）
Ogma　歐格瑪（凱爾特神祇）
Olympian　奧林帕斯眾神（希臘羅馬神話）
Olympus　奧林帕斯（希臘神域）
Oni　鬼（日本妖怪）
Orlaith　歐拉（獵狼犬）
O'Sullivan, Atticus　阿提克斯・歐蘇利文
Ó Suileabháin, Siodhachan　敘亞漢・歐蘇魯文
Ouray　烏雷（科羅拉多地名）

P

pantheon　萬神殿
Payson　佩森（亞歷桑納地名）
Perun　佩倫（斯拉夫神話的雷神）
plane shift or shift planes　空間轉移
pixie　小精靈
Pollard, Ty　泰・波拉德（狼人）
Poseidon　波塞頓（希臘神話海神）

R

Ragnarök　諸神黃昏（北歐神話的世界末日）
Rakshasa　羅剎（印度惡魔）
raksoyuj　羅朔幽奇（操縱羅剎的惡魔）

S

Sasquatch　薩斯科奇（Big Foot / 大腳怪）
Scáthmhaide　史卡維德傑（影之杖）
selkie　賽爾奇（愛爾蘭妖精）
Shango　尙戈（奈及利亞雷神）
Shiva　濕婆（印度三主神之一）
sidheóg　希夷格（愛爾蘭妖精）
Siren　女海妖（希臘神話女妖）
the Sisters of the Three Auroras　曙光三女神女巫團
Skúfr　史庫弗爾（雪人）
Spriggan　史普利甘（愛爾蘭妖精）
Sprite　史普賴（愛爾蘭妖精）
Svartálfar　斯瓦塔爾夫（黑暗精靈）
Sokolowski, Malina　瑪李娜・索可瓦斯基（女巫）
Shakti　沙克提（印度神話）

T

Theophilus　希歐菲勒斯（吸血鬼）
Thor　索爾（北歐雷神）
Thornton, Nessa　奈莎・松頓（關妮兒化名）
Tír na nÓg　提爾・納・諾格（凱爾特神話妖精國度）
Tuatha Dé Danann　圖阿哈・戴・丹恩（凱爾特神話神族）

V

Valhalla　英靈殿（北歐神話）
vampire　吸血鬼
Väinämöinen　瓦納摩伊南（芬蘭傳說英雄）
Vayu　伐由（印度風神）
Vishnu　毗濕奴（印度三主神之一）

W

wendigo　溫迪哥（印第安怪物）
whirling blade　漩渦刃（雪人製武器）

Y

Yama　閻摩（印度冥神）
yewman　紫杉人（愛爾蘭妖精界傭兵）

鋼鐵德魯伊

Vol. 8

過去的朋友，是現在的敵人？

吸血鬼，大麻煩！

2016?

上市

Fever

伊洛娜．安德魯斯（Ilona Andrews）

魔法咬人
魔法烈焰
魔法衝擊
魔法傳承
魔法獵殺
魔法狂潮（陸續出版）

彼得．布雷特（Peter V. Brett）

魔印人
魔印人2　沙漠之矛（上+下）
魔印人3　白晝戰爭（上+下）
魔印人4　頭骨王座（上+下）（陸續出版）

克莉絲汀．卡修（Kristin Cashore）

殺人恩典
火兒
碧塔藍

大衛．蓋梅爾（David Gemmell）

大衛．蓋梅爾之傳奇

賽門．葛林（Simon R. Green）

影子瀑布
藍月東升
夜城系列（全12冊）
秘史系列
守護者之心（秘史1）
惡魔恆長久（秘史2）
作祟情報員（秘史3）
錯亂永生者（秘史4）
天堂眼（秘史5）
卓德不死（秘史6）
地獄夜總會（秘史7）（陸續出版）

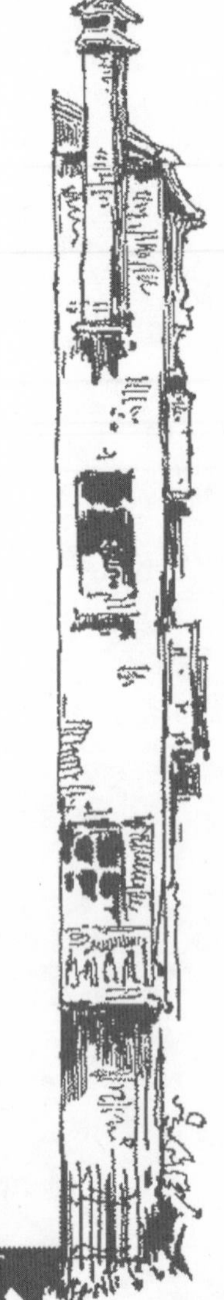

Fever

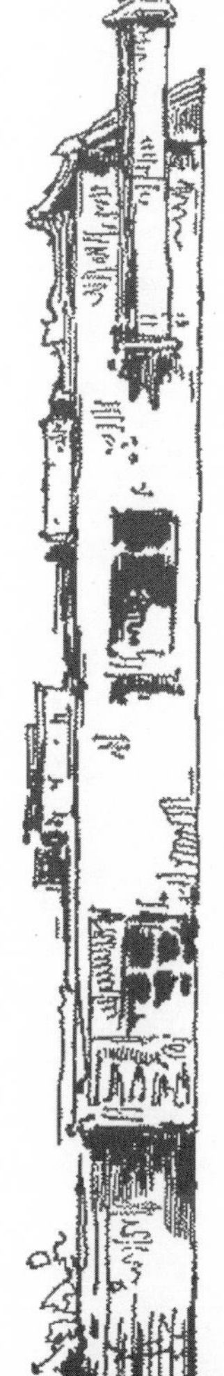

凱文·赫恩（Kevin Hearne）

鋼鐵德魯伊1　追獵
鋼鐵德魯伊2　魔咒
鋼鐵德魯伊3　神鎚
鋼鐵德魯伊4　圈套
鋼鐵德魯伊5　陷阱
鋼鐵德魯伊6　獵殺
鋼鐵德魯伊7　破滅（陸續出版）

珍·簡森（Jane Jensen）

善惡方程式（上+下）
審判日

喬治·馬汀（George R. R. Martin）

熾熱之夢

A. Lee 馬丁尼茲（A. Lee Martinez）

神來我家
機器人偵探
怪物先生
城堡夜驚魂

丹尼爾·波蘭斯基（Daniel Polansky)

下城故事系列（全三冊）

布蘭登·山德森（Brandon Sanderson)

破戰者（上＋下）

安傑·薩普科夫斯基(Andrzej Sapkowski)

獵魔士　最後的願望
獵魔士　命運之劍
獵魔士長篇1 精靈血
獵魔士長篇2 蔑視時代
獵魔士長篇3 火之洗禮
獵魔士長篇4 燕之塔（陸續出版）

國家圖書館出版品預行編目資料

鋼鐵德魯伊7：破滅／凱文・赫恩（Kevin Hearne）；
戚建邦譯——初版・——台北市：蓋亞文化，2016.07
冊；公分.——（Fever；FR052）
譯自：Shattered (The Iron Druid Chronicles Book7)
ISBN 978-986-319-214-5（平裝）

874.57 105007049

Fever 052

鋼鐵德魯伊 VOL.7〔破滅〕 SHATTERED

作者／凱文・赫恩（Kevin Hearne）
譯者／戚建邦
封面插畫／Gene Mollica
封面設計／克里斯
出版／蓋亞文化有限公司
地址◎台北市103承德路二段75巷35號1樓
電話◎（02）25585438　傳眞◎（02）25585439
網址◎http://gaeabooks.pixnet.net/blog
電子信箱◎gaea@gaeabooks.com.tw
投稿信箱◎editor@gaeabooks.com.tw
郵撥帳號◎19769541　戶名：蓋亞文化有限公司
法律顧問／宇達經貿法律事務所
總經銷／聯合發行股份有限公司
地址◎新北市新店區寶橋路二三五巷六弄六號二樓
電話◎（02）29178022　傳眞◎（02）29156275
港澳地區／一代匯集
電話◎（852）27838102　傳眞◎（852）23960050
地址◎九龍旺角塘尾道64號龍駒企業大廈10樓B&D室
初版二刷／2022年01月
定價／新台幣 350 元
Printed in Taiwan

ISBN／978-986-319-214-5